W0203582

BERNWARD SCHNEIDER
Spittelmarkt

Leseexemplar

PHARAONENKINDER Berlin im Herbst 1932. Der Anwalt Eugen Goltz reist im Auftrag des Bankiers Philipp Arnheim nach New York, um die Scheidung von dessen amerikanischer Ehefrau Florence zu regeln. Dort macht er die Bekanntschaft der schönen Artistin Irene Varo und erfährt von einem mysteriösen »Pharao«, dem Oberhaupt einer okkulten Geheimgesellschaft in Berlin, die mit der nationalsozialistischen Bewegung in Verbindung zu stehen scheint. Kurz darauf kommt Florence Arnheim auf rätselhafte Weise ums Leben. Als Irene spurlos verschwindet, kehrt Goltz nach Berlin zurück. Er muss herausfinden, dass er selbst im Visier des Geheimbundes steht. Angewidert und fasziniert zugleich nähert er sich den »Brüdern und Schwestern vom Licht« und macht eine furchtbare Entdeckung …

Bernward Schneider, Jahrgang 1956, studierte Jura und arbeitet seit fast 25 Jahren als Rechtsanwalt in Hildesheim. Als Inhaber des Benu Verlags veröffentlicht er Neuausgaben klassischer Kriminal- und Abenteuerromane von Edward Bulwer-Lytton, über Robert Kraft, bis hin zu Karl May. Mit dem Kriminalroman »Spittelmarkt« gibt er sein vielversprechendes Debüt im Gmeiner-Verlag.

BERNWARD SCHNEIDER

Spittelmarkt

Ein Berliner Kriminalroman

GMEINER *Original*

Dieses Buch wurde vermittelt durch
die Literaturagentur erzähl:perspektive, München
(www.erzaehlperspektive.de).

Besuchen Sie uns im Internet:
www.gmeiner-verlag.de

© 2010 – Gmeiner-Verlag GmbH
Im Ehnried 5, 88605 Meßkirch
Telefon 07575/2095-0
info@gmeiner-verlag.de
Alle Rechte vorbehalten
1. Auflage 2010

Lektorat: Claudia Senghaas, Kirchardt
Herstellung / Korrekturen: Daniela Hönig /
Doreen Fröhlich, Sven Lang, Katja Ernst
Umschlaggestaltung: U.O.R.G. Lutz Eberle, Stuttgart
unter Verwendung eines Fotos von: Getty Images
Druck: Fuldaer Verlagsanstalt, Fulda
Printed in Germany
ISBN 978-3-8392-1099-4

Personen und Handlung sind frei erfunden.
Ähnlichkeiten mit lebenden oder toten Personen
sind rein zufällig und nicht beabsichtigt.

1

Kaum hatte ich die Brücke über den Landwehrkanal betreten, da merkte ich, dass ich verfolgt wurde. Sofort war mir klar, dass ich keine Möglichkeit mehr zum Ausweichen besaß. Die Dämmerung war vorangeschritten, die Lichter der Stadt griffen gierig nach dem Himmel. Nicht weit entfernt toste der abendliche Verkehr, Busse, Straßenbahnen, vereinzelt waren noch Passanten auszumachen. Allerdings sollte mir das nichts nützen. Zur falschen Zeit am falschen Ort war ich meinen Verfolgern ausgeliefert und auf mich selbst gestellt.

»So spät dran heute Abend, Herr Rechtsanwalt?«, hörte ich eine säuselnde Stimme. Sowie ich zur Seite blickte, sah ich das höhnische Grinsen eines Mannes, der nun zu meiner Linken aufgeschlossen hatte und auf dessen hageres Rattengesicht der Halbschatten einer Schirmmütze fiel. Der Mann war einen halben Kopf kleiner als ich, besaß aber eine erkennbar kräftige und drahtige Gestalt. Er war mir völlig unbekannt.

»Die Leute haben Probleme und ich selbst viel zu tun«, sagte ich im Bemühen, unverbindlich zu bleiben, während wir nebeneinander her auf das andere Ende der Brücke zuschritten. »Leider kann ich mich nicht an Ihren Namen erinnern.«

»Das musst du auch nicht«, antwortete der drahtige Mann mit dem Rattengesicht, »es reicht doch, dass ich dich kenne.«

Wahrscheinlich wäre es sogar besser gewesen, ich wäre auf der Brücke stehen geblieben, denn nachdem wir das andere Ufer erreicht hatten, tauchte zu meiner rechten Seite der andere Typ auf, den ich unterbewusst irgendwie schon gewittert hatte, ein echter Brecher, größer und breiter als sein Kumpan, ein Strolch mit Bürstenhaarschnitt und einem grobflächigen Gesicht.

Im nächsten Moment wurde mein rechter Arm mit brachialer Gewalt gepackt und herumgerissen, und ehe ich mich versah, hatten mich die beiden Typen die Böschung hinter der Brücke hinuntergezerrt. Ich kam ins Rutschen und stolperte nach vorn, doch meine Begleiter hielten mich fest. Sobald sie mich wieder zu voller Größe aufgerichtet hatten, standen wir zu dritt im Dunkel unter der Brücke. Dabei presste der Große mithilfe seines dicken Arms meinen Hals und meinen Kopf so fest gegen die Mauer, dass mir die Luft zum Atmen wegblieb.

Der Drahtige hatte mit einem Mal ein Messer in der Hand, dessen Klinge in dem sich im Kanalwasser spiegelnden Licht so tückisch glitzerte wie das schwarze Nass in seinem Hintergrund.

»He«, protestierte ich, als der Druck des Armes auf meinen Hals etwas nachließ, »nicht so stürmisch. Man kann über alles reden.«

»Kann man, muss man aber nicht!«, lächelte das Rattengesicht unangenehm.

Der Schein der Laternen am gegenüberliegenden Ufer reichte nicht so weit, dass es die gespenstische Szene hätte erhellen können, in der ich so plötzlich der Mittelpunkt war, und mich beschlich der Gedanke, dass meine Leiche wahrscheinlich nicht die einzige wäre, die man am nächsten Morgen aus dem Kanal fischen würde, falls die Sache hier nicht noch eine gute Wendung für mich nahm.

»Ich weiß, dass wir in miesen Zeiten leben, versuchte ich mich zu retten. »Und Sie mögen es glauben oder nicht – auch den Anwälten geht es hierzulande gerade ziemlich schlecht. Trotzdem spende ich gern, was ich bei mir habe.

Die Börse befindet sich in der Gesäßtasche. Wenn Sie einverstanden sind, hole ich sie …«

Das Messer des Drahtigen bewegte sich weiter in Richtung meines Halses, und dann ließ der Typ mich den kalten Stahl der Klinge an meiner Kehle spüren. »Wer sagt denn, dass wir dein Geld wollen, Herr Rechtsanwalt?«, grinste er. »Vielleicht pfeifen wir ja auf dein bisschen Knete und nehmen uns lieber dein bisschen Leben.«

»Von meinem bisschen Leben haben Sie doch nichts«, versuchte ich zurückzugeben –, mit einer Stimme, die nur mehr ein Krächzen war. »Es ist besser, wir finden eine Lösung, die beiden Seiten dienlich ist.«

»So dämlich kann nur ein Anwalt quatschen«, spottete der Drahtige und drückte die Messerspitze einen Millimeter tiefer in meine Haut. »An was für eine Lösung hast du gedacht?«

»Ich könnte mehr Geld beschaffen«, sagte ich aufs Geratewohl, aber ehe ich dazu kam, meinen Plan weiter zu entwickeln, spürte ich schon den scharfen Schmerz eines Schnitts, und als das Rattengesicht das Messer unmittelbar vor meine Augen führte, sah ich trotz der Dunkelheit, dass Blut von der Spitze tropfte.

»Judenblut?«, wollte er ebenso leise wie bedrohlich wissen.

Ich schüttelte den Kopf.

»Glück gehabt – aber das rettet dich noch nicht«, sprach er, ließ jedoch das Messer sinken.

Langsam wurde mir klar, dass die Sache hier kein unglücklicher Zufall war. Die beiden mussten einen Auftraggeber haben, der sie auf mich angesetzt hatte, sodass sie mir nahe meiner Wohnung hatten auflauern können. Diese Erkenntnis bestärkte mich allerdings in der Hoffnung, dass Aussicht bestand, die Sache lebend zu überstehen, wenn ich bloß keinen Fehler beging.

Ich fragte: »Was muss ich tun?«

»Immer die richtige Entscheidung treffen«, sagte der Drahtige heiser in seiner spöttischen Art, während sein Kumpan, der ein paar Schritte zurückgetreten war und dessen Gesicht ich noch nicht hatte studieren können, nachhaltig schwieg. »Triffst du die falsche Entscheidung –«, er begann wieder mit dem Messer zu hantieren, »so verlässt dich auch dein letztes bisschen Glück!«

»Falsche Entscheidung? Ich verstehe nicht …«

Anstelle einer Erklärung blickte der Drahtige nun zu seinem urwüchsigen Kumpan. Der trat vor und schlug mir kommentarlos seine rechte Faust in den Bauch. Ich stürzte zu Boden und rang nach Luft. Der Schläger packte mich sofort mit den Quadrathänden und stellte mich wieder auf die Füße.

»Du verstehst nicht?«, hakte das Rattengesicht nach.

Endlich schaffte ich es, etwas zu sagen. »Doch, ja doch, natürlich, ich verstehe!«

»Gut so! Du hast eine schnelle Auffassungsgabe«, bemerkte der Strolch. »Hoffentlich bleibt sie dir erhalten! Das hoffst du doch auch?«

Ich nickte. »Ja, gewiss!«

»Wenn also jemand zu dir kommt und will, dass du als Anwalt etwas für ihn tust. Was machst du dann?«

Ich erwiderte nichts, worauf der Drahtige den Kopf wieder zur Seite wandte. Bevor er etwas tun konnte, erwiderte ich schnell: »Was man von mir verlangt.«

Er lächelte. »Rrrichtig! Und fang gleich morgen damit an, hörst du! Falls du es wieder vergessen solltest«, er hob das Messer, warf es wie ein Jongleur in die Luft und fing es am Griff wieder auf, »kommen wir uns dein Arierblut holen – und diesmal nehmen wir uns davon mehr als bloß ein paar Spritzer, verlass dich drauf!«

Er klappte das Messer zusammen, machte seinem Kumpan ein Zeichen, der holte aus und hieb mir zum Abschied ein weiteres Mal die kräftige Faust in den Bauch.

Ich sackte zusammen und kam erst wieder hoch, als ich das Gefühl hatte, fast schon erstickt zu sein. Während ich mit dem Rücken gegen die Brückenmauer lehnte und keuchend auf das Lichterglitzern des schwarzen Wassers starrte, hatten sich die beiden Schurken längst davongemacht. Die Börse mit dem Geld hatten sie mir gelassen.

Der Auftrag, nach New York zu reisen, erreichte mich eine Woche nach dem Vorfall am Landwehrkanal. Auftraggeber war Philipp Arnheim, Chef der Berliner Delbrück Bank.

Wir saßen in meinem Büro, als wir über die Sache sprachen. Außer Philipp Arnheim und mir war Johannes Haller zugegen, mein Seniorpartner in der Anwaltskanzlei, dessen langjähriger Mandant Arnheim war.

»Am liebsten wäre ich selbst nach New York gereist, aber Florence will mich nicht sehen«, bedauerte der Bankier. »Zu Ihnen, Herr Goltz, schrieb sie mir, hätte sie Vertrauen. Sie haben freie Hand, was eine Scheidungsregelung angeht – mit einer einzigen Ausnahme: Florence muss das Dokument zurückgeben, das sie mir entwendet hat; doch wie sie mir bereits in ihrem Brief mitteilte, ist sie dazu bereit.«

Arnheim war ein schlanker, selbstbewusster Mann, dem seine hervortretenden Wangenknochen und die bräunliche Haut, die sich über den glatt rasierten Schädel spannte, ein leicht exotisches Aussehen gaben. Er trug einen dunklen Anzug und ein feines Hemd mit Manschetten, seine herausragende Stellung war ihm nicht anzusehen; das Gebaren des Eigners einer großen Bank hätte man sich irgendwie formeller und nicht so salopp wie das seinige vorgestellt.

»Warum schickt Florence das Dokument denn nicht mit der Post?«, fragte ich ihn.

»Nein! Das ist viel zu unsicher! Ich brauche einen vertrauenswürdigen Kurier«, erwiderte Arnheim. »Und dieser Kurier müssen Sie sein, Herr Goltz!«

»Um was für eine Art von Dokument handelt es sich denn?«

Der Bankier winkte ab. »Es handelt sich um den Brief eines ausländischen Partners, eher privater Natur, der auf keinen Fall an die Öffentlichkeit gelangen darf, insbesondere soll Fairchild in New York, unser wichtigster Geschäftspartner in den Vereinigten Staaten, ihn nicht in die Hände bekommen.«

»Wir können es uns nicht leisten, das Angebot unseres treuen Freundes in den Wind zu schlagen«, schaltete sich Haller ein und richtete den eindringlichen Blick seiner kleinen bebrillten Augen auf mich. Er war ein Mann von 60 Jahren und untersetzter Gestalt, in seinem steifen Auftreten der Prototyp eines deutschen Geschäftsmannes. »Soviel ich weiß, beherrschen Sie doch ein ganz ausgezeichnetes Englisch, Herr Goltz!«

Haller hatte natürlich recht. An der Sache hing eine ganze Menge Geld, und das Jahr 1932 war bisher kein gutes Jahr gewesen. Mehr als je zuvor waren wir auf Arnheims lukrative Mandate angewiesen. Es sprach nichts dagegen, dass ich die Reise unternahm – das Einzige, was mich störte, war der Umstand, dass ich ungern Interessen vertrat, die gegen Florence Arnheim gerichtet waren. Ich kannte Florence besser als ihren Ehemann. In einem Scheidungsverfahren hätte ich daher lieber sie als ihren Gatten vertreten.

Arnheim sah mich aufmunternd an. »Also, sagen Sie schon zu, mein lieber Herr Goltz, dass Sie für mich diese kleine Reise unternehmen werden! Ich habe rein vorsorglich eine Schiffspassage für die übernächste Woche reservieren lassen. Können Sie das einrichten?«

Es gab sowieso keine Möglichkeit, das Mandat abzulehnen. Und ehrlicherweise wollte ich es auch nicht. Obwohl ich das unbestimmte Gefühl hatte, dass Arnheim mir irgendetwas verschwieg, verspürte ich plötzlich Reiselust und das Bedürfnis, dem grauen Alltag einmal für zwei, drei Wochen zu entfliehen.

»Gut! Abgemacht!«, sagte ich. »Übernächste Woche! Sie können die Passage für mich buchen.«

Arnheim und Haller strahlten bis über beide Ohren, als hätten sie gerade in der Lotterie das große Los gezogen, und Arnheim drückte mir vor Freude die Hand. »Sie werden bald sehen, dass ich Ihnen nicht zu viel versprochen habe«, erklärte er. »Der Atlantik ist dem Reisenden nie günstiger als um diese frühherbstliche Jahreszeit. Die Reise wird ganz und gar unvergesslich für Sie werden.«

Mit Letzterem sollte er richtig liegen, ebenso mit seiner Prognose in Bezug auf das Wetter. Im Übrigen würde alles ganz anders kommen, als es sich zunächst den Anschein gab. So manches Mal sollte ich mich fragen, wie mein Leben wohl verlaufen wäre, hätte ich an diesem Tage eine andere Entscheidung gefällt.

»Ich nehme Sie beim Wort«, verabschiedete ich ihn. Arnheim wünschte mir angenehme Tage und versprach, mir die nötigen Reiseunterlagen und Dokumente rechtzeitig vor der Abfahrt ins Büro bringen zu lassen.

So kam es, dass ich noch am selben Abend in der Buchhandlung um die Ecke einen Baedeker-Reiseführer für New York erstand. Keine zwei Wochen später stieg ich am Lehrter Bahnhof in Berlin in einen Zug, der mich nach Bremerhaven brachte.

2

Ich bestieg die ›Bremen‹, das Vorzeigeschiff des Norddeutschen Lloyd, einen Ozeanliner mit zwei Schloten und fünf Signalhörnern, der schon bei Einbruch der Dämmerung unter voller Beleuchtung an der Columbuskaje von Bremerhaven lag. Das Schiff strahlte Kraft und Seetüchtigkeit aus, ließ jedoch Grazie und Schönheit gänzlich vermissen, und je länger ich vom Land aus den Liner betrachtete, umso mehr verstärkte sich in mir der Eindruck, dass dieser Dampfer trotz seines lang gestreckten niedrigen Profils ein untersetztes, nahezu boshaftes Aussehen besaß.

Die ›Bremen‹ sollte Deutschland am Abend verlassen. Nachdem ich meine Kabine bezogen, mein Gepäck verstaut und mich etwas ausgeruht hatte, begab ich mich an Deck, um die Abfahrt des großen Schiffes zu verfolgen.

Auf der Columbuskaje hatte eine Musikkapelle Aufstellung genommen. Matrosen zogen die Landungsstege ein. Zwischen den Menschen, die unten standen und denen oben, wechselten Rufe, Wünsche und Abschiedsgrüße hin und her. Zudem gab es vielerorts Tränen. Da sich das Ablegemanöver in die Länge zog, wechselte ich zur Seeseite hinüber, wo es stiller zuging, indessen die dahinter liegende See dunkel und unruhig war. In der Ferne erblickte ich Lichter, unbewegte, die man wohl einem Leuchtturm oder einer anderen befestigten Hafenanlage zuordnen musste.

Es dauerte nicht lange, da wurde meine Aufmerksamkeit auf ein Paar gelenkt, das ein Stück entfernt an der Bordwand stand: eine junge Frau und ein junger Mann, beide in leichte Mäntel gehüllt. Obwohl ich kaum mehr als ihre Umrisse sah, gewann ich den Eindruck, sie beide besäßen anmutige, geschmeidige Gestalten, und sobald die Frau gleich darauf den Kopf in meine Richtung drehte und der Mond ihre Züge erhellte, da war ich überrascht und fühlte mich unversehens in eine ferne Vergangenheit versetzt. Diese Frau sprach etwas in mir an, das im Unterbewusstsein schlummerte. In ihrer Schönheit erinnerte sie mich an eine Pharaonenprinzessin oder etwas in dieser Art; eine Frau, mehr Engel als Mensch, jedenfalls etwas ganz Besonderes.

Gelassen nahm die Schöne den Blick von mir und wandte die Augen wieder ihrem Begleiter zu. Auch ich starrte von Neuem auf die dunkle See hinaus, damit ich nicht neugierig oder aufdringlich wirkte. Sobald ich einen weiteren Blick riskiert hatte, war das Paar verschwunden, trotz der Kürze des ganzen Eindrucks war mir, als hätte ich soeben etwas völlig Neues und noch nie Dagewesenes erlebt.

Kurz darauf stieß die ›Bremen‹ ein Signal aus allen fünf Hörnern gleichzeitig aus. In majestätischer Ruhe trat der Liner seinen Weg aus dem Hafenbecken hinaus an, während ich zusehen konnte, wie die Wasserfläche zwischen Schiff und Land immer größer wurde, die winkenden Menschen am Kai immer kleiner. Die Lichter von Bremerhaven verblassten allmählich.

Meine Kabine war ein angenehmer, mit hellem Kirschholz möblierter Raum, dessen runde Fenster Ausblick auf das Meer gewährten. Draußen schimmerte silbernes Mondlicht auf den sanften, nachtschwarzen Wellen. Der tanzende Widerschein des Wassers erfüllte mich trotz seiner Stille mit einer gewissen Unruhe, ein Vorbote meines beginnenden Aufbruchs ins Ungewisse.

Ich ging bald schlafen, und sowie ich am nächsten Morgen nach dem Frühstück über Deck spazierte, lag der Atlantik in hellem Sonnenschein, außerdem war die Luft, wie mir einige Mitreisende mit gewichtiger Miene versicherten, für die Jahreszeit ganz außergewöhnlich mild.

Mehrere Stunden verbrachte ich mit der Besichtigung des Schiffes und erforschte die vier durchgehenden Decks, die Halbdecks im Rumpf und die weiteren Decks, die es in den Aufbauten des Mittelschiffs gab. Im Innern des Ozeanriesen entdeckte ich ein Schwimmbad, außerdem ein ägyptisches Dampfbad sowie einen Turnsaal, in dem moderne mechanische Geräte auf sportliche Benutzer warteten. Ich versuchte mich an sämtlichen Geräten, drehte ein paar Runden im kalten Wasser und schwitzte zwischendurch unter den gleichgültigen Augen einer hölzernen Sphinx vor mich hin. Dann endlich fühlte ich, wie die Anspannung der vergangenen Tage und Wochen, die ich mit an Bord geschleppt hatte, langsam von mir abzufallen begann.

Den Nachmittag brachte ich in einem der vielen Gesellschaftsräume mit Lesen zu. Ich hatte mir Schopenhauers ›Die Welt als Wille und Vorstellung‹ als Reiselektüre zugedacht und mir außerdem den ›Old Surehand‹ von Karl May ins Reisegepäck gesteckt, weil ich auch etwas Leichteres zur Entspannung benötigte. Die Aussicht auf diese Reise nach Amerika hatte die Träume meiner Jugend neu belebt, und zu meiner Zufriedenheit stellte ich fest, dass mich ein Buch, das ich nun nach mehr als 30 Jahren ein zweites Mal las, erneut zu fesseln vermochte.

Das Schiff erreichte an diesem Tag die französische Stadt Cherbourg, die aus der Ferne einem malerischen Fischerdorf glich. Nachdem dort die französischen Passagiere zugestiegen waren, nahm der Liner endgültig Kurs auf den Atlantik.

Ein Stück westlich von Cherbourg steigerte die ›Bremen‹ ihre Geschwindigkeit in geradezu dramatischer Weise, als wollte sie demonstrieren, dass sie zu Recht das blaue Band für die schnellste Atlantiküberquerung trug und ein weiterer Geschwindigkeitsrekord im Bereich des Möglichen lag. Da sich die Weiten des Atlantiks von ihrer freundlichsten Seite präsentierten, bestand nach der übereinstimmend bekundeten Meinung vieler Passagiere gute Aussicht, dass die ›Bremen‹ die Strecke nach New York binnen vier Tage hinter sich bringen würde.

Das fantastische Sonnenwetter dauerte auch den zweiten Reisetag über an. Die See war ruhig, der Atlantik ergreifend grün, und als Mensch vom flachen Lande, der nicht wusste, wie schnell sich auf dem Meer die Großwetterlage verändern konnte, mochte ich wohl glauben, dass das angenehme Wetter für den Rest der Reise gesichert war. Die Reisenden und das Bordpersonal hatten alle gute Laune. Auch deshalb versprach die Fahrt nach Westen ein durchgehend entspanntes Vergnügen zu werden.

Bei den Mahlzeiten saß ich mit einer gewissen Frau von Tryska am Tisch, die am ersten Reisetag beim Mittagessen auf der Suche nach einem freien Platz an meinen Tisch geeilt gekommen war. Sie war eine korpulente Frau Ende 50 und die Witwe eines rheinischen Fabrikanten, deren Tochter in Cleveland, Ohio, verheiratet war. Bereits nach zwei Tagen besaß ich einen vollständigen Überblick über ihr Leben, das mir trotz seiner Höhen und Tiefen nicht so interessant erschien, um es im Gedächtnis zu behalten. Immerhin erreichte sie mit ihrer lockeren und kumpelhaften Art, dass ich in einer für mich ungewohnt offenen Weise über meine Person, meinen Beruf und – in dem Umfang, in dem es mir meine anwaltliche Verschwiegenheitspflicht erlaubte – auch über den Anlass meiner Reise in die Vereinigten Staaten Auskunft gab.

»Ich bin oft in der Hauptstadt«, sagte Frau von Tryska am Abend des zweiten Reisetages, während wir bei Hummersuppe, Seezungenfilet in zerlassener Butter mit Kartoffeln und Waldorfsalat beieinander saßen. »Wo befindet sich denn Ihre Kanzlei?«

»In Berlin Mitte, nahe Unter den Linden«, erwiderte ich

vage, kam aber nicht umhin, ihr die genaue Adresse der Kanzlei zu nennen, worauf sie in der Art mancher Touristen aus der Provinz, die den Einheimischen gern wissen lassen, wie gut sie sich in dessen Heimatstadt auskennen, erklärte: »Wenn ich in der Hauptstadt bin, logiere ich im Aranerhof; der liegt auch in der Friedrichstadt, nahe dem Spittelmarkt, kaum mehr als 500 Meter von Ihrer Kanzlei entfernt.«

Wir waren beim Dessert angelangt. Während ich nur noch mit halbem Ohr dem nicht versiegen wollenden Redefluss meiner Tischnachbarin zuhörte, schweifte mein Blick über die Tischreihen und ich erkannte ganz in der Nähe die Frau vom Abend der Abreise.

Es war nicht wie so oft, wenn der zweite Blick ernüchternd wirkte; nein, diese Frau war die Schönheit in Vollendung und verkörperte geradezu ein fleischgewordenes Ideal.

Ihr schmales Gesicht war von dichten kastanienfarbenen Locken umrahmt; sie hatte dunkelgrüne Augen, eine klassisch gerade Nase und einen sinnlichen Mund. Das graue Kostüm, das sie kleidete, wirkte unauffällig, doch hätte sie Säcke tragen können und darin nicht weniger anziehend gewirkt. Der strahlend durchscheinende makellose Teint, die schlanken langgliedrigen Hände mit den eleganten Gelenken, die aus den Ärmeln ihrer Kostümjacke vorsprangen und bereits das Ebenmaß der bedeckten Teile ihres Körpers ahnen ließen, ihre Haltung, ja, schon die Art, wie sie Messer und Gabel bewegte, die Grazie, die sich auf die angemessene und leichteste Weise jeder ihrer Bewegungen und Stellungen mitteilte, sodass sie der natürliche Ausdruck aller ihrer Absichten war, weckten den sehnsüchtigen Wunsch in mir, noch viel mehr von ihr zu sehen.

Sie war mindestens 20 Jahre jünger als der Mann, der ihr gegenübersaß. Dieser war zu meiner Gewissheit nicht derselbe Mann, mit dem ich sie vor dem Ablegen des Schiffes an der zur See gelegenen Bordwand gesehen hatte. Seine Erscheinung war eigentlich nicht bemerkenswert, sondern erregte mein Interesse nur, weil er gewissermaßen am Glanz seiner Begleiterin partizipierte. Das Gesicht des Mannes erschien mir vertraut, obwohl ich es nirgendwo zuordnen konnte. Er hatte die 50 überschritten und besaß markante und fein geschnittene Züge, auf denen der erste Schatten gut verlebter Jahre lag. Er wirkte so groß wie wohlbeleibt, letzteres jedoch nicht von der Anlage her, sodass man annehmen konnte, er wäre ein leidenschaftlicher und guter Esser und Trinker.

»Ich gebe ja zu, dass sie gut aussieht«, raunte neben mir am Tisch Frau von Tryska, »aber Sie brauchen die Ärmste doch nicht so anzustarren, als hätten Sie sie in Gedanken bereits ausgezogen.«

»Entschuldigen Sie!«, sagte ich und wandte den Blick ab. »Sie haben natürlich vollkommen recht, mich zu tadeln, allerdings wüsste ich nicht, wie man sie anders anschauen sollte.«

Frau von Tryska nahm meine flapsige Bemerkung mit einem Lächeln auf und beugte sich ein Stück vor. »Kennen Sie ihn nicht?«

»Wen? Sie meinen den Herrn? Nein!«

»Es ist der Filmschauspieler Gustav Helmholtz.«

Ich sah wieder hin und blieb eine Weile still. »Richtig, jetzt, wo Sie es sagen.«

Und ohne dass ich sie fragen musste, fügte sie mit einem beiläufigen Achselzucken, aber mit bedeutungsvoll blitzenden Augen hinzu: »Sie kenne ich nicht. Doch keine Sorge! Ich werde schon herausbekommen, wer sie ist. Lassen Sie mich nur machen!«

3

Die Brise, die am nächsten Tag über das Sonnendach strich, war beinahe warm, und so ließ ich mir vom Decksteward einen Liegestuhl zuweisen und vertiefte mich in Schopenhauers Meisterwerk. Obwohl ich es bei einem Buch wie diesem nicht erwartet hatte, stieß ich bald auf eine Stelle, die mich ausgiebig an meine formvollendete Mitreisende denken ließ; die Stelle nämlich, an der sich der Philosoph dazu herablässt, mit kenntnisreicher Tiefe das Verhältnis von Schönheit und Nacktheit auszuloten. Mit trefflicher Begründung verbreitet er, dass einem schönen Körper eigentlich nur die leichteste, wenn nicht sogar keine Bekleidung angemessen sei, dass ein schöner Mensch, wenn er innerlich ganz wahr empfände, am liebsten wohl nackt oder zumindest fast nackt gehen müsste – und eingedenk des Beispiels, das ich vor meinem inneren Auge hatte, konnte ich nicht umhin, dem Verfasser gefühlsmäßig beizupflichten.

Ich legte das Buch zur Seite und blickte aufs Meer hinaus, über dem der Horizont einen vollkommenen Anblick bot. Unter dem leuchtenden Himmel dehnte sich die ungeheure Größe des klaren, grünen Ozeans bis in unerreichbare Ferne. Sonderbar schattenhafte Gestalten flanierten vor dem Hintergrund der Weite und des blendend weißen Sonnenlichts an mir vorüber wie Gestalten eines Traums, von dem ich nicht wusste, ob er nicht vielleicht doch wirklich war.

Irgendwann gegen Mittag wurde am Horizont der weiße Körper eines Ozeanriesen sichtbar, der an Größe und Gestalt der ›Bremen‹ glich und dessen Anblick die Passagiere, die sich an Deck tummelten, immer mehr in Bann zu ziehen begann; denn das Schiff schien es darauf angelegt zu haben, Jagd auf die ›Bremen‹ zu machen, um sie auf offener See zu überholen.

Eine wachsende Anzahl von Passagieren hatte sich eingefunden, um das Schauspiel mit anzusehen, das es draußen auf dem Meer zu beobachten gab. Auch ich selbst stand schließlich an der Reling, um mich von dem Ereignis in der Ferne ablenken zu lassen.

»Es ist die ›Normandie‹, ein französisches Schiff«, sagte jemand unmittelbar neben mir. Der Sprecher war ein schmaler, etwa 60-jähriger Mann mit unauffälligen, freundlichen Zügen.

»Wetten Sie mit mir um ein Glas Kognak?«, fragte ich ihn. »Ich sage, sie schafft es und wird uns schlagen.«

»Einverstanden! Ich halte dagegen. Der Angriff wird abgewehrt!«

Langsam und stetig holte die ›Normandie‹ auf, doch immer, wenn sie kurz davor war, mit der ›Bremen‹ auf gleiche Höhe zu ziehen, schien diese Luft zu holen und sich noch einmal kräftig ins Zeug zu legen, so als hätten die Heizer im Bauch des Schiffes Anweisung erhalten, ihr Letztes zu geben, um eine Niederlage zu verhindern.

»Es wird wohl eine Weile dauern, bis feststeht, wer der Sieger ist«, verkündete der kleine Mann an meiner Seite. »Ich heiße übrigens Wolfrath. Ernst Wolfrath.«

»Freut mich, Ihre Bekanntschaft zu machen, Herr Wolfrath«, entgegnete ich und stellte mich ihm vor. Während sich der Wettkampf in die Länge zog, kamen wir ins Plaudern. So erfuhr ich, dass mein neuer Bekannter ein Professor der Altphilologie und Geschichte aus Heidelberg war. Irgendwann ging er wieder, um einen Spaziergang zu machen, währenddessen ich zu meinem Liegestuhl und dem Buch zurückkehrte.

Es war bereits Nachmittag, als die Französin unserem Dampfer abermals gefährlich nahe kam. Obschon viele Passagiere an der Reling die ›Bremen‹ lauthals zu neuerlicher Anstrengung anfeuerten, zog die französische Königin der Meere schließlich um eine Länge an ihr vorbei.

»Möchten Sie den Kognak gleich oder später?«, fragte mich Herr Wolfrath, nachdem ich ihn kurz darauf an der Stelle, wo er mich eine Stunde zuvor verlassen hatte, wieder getroffen hatte.

»Wenn es Ihnen recht ist, erst heute Abend; aber vielleicht werde ich derjenige sein, der die Zeche bezahlen muss. Sehen Sie: Die ›Bremen‹ hat noch nicht aufgegeben.«

Der Wettkampf war tatsächlich noch nicht entschieden, und bald ertönten erneut die Hurrarufe der Mitreisenden, als die ›Bremen‹ mit ihrem etliche Seemeilen entfernten Hochseekonkurrenten wieder auf gleiche Höhe zog. Fast eine Stunde lang schienen die Schiffe um die Führung zu kämpfen, bevor die ›Bremen‹ vor ihrer Konkurrentin einen klaren Vorsprung gewann und die Französin um eine deutliche Länge zurückfiel. Erst am späten Nachmittag wurde die Konkurrentin nach achtern hin deutlich kleiner, und nachdem die Dämmerung eingesetzt hatte, verschwand sie schließlich vollständig hinterm Horizont.

Beim Abendessen sagte Frau von Tryska zu mir: »Gewiss erinnern Sie sich an die liebreizende Dame von gestern Abend, nach der ich im Moment vergeblich Ausschau halte.«

»Allerdings«, bemerkte ich in einem um Leichtigkeit bemühten Ton, da sie eine wichtigtuerische Pause einlegte.

»Sie hat ein Verhältnis mit ihm – mit Gustav Helmholtz.«

»Ich habe es mir gedacht«, sagte ich, was ja auch stimmte, aber trotzdem fühlte ich einen leisen Stich.

Frau von Tryska nahm einen Löffel von ihrem Dessert. »Sie begleitet ihn zu Dreharbeiten in Hollywood. Seine Frau musste zu Hause bleiben. Er hat sie wegen ihr verlassen.«

»Woher haben Sie denn diese Informationen?«

»Eine Dame, die ich hier an Bord kennengelernt habe, erzählte mir davon. Sie weiß es aus der Berliner Illustrierten, in der vor einiger Zeit darüber berichtet wurde.«

»Wenn es in der Zeitung stand, muss es ja stimmen.«

Sie zuckte die Achseln. »Es wird schon wahr sein. Und wie sollte es sich auch anders verhalten, nicht wahr? Ich kenne sogar ihren Namen. Sie heißt Irene Varo. Und von Berufs wegen ist sie Tänzerin und Artistin.« Sie beugte sich ein Stück vor und flüsterte verschwörerisch: »Sie und ihr Partner sollen in einem Berliner Varieté eine akrobatische Nummer geturnt haben, bei der sie beide nackt gewesen sind.«

Ich konnte nicht verhindern, dass mich ein heißes Gefühl ergriff. »Ach, tatsächlich? Hm! Auch der Mann?«

Frau von Tryska grinste. »In Berlin gibt es Lokale, in denen ist alles möglich. Das muss ich Ihnen bestimmt nicht erzählen.«

»Ja«, brummte ich, »davon habe ich gehört.«

Die Bar, in der ich am Abend mit Professor Wolfrath zusammentraf, lag im Zwischendeck. Einige Paare bewegten sich dort zu den amerikanisch klingenden Rhythmen und Melodien einer kleinen Tanzkapelle über ein gläsernes Parkett. Die Wände der Bar waren mit Tropenholz ausgeschlagen. Die Spiegelflächen, die in einigen Abständen das Holzmuster unterbrachen, verdoppelten die Palmengewächse, die davor in Kübeln standen, sowie auch die Reihe der mit schwarzem Leder bezogenen schmalen Armsessel und den dazugehörigen Tischchen, die am Boden festgeschraubt waren.

»Noch zwei Hennessy?«, fragte der junge Kellner in weißer Livree, der nicht weniger adrett wirkte als die Erste-Klasse-Passagiere, die er zu bedienen hatte.

»Ja, bitte«, sagte Wolfrath, der neben mir am Tresen saß. Sobald die Gläser kamen, erkundigte ich mich nach dem Ziel seiner Reise.

»Ich bin auf dem Weg nach Boston«, antwortete er, »wo ich ein paar Vorträge zu halten habe. Vorher verbringe ich zwei Tage in New York.«

Mir fiel ein, dass ich von Florence Arnheim, die ich in New York besuchen sollte, einmal gehört hatte, dass ihr Vater Professor der Geschichte gewesen war und dass die Familie ursprünglich aus Boston stammte. Ich erinnerte mich allerdings nicht daran, wie der Geburtsname von Florence lautete, sodass es mir im Moment nicht möglich war, Wolfrath zu fragen, ob er die Familie kannte.

»Sie müssen ein berühmter Wissenschaftler sein, wenn man Sie sogar zu einer Vortragsreihe nach Amerika eingeladen hat«, wollte ich von ihm wissen.

»Ich habe es weniger meinem Ansehen als meinen guten Kontakten nach drüben zu verdanken, dass man mich herbittet«, sagte der Professor in einer Bescheidenheit, die zu ihm passte. »Aber die Reise kommt mir gelegen. Ich bin froh, dass ich Deutschland für eine Weile verlassen kann.«

»Das geht mir nicht anders«, erwiderte ich.

Kaum hatte ich es gesagt, ging mir auf, dass die Bemerkung des kleinen Professors wohl in einem ganz anderen Sinne gemeint gewesen war, als es meine eigenen leicht dahin gesprochenen Worte zum Ausdruck brachten.

»Und welchen Grund haben Sie selbst, froh darüber zu sein, Deutschland verlassen zu können?«, fragte Professor Wolfrath leise.

»Nun, ich wollte nur sagen, dass ich die Annehmlichkeiten einer Reise im Verhältnis zum grauen Alltag meiner Berufstätigkeit sehr zu schätzen weiß«, erwiderte ich vorsichtig.

Der Professor starrte eine Weile verloren in Richtung des Tanzparketts, dann sah er wieder zu mir und sagte: »Am 6. November wird in Deutschland gewählt. Werden Sie bis dahin in die Heimat zurückgekehrt sein?«

»Ganz sicher! Allerdings habe ich meine Reisepläne nicht auf diese Wahlen abgestellt. Man wird des Wählens allmählich müde.«

»Das sollten Sie nicht sagen!«, entfuhr es dem Professor in einem Tonfall, dessen Heftigkeit mich aufblicken ließ. »Die Leute müssen sich der radikalen Kräfte unbedingt erwehren. Viel zu viele scheinen zu fühlen wie Sie. Das ist mit ein Grund, weshalb ich denke, es wäre das Beste, Deutschland auf Dauer zu verlassen.«

»Sie fürchten ernstlich den Ausgang der Wahlen? Was soll sich denn ändern? Diese Wahlen werden bestimmt nichts Neues bringen.«

»Oh doch!«, entgegnete Wolfrath. »Herrn Hitler als Reichskanzler zum Beispiel.«

»Das ist ausgeschlossen!«, entgegnete ich. »Die Nationalsozialisten haben ihre besten Zeiten längst hinter sich. Sie können keine Mehrheit im Reichstag bekommen, verlassen Sie sich drauf!«

»Darf ich Sie an etwas erinnern? Wir leben inzwischen in der Zeit der Präsidialkabinette«, sagte der Professor. »Auch ohne eine Mehrheit kann Herr Hitler Reichskanzler werden, wenn der greise Hindenburg sich dem Druck gewisser Kräfte beugt und ihn zum Präsidialkanzler ernennt. Und diese Gefahr ist umso größer, je mehr Stimmen die Hitlerpartei erlangt.«

»Hindenburg wird ihn nicht ernennen, glauben Sie mir. Er hat das erst kürzlich mit aller Entschiedenheit abgelehnt.«

»Ich traue dem Präsidenten nicht. Ihm nicht, und erst recht nicht den windigen Ratgebern des alten Mannes.«

Eine Zeit lang herrschte Schweigen zwischen uns.

»Wovor haben Sie Angst?«, wollte ich wissen. »Einmal unterstellt, es käme wirklich so, wie Sie befürchten.«

»Ich bin immerhin Inhaber eines Lehrstuhls«, stellte der Professor fest, »und obwohl inzwischen getauft: Ich bin gebürtiger Jude.«

Obwohl ich es eigentlich gar nicht wollte, merkte ich, dass ich etwas auf Distanz zu ihm ging. »Als jüdischer Inhaber eines Lehrstuhls kann man sicher mit Anfeindungen rechnen«, sagte ich im Bewusstsein, dass er in den Augen der Antisemiten ein Jude blieb, auch wenn er hundertmal übergetreten war. »Allerdings wird auch bei den Nationalsozialisten nichts so heiß gegessen wie gekocht!«

»Viel heißer, als man kochen kann, mein Lieber!«, sagte der Professor leise. »Wenn es nur der Lehrstuhl wäre, würde ich mir weniger große Sorgen machen.«

»Wir leben in einem zivilisierten Land«, äußerte ich und dachte mit zugeschnürter Kehle an mein Erlebnis mit den beiden Strolchen am Landwehrkanal. »Jedenfalls – sofern Sie an Pogrome denken, kann ich Ihnen versichern, dass derlei Dinge in Deutschland völlig undenkbar sind.«

»Die Zivilisation ist kein Zustand, der ein für alle Mal festgeschrieben wäre«, widersprach mir der Professor. »Es hat schon stärker gefestigte Zivilisationen als Deutschland gegeben, die schließlich in der Barbarei untergegangen sind.«

»Sie sehen zu schwarz, Herr Professor«, entgegnete ich, »wahrscheinlich haben Sie sich als Historiker zu lange mit dem Untergang alter Kulturen beschäftigt. Worüber werden Sie in Boston sprechen? Ich hoffe, es geht nicht um den Untergang Deutschlands?«

Der Professor rang sich ein Lächeln ab. »Nein – höchstens am Rande. Vereinfacht gesagt, wird sich meine Vortragsreihe damit beschäftigen, wie schon Kunst und Archäologie des Altertums und Mittelalters dem Bestreben des Menschen Ausdruck gaben, sich aus irdischen Verstrickungen zu lösen und zu höheren Formen der Selbstbewusstheit hin zu befreien.«

»Interessant«, sagte ich. »Das bringt mich auf eine Frage! Was denken Sie: Haben die geistigen Fähigkeiten des Menschen in der Aufeinanderfolge der Generationen zugenommen oder sind sie verkümmert?«

»Inzwischen sind diese Fähigkeiten nahezu verschwunden«, konstatierte der Professor. »Wir leben in einer Zeit des immer schneller voranschreitenden geistigen Verfalls, und wenn wir nicht sehr aufpassen, mag sich am Ende ein Abgrund auftun, in dem wir alle versinken werden.«

Die Bar hatte sich allmählich gefüllt, sodass inzwischen am Tresen wie auf der Tanzfläche ein regelrechtes Gedränge herrschte. Und sowie ich meinen Blick in die entgegengesetzte Richtung über die Gesichter der Menschen auf der anderen Seite des ovalen Tresen schweifen ließ, entdeckte ich auf Barhockern weit in der Ecke den Schauspieler Gustav Helmholtz und neben ihm die Artistin Irene Varo.

»Noch habe ich etwas Hoffnung, dass es nicht die Deutschen sein werden, die der Menschheit das Tor zur Hölle öffnen«, merkte Wolfrath an. »Aber Sie wissen: Die Hoffnung stirbt zuletzt.«

Mein Herz begann schneller zu klopfen und mein Interesse an der Unterhaltung mit Wolfrath ließ deutlich nach, bis ich gar nicht mehr mitbekam, was er als Nächstes sagte.

Das Gesicht auf der anderen Seite des Tresens war unzweifelhaft eines aus der Vergangenheit, denn solche Gesichter, so ging es mir durch den Sinn, gab es heutzutage eigentlich nicht mehr. Die holde Gelassenheit seines Ausdrucks, die klaren, grünen Augen, die gerade abfallende

Nase und der liebliche Mund, schließlich die edle anmutige Haltung des Körpers: All dies schien aus der begnadeten Hand eines florentinischen Künstlers auf ein Renaissancegemälde geworfen zu sein.

»Noch ein Bier oder einen Hennessy?«, erkundigte sich der junge Kellner.

»Ja, bitte – beides«, gab ich zur Antwort.

Sie unterhielt sich mit dem Schauspieler, doch war es hauptsächlich Helmholtz, der sprach. Hin und wieder konnte ich seine brummige Stimme hören, vor allem in den Momenten, wenn er bei dem Kellner, der ihn wie einen Stammgast behandelte, eine Bestellung aufgab. Auch Helmholtz trank Hartes, und das in kurzen Abständen. Die Schöne an seiner Seite nippte derweil an einem Gläschen Wein; sie schien am Alkohol kein großes Interesse zu haben.

»Ist das dort drüben nicht der Filmschauspieler Helmholtz?«, fragte Wolfrath, dem mein abschweifendes Interesse nicht entging.

»Ja. Man erzählt sich, er sei zu Dreharbeiten nach Hollywood unterwegs.«

»Eigenartig«, sagte Wolfrath, senkte den Blick und starrte stumm auf sein Glas. »Nun, es mag wohl ein Zufall sein.«

Vielleicht hätten sich ein paar Dinge anders entwickelt, wenn ich nachgefragt hätte, was er damit meinte; allein: Ich tat es nicht.

Wolfraths Interesse kehrte wieder zu unserem Thema zurück, und er erzählte mir von der Weisheit der Menschen früherer Zeiten. Bisweilen erwiderte ich etwas, das ich kurz darauf aber wieder vergaß.

Die anmutige Artistin musste gespürt haben, dass ihr mein uneingeschränktes Interesse galt, denn als ich erneut hinübersah, drehte sie jäh den Kopf und schaute einen Moment lang unverwandt in mein Gesicht.

Ich versuchte zu lächeln, hoffte inständig, dass es keine Grimasse war und schwebte auf Wolke sieben, nachdem sie zurücklächelte. Ein heller Sonnenstrahl durchglühte meine sehnsüchtige Seele. Am liebsten wäre ich zu ihr hingegangen und hätte sie angesprochen, doch ich wusste, dass man so etwas nicht überstürzen durfte. Gerade einer solchen Frau musste man sich behutsam nähern.

Es verging eine Viertelstunde, ohne dass es mir gelang, einen weiteren Blickkontakt mit den meergrünen Augen der Schönen herzustellen. Irgendwann sah ich, wie Helmholtz die Rechnung bezahlte. Kurz darauf standen die beiden von ihren Barhockern auf und schritten auf den Ausgang zu.

An der Tür hielt die schöne Artistin einen Moment lang inne und sah in den Raum zurück, so als wollte sie all die bewundernden Blicke in sich aufnehmen, die ihren eleganten Schritten nachgefolgt waren. Das zarte Lächeln, das dabei ihre Lippen umspielte, schickte sie nuanciert, dennoch überdeutlich auch in meine Richtung, ehe ihre federnde Gestalt noch vor der des Schauspielers zum Deck hinaus verschwand.

4

Am nächsten Tag nahm ich mir die Zeit, einen Blick in die Unterlagen zu werfen, die mir Philipp Arnheim in Berlin kurz vor Antritt meiner Reise übergeben hatte. Mit Ausnahme einer Aufstellung aller wichtigen persönlichen Daten der Arnheims enthielten sie an hervorgehobener Stelle den Hinweis auf den entwendeten Brief, dessen Rückgabe Bedingung für den Abschluss einer Vereinbarung über die Folgen der Scheidung war. In den Unterlagen befand sich auch ein Brief von Philipp Arnheim an seine Frau, der in einem verschlossenen Umschlag steckte, und für den Arnheim mir aufgetragen hatte, ihn nur persönlich an Florence zu übergeben.

Was wusste ich von Philipp Arnheim? Was von Florence Arnheim, seiner Frau?

Haller, mein Seniorpartner, hatte mir erzählt, dass Arnheim unmittelbar nach dem Weltkrieg als einer der ersten Harvard-Stipendiaten der Wirtschaftswissenschaften, denen dergleichen ermöglicht wurde, nach Amerika gegangen war. Dort war er Florence begegnet, dem einzigen Kind eines deutschstämmigen Geschichtsprofessors; Florence' Mutter, obgleich viel jünger als ihr Mann, war zu jener Zeit schon verstorben. Florence' Vater gehörte zu der Schicht der Amerikaner, die an allem hing, was Deutsch war oder sich diesen Anschein gab. Selbstredend, dass er die Verbindung seiner Tochter mit Arnheim für ausgesprochen gut befand. Die frisch Vermählten waren nach Deutschland gegangen, wo Philipp Arnheim schnell in die Führungsspitze des familieneigenen Bankhauses aufgestiegen war. Seit dem Tod seines Vaters vor zwei oder drei Jahren war er der alleinige und unumschränkte Herrscher im eigenen Haus.

Von Florence hätte ich mehr wissen können, aber dem war nicht so. Wir waren uns vor etwa zwei Jahren auf der Geburtstagsfeier meiner Schwester Doris, die mit den Arnheims befreundet war, zum ersten Mal begegnet. Florence und ich hatten uns gut verstanden. Da ihr Gatte nicht zugegen gewesen war, hatten wir uns irgendwann davongestohlen und den Rest der Nacht miteinander verbracht. Ein paar heimliche Treffen waren gefolgt, das letzte davon lag ein Jahr oder mehr zurück. Ihr Ehemann und sie lebten in besten finanziellen Verhältnissen, das wusste ich, und auch, dass sie keine Kinder hatten. Das war alles. Doch selbst über diese Dinge hatten wir kaum miteinander gesprochen.

Ich legte die Unterlagen in den Schrank zurück, packte Badehose und Handtuch in eine Tasche und verließ die Kabine.

Das Schwimmbad wurde von blauen Säulen getragen und aus den großen steinernen Schildkröten beidseits des Beckens sprudelte vorgewärmtes Meerwasser. Außer mir waren nur ein paar Jungen im Bad, die vom Beckenrand aus Sprünge in das Wasser unternahmen, während ich unter dem vollen Einsatz meiner Kräfte meine Bahnen zog. Schließlich legte ich mich auf den Rücken und paddelte in dieser Weise durch das Wasser, dabei betrachtete ich die viereckigen Lichtschächte unter der Decke und schenkte den Ereignissen außerhalb des Beckens keine Beachtung mehr.

Sowie ich nach zehn Minuten eine Pause einlegte und dem Becken entstieg, war ich überrascht, auf einer der Bänke, unter denen die Heizkörper angebracht waren, eine junge Frau sitzen zu sehen. Sie trug eine Sonnenbrille, sodass ich ihr Gesicht nicht sofort erkannte, allerdings nahm ich die ausgeprägte Schönheit ihrer langen Beine und Arme wahr, sah, wie ihr die Erotik förmlich aus jeder Pore drang. Eine

Schönheit in Vollendung, wie es sie unter den Menschen nur selten gab, und da wusste ich, wer die Frau war, die mich durch ihre dunklen Gläser hindurch zu mustern schien.

Ich ging langsam auf sie zu, stand ihr, noch ein wenig verwirrt, in meiner Badehose am Beckenrand gegenüber, bis sie sich erhob und mich anlächelte. Sie war nur ein wenig kleiner als ich, das Gesicht über dem langen Hals fast auf meiner Höhe, ein gertenschlanker Engel in einem knappen Badeanzug aus weißem Atlas. Auch aus der Nähe verblasste ihre Wirkung auf mich nicht, sondern war vielmehr noch intensiver und eindeutiger. Eine Haut wie schimmernde Seide, schoss es mir durch den Kopf. Mir war, als hätte ich das erste Mal in meinem Leben begriffen, was Eros war.

Sie nahm die Brille ab. Eine Weile erwiderte ich ihren Blick, ohne etwas zu sagen.

»Dr. Livingstone, nehme ich an?«

»Eugen Goltz ist mein Name; nur ein Reisender über den großen Ozean.«

Ihre Augen glitten gleichmütig über mich hinweg, und doch hatte ich das Gefühl, dass sie mich ganz genau betrachtete.

»Der Ozean ist ein Ort, der fast genauso gefährlich ist wie der afrikanische Dschungel«, sagte sie, ohne ihren Namen zu nennen. Als ob sie ahnte, dass ich ihn schon kannte.

»Ja! Das Meer ist unberechenbar. Ehe man sich versieht, hat es einen verschlungen. Dr. Livingstone hatte es da im Dschungel besser.«

Sie lächelte. »Wohin fahren Sie? Ist es Ihre erste Reise nach Amerika?«

»Ich war noch nie auf dem Atlantik«, erwiderte ich. »Und über New York komme ich beim ersten Mal nicht hinaus.«

»Da habe ich mehr Glück als Sie. Wenn alles gut geht, werde ich sogar den Pazifik sehen.«

»Sie reisen mit Herrn Helmholtz – werden Sie denn auch in einem Film zu sehen sein?«

Ihr Blick ruhte auf meinem Körper, was mir ganz angenehm war, weil ich keinen Grund hatte, ihn zu verstecken. Ich war in recht gefälligen Verhältnissen gebaut. Obwohl ich die 40 überschritten hatte, schlank und muskulös.

»Helmholtz ist der Schauspieler«, lächelte sie, »ich selbst bin nur in einer unbedeutenden Nebenrolle zu sehen.«

»Unbedeutend? Das kann ich bei Ihnen nicht glauben.«

Sie richtete ihren dunkelgrünen Blick auf das Wasser des Schwimmbassins. »Man fängt immer klein an«, lächelte sie. »Die Lorbeeren muss ich mir noch verdienen.« Sie wandte sich mit einer anmutigen Bewegung zur Seite, legte die Brille auf die Bank zu ihrem Handtuch und ging auf die Stirnseite des Schwimmbeckens zu.

»Es wird Ihnen gelingen. Wie heißt denn der Film?«

Sie sah wieder zu mir und zuckte die reizenden Schultern. »Helmholtz wird es wissen«, sagte sie und warf in einer knappen Bewegung den leuchtenden Haarschopf zurück. »Sie können ihn ja mal fragen!«

Sie ließ ihren Blick zurück auf das Wasser schweifen. »Es war nett, Sie kennenzulernen«, hauchte sie mit einem zarten Lächeln. »Vielleicht sehen wir uns heute Abend wieder – oder morgen, es sind ja noch zwei Tage Fahrt bis zu unserem Ziel.«

»Ich würde es mir sehr wünschen.«

Mit einem gekonnten Kopfsprung, der kaum Wasser aufspritzen ließ, tauchte sie ins Schwimmbassin ein. Fasziniert sah ich zu, wie sie in langen Zügen durch das Becken schwamm, hin und zurück, vier- oder fünfmal. Anschließend sprang sie vor mir förmlich wieder aus dem Wasser, nahm ihre Brille und ihr Handtuch und schwebte auf ihren langen Beinen davon.

Zuweilen eröffnete einem das Leben erstaunliche Welten, kam es mir in den Sinn. Es galt nur, die Tür zum Unerforschlichen offen zu lassen und sie dann und wann zu durchschreiten. Und es hing alles nur davon ab, dass einem der Sprung ins Ungewisse gelang.

Später beim Essen lud mich Frau von Tryska ein: »Heute Abend läuft ›Der blaue Engel‹ im Bordkino! Möchten Sie mich nicht begleiten?«

Ich sagte zu, und so kam es, dass ich nicht lange danach neben Frau von Tryska in einem voll besetzten Kinosaal saß.

Das Publikum war begeistert. Es liebte vor allem das Spiel der Marlene Dietrich, die die Rolle der Tänzerin Lola Lola verkörperte. Mir persönlich gefiel ihr Spiel weniger gut. Emil Jannings in der Rolle des Professor Unrat hingegen war gut besetzt. Und gerade an diesem Abend konnte ich die Pein einer unerfüllten Sehnsucht gut verstehen.

Als ich eine halbe Stunde nach Ende des Films in der Bar eintraf, saß der kleine Professor Wolfrath am Tresen und erwartete mich. Er schien sich nicht behaglich zu fühlen.

»Ich leide noch unter den Nachwirkungen vom gestrigen Abend«, entschuldigte er sich, »aber wenigstens für ein Stündchen wollte ich meine Kabine verlassen, um ein wenig mit Ihnen zu plaudern. Ich würde gern an unser gestriges Gespräch anknüpfen.«

»Sprachen wir nicht über Deutschlands Untergang?«

»Ich hoffe, dass Sie meine Ansichten nicht lächerlich finden. Mir ist es ganz und gar ernst! Wir Deutschen haben unsere kulturelle Identität verloren; es rächt sich, wenn ein Volk die eigenen Mythen vergisst, dann erfindet es sich einfach irgendeinen chauvinistischen Unsinn.«

Irene Varo war nirgendwo zu sehen, doch an einem der Tische saß der Schauspieler Helmholtz und spielte mit zwei anderen Männern Karten. Fast alle Tische im Lokal waren besetzt. Zudem war das Tanzparkett voller Paare, während die Band südamerikanische Rhythmen spielte.

»Wir haben unsere Mythen nicht vergessen«, entgegnete ich, »andere haben sie uns geraubt.«

»Geraubt?«, fragte der Professor. »Wer denn? Sie denken dabei nicht zufällig an die Juden?«

»Ich dachte an die Siegermächte des Weltkriegs und an den schrecklichen Versailler Vertrag.«

Der Professor machte eine ablehnende Handbewegung. »Das Vergessen hat schon lange vor dem Krieg eingesetzt. Ein Mann wie Hitler könnte keine neuen gefährlichen Werte heraufbeschwören, wenn sich die Deutschen ihrer selbst und ihrer Geschichte hinreichend bewusst wären. Das gilt auch für jeden einzelnen Menschen. Wenn er weiß, wer er ist, kann es ihm ein anderer nicht sagen!«

»Gefährliche Werte? Ist das nicht übertrieben?«

»Wenn ein irrationaler Wert wie der des Blutes eine alle anderen Werte überragende Bedeutung erlangt, kann von dem sinnstiftenden Mythos eines Volkes nicht mehr die Rede sein. Ein solcher Mythos ist gefährlich, es kann daraus etwas sehr Böses entstehen.«

»Der Aspekt mit dem Blut ist wirklich widerlich. Aber die Menschen suchen eben Halt in einem Wert, der ihnen das Gefühl der Zusammengehörigkeit vermittelt. Ob man nun auf die Herkunft abstellt oder auf das Blut, da ist wohl kein Unterschied.«

»Und warum stellt man nicht auf die Sprache ab?«

Ich zuckte mit den Achseln. »Deren Bedeutung ist nicht geschmälert.«

Etwas, das mir nur undeutlich bewusst wurde, veranlasste mich in diesem Moment, in Richtung der Tür zu sehen, und ich stellte fest, dass der kaum bewusste Eindruck nicht getrogen hatte. Von der Tür aus sahen mich zwei meergrüne Augen an; zwar nicht aus nächster Nähe, aber auch nicht von weit entfernt. Sie konnte eben erst die Bar betreten haben.

»Eine Sprache kann man lernen, in die Tradition eines Volkes kann man hineinwachsen«, hörte ich Wolfrath sagen, »mit dem Blut wird eine Wertigkeit ins Spiel gebracht, die unabänderlich ist. Man kann nun sagen, es gibt schlechtes Blut und gutes Blut.«

Irene Varo war an den Tresen getreten und wechselte ein paar Worte mit dem jungen Kellner. Dann sah sie wieder zu uns herüber, mit einem unbestimmten Lächeln auf den schönen Zügen, und bevor sie wegsehen konnte, grüßte ich sie mit einer Handbewegung, als ob wir beide alte Freunde wären. Sie reagierte wie erhofft und warf in einer anmutigen Bewegung den Kopf zurück. Anschließend machte sie zwei, drei Schritte in unsere Richtung und stand gleich darauf neben mir.

»Hatten Sie einen angenehmen Tag?«, erkundigte ich mich.

»Ich habe mich wunderbar erholt«, erwiderte sie mit ihrer hellen Stimme. »Und Sie? Was haben Sie unternommen?«

»Eben war ich im Kino. Es lief ›Der blaue Engel‹.«

»Die Verfilmung des ›Professor Unrat‹? Ich las das Buch – der Schriftsteller selbst schenkte mir einmal ein Exemplar.«

»Der Schriftsteller? Heinrich Mann?«

»Er verkehrte in einem Klub, in dem ich einmal gearbeitet habe.«

Die Band war zu leichten italienischen Klängen übergegangen. Einige Paare hatten das Tanzparkett betreten. Helmholtz war am Tisch ganz und gar mit seinen Karten beschäftigt.

»Tanzen Sie?«, fragte ich. »Darf ich Sie um einen Tanz bitten?«

»Gern«, erwiderte sie und drehte sich sogleich um. So ließ ich den kleinen Professor an der Bar zurück.

Ihre Hand mit den langen Fingern, feingliedrig und elegant, lag warm und prickelnd in der meinen, während ich mit der anderen Hand ihre ranke Taille umschloss. Wir tanzten von Anfang an eng beieinander und gerieten wie selbstverständlich in einen Ablauf gelungener und aufeinander abgestimmter Bewegungen hinein, Bewegungen, die so selbstverständlich und harmonisch waren wie das Strömen des rasch dahinfließenden Wassers.

»Sie haben mir noch nicht gesagt, woher Sie kommen«, sagte sie. Ich antwortete, ich käme aus Berlin, weshalb sie lächelte und mir zuflüsterte: »Da ha' ick ooch noch een Koffer.«

Diese Worte klangen seltsam aus ihrem Mund, da ich sie mit Vorstellungen von häuslicher Idylle assoziierte, die nicht so recht zu ihrer Schönheit passen wollten.

»In welchem New Yorker Hotel werden Sie nach unserer Ankunft Quartier nehmen?«, befragte mich meine Tanzpartnerin.

»Im Plaza in der Park Avenue. Und Sie?«

»Wenn ich mich nur an den Namen erinnern könnte! Helmholtz hat ihn mir genannt; allerdings bleiben wir auch nur ein oder zwei Nächte in New York und fahren anschließend mit dem Zug weiter nach Westen; es ist wegen der Termine.«

Die Wärme, die Energie, eine gegenseitige Anziehungskraft schien uns beide miteinander zu verschweißen. Ich hatte Raum und Zeit und den kleinen Professor an der Bar vollkommen vergessen und nahm lediglich wahr, dass die Band inzwischen Walzermusik spielte. Während sie sich noch enger an mich drückte, ließ sie ihren Blick immer mal wieder hinüber zu Helmholtz schweifen, doch der Mann war derart in sein aufregendes Spiel mit seinen Tischnachbarn vertieft, dass er überhaupt kein Auge mehr für seine treulose Freundin hatte.

»Obwohl es ja eigentlich schade ist, New York so schnell verlassen zu müssen«, bedauerte sie.

»Es soll eine fantastische Stadt sein«, erwiderte ich, »und deshalb hätte ich Sie gern …« Ich sprach den Satz nicht zu Ende.

»Sie hätten gern was?«, flüsterte sie.

»Ich hätte Sie gern in New York wiedergesehen.«

Ihre Hand schloss sich ein Stückchen fester um die meine.

»Wer weiß?«, sagte sie. »Man trifft sich ja immer zweimal im Leben.«

»Möge sich das auch in unserem Fall bewahrheiten!«

Sie wandte das schöne Gesicht in meine Richtung, sodass sie mir auf diese Weise noch näher kam, und ich spürte unter dem dünnen, grauen Stoff ihrer Kostümjacke die zarten, aber festen Schultern.

»Was werden Sie selbst in New York machen?«, flüsterte sie. »Reisen Sie in Geschäften?«

»Gewissermaßen! Ich bin Anwalt und unterwegs zu Verhandlungen mit einer New Yorker Kanzlei.«

Das Schiff bohrte den Bug in ein Wellental, wodurch das Tanzparkett in eine leichte Schräglage geriet. Daraufhin fasste ich sie einen Moment lang noch enger, um ihr Halt zu geben, wenngleich sie dazu meine Hilfe nicht nötig gehabt hätte.

»Möchten Sie mir die Nummer Ihrer Kabine sagen?«, raunte sie in mein Ohr und erwiderte den Druck meines Körpers entschlossen mit dem ihrigen. Ich flüsterte ihr die Nummer zu und wiederholte sie, damit sie diese auch ja richtig verstand.

»Gustav verlässt mich jeden Abend zwischen zehn und elf Uhr«, teilte sie mir mit. »Irgendwann landet er unweigerlich hier in der Bar. Zumeist komme ich etwa eine Stunde später nach. Morgen Abend, sobald er gegangen ist, werde ich an Ihre Tür klopfen.«

Ein jäher Trommelschlag beendete den Walzer, kaum dass ich ihr meine Zustimmung ins Ohr gehaucht hatte. Einen kurzen Moment lang herrschte völlige Stille in der Bar. Sowie der Geräuschpegel wieder einsetzte, sagte sie: »Bis morgen!«, trat einen Schritt zurück, dankte mir mit einem reizenden, unverbindlichen Lächeln für den Tanz und wandte sich von mir ab.

Wolfrath starrte mich an, als ich mich wieder auf den Barhocker an seiner Seite schwang. Sein Gesicht erschien mir unnatürlich bleich.

»Diese Frau gehört zu Herrn Helmholtz, nicht wahr?«, fragte er. »Wie ist ihr Name?«

Seine Augen wanderten hinüber zu dem Tisch, an dem Irene Varo inzwischen an der Seite von Helmholtz Platz genommen hatte, um den Männern beim Kartenspiel zuzusehen.

Ich beantwortete seine Frage.

»Irene Varo!«, murmelte er nachdenklich und blickte dabei weiter hinüber zu dem Tisch. Schließlich senkte er den Blick, als befürchtete er, man könnte ihn erkennen, und sagte so leise, dass ich es bei all den Geräuschen ringsum gerade noch verstand: »Ich weiß nicht, wer und was sie ist, Sie sollten sich auf alle Fälle vor ihr in Acht nehmen.«

Ich beschloss, mir meine Aussichten auf den morgigen Abend von ihm auf keinen Fall verderben zu lassen, ganz egal, was er mir alles erzählen würde.

»Warum sagen Sie das?«

»Wir sprachen eben über gefährliche Mythen«, erinnerte er mich. »Diese Frau gehört dazu.«

»Zu einem gefährlichen Mythos? Ach so, Sie meinen denjenigen einer wunderschönen Frau!«

»Sie irren sich möglicherweise«, entgegnete Wolfrath, »oder besser gesagt: Sie erkennen in der Schönheit nur den positiven Wert. Doch die Schönheit kann nicht nur für den Himmel, sondern auch für die Hölle stehen; sie hat gleichermaßen lichte und finstere Aspekte.«

»Ich bin sicher, dass ich es hier mit dem lichten Aspekt zu tun habe!«

Der Professor sagte nichts, sondern nippte nur einige Male an seinem Bier; dann rief er den Kellner, bat um die Rechnung und stand auf.

»Sie wollen schon gehen?«

»Ich muss darüber nachdenken, welche Rolle diese Frau hier auf dem Schiff spielt«, erklärte er. »Leben Sie einstweilen wohl! Wir sehen uns morgen!« Er bezahlte die Rechnung und wandte sich zum Gehen.

»Warten Sie!«, sagte ich und griff nach meinem Glas, um es auszutrinken. »Ich begleite Sie an Deck.«

Doch der Professor war bereits auf den Ausgang zugeeilt. Sowie ich ihm eine Minute später auf das Deck hinausgefolgt war, konnte ich ihn nicht mehr sehen.

Ich trat an die Reling und starrte in die Nacht. Ein paar Sterne blinkten oben am Firmament, während der Mond hinter einer Wolkenmasse verborgen war. Das Meer leuchtete beinahe schwarz, gefährlich, dennoch verführerisch und grenzenlos.

5

Trotz der erfreulichen Aussichten für den kommenden Abend war mir am nächsten Morgen die heitere Urlaubsstimmung der vergangenen Tage abhanden gekommen. Ich hatte keine Ahnung, woher die trübe Stimmung rührte, wahrscheinlich hatte ich einfach nur schlecht geträumt.

Das Wetter hatte gewechselt. Die Sonne war verschwunden, der Himmel hatte sich bedeckt und das Meer schien unter der noch gleichmäßigen Oberfläche unruhig geworden zu sein.

Weder die schöne Artistin noch der kleine Professor Wolfrath begegneten mir bei meinen Wanderungen über die Decks; einzig Frau von Tryska, die mir bei den Mahlzeiten auch am vorletzten Tag der Reise nicht von der Seite wich, leistete mir unter dem trüben Himmel Gesellschaft und heiterte durch belanglose Späße meine Stimmung ein wenig auf.

Beim Abendessen sagte sie zu mir: »Wie schade, dass wir morgen schon am Ziel angelangt sind! Die Überfahrt ist doch das Beste an einer solchen Reise. Die Schiffe werden heutzutage immer schneller, das gefällt mir nicht! Trotzdem ist dies die bisher angenehmste meiner Atlantiküberquerungen. Dafür mache ich auch Sie verantwortlich.«

»Es freut mich, dass ich zum Gelingen Ihrer Reise beitragen konnte«, erwiderte ich höflich, »auch Sie waren mir eine nette Gesellschafterin.«

Sie lächelte süffisant. »Darf ich Sie einmal in Ihrer Berliner Kanzlei besuchen, wenn ich das nächste Mal in der Hauptstadt bin?«

»Kommen Sie nur!«, erwiderte ich. »Ich freue mich auf Ihren Besuch!«

»Ich hoffe, Sie meinen das genauso ernst wie ich.«

»Natürlich! Warum sollte ich es nicht ernst meinen?«

»Wer weiß«, gab sie zu bedenken. »Wenn man Urlaubsbekanntschaften wieder trifft, erlebt man nicht selten eine unangenehme Enttäuschung. Außerdem kann es ja auch ein Problem sein, das uns erneut zusammenführt.«

»Deswegen brauchen Sie sich keine Gedanken zu machen. Die Probleme anderer Leute sind schließlich mein Beruf.«

»Was für ein schreckliches Metier«, sagte sie, strahlte dabei aber über das ganze Gesicht, »trotzdem bin ich nun beruhigt.«

Ich hatte vorgehabt, gleich nach dem Abendessen in meine Kabine zurückzukehren, doch Frau von Tryska verhinderte es, indem sie mich nach dem Dessert zu einem Aperitif einlud, um mir von ihren diversen Erfahrungen während früherer Schiffsreisen zu erzählen. So hörte ich ihren Schilderungen eine geschlagene halbe Stunde lang mit pflichtbewusster Miene zu.

Gerade wollte ich einen neuerlichen Anlauf starten, den Tisch zu verlassen, da hörte ich eine bekannte Stimme meinem Namen nennen. Ich sah zur Seite und erblickte neben mir in der Pose eines Besuchers, der vorsichtig anfragte, ob er näher treten dürfe, Professor Wolfrath.

»Entschuldigen Sie, wenn ich Ihr Gespräch unterbreche«, raunte mir der kleine Professor zu und nickte kurz zu Frau von Tryska hinüber, die ihm von mir bislang noch nicht vorgestellt worden war, »haben Sie etwas Zeit für mich?« Und ohne meine Antwort abzuwarten, beugte er sich ein Stück tiefer und raunte mir so leise wie eindringlich zu: »Wir müssen uns unterhalten, Herr Goltz! Kommen Sie in meine Kabine! Nummer 83!« Er blickte auf seine Armbanduhr. »Sagen wir, um zehn Uhr!«

»Was ist denn passiert?«

»Seien Sie bitte vorsichtig!«, sagte er flüsternd, wohl in der Hoffnung, dass Frau von Tryska ihn nicht verstand. »Sie wissen schon – die reizende Dame!« Er beließ es bei der Andeutung und richtete sich wieder auf.

»Ich weiß nicht, ob und wann ich es einrichten kann«, erwiderte ich mit gesenkter Stimme, »meine Verabredung mit jener reizenden Dame steht dem im Wege. Vielleicht später.«

Er starrte mich einem Moment unsicher an. »Es ist in Ihrem eigenen Interesse«, sagte er, nickte dann Frau von Tryska zu und wandte sich ab. Schon war er durch die Glastüren hinaus auf das Passagierdeck verschwunden.

Frau von Tryska lächelte nachsichtig und setzte ihre Schilderung fort, so als hätte es die kurze Unterbrechung durch Herrn Wolfrath nicht gegeben. Es dauerte keine weiteren zehn Minuten, bis es mir gelang, mich auf- und davonzumachen und in meine Kabine zurückzuziehen.

Mir stand nicht der Sinn nach einer Unterhaltung mit Herrn Wolfrath. Ich wollte mir von ihm nicht die Laune verderben lassen, deshalb beschloss ich, da es bereits nach neun Uhr war, meine Kabinentür nur zu öffnen, um Irene einzulassen, sobald sie von draußen daran klopfte.

Ich stärkte meine Nerven mit einem Kognak, spülte das Glas und stellte es mit der Flasche und einem weiteren Glas auf den Tisch; im Anschluss daran legte ich mich mit dem Karl-May-Buch auf das Kajütenbett.

Wider Erwarten schaffte ich es, mich durch die Abenteuerlektüre ablenken zu lassen. Während ich miterlebte, wie Old Shatterhand und Old Wabble ihren Freund Old Surehand des Nachts von einer geheimnisvollen Insel befreiten, wo er von Feinden an einen Baum gebunden worden war, befiel mich eine leichte, angenehme Müdigkeit. Ich legte schließlich das Buch beiseite und begann, mit offenen Augen zu träumen.

Auf einem Sessel, der neben dem Schrank an der Tür der gegenüberliegenden Seite des Raumes platziert war, lag eine Wolldecke, die ich in der vergangenen Nacht nicht benötigt und deshalb achtlos dorthin geworfen hatte, und die sich nun zu einem eigenartigen Gebilde aufgetürmt hatte. Bald hatte sich mein Blick so vollständig in diesem Deckenknäuel verloren, dass ich ein bizarres Muster darin wahrzunehmen begann, ähnlich wie es geschieht, wenn man längere Zeit intensiv auf ein Wolkengebilde starrt. Das Muster, das sich zuerst in verschwommenen Umrissen, dann deutlicher vor mir abzeichnete, gewann allmählich die Gestalt eines Menschen, die eines alten Mannes. Dieser Eindruck wurde nach einer Weile so stark, dass ich mich in meinem Dämmerzustand ernstlich zu fragen begann, ob ich wirklich noch allein in meiner Kabine war.

Lebendig sah das Wesen bei genauerer Betrachtung nicht aus, da die Augen zwar weit geöffnet waren, jedoch so starr wie die eines Toten blickten, was passte, da die gesamte Erscheinung wie festgefroren erschien, womit sie einen auffallenden Gegensatz zu meiner eigenen Befindlichkeit bildete. Denn ich selbst fühlte mich wie von körperlichen Fesseln erlöst, als könne es kaum eine Anstrengung kosten, mich von meinem Bett aus in die Luft zu erheben, was ich aber gleichwohl bleiben ließ.

Nach einer Weile wurde das Gefühl der Leichtigkeit in meinem Körper von einer merkwürdigen Schwere abgelöst, einer Schwere, gegen die ich mich nur unter höchster Willensanstrengung, zu der ich mich aber nicht aufraffen konnte, hätte wehren können, sodass ich mich diesem Zustand schließlich vollständig überließ. Die Folge davon war, dass ich die fixierte Gestalt in dem Sessel irgendwie vergaß, dafür aber Chaotisches zu träumen begann.

Ich riss die Augen auf und blickte mich um. Im Sessel neben dem Schrank lag nur noch die Decke. Durch das Bullauge waren die Lichter der Bordbeleuchtung zu sehen, die sich auf der sanft vorüberströmenden Meeresoberfläche spiegelten. Mein Blick fiel auf die Uhr – es war kurz nach elf.

Mit einem Ruck hatte ich mich aufgesetzt.

Was hatte mich geweckt? Ich sprang aus dem Bett und eilte zur Tür. Der Gang draußen war erleuchtet und menschenleer. War Irene eben da gewesen? Hatte ich ihr Klopfen überhört? Eine Weile stand ich unschlüssig mitten im Raum. Dann legte ich mich wieder auf das Bett zurück und sagte mir, dass sie ja noch kommen könnte; mit gewissen Verspätungen musste man bei Frauen rechnen. Kurze Zeit später stand ich wieder auf und sah erneut hinaus in den leeren Gang. Zwischen zehn und elf hatte sie kommen wollen. Nun war es bald halb zwölf!

Ich schlug die Tür zu, stieß sämtliche Flüche aus, die mir in den Sinn kamen und vervollständigte schnell meine Kleidung. Verdammt! Was war ich nur für ein Narr! Wie konnte man nur ein Rendezvous mit der schönsten Frau dieser Welt verschlafen! Ich verließ die Kabine, stieg die Treppen hinauf und wählte den Weg in Richtung Bar.

Es herrschte ein ziemliches Gedränge in dem verräucherten Raum. Die Leute feierten Abschied. Immerhin half der Tumult, dass ich mir einen ausreichend vollständigen Überblick verschaffen konnte, ohne selbst dabei ins Rampenlicht zu geraten. Ich entdeckte Gustav Helmholtz, der an der Bar saß und von Trinkgenossen umgeben war; Irene Varo war nirgendwo zu sehen. Ich hatte eine ungefähre Vorstellung davon, wo sich die Kabine der beiden befand, nach deren Nummer ich mich bereits bei einem Schiffssteward erkundigt hatte. Zügig verließ ich das Lokal und machte mich auf den Weg.

Die Nachtbeleuchtung brannte, während ich durch den leise rumpelnden Bauch des Ozeanriesen über weiche Fußböden schritt. Weiße Türen mit Gucklöchern begleiteten mich zu beiden Seiten. Ich entdeckte die Kabinennummer 56, blieb stehen und horchte; alles war still.

Auf mein Klopfen erfolgte keine Reaktion. Ich klopfte lauter, zweimal, dreimal; nichts. Ich legte das Ohr an das Holz, doch kein noch so schwacher Laut war von drinnen zu vernehmen. Auf einmal hörte ich etwas, ein schwaches Geräusch, nicht von drinnen, sondern von irgendwo hinter mir. Ich drehte mich um, aber auch da war niemand – das Geräusch musste aus einer der anderen Kabinen gekommen sein. Ich klopfte ein letztes Mal, wartete ein, zwei weitere Minuten, nur um ganz sicher zu sein, und ging langsam den Gang zurück, den ich gekommen war.

Wenn Irene nicht in ihrer Kabine war, wo sollte ich nach ihr suchen? Am besten war wohl, ich kehrte in die Bar zurück, für den Fall, dass sie dort erschiene, womit ja zu rechnen war. Oder mochte es sein, dass wir aneinander vorbeigelaufen waren und uns womöglich nur verfehlt hatten, weil ich den Umweg über die Bar genommen hatte, sie vielleicht auf direktem Wege zu meiner Kabine gegangen war? Es konnte ja nicht schaden, wenn ich noch einmal nachsah und den direkten Weg bis zu meiner eigenen Kabine abging. Vor allem für den Fall, dass sie kehrtgemacht hatte. Sobald ich das Ende des Ganges erreicht hatte, wo es links zur Bar hinaufging, wandte ich mich nicht in die Richtung, aus der ich zuvor gekommen war, sondern auf dem weichen Läufer nach rechts.

Ich war noch nicht weit gegangen, da fiel mein Blick, der im Weitergehen die Nummern auf den Kabinentüren streifte, auf die Nummer 83. Ich erinnerte mich wieder der Einladung des kleinen Professors.

Sicherlich wartete auch der Professor zu dieser vorgerückten Stunde nicht mehr auf mich. Andererseits hatte ich ihn eben in der Bar nicht gesehen. Vielleicht war er Irene, auf die er ja, aus welchen Gründen auch immer, ein Augenmerk hatte, begegnet! Kurz entschlossen klopfte ich heftig gegen seine Tür.

Zuerst geschah nichts, aber als der Dampfer eine leicht schlingernde Bewegung machte, bemerkte ich, dass die Tür in der Rahmung klapperte und offenbar nicht richtig ins Schloss gezogen worden war. »Wolfrath? Sind Sie da?«, rief ich und drückte dagegen. Die Tür leistete keinen Widerstand mehr.

Ich sah ein leeres Bett, daneben brannte ein Licht. Eine neue rumpelnde Bewegung lief durch den Schiffskörper, die mich etwas aus dem Gleichgewicht brachte, und ich machte einen Schritt nach vorn, um es wiederzufinden, dann stand ich aufrecht und blickte mich um.

Die Tür zum Baderaum war aufgeschwungen. Ein gespenstisch stiller Lichtschein drang aus dem Raum herüber und warf einen eigenartigen, leicht schwingenden Schatten über das Bett. Da war ein leises Geräusch zu vernehmen, einmal und anschließend noch einmal, doch es war nicht mehr als eine Art Scharren.

Etwas zog mich weiter, eine Ahnung, ein seltsames Unbehagen, das sich mit der Erregung von Neugier mischte – und wie zu einer Salzsäule erstarrt stand ich da und blickte durch die offene Tür geradewegs in Wolfraths Gesicht.

Es war graugrün, glasig blickende Augen traten aus den Höhlen hervor, die Zunge war zwischen die Lippen gepresst. Die Unterschenkel seiner Beine waren über dem Fußboden abgeknickt – die Schuhe, die bei einer stärkeren Bewegung des Schiffes über den Boden schabten, hatten das scharrende Geräusch gemacht. Neben ihm lag ein umgestürzter Schemel. Sein kleiner, hagerer und sanft schaukelnder Körper hing mit dem Hals in einer von der Decke herabhängenden Schlinge.

Das Gesicht machte einen leidenden, lebendigen Eindruck; doch es war kein bisschen Leben mehr in dem kleinen Professor, ein schrecklicher Tod hatte seinem Dasein ein Ende gesetzt.

Etwas in mir krampfte sich zusammen und ich schaffte es gerade noch bis zum Klo, wo ich mich erbrach, während die Beine von Wolfraths Leiche mir in die Seite stießen.

Langsam kam ich wieder hoch. Mein Gesicht im Spiegel war genauso weiß und grünlich wie die Galle, die ich ausgespien hatte. Ich säuberte das Klo, trat zu der Kabinentür und schloss sie von innen. Dann sah ich betroffen zurück zu dem kleinen Professor, dem Toten.

Und wenn ich eine Stunde früher gekommen wäre, ging es mir durch den Kopf – zu der von Wolfrath gewünschten Zeit? Ob der Professor da noch am Leben gewesen war? Hätte ich durch mein rechtzeitiges Erscheinen seinen Tod verhindert? War in der Einladung an mich, die er vor wenigen Stunden ausgesprochen hatte, ein letzter verzweifelter Versuch zu erblicken, um auf sich aufmerksam zu machen und so dem Schicksal die Gelegenheit zu geben, das Verhängnis, das sich bereits in ihm angekündigt hatte, noch zu verhindern?

Irgendjemand sollte ihn losschneiden, dachte ich mir. Doch mein nächster Gedanke galt dem Kabinensteward. Ich wandte mich schon zur Tür, um nach ihm zu suchen, da ließ ein plötzlicher Impuls mich wieder zögern, ein kaum bewusster Gedanke oder die vage Vorstellung, es sei wohl besser, kein Aufsehen zu erregen, was mich innehalten ließ. Ergab es überhaupt einen Sinn, den Tod des Professors dem Schiffspersonal zu melden? Es konnte ohnehin niemand mehr etwas für den armen Mann tun, und morgen, nach der Ankunft in New York, würde das Kabinenpersonal ihn ja so oder so entdecken. Schließlich hätte auch ich selbst, wäre die Tür richtig verschlossen gewesen, den Toten nicht gefunden.

Ich blickte zur Tür.

Merkwürdig, dass Wolfrath sie nicht geschlossen hatte! Aber vielleicht hing das mit seinem unbewussten Wunsch zusammen, rechtzeitig gerettet zu werden; und wie sollte man auch von jemandem, der im Begriff stand, sich das Leben zu nehmen, erwarten, dass er zu verständigem und folgerichtigem Verhalten in der Lage war? Ich atmete tief durch, öffnete leise die Tür und schlüpfte aus der Kabine, dann zog ich die Tür wieder leise hinter mir ins Schloss.

Kaum hatte ich den Aufgang zum Deck erreicht, begannen meine Gedanken schon wieder, um die anmutige Artistin zu kreisen. Immer noch hatte ich den Wunsch, sie zu sehen. Selbst das schreckliche Schicksal des kleinen Professors hatte mich meine Obsession nicht vergessen lassen, und darin lag auch der Grund, weshalb ich mich nicht auf die Suche nach dem Kabinensteward machte. Es war die letzte Nacht an Bord. Und so langsam wurde die Zeit für ein Liebesabenteuer mit meiner Angebeteten knapp.

Ich stieg die Treppe hinauf und stand in der frischen Nachtluft. Vereinzelt schlenderten Passagiere an mir vorüber, Spätheimkehrer, die vom Feiern kamen, fröhliche Menschen, die in einer anderen Stimmung waren als ich selbst. Wodurch unterschied ich mich nun von ihnen?

In der Bar hatten sich die Reihen kaum gelichtet; doch ich hatte das Gefühl, nicht mehr dazuzugehören.

Helmholtz saß wie vorher am Tresen, und nach einer Weile gelang es mir, mich neben ihn zu schieben. Ich gab dem Kellner ein Zeichen, eine Runde Kognak zu bringen. Sowie die Gläser vor mir auf dem Tresen standen, schob ich drei davon meinem unmittelbaren Nachbarn und den beiden Männern auf seiner anderen Seite zu.

»Zum Wohl, die Herren!«

Helmholtz nickte freundlich, griff nach einem der Gläser und sah mich an, um mit mir anzustoßen.

Ich kippte den Inhalt meines Glases hinunter und fragte ihn frei heraus, wo er an diesem letzten Abend seine schöne Begleitung gelassen hatte.

Helmholtz sagte gut gelaunt: »Irene ist unpässlich und deshalb früh schlafen gegangen. Sie bedauert selbst am meisten, dass sie ausgerechnet heute Abend in der Kabine bleiben musste; aber es war nicht zu ändern. Sie hat eine Schlaftablette genommen und ruhte tief und fest, als ich sie verließ. Morgen wird sie wiederhergestellt sein.«

Die so leicht dahingesprochenen Worte des Mannes versetzten mir einen Stich. Zudem wurden mir die Lächerlichkeit meiner Bestrebungen und Fantasien der vergangenen Stunden bewusst und brachen wie mit einem Paukenschlag über mich herein.

Das Schicksal hielt eben immer wieder Überraschungen für einen bereit und warf einen bedenkenlos aus der Bahn, die man gerade eingeschlagen hatte. Obwohl ich nicht recht glauben mochte, dass Irene wirklich unpässlich war, so begriff ich immerhin, dass ich meinen kleinen Traum vom sexuellen Glück würde begraben müssen.

Ausgeträumt! Aus und vorbei! Eine letzte, schon aberwitzige Hoffnung, Irene könne noch erscheinen und die Dinge für mich zum Guten wenden, hielt mich für eine Weile am Barhocker fest. Doch indem die Erinnerung an den Professor zurückkehrte, und damit auch die Frage, was Wolfrath zu seinem entsetzlichen Schritt bewogen haben mochte, verlor ich endlich das Interesse, mich der ausgelassenen Stimmung in der Bar länger auszusetzen. Enttäuscht kehrte ich in meine Kabine zurück.

In dumpfer Stimmung lag ich auf meiner Koje und blickte durch das Bullauge hinaus auf die dunkle See. Immer wieder schlingerte das Schiff; möglicherweise befand es sich bereits in Reichweite der Küste. Ich schloss die Augen und sah im Geiste Irene Varo in ihrem Badekostüm. Allerdings wurde das Bild immer wieder durch Wolfrath getrübt, wie er mit dem Hals in der Schlinge hing, wie seine Füße bei jeder schaukelnden Bewegung, die das Schiff machte, über den Boden scharrten. Es wäre besser gewesen, nach dem Steward zu rufen, dachte ich jetzt, aber nun, nachdem ich die Kabinentür zugezogen hatte, war es dafür endgültig zu spät.

Schließlich fiel ich in einen unruhigen Schlaf, der jedoch immer wieder von kurzen Wachphasen unterbrochen war. Sowie ich die Augen einmal öffnete, sah ich in der Ferne hinter dem Bullauge Lichter – offenbar war New York bereits in Blickweite gerückt. Kurz darauf träumte ich, dass ich an der Reling eines großen Schiffes stand und dass ich fliegen könnte und das Schiff auf diesem Wege verließ. Die Lüfte trugen mich weit hinaus über die tosenden Wellen, bis hinauf auf einen riesigen Berg, der oberhalb einer Steilküste lag. Da oben befiel mich eine schreckliche Angst. Auf allen vieren kroch ich an den Rand des Abgrunds heran und schrak voller Entsetzen zurück, sobald ich das ungeheure Tal unter mir sah. Dort unten war nicht mehr der Ozean, sondern griffen die gierig glitzernden Lichter einer unendlichen und erregend gespenstischen Stadt nach mir, einer Stadt, in der die Dämonen lebten, verloren und verzweifelt, verführerisch und schön, einer Stadt des Bösen und des Untergangs.

Das Schiff fuhr nicht mehr, als ich wieder zu vollem Bewusstsein erwachte. Grauer Nebel fiel durch das Bullauge und überall herrschte frühmorgendliche Stille. Ich zog mich an, packte meinen Reisekoffer, legte ihn aufs Bett und ging an Deck.

Ich war nicht der erste Passagier, der sich zu dieser frühen Stunde an der frischen Luft eingefunden hatte, doch noch waren es wenige, die das grandiose Schauspiel, an dem die ›Bremen‹ langsam und majestätisch vorüberzog, betrachteten.

Vor mir im Westen lag die Skyline von New York im leuchtend roten Morgendunst. Früher als zu erwarten gewesen war, hatte das Schiff ihr Ziel erreicht.

Die Stadt war ganz nahe, und wie gebannt blickte ich auf die in den Himmel ragenden Wolkenkratzer. Überall funkelten Lichter, die sich aus Abertausenden von Fenstern und aus den blinkenden Reklametafeln speisten und die offenbar nie aufhörten zu strahlen. Die Gebäude erschienen mir wie ein üppiges Bühnenbild, an einem nahezu wolkenlosen Himmel aufgehängt, um den Betrachter in Hypnose zu versetzen.

Plötzlich war mir danach, das Schiff so schnell wie möglich zu verlassen. Irene Varo wollte ich nie mehr wiedersehen. Sie war eine Illusion gewesen, wie jede wunderschöne Frau vor allem und in erster Linie nur ein Traum ist, ein magisches Gebilde, vom eigenen Geist geschaffen, das irgendwann zerplatzte oder zerrann. Wenn ich erst in New York war, würde ich sie schnell vergessen haben, redete ich mir ein – genauso wie den Professor.

Vor dem eindrucksvollen Panorama der riesigen Stadt kehrte ein Stück Zuversicht zurück und ich beschloss, unverzüglich meinen Koffer zu holen.

Nicht lange danach ging ich als einer der ersten Passagiere von Bord.

6

Das Plaza lag hinter der Queensboro Bridge mitten im lichterfunkelnden Zentrum von Manhattan und wirkte von außen wie ein riesiges französisches Schloss. Auch im Innern herrschte der Luxus. Prunkvolle Kronleuchter, teure Teppiche, und an den mächtigen Pfeilern der großen Halle hingen geheimnisvolle Skulpturen. Marmorne Treppenhäuser führten durch das vielstöckige Labyrinth mit seinen endlosen Zimmerfluchten und Suiten nach oben und über einige der zahlreichen Fahrstuhlschächte gelangte man direkt bis in die teureren Gemächer hinein.

Kurz nach Einbruch der Dämmerung bestieg ich das Dach des Plaza, von wo aus man einen herrlichen Rundblick auf das Stadtmeer hatte. Gigantisch und kolossal lag es vor mir, ruhig und doch unkontrollierbar, so als ließen mächtige unterirdische Energien die Bauten quasi von selbst in die Höhe schießen. Die mächtigen Wolkenkratzer, vor wenigen Jahrzehnten noch undenkbar, besaßen etwas berauschend Futuristisches. Wie das Versprechen von etwas noch nie da Gewesenem ragten sie selbstbewusst in die Lüfte. Und dennoch musste ich bei ihrem Anblick auch an etwas Uraltes, zauberhaft Verwunschenes denken.

Die Dämmerung kam rasch und ließ die große Stadt wie am Morgen vor meinen Augen funkeln; dahinter ging die Sonne unter mit dem rötlichen Dunst des schwindenden Tages, der noch eine Weile hinten über dem Hudson River tanzte. Dann war die Nacht da – und vor mir lag ein Panorama von solcher Schönheit und Rätselhaftigkeit, dass mich plötzlich eine glühende Sehnsucht erfasste. Wonach, das hätte ich nicht sagen können.

Bei meiner Ankunft im Hotel hatte man mir eine schriftliche Nachricht von Felix Warburg übergeben, einem deutschstämmigen Rechtsanwalt, der die Interessen von Florence Arnheim vertrat. Er hatte mich für den Nachmittag des auf meine Ankunft folgenden Tages in sein Anwesen eingeladen, das auf dem Long Island Sound lag. Ich war froh, dass wieder eine Arbeit, eine Aufgabe auf mich wartete, etwas Verlässliches und Vertrautes, auf das ich mich verstand.

Zurück in meinem Zimmer überkam mich große Müdigkeit. Ich warf mich auf das breite Bett mit dem weiß gepolsterten Kopfteil und den weißen flauschigen Kissen. Die Lichter im Raum waren alle verdeckt und strahlten aus Kehlungen auf die Wände und die Decke. Ich nahm den Old Surehand zur Hand, schaffte nur eine Seite, bis das Buch meinen Händen entglitt.

Mit einem Schalter neben dem Bett löschte ich die Lampen, und binnen einer Minute hatte ich New York weit hinter mir gelassen. Nun schritt ich durch einen dichten Wald, irgendwo im Wilden Westen. Ein Käuzchen schrie, woraufhin mich jäh das Gefühl von Angst und Verlassenheit überkam. Auf einmal erschien ein Indianer, der am Rande eines Waldes stand. Auf seinem Kopf trug er einen opulenten Federschmuck. Ein anderer Indianer in einem perlenbestickten Wildledergewand pirschte sich langsam an ihn heran, in der Hand einen Bogen, den er anlegte, um einen Pfeil auf ihn abzuschießen. Der erste Indianer nahm eine herausfordernde Haltung an, bot seine Brust dar, sein Bruder, von diesem Anblick gebannt, ließ erschrocken vom Mordplan ab und verschwand im Dickicht des Waldes. Da sprach der andere zu sich selbst: »Hundert Monde sind vergangen, seit ich den herrlichen Palast meines Vaters verließ; getrieben von dem Wunsch, jene zu finden, die ich einstmals verlor. Wo ist jene, die zusammen mit mir den leuchtenden Gipfel zu finden sucht, der uns beide wieder miteinander vereint?«

Am Morgen darauf war ich guter Dinge und machte mich gleich nach dem Frühstück zu einem Rundgang durch das Zentrum von Manhattan auf. Staunend stand ich vor dem Chrysler Building, dessen Art-déco-Spitze in ihrem glänzenden Gewand aus poliertem Chromnickelstahl so herausfordernd und außergewöhnlich war, dass ich mich in ein Straßencafé setzte, um sie einfach nur zu bewundern. Fantastisch, bizarr und exotisch wie er war, hätte ich diesen Turm stundenlang betrachten können. Auch mein nächstes Ziel, das im Jahr zuvor fertig gestellte Empire State Building, das höchste Gebäude der Welt, wie der Baedeker schrieb, war ein wunderbar einfacher und strahlend schöner Wolkenkratzer, wie ich ihn mir selbst in meinen bizarrsten Träumen nicht hätte vorstellen können. Ganz Manhattan erschien mir wie ein Stein gewordener Traum, gewaltig und irisierend, von grandioser Erhabenheit und Höhe, mit einer ganz und gar beeindruckenden Symmetrie.

In einem kleinen Restaurant nahm ich im Schatten der riesigen Türme ein Mittagessen ein. Als es Zeit war, stieg ich in ein Taxi und ließ mich in das sich in östliche Richtung erstreckende Long Island fahren, in eine Gegend, die nur durch eine gefällige Bucht von der Stadt getrennt war.

Der Fahrer, dem ich Felix Warburgs Adresse nannte, brachte mich in eine Wohngegend, die wie eine Ansammlung von Herrensitzen aus kolonialer Zeit wirkte. Einmal hatte ich gehört, dass altes Vermögen hier ansässig war, von alten Familien behütet, und dass Neureiche nur schwer Einlass in diese erlauchten Kreise fänden. Felix Warburg war einer der wenigen, die es offenbar geschafft hatten.

Das Haus lag hinter hohen, getrimmten Hecken. Ich gab dem Fahrer Geld und bat ihn, in der Nähe zu warten, dann drückte ich auf die Klingel neben dem schmiedeeisernen

Tor, das die Einfahrt verschloss. Fünf Minuten vergingen, bis ein alter Hausangestellter herbeigeschlurft kam, sich die Hände an einer grünen Arbeitsschürze abwischte und mich, nachdem ich meinen Namen genannt hatte, den herrschaftlichen Landsitz betreten ließ.

Ein mit Kies bedeckter Weg erstreckte sich über eine Entfernung von sicherlich 80 Metern bis hin zu einem massiven Gebäude aus grauem Granit, dessen Mauern mit Efeu überwachsen waren. Das Dach war aus Schiefer, die Regenrinnen und Fensterrahmen mit Kupfer verkleidet. An der rechten Seite des Hauses konnte man die Anfänge eines Rosengartens erkennen.

An der Haustür reichte der Alte mich an eine afroamerikanische Angestellte weiter, die mich in die geheiligte Halle dieser viktorianisch anmutenden Villa eintreten ließ, in der ein paar Ölgemälde mit Landschaftsmalereien an den Wänden hingen. Von da ging es weiter in eine an die Halle angrenzende Bibliothek, wo mich Warburg erwartete, ein Mann in den späten Fünfzigern von großer, schlanker Gestalt.

»Ich hoffe, es hat Ihnen nicht zu viel Mühe bereitet, den weiten Weg zu mir heraus nach Long Island zu machen, Herr Goltz«, sagte Warburg. »Ich habe mein Stadtbüro vor einem halben Jahr aufgegeben. Um meine Arbeit zu verrichten, bin ich nicht mehr darauf angewiesen, außerhalb meines wunderbaren Hauses präsent zu sein.«

Sein Haar war grau, und sein fein geschnittenes Gesicht machte einen strengen Eindruck. Die Wände des Raumes waren mit Eichenholz getäfelt. Knapp unter der Decke aus gemusterten Metallplatten hingen zarte Lampen aus mundgeblasenem Glas. Eine Ecke des Raumes wurde von einem mächtigen alten Kamin aus kunstvoll behauenem Dolomitkalk eingenommen. Es roch mächtig nach altem Geld.

Ich ergriff die mir entgegengestreckte Hand und bedankte

mich artig für die Einladung. »Gewiss ist es ein großer Glücksfall, an einem Ort wie diesem leben zu können«, stellte ich fest. »Seit wann wohnen Sie in New York?«

»Mit dem Glücksfall haben Sie recht. Ich bedaure es heute überhaupt nicht mehr, Deutschland bereits vor 20 Jahren verlassen zu haben!«, erwiderte Warburg. »Der Weltkrieg ist mir erspart geblieben; natürlich hat mir Deutschland zuweilen gefehlt, aber die Zeit heilt alle Wunden, auch das Heimweh. Doch sprechen wir von Ihnen! Wie war die Überfahrt?«

»Oh, ich habe interessante Menschen kennengelernt.«

»Das kann ich mir gut vorstellen«, sagte Warburg. »Jede Seereise hat etwas von einem Abenteuer.«

Wir nahmen in zwei hochlehnigen Sesseln aus dickem Leder Platz, die in der Nähe des Kamins standen. Gleich darauf kam die Haushälterin mit einem Wägelchen herein und stellte Tee und Gebäck auf das kleine Tischchen, das zwischen den Sesseln stand. Auf der anderen Seite des Raumes führte eine doppelflügelige, ein Stück weit geöffnete Tür auf eine Veranda hinaus. Noch bevor sich die Angestellte wieder entfernte, trat sie zur Tür, schob beide Flügel ein wenig auf und stellte sie fest, damit der hier draußen ziemlich böige Wind sie nicht mehr bewegen konnte.

»Die ›Bremen‹ soll ja ein ganz ausgezeichneter Dampfer sein«, sprach Warburg. »Die Presse berichtete unlängst davon. Als ich das letzte Mal in Europa war, gab es das Schiff noch nicht.«

»Buchen Sie unbedingt die ›Bremen‹, wenn Sie mal wieder nach Europa fahren«, sagte ich, ohne zu fragen, woher er wusste, dass ich auf der ›Bremen‹ gereist war. Warburg hob die Brauen, griff nach einem Päckchen Dunhill, das neben ihm auf dem Tischchen lag und nahm eine Zigarette heraus.

»Wie sieht es drüben denn aus?«, fragte er und hielt mir

das Päckchen hin. »Aus Deutschland vernimmt man seit zwei Jahren nur noch Schlimmes.«

»Für viele Menschen in der Heimat gleicht das Leben einer einzigen Katastrophe«, antwortete ich und nahm eine Zigarette, obwohl ich mir das Rauchen weitgehend abgewöhnt hatte. »In den Großstädten leben zahllose Familien in den Lauben der Gartenkolonien, weil sie sich die teuren Mieten in der Stadt nicht mehr leisten können. Auf den Straßen trifft man umherwandernde Arbeiterfamilien, die ihr geringes Gut in Schubkarren vor sich herschieben, alle auf der Suche nach Arbeit. Auch vielen meiner Anwaltskollegen geht es schlecht. Und vor Kriminellen ist man inzwischen nirgendwo mehr sicher.«

»Bei uns ist es nicht viel besser«, sagte Warburg und ließ ein Feuerzeug vor mir aufblitzen. »Die wirtschaftliche Depression macht uns schwer zu schaffen. Ein Drittel aller Ärzte hat aufgehört zu praktizieren. Sechs von sieben Architekten sind arbeitslos, und das in der Weltmetropole der Architektur, die sich vorgenommen hat, die Substanz ihrer Gebäude alle paar Jahrzehnte von Grund auf zu erneuern. Natürlich sind auch die Anwälte betroffen. Von den Arbeiterfamilien will ich gar erst nicht reden. Und die unselige Prohibition, die den Schnapsverbrauch um keinen Deut senkte, hat das Verbrechen und die Korruption in der Politik in einem nicht für möglich gehaltenen Ausmaß sprießen lassen.«

Eine Zeit lang rauchten wir schweigend, dann bemerkte er: »Ein Unterschied zu euch Deutschen besteht allerdings! Wir in Amerika wollen nicht gleich das gesamte politische System einschließlich der Wirtschaftsordnung auf den Müllhaufen der Geschichte werfen, nur weil es einmal schlechte Zeiten gibt. Es hat immer schlechte Zeiten gegeben – sie gehen genauso wie die fetten Jahre vorbei. Ich bezweifle zwar, dass Hoover bei den Wahlen im November für eine zweite Amtszeit wiedergewählt werden wird, doch auch unter einem Präsidenten Roosevelt wird es keine Revolutionen geben.«

»Wenn ich Sie richtig verstehe, befürchten Sie, die Kommunisten könnten eine Revolution in Deutschland lostreten?«

»Nein«, sagte Warburg, »ich dachte an die Gefahr, die von den Nationalsozialisten ausgeht.«

»Die Wirtschaft fasst allmählich wieder Fuß«, erwiderte ich. »Das Tal der Tränen scheint durchschritten zu sein. Eine solche Situation ist dieser Partei nicht förderlich.«

Warburg zog an seiner Zigarette. »Solange es den Menschen wirtschaftlich schlecht geht, geschehen keine Revolutionen«, fuhr er fort. »Die Leute sind viel zu sehr mit ihrem eigenen Überleben beschäftigt, als böse Dinge zu unternehmen. Erst wenn sich die Verhältnisse wieder zu stabilisieren beginnen, tritt die Entwicklung in eine gefährliche Phase.« Aus weit geöffneten Augen blickte er mich an. »Ich selbst trage kaum noch einen Zweifel daran, dass dieser Herr Hitler in nicht mehr ferner Zeit maßgeblichen Einfluss auf die deutsche Politik ausüben wird.«

Über seinem Kopf hing in einem goldenen Rokokorahmen ein großes Gemälde, das weiße Reiher bei einem Paarungstanz darstellte.

»Anderer Ansicht ist immerhin der Reichspräsident!«, sagte ich.

»Auf den Reichspräsidenten kommt es gar nicht an«, gab Warburg zurück. »Hindenburg ist nicht bedeutend genug, um es mit den Kräften, die jetzt in der deutschen Geschichte obwalten, aufnehmen zu können.«

»An welche Kräfte denken Sie?«

»Ich dachte an die Kräfte des Bösen.«

»Da mag der Reichspräsident auf verlorenem Posten stehen.«

Warburg erhob sich aus seinem Sessel. »Kommen Sie, wir wollen ein wenig hinaus in den Garten gehen. Es ist ein so schöner und warmer Herbstnachmittag.«

Hinter der Verandatür betraten wir eine sanft abfallende Terrasse, die in einen kleinen parkartigen Garten führte, in dem trotz der vorgerückten Jahreszeit ein üppiger Pflanzenwuchs stand. Rosen und Rhododendron, gelbe Forsythien und bunte Azaleen entfalteten ihre Pracht. Ich sah die Spitzen von Pflaumenbäumchen, die inmitten eines Obsthains wuchsen, dahinter erreichten wir einen runden Marmortempel, der sich auf einer Lichtung erhob. Es war ein Rundbau mit braunen Säulen, auf denen in Stein gemeißelte erotische Szenen abgebildet waren. Die Sonne stand schon tief, ein einziger schräger Strahl fiel durch die Öffnung in der Kuppel und erhellte eine nackte Venus, die einen Liebhaber leidenschaftlich umarmte, mit dem sie im Innern des Tempels auf einem Sockel saß.

Wir setzten uns unweit des Marmortempels auf eine Bank und Warburg zündete sich eine weitere Zigarette an. »Ich glaube, Ihren Äußerungen entnehmen zu können, dass Sie anders als der Mann, in dessen Auftrag Sie kommen, kein direkter Anhänger jener Bewegung sind, die ihren Anteil daran hat, dass wir uns heute über eine gescheiterte Ehe unterhalten müssen«, sagte er. »Ich bin erleichtert.«

Der Sinn seiner Bemerkung erschloss sich mir nicht. »Was hat denn das Scheitern der Arnheim'schen Ehe mit den politischen Ansichten meines Mandanten zu tun, die ich, nebenbei erwähnt, überhaupt nicht kenne?«

Warburg rauchte schweigend weiter, als ob er darüber nachdachte, wie er sich besser erklären könnte, anschließend warf er die Zigarette auf den Boden und trat die Glut aus.

»Wenn ein Mann wie Hindenburg nicht bedeutend genug ist, um sich gefährlichen Entwicklungen in Deutschland mit Aussicht auf Erfolg in den Weg zu stellen, so gibt es doch andere, die dazu in der Lage sind«, prophezeite er, »und das selbst dann, wenn sie über keine direkte politische Macht verfügen. Florence Arnheim gehört zu ihnen. Aus diesem Grunde musste sie Deutschland verlassen; aber auch hier in Amerika muss sie in ständiger Angst vor ihren Feinden leben.«

Die Sonne glänzte über der Kuppe des Venustempels und glühte auf den Bäumen und Sträuchern mit einem geradezu märchenhaften Schimmern. Es war das fantastische Tageslicht des Indian Summers, wie die Amerikaner diese frühherbstliche Jahreszeit nannten – ein mildes Leuchten, das eine ganz besondere Stimmung erzeugte.

»Feinde?«, fragte ich. »Die Nationalsozialisten buhlen um Hindenburgs Gunst. Welchen Anlass sollten sie denn haben, sich ausgerechnet vor Florence zu fürchten?«

Warburg sah eine Weile zu den Bäumen. Mir erschien es, dass ihm die milde Stimmung des Spätsommertages wichtiger als unser Gespräch geworden war.

»Die Macht des Bösen ist groß, allerdings nicht unbegrenzt«, sagte er schließlich. »Diese Leute wissen, dass Florence zu den wenigen Menschen gehört, die diese Macht infrage stellen können. Sie werden verstehen, Herr Goltz, dass ich Ihnen im Moment nicht mehr dazu sagen kann. Sie sind schließlich der Vertreter von Philipp Arnheim.«

»Sie wollen sagen, ich bin ein Vertreter des Bösen?«

Warburg lächelte. »Ihre persönliche Integrität stelle ich selbstverständlich nicht infrage – wohl aber die Ihres Mandanten.«

Die Art, wie er das Gespräch führte, ging mir allmählich auf die Nerven.

»Vielleicht sollten wir die Politik einmal beiseite lassen und einfach nur über die Scheidung sprechen«, schlug ich vor.

»Wir haben Florence abgeraten, sich mit jemandem von der anderen Seite zu treffen«, fuhr Warburg unbeirrt fort. »Doch Florence hat unseren Rat in den Wind geschlagen. Wenn Sie kämen, wäre sie einverstanden, Ihnen würde sie vertrauen. Vielleicht wüssten Sie sogar eine Lösung. Nun also: Wie sieht Ihr Lösungsvorschlag aus?«

Ich sagte nichts, weil man auf eine solche Bemerkung keine Antwort gab. Mir nach einer Anreise von mehreren Tagen anhören zu müssen, ich hätte lieber zu Hause bleiben sollen, war schon ein starkes Stück.

»Nun?«, wollte er nach einer Weile wissen.

»50.000«, sagte ich, um der Sache eine andere Wendung zu geben. »Das Ganze in Dollar!«

Warburg blickte mich an, als hätte ich einen unpassenden Scherz gemacht. Schließlich erwiderte er: »Das Geld lassen wir lieber beiseite.«

»Als Gegenleistung gibt Florence das Dokument heraus, das sie mitgehen ließ, und übernimmt die Scheidungsschuld«, ergänzte ich. »Wenn sie das Geld nicht will, muss sie es natürlich nicht nehmen.«

Warburgs blaue Augen musterten mich sinnend. »Haben Sie noch etwas in Ihrem Reisegepäck – oder stapelt sich dort nur das Geld?«

Ich beobachtete einen Vogel mit weiten Schwingen, ein Falke, der von irgendwo hinter den Bäumen in den azurblauen Himmel stieg.

»Und ich dachte immer, Florence sei ein bescheidener Mensch.«

»Also habe ich mich nicht geirrt«, sagte mein Kollege. »Sie kommen mit leeren Händen und geben uns weder eine Sicherheit noch ein Pfand.«

Es kostete Anstrengung, mir meinen Ärger nicht anmerken zu lassen. »Pfand auf was? Einen Vertrag können Sie bekommen. Ich bin bevollmächtigt, alle notwendigen Erklärungen abzugeben.«

»Ein Pfand auf Florence' Leben natürlich!«, erwiderte Warburg unerwartet heftig. Dann setzte er, wie die Katze, die es nun leid war, um den heißen Brei herumzuschleichen, hinzu: »Es geht um nichts weniger als um das Leben von Florence! Ein Vertrag ist nichts! Die Scheidung – lieber heute als morgen«, er machte eine wegwerfende Handbewegung, »das Geld«, eine weitere solche Handbewegung folgte, »darüber brauchen wir uns nicht zu unterhalten. Bei Gott nicht! Aber ein Pfand – ein Pfand könnte hilfreich sein.«

Irgendwie musste es ja weitergehen, und ich hatte auch nicht vergessen, dass ich derjenige war, der von den anderen etwas wollte.

»Also gut«, lenkte ich vorsichtig ein, »an welche Art von Pfand haben Sie gedacht?«

»Ein Pfand könnte etwa eine Schutzerklärung des Pharaos sein, eine schriftliche Erklärung, deren Veröffentlichung für ihren Verfasser oder den Pharao ein Schaden wäre. Irgendetwas in dieser Art.«

Pharao? Ich verstand nur noch Bahnhof. »Ich nehme an, Sie sprechen nicht von Ramses oder Tutanchamun?«

Warburg blickte mich prüfend an. »Vielleicht hat Florence sogar recht, Ihnen zu vertrauen«, sagte er. »Wenn Sie wirklich so unwissend sind, wie es den Anschein hat, mag das Ihnen durchaus zur Ehre gereichen. Trotzdem verstehe ich nicht, dass Sie – also, wenn man Sie nicht informiert hat, warum sind Sie dann eigentlich hier?«

»Bestimmt nicht, um mich von Ihnen schulmeisterlich belehren zu lassen. Ich weiß auch nicht, was ich Ihrer Ansicht nach wissen sollte. Doch das ist nicht mein Problem! Wer ist dieser Pharao? Etwa kein Ägypter?«

Warburg seufzte und wandte sich zum Weitergehen. »Er ist Deutscher. Sie nennen ihn den Pharao. Er steht der Berliner Loge vor, deren Mitglied Arnheim ist. Der auch Florence angehörte.«

»Eine Loge? Auch das noch! Eine Freimaurerloge?«

»Nein. Keine Freimaurerloge! Loge ist nicht das richtige Wort. Ich würde diese Gesellschaft einen obskuren Geheimbund nennen.«

Ein obskurer Geheimbund? Ich wollte schon lachen, dann stutzte ich. Hatte mir nicht Haller, mein Seniorpartner, einmal erzählt, dass er einer Loge angehörte? Er hatte mir nicht gesagt, um welche Organisation es sich dabei handelte, und ich hatte ihn nicht danach gefragt, weil es mich nicht interessierte. Möglicherweise hatte Warburg Hallers Loge im Sinn, welcher, wenn meine Vermutung zutraf, auch Philipp Arnheim angehörte. War Arnheim deshalb Hallers guter Mandant und Freund, weil die beiden Logenbrüder waren?

»Hat dieser Pharao auch einen bürgerlichen Namen?«, fragte ich.

»Ich weiß nicht, wie er heißt«, erwiderte Warburg. »Sein Name ist nur wenigen führenden Mitgliedern der Gesellschaft bekannt; wenn ich Florence richtig verstanden habe, ist der alte Pharao vor einiger Zeit verstorben und die Loge hat einen neuen Pharao gewählt. Florence kannte den alten – den neuen kennt sie jedoch nicht.«

»Dieser Pharao scheint ja eine bedeutende Gestalt zu sein«, versetzte ich etwas bemüht spöttisch.

»Innerhalb der Loge ist er ein absoluter Herrscher über Leben und Tod. Und außerhalb davon bisweilen auch!«

»Hm! Mir ist bislang nicht zu Ohren gekommen, dass Logenvorsitzende Todesurteile fällen.«

»Haben Sie noch nicht davon gehört, dass in Ihrem Lande Menschen spurlos verschwinden? Steht in Ihren Zeitungen nichts von den Leichen, die man Tag für Tag aus dem Landwehrkanal fischt? Davon, dass es immer mehr Fememorde gibt? Glauben Sie ernsthaft, es existierten keine Personen, die hinter diesen Taten stehen und die Befehle zu deren Ausführung geben?«

»Was für Ziele verfolgt denn dieser Geheimbund?«

»Er will in Deutschland das Reich der alten Arier erneuern«, antwortete Warburg. »Eine alte Rasse, die es angeblich vor mehreren Tausend Jahren gab, soll zu neuem Leben erwachen. Eine der fragwürdigen Unternehmungen dieses Bundes ist die Suche nach Menschen, die noch Arierblut in möglichst unvermischter Form in den Adern haben. Diese sollen miteinander gepaart werden, um Nachkommen mit Arierblut in reinerer Form zu erhalten. Aus dieser Arierrasse soll eine Elite, ein neuer Adel entstehen.«

»Vollkommener Quatsch!«, sagte ich, musste aber gleichzeitig an etwas aus meiner Jugend denken, dessen ich nur selten und ungern gedachte, und das mit der Reinheit von Blut zu tun gehabt hatte. Mit diesen Erinnerungen waren Vorstellungen über die von Menschen gemachte Selbsterlösung verbunden, über das große Werk und über auserwählte Eliten und Personen, die angeblich dazu berufen waren, diese großartigen Dinge zu vollbringen.

Ich schob die Gedanken beiseite. »Mir scheint, Amerika liegt nicht nur geografisch sehr weit von Deutschland entfernt! Geheimbünde und okkulte Gruppen, die irgendwelche obskuren Ziele verfolgen, sind nach dem Weltkrieg in Deutschland wie Pilze aus dem Boden geschossen. Kein vernünftiger Mensch nimmt diesen Unfug ernst.«

»Nichts ist unsinnig oder lächerlich genug, um nicht wahr werden zu können«, orakelte Warburg. »Ich glaube, man kann diesen Unfug gar nicht ernst genug nehmen!«

Ich lockerte die Krawatte um meinen Hals. Mir war warm geworden und ich konnte nicht umhin, mir einzugestehen, dass ich verunsichert war. Warum hatte Arnheim mich auf diese Reise geschickt, wenn es nicht um Geld, ja, nicht einmal wirklich um die Regelung einer Scheidung ging? War ich etwa nur in Marsch gesetzt worden, um dieses Dokument, von dem er geredet hatte, zurückzuholen? Eigentlich ließ sich das nicht einmal denken.

»Arnheim hat mir einen verschlossenen Umschlag für Florence mitgegeben«, sagte ich. »Er hat mich angewiesen, ihr diesen Umschlag nur persönlich zu übergeben – Zug um Zug gegen das Dokument, das sie zurückgeben muss. Ich habe einen guten Draht zu Florence. Lassen Sie mich mit ihr sprechen! Wir werden schon eine Übereinkunft finden.«

Warburg wirkte nicht überzeugt. »Der böse Schatten Ihres Mandanten färbt nun einmal auf Sie ab, Herr Goltz«, bedauerte er. »Ich kann Florence leider nicht empfehlen, sich mit Ihnen zu treffen. Immerhin gut ist, dass Sie uns etwas mitgebracht haben, aber es muss sich erst noch zeigen, ob der Pharao – ich meine natürlich, ob Arnheim unsere Erwartungen wenigstens einigermaßen erfüllt.«

»Denken Sie, ich habe diese Reise unternommen, um mit leeren Händen nach Berlin zurückzukehren?«, stellte ich ihn zur Rede und blieb stehen. »Selbstverständlich werde ich mit Florence sprechen.«

Warburg schien zu zögern. »Der Fall, mit dem wir befasst sind, ist äußerst delikat«, sagte er schließlich, doch der Tonfall, in dem er es äußerte, deutete eine Art Einlenken an.

Ich schaute zum Himmel. Das Wetter veränderte sich, ein paar schwarzgraue Wolken zogen auf.

»Wahrscheinlich erledigt sich unser Problem mit dem Austausch der Dokumente«, sagte ich. »Wir können einen

Vertrag aufsetzen, mit dem Inhalt, dass Florence der Scheidung zustimmt und die Schuld auf sich nimmt – und als Gegenleistung 50.000 Dollar erhält; die Dokumente werden ausgetauscht und damit sind alle gegenseitigen Ansprüche erledigt. Wenn Sie weitere Erklärungen in den Vertrag aufgenommen haben möchten, werden wir eine Lösung finden. Notfalls könnte ich nach Deutschland telegrafieren, um Arnheims Zustimmung zu bekommen.«

Warburg blieb eine Zeit lang still. »Vielleicht lässt sich etwas arrangieren«, lenkte er dann ein. »Ohnehin nehme ich an, dass Florence Ihnen den Wunsch, sich mit ihr zu treffen, nicht abschlagen wird.« Er legte die Hand an die Stirn und rieb sich die Schläfe. »Für eine umfassende Scheidungsvereinbarung, die alle beidseitigen Interessen, gleich welcher Art, berücksichtigt, könnte ich mich immerhin stark machen. Bringen Sie einmal zu Papier, was Ihnen zweckmäßig erscheint.«

»Tun Sie das Ihre, damit wir ein Einvernehmen erzielen. Und wenn wir unsere Hausaufgaben gemacht haben, stimmen wir unsere Entwürfe aufeinander ab!«, sagte ich. »Ich fahre nicht wieder nach Hause, bevor ich nicht mit Florence gesprochen habe.«

Warburg nickte. »Okay! Versuchen wir es einmal!«

Eine Weile bewegten wir uns unter den schattigen Bäumen schweigend dahin. Mir war danach, noch etwas zu sagen, um meinem eigenen Anliegen Nachdruck oder so etwas wie einen moralischen Impetus zu verleihen, doch plötzlich tauchten die starren toten Augen und die schmalen blauen Lippen des kleinen Professor Wolfrath vor meinem inneren Auge auf, was dazu führte, dass ich schweigsam blieb.

Bald darauf erreichten wir den Vorgarten und standen kurz danach in der Auffahrt zu dem herrschaftlichen Haus.

»Ich muss ein paar Telefongespräche führen«, sagte Warburg. »Danach hören Sie von uns; möglicherweise heute Abend noch, spätestens jedoch morgen.« Eine Weile blickte er zu den Bäumen, als hinge er einer lange vergessenen Erinnerung nach. Er wirkte ein wenig befremdet. Dann schaute er jäh auf. »Ein Treffen mag doch von Vorteil sein«, murmelte er. »Zeit und Ort werden Sie in Kürze erfahren.«

7

Kleine schwarze Wolken segelten vor der sinkenden Sonne am Horizont dahin. Südöstliche Winde, die das warme Herbstwetter gebracht hatten, führten vor der hereinbrechenden Dämmerung einige Regenwolken heran. Nachdem das Taxi nach einer guten halben Stunde die Stadtgrenze erreicht hatte, war es dunkel geworden. Der Wagen fuhr durch weniger beleuchtete Außenbezirke und erreichte die Brooklyn Bridge, glitt auf ihr über das schwarze Wasser hinweg. Kurz darauf tauchte die Limousine in das unendliche Lichtermeer Manhattans ein.

Vor dem Plaza bedeckte die dünne Wasserhaut eines leichten Sommerregens die Straßen. Der livrierte Portier ließ mich durch die gläserne Tür des Plaza schreiten. Als ich an der Rezeption stand, um meinen Zimmerschlüssel in Empfang zu nehmen, teilte mir der Hotelangestellte nach einem Blick in sein Fach mit: »Mr. Goltz, Sie haben Besuch!«

Mein Blick folgte den Augen des Portiers, die sich hinüber zu einer Sitzgruppe aus schweren Lederfauteuils bewegten. Freundlich angeordnet, bemerkte man kaum die Menschen, die dort saßen. In diesem Augenblick erhob sich aus einem der Sessel eine anmutige Gestalt, eine junge Frau im Regenmantel. Noch bevor sie sich der Rezeption mit hohen und selbstbewussten Schritten näherte, schien der Schimmer ihrer Augen die Entfernung zwischen uns zu überbrücken. Gleich darauf schaute ich betroffen in Irene Varos wunderschönes Gesicht.

»Wir hatten eine Verabredung«, sagte sie mit einem Augenzwinkern. »Ich weiß, ich komme spät, hoffentlich werden Sie mir meine Unpässlichkeit von vorgestern Abend verzeihen.«

Ihre Augen ließen mich alles, was ich in den letzten zwei Tagen über sie gedacht hatte, mit einem Mal vergessen. Mit einem heißen Glücksgefühl umfingen mich ihre Schönheit und ihr Lächeln. »Und ich dachte, Sie hätten mich vergessen!«, war alles, was ich nach einigen Momenten der Sprachlosigkeit herausbrachte.

»Ich habe beschlossen, zwei weitere Tage in New York zu bleiben«, entgegnete sie zart. »Wir könnten etwas gemeinsam unternehmen.«

»Eine gute Idee! Wohnen Sie auch hier im Hotel?«

»Nein. Aber mein Hotel befindet sich ganz in der Nähe.«

»Und Herr Helmholtz?«

»Hat bereits den Zug nach Los Angeles bestiegen.«

»Wie kommt es, dass er ohne Sie gefahren ist?«

Sie lächelte. »Ich habe ihm gesagt, er soll allein fahren; ich käme in ein paar Tagen nach. Wie ich ihn kenne, ist er ganz froh, mich für eine Weile losgeworden zu sein.«

Alle Bedenken, die aus meinen verborgenen Zweifeln an ihren Motiven rührten, hatten gegen ihre aufreizende Finesse keine Chance. Darum versuchte ich gar nicht erst, gegen diese Wirkung anzukämpfen.

»Wir werden uns diese beiden Tage auf interessante und angenehme Weise vertreiben können«, versprach ich. »Wir sollten heute Abend noch damit beginnen, wenn Sie möchten.«

»Vielleicht finden wir ja irgendwo eine nette Bar«, schlug sie vor. »Der Portier kann uns bestimmt ein Lokal empfehlen.«

Ich wandte mich um, den Mann zu fragen, den ich weiterhin in unserer Nähe wähnte, doch da hielt mir dieser bereits einen Telefonhörer hin und sagte: »Mr. Goltz, ich habe ein Gespräch für Sie.«

Ich nahm den Hörer ans Ohr.

»Shannon«, meldete sich eine männliche Stimme. »Sie kennen mich nicht. Ich bin ein Freund von Florence Arnheim und spreche in ihrem Auftrag. Wir sollten uns noch heute Abend sehen! Ich kann zu Ihnen kommen – oder besser, Sie kommen zu mir! Mir gehört ein Nachtlokal, das Ambassador, es liegt nicht allzu weit von Ihrem Hotel entfernt.«

Eine Weile starrte ich stumm in die meergrünen Augen an meiner Seite, die mich so erwartungs- wie verheißungsvoll anblickten. »Ein Lokal, sagen Sie? Meine Begleiterin und ich haben gerade überlegt, wohin wir gehen können. Wenn ich …«

»Kein Problem«, ließ sich der Mann am Ende der Leitung vernehmen. »Die Dame ist herzlich eingeladen. Sagen wir um zehn Uhr. Das ist in einer guten Stunde.« Dann nannte er die Adresse, die ich dem Taxifahrer sagen sollte. »Ist das okay?«

»Ja«, erwiderte ich, »in Ordnung.«

Am Ende der Leitung machte es klick und ich reichte den Hörer an den Portier zurück. »Ich habe gerade eine Verabredung für uns beide angenommen«, sagte ich zu meinem Gast. »Ich hoffe, ich war nicht zu forsch.«

»Natürlich nicht«, lächelte die Schöne und wandte sich in einer anmutigen Bewegung zur Seite, bevor sie mit der Hand in die Richtung der Nische, wo sie zuvor gesessen hatte, deutete. »Sie werden erst einmal auf Ihr Zimmer gehen wollen. Ich werde dort im Sessel auf Sie warten. Lassen Sie sich Zeit!«

Bald darauf standen wir unter dem grün beschirmten Baldachin vor dem Plaza. Es war ein reizender Moment, sowie sie sich bei mir einhakte und mit mir unter den riesigen schwarzen Schirm schlüpfte, den der Portier uns entgegenhielt, um uns durch den Regen, der in langen Fäden auf die Fifth Avenue herabfiel, zu einem der vor dem Hotel wartenden Taxis zu geleiten. Die Luft war mild, der Abend beinahe warm.

Der Wagen rollte auf dem feucht-glitzernden Beton hinter einer Straßenbahn her, glitt an ihr vorüber, als sie an einer Haltestelle bremste, zischte durch Pfützen und passierte die schillernden Lichter von Reklamen. Hinter dem Chrysler Building bog der Wagen um eine Ecke in eine Seitenstraße, an deren Ende er neben dem Bordstein hielt, direkt vor der Eingangstür des Klubs, der unserem unbekannten Gastgeber gehörte.

Ein Kellner in weißer Uniform ließ uns eintreten. Ich nannte ihm meinen Namen. »Wir sind mit Mr. Shannon verabredet.«

Der Kellner nickte. »Mr. Shannon wird bald hier sein. Sobald er eingetroffen ist, werde ich ihm sagen, dass Sie da sind, Mr. Goltz.« Er wandte sich zu Irene und half ihr aus dem Mantel. Licht fiel auf die makellose Haut ihrer schwungvoll gezeichneten Schultern, auf denen die steinchenbesetzten Träger eines nachtblauen Satin-Oberteils zum Vorschein kamen. Außerdem kleidete sie ein kniefreier Rock.

Der Kellner warf ihr einen anerkennenden Blick zu, hängte den Mantel auf einen Bügel und führte uns an einen Tisch.

Das Lokal war halb leer, der ganze Saal in ein blaues Licht getaucht. An den Wänden reihten sich kleine Nischen aneinander, und Tische mit blauen Tischtüchern standen um eine Tanzfläche herum. Auf einer kleinen Bühne spielte eine Kapelle; zwei Saxofone, eine Trompete und ein Klavier. Zwei Barkeeper mit weißer Jacke und schwarzer Fliege standen hinter einer Bar und beobachteten die Gäste.

Irene stützte die Ellbogen vor mich auf den Tisch, legte

das Kinn in ihre Hände, warf einen Blick zur Seite und musterte eine Weile die Gäste.

»Wer ist dieser Mr. Shannon?«, fragte sie. »Ein Freund von Ihnen?«

»Ich kenne ihn nicht, aber wir haben eine gemeinsame Bekannte. Wegen ihr bin ich nach New York gekommen. Wegen ihr hat er mich eingeladen.«

Der Kellner kam mit Champagner, ließ den Korken knallen und schenkte das sprudelnde Getränk in langstielige Gläser. Als wir die Kelche aneinanderstießen, ließ Irene erneut ihr verheißungsvolles Lächeln sehen.

Eine junge Sängerin war auf die kleine Bühne getreten, dazu drei junge Männer mit sauberen schwarzen Anzügen, die anderen Bandmitglieder nahmen ihre Plätze an den Instrumenten neben ihr ein. Kurz darauf begann die Frau mit einer lieblich-rauen Stimme zu singen, sie sang ein Lied von Liebe und Verlust, während sie über ihr Mikrofon hinweg in weite Fernen blickte. Einige Paare erhoben sich von den Tischen und bewegten sich auf der Tanzfläche zu den sanften Klängen der Musik.

»Warum haben Sie Ihre Frau nicht mit auf die Reise genommen?«, wollte Irene Varo mit einem zarten Augenaufschlag wissen.

»Ich habe keine – ich bin geschieden.«

»Ah«, sagte sie und legte ihre Hand leicht auf meinen Arm.

»Und Sie?«, fragte ich.

Sie schüttelte den Kopf. »Nein! Für eine Ehe bin ich nicht geeignet. Ich habe einen Bruder – der ist mir Familie genug.«

»Ich habe eine Schwester. Aber wir sehen uns nur selten.«

»Erzählen Sie mir von ihr!«

»Ach, nein«, wehrte ich ab, denn mir war nicht danach,

das Gespräch auf meine Schwester Doris zu lenken. »Kommen Sie lieber mit mir aufs Parkett. Wir sind doch bereits ein erprobtes Paar.«

Es war wundervoll, sie in den Armen zu halten, ihre Haut zu berühren, ihren herrlichen Duft und die warme, pulsierende Energie ihres hinreißenden und in jeder Hinsicht perfekten Körpers zu spüren. Es gefiel mir, wie schnell wir zurück in vertraute Schritte fanden, und erst jetzt, während wir uns wie von selbst über das schimmernde Tanzparkett bewegten, erkannte ich geradezu mit Schmerzen, wie sehr mir diese Nähe gefehlt hatte. Plötzlich konnte ich kaum noch verstehen, wie ich ohne sie hatte existieren können.

Als wir nach mehreren Tanznummern dem Parkett den Rücken kehrten, stand ein gut gekleideter Mann von ungefähr 50 Jahren neben unserem Tisch. Seine Erscheinung entsprach nahezu vollständig dem Klischee, das ich mir in meiner Vorstellung von einem Barbesitzer in Manhattan gemacht hatte. Er war ein Mann von scharfen, nicht unattraktiven Gesichtszügen, dunkel gebräunter Haut, tief liegenden Augen und einer Römernase; das Haar blauschwarz, wellig, grau an den Schläfen und noch voll. Sein sanftes Lächeln passte nicht wirklich zu seinen harten Augen und er hatte etwas an sich, das mir instinktiv sagte, dass es bestimmt viele Frauen gab, die ihn anziehend fänden.

»Ich bin Frank Shannon«, stellt sich der Mann vor. »Wie ich gerade zu meiner Freude sehen konnte, ist es Ihnen nicht langweilig geworden, während Sie auf mich warten mussten. Darf ich mich zu Ihnen setzen?«

Mittlerweile war ich darauf vorbereitet, dass die meisten Leute bei Irenes Anblick mehr oder weniger die Fassung verloren, aber Shannon hatte sich gut im Griff.

»Ich bin entzückt, Sie beide kennenzulernen«, verkündete er, nachdem wir uns ihm vorgestellt und zusammen wieder Platz genommen hatten. »Wir Amerikaner sprechen einander gern mit dem Vornamen an. Wenn Sie möchten, nennen Sie mich Frank!«

Irene begegnete seinem Blick mit einem aparten Augenaufschlag. »Das ist nett! Ich bin Irene.« Sie sprach ihren Vornamen in englischer Tonart aus.

»Irene«, ließ er sich den Namen auf der Zunge zergehen, »Sie sind mit Mr. Goltz befreundet?«

Sie schickte ein Lächeln in meine Richtung. »Wir sind uns auf dem Schiff begegnet und haben uns dort verabredet, gemeinsam New York zu erkunden – oder zumindest das, was man an ein oder zwei Tagen davon erkunden kann.«

Shannon legte die Hand auf ihr Handgelenk und winkte mit der anderen dem Kellner, der mit der Champagnerflasche in Rufbereitschaft stand und unsere Gläser auffüllte.

»Cheers, Irene! Cheers, Eugen!« Er hob sein Glas. »Auf Ihren Aufenthalt in New York! Auf unvergessliche Tage in unserer großen Stadt!«

»Einen echten New Yorker Barbesitzer kennenzulernen, ist ein ganz besonderes Vergnügen für mich«, sagte Irene so freundlich und charmant, wie es ihrer unangestrengten Ausstrahlung entsprach. »Erst hier – an einem Ort wie diesem – habe ich das Gefühl, dass ich wirklich in New York angekommen bin.«

Ihr Englisch war nicht perfekt, doch überraschend gut.

»Sie bringen Glanz in mein bescheidenes Lokal, Irene«, antwortete Shannon. »Sehen Sie, wie alle Leute, die am Tisch vorübergehen, auf Sie blicken? Bestimmt ist das für Sie Alltag; wahrscheinlich bemerken Sie es gar nicht mehr! Mancher Gast kommt aus der Provinz zu uns und wenn er wieder zu Hause in Kentucky oder Illinois ist, wird er zu erzählen haben, wie selten schön die New Yorker Frauen sind. Was tun Sie in Deutschland?«

»Ich trete in Varietés auf. Ich bin Artistin.«

»Artistin! Ich bin entzückt.«

Frank Shannon hatte über die Maßen gewinnende und lächelnde Züge und verstand sich darauf, Frauen zu bezaubern. »Aber was sonst hätten Sie auch sein sollen! Jetzt wundert es mich nicht mehr, dass Sie sich hier bei mir wie zu Hause fühlen. Wir sind demzufolge so etwas wie Berufskollegen. Wo treten Sie auf – in Berlin?«

Irene nickte. »Ja. In Berliner Klubs; die Namen der Klubs werden Ihnen allerdings nichts sagen.«

Er nickte beifällig. »Ich habe schon viel Interessantes über die Berliner Nachtklubs gehört, von den schönen Frauen, die in reizenden Kostümen auftreten. Meine Liebe, Sie haben mich restlos davon überzeugt, dass die Hauptstadt Ihres Landes eine Reise wert ist.«

Sie lächelte ihn aufmunternd an und warf einen Blick zur Sängerin auf der Bühne. »Ich denke«, sagte sie gewinnend, »Ihre New Yorker Künstlerinnen sind nicht weniger attraktiv.«

»Oh, danke«, entgegnete er, »ich nehme es auch als ein Kompliment für mich. Aber darf ich Sie fragen, Irene, was Sie nach Amerika führt?«

»Ein Filmengagement«, erwiderte sie. »Ich reise übermorgen Abend nach Los Angeles weiter. Die Dreharbeiten beginnen in der übernächsten Woche.«

»So, Sie sind nicht nur Artistin, sondern auch eine Schauspielerin! Was spielen Sie für eine Rolle?«

»Bloß mich selbst, eine Artistin, es ist nur eine kleine Rolle am Trapez.«

»Oh, Sie untertreiben! Am Trapez – das ist nicht wenig!« Er schien einen Moment nachzudenken. »Und für eine unbedeutende Rolle, meine Liebe, hätte das Studio Sie auch nicht diese weite Reise machen lassen. Trapezkünstlerinnen gibt es auch in Amerika; wenngleich«, er lächelte wieder in seiner einnehmenden Art, »wohl nur wenige, die so atemberaubend sind wie Sie!«

»Mein Freund Gustav Helmholtz hat seine Verbindungen genutzt und sich für mich verwendet«, sagte Irene. »Er wollte etwas für meine Karriere tun.«

»Helmholtz, wer ist das?«

»Ein bekannter deutscher Schauspieler, mit dem ich diese Reise gemeinsam antrat. Er ist bereits auf dem Weg nach Los Angeles.«

Shannon blickte immer noch nachdenklich drein. »Ihr Freund scheint über sehr viel Einfluss zu verfügen. Mit welchem Studio haben Sie den Vertrag?«

»Universal. Ich hatte wirklich großes Glück; allerdings haben sie mir die Rolle auch nur gegeben, weil ich mich verpflichtet habe, einige Aufnahmen ohne Netz zu machen.«

Er riss die Augen weit auf. »Sie meinen, Sie turnen ganz ohne Netz am Trapez?«

Irene nickte.

»Sie werden doch nicht für eine Filmaufnahme ohne Netz turnen müssen«, warf ich ein. »Es ist ja nicht die wirkliche Manege. Die Kamera muss das Netz nur nicht filmen.«

»Der Regisseur unseres Films will es realistisch«, erwiderte sie. »Er denkt, dass es dem Film zugute kommt, wenn wir nicht nur so tun, als sei da kein Netz, sondern wenn es wirklich fehlt. Es gibt da eine Szene, in der die Artistin, die ich spiele, in der Nacht vor der Premiere mit ihrem Partner von einer Party kommt und die beiden die neue Nummer ein letztes Mal heimlich proben wollen. Aber das Netz für die Vorstellung ist noch nicht aufgehängt.«

»Aha! Und deshalb lässt der Regisseur Sie auch in der Wirklichkeit ohne Netz turnen?« Shannon schüttelte den Kopf und lachte gleichzeitig auf. »Ein starkes Stück!

Sieht denn das Drehbuch wenigstens vor, dass die Probe gelingt?«

»Beim ersten Mal ja, doch dann machen wir es noch einmal und da geht es schief. Am Schluss liege ich in der Manege – nackt und tot.«

»Nackt? Warum denn nackt?«, fragten Shannon und ich wie aus einem Munde.

Sie lachte. »Wenn ich von der Party komme, trage ich ein Abendkleid, in dem ich natürlich nicht turnen kann. Also ziehe ich das Kleid aus – und darunter bin ich eben nackt. Finden Sie das etwa anstößig?«

»Hm! Sehr originell!«, brummte Shannon. »Das hat sich dieser Regisseur ja fein ausgedacht.«

»Die Idee hätte genauso gut von mir sein können«, sagte Irene. »Wenn schon ohne Netz, dann auch nackt!«

»Etwas ungerecht nur, dass Ihr Partner seinen Anzug anbehalten darf, nicht wahr?«, entgegnete Shannon.

Sie schlug in entwaffnender Weise die Augen zu ihm auf. »I wo! Er ist natürlich genauso unbekleidet wie ich!«

»Aber«, Shannon hustete, als hätte er sich gerade an seinem Champagner verschluckt. »Sie meinen wirklich – ganz nackt – als Mann – gemeinsam mit Ihnen? Allein die Vorstellung!«

Sie lächelte und hob in einer wie um Verzeihung bittenden Geste ihre Schultern. »Wir sind Gottes Geschöpfe und haben nichts zu verbergen. Mein Partner muss konzentriert sein, ansonsten mag geschehen, was geschehen muss. Es geht schließlich um Kunst.«

»Kunst?«, zweifelte Shannon. »Das einzige Kunstwerk in diesem Film sind Sie, meine Liebe! Nur wird man nicht viel davon sehen können. Der Film kommt doch niemals durch die Zensur, jedenfalls nicht ohne ganz erhebliche Schnitte.«

»Nein, keine Schnitte«, widersprach ihm Irene. »Es gibt

nur Schatten, die unsere Lenden bedecken. Die erotische Wirkung wird durch diese Schatten noch erhöht. Der Regisseur hat sich etwas dabei gedacht! Je provokanter die verborgenen Bilder sind, umso wertvoller ist der Film. Ein Hoch auf die Zensur, denn sie macht solche Kunstwerke erst möglich.«

Shannon starrte sie an. »Das ist ja wohl so ziemlich das Verrückteste, was ich in letzter Zeit gehört habe!«, sagte er. »Und Sie sind sich wirklich sicher, dass der Regisseur Sie nicht einfach nur um Ihre Gage betrügen will? Ein realistischer tödlicher Abgang vom Trapez wäre eine lohnende Szene, um Sie gekonnt loszuwerden.«

Irene lächelte. »Das Netz fehlt nur in der Einstellung, in der uns die Turnnummer auch gelingt. Ich werde diesen Filmleuten gewiss nicht den Gefallen tun und in die Tiefe stürzen – ich bin Profi.«

Shannon lächelte stumm, doch es war zu erkennen, dass Irenes freimütige Art ihm Unruhe bereitete. Mir selbst ging es natürlich kein bisschen anders.

»Wer ist denn Ihr Partner?«, forschte Shannon weiter.

»Ein guter Artist und ein schöner Mann. Wir werden viel Freude miteinander haben!«

Shannon starrte sie an. Ihre unverblümte Offenheit – ganz egal, an welche Freude sie gerade dachte – verschlug ihm für den Moment die Sprache.

»Was denkbar ist, das ist auch möglich«, sprach er nach einer Weile rätselhaft und griff zu seinem Glas. »Also gut! Trinken wir auf das gute Gelingen Ihrer Filmaufnahmen und darauf, dass Sie viel Freude dabei haben werden!«

Als er sein Glas wieder abgesetzt hatte, wandte er abrupt den Kopf zu mir herum. »Ihre überaus reizende Freundin hätte mich beinahe den Grund für unser Treffen vergessen lassen«, sagte er, »ich hoffe, Sie nehmen es mir nicht übel.«

Ich erklärte: »Ich habe selbst schon nicht mehr daran gedacht.«

»Da bin ich erleichtert«, sagte er und versenkte den Blick in seinem Glas. »Nun also zu unserer Sache! Warburg, mit dem ich telefonierte, hat seine Bedenken gegen ein Treffen zwischen Florence und Ihnen zurückgestellt. Und ich stimme ihm grundsätzlich zu. Es lässt sich da etwas arrangieren!«

Er beugte sich etwas vor. »Ich möchte Sie – Sie beide – für den morgigen Abend zu einer Party in meiner Wohnung einladen.« Er fixierte zuerst mich und dann Irene mit seinem dunkelblauen Blick. »Es ist eine ziemlich große Gesellschaft und auch Florence wird anwesend sein.« Er konzentrierte die Augen auf Irene. »Da Sie uns bereits übermorgen Abend wieder verlassen wollen, meine schöne Freundin, wie ich hoffentlich sagen darf, gilt meine Einladung in ganz besonderer Weise Ihnen! Sie werden zwar nicht die einzige begehrenswerte Dame auf der Feier sein, aber ganz gewiss die Schönste. Ich rechne fest mit Ihnen! Ihr Auftritt wird mein Ansehen bei meinen Konkurrenten gewaltig erhöhen.«

»Danke. Sehr schmeichelhaft«, sagte Irene lächelnd und hielt ihm ihr herrliches Gesicht entgegen; es versetzte mir einen Stich zu sehen, wie offen und beinahe schamlos ihr freier Blick auf ihn gerichtet war. »Ich nehme Ihre Einladung natürlich gern an.«

»Wunderbar! Ich freue mich darauf, Sie meinen Gästen vorstellen zu dürfen«, erwiderte Shannon. »Das Apartmenthaus, in dem die Party stattfindet, liegt auf der Westseite des Central Park. Ich werde Ihnen die Adresse aufschreiben.« Er zog Stift und Zettel aus seiner Jackentasche hervor, schrieb etwas, reichte den Zettel nicht ihr, sondern mir. »Es ist im 18. Stock; drücken Sie unten im Eingang auf den Klingelknopf. Ein Lift wird Sie hinaufbefördern. Ab neun Uhr!«

Er winkte dem Kellner, ließ Champagner nachschenken und erzählte einen Witz, der ziemlich anzüglich war. Wie sich im Laufe des Abends zeigte, verfügte er über ein ziemlich großes Repertoire an Anekdoten. Irene, die lachte und ihm schöne Augen machte, nahm keinerlei Anstoß daran.

Shannon wirkte beinahe, als ob er von Irene verzaubert worden wäre. Allerdings fiel mir auf, dass er keineswegs völlig hypnotisiert von ihr war. Er ließ vielmehr seine Umgebung nie ganz aus den Augen, und das auf eine Art, als sei er darauf gefasst, dass jeden Augenblick eine Katastrophe über das Lokal hereinbrechen könne. Ich war mir daher sicher, dass der Mann in seinen Augenwinkeln ein genaues und vollständiges Bild seiner Umgebung besaß und ihm nichts entgehen konnte, was um ihn herum geschah. Es schien eine nicht aus der Angst, sondern aus einem gesunden Lebensinstinkt heraus geborene Vorsichtsmaßnahme zu sein, eine Routine, die ihm in Fleisch und Blut übergegangen war.

»Es ist Zeit für mich zu gehen«, sagte Irene schließlich. »Ich merke plötzlich, wie müde ich doch bin.«

Shannon zündete sich eine weitere Zigarette an. Während die Flamme des Feuerzeugs sein Gesicht heller zeichnete, raunte er uns zu, ohne eine Miene zu verziehen: »Lassen Sie sich nichts anmerken und sehen Sie nicht hin! Da hinten am Tresen sitzt jemand, der Sie schon seit Längerem beobachtet!«

Er blies eine feine weiße Rauchsäule in die Luft. »Man könnte geneigt sein zu denken, dass es nur Ihre Schönheit ist, Irene, die ihn fesselt, doch ich habe einen durch lange Erfahrung geschulten Blick, der mir sagt, dass es sich anders verhält. Warten Sie beide ein paar Minuten und sagen Sie mir dann, ob Sie ihn kennen.«

Im Halbschatten des Tresens saß ein Mann, wahrscheinlich noch jung, jedenfalls nicht viel älter als 30. Soweit man es erkennen konnte, hatte er ein markantes Gesicht – und plötzlich musste ich mir auf die Lippen beißen, damit mir kein Ausruf des Erstaunens entfuhr. Denn auf einmal war ich mir hundertprozentig sicher, dass dies derselbe Mann war, den ich zusammen mit Irene an der meerseitig gelegenen Reling des Liners kurz vor der Abfahrt in Bremerhaven gesehen hatte.

»Er sieht interessant aus«, unterbrach Irene meine Erinnerung. »Trotzdem kenne ich ihn nicht.«

Ob es nur eine Ähnlichkeit war? Schlagartig überfielen mich Zweifel. »Nein, nie gesehen«, sagte ich und schüttelte den Kopf.

Shannon nahm einen Zug von seiner Zigarette und machte uns einen Vorschlag: »Es gibt hier einen Hinterausgang, der in eine Nebenstraße führt. Wenn Sie dort hinausgehen, kann er Ihnen nicht folgen. Vielleicht ist es egal, aber eine Vorsichtsmaßnahme kann ja nicht schaden. Einer meiner Leute kann Sie ins Hotel zurückfahren. Wenn Sie einverstanden sind, werde ich das Nötige veranlassen.«

Es kam kein Widerspruch von uns, und so verließ Shannon für ein paar Minuten den Tisch. Sobald er zurückgekehrt war, sagte er: »Dort hinten – neben der Tür zur Toilette – geht es in die Küche. Gehen Sie geradeaus durch; am Ende führt eine Tür direkt in eine Gasse. Dort wartet der Wagen auf Sie. Ich habe bereits veranlasst, Irene, dass man Ihren Mantel zum Wagen bringt.« Er erhob sich. »Ich verlasse Sie jetzt und freue mich auf unser Wiedersehen morgen Abend.« Er ging in Richtung der Toilette davon.

Irene blickte mich an. »Was halten Sie von ihm?«

»Ich möchte ihn nicht gern zum Feind haben.«

»Ja«, bestätigte sie, »es wäre gewiss falsch, ihn zu unterschätzen.«

Wir tranken unsere Gläser leer, standen auf und gingen ohne Weiteres auf die von Shannon bezeichnete Tür zu.

Ein Mann in weißer Schürze winkte uns durch die hell erleuchtete Küche und zeigte uns die Tür, die nach draußen in die kleine Gasse führte.

Eine schwarze Limousine stand mit laufendem Motor am Straßenrand. Der Fahrer, dessen Gesicht eine Schirmmütze verbarg, stand mit Irenes Mantel in der Hand neben dem geöffneten Wagenschlag. Er half Irene in den Mantel, ließ uns einsteigen und warf die Tür hinter uns zu. Dann stieg auch er ein. Gleich darauf brauste der Wagen davon.

»Morgen Vormittag könnten wir einen Stadtbummel durch Manhattan unternehmen«, sagte ich zu meiner Begleiterin, während der Wagen durch lebhaften Verkehr die Fifth Avenue hinaufsteuerte.

»Nein, Eugen«, antwortete Irene. »Ich habe mir überlegt, dass ich mich morgen lieber ausruhen möchte. Wir sehen uns am Abend.«

Ich spürte, dass ich sie von ihrem Entschluss nicht würde abbringen können, gab jedoch nicht auf: »Gut! Vielleicht könnten wir ja jetzt irgendwo ein Gläschen trinken?«

Sie schüttelte mit einem leisen Lächeln den Kopf. »Nein, Eugen, das machen wir morgen Nacht. Haben Sie einen einzigen Tag Geduld!«

Noch bevor wir das Plaza erreichten, gab sie dem Fahrer ein Zeichen, dass er anhalten möge. Nachdem der Wagen am Straßenrand gestoppt hatte, drückte sie meine Hand und sagte: »Morgen Abend um zehn Uhr werde ich hier an dieser Stelle auf Sie warten. Wir werden uns nicht verpassen – aber lassen Sie mich rasch einen letzten Blick auf die Adresse werfen.«

Überrascht zog ich den Zettel aus der Tasche, und ihre Lippen murmelten unhörbar die notierte Adresse, dann lächelte sie mir ein letztes Mal zu, sprang aus dem Fond und lief davon.

8

Ins Plaza zurückgekehrt, fragte ich mich nicht ohne Erstaunen, wie ich es eigentlich versäumt haben konnte, Irene nach dem Namen ihres Hotels zu fragen. Sollte sie mich versetzen, wie sie es schon einmal getan hatte, würde der Versuch, sie wiederzufinden, ein hoffnungsloses Unterfangen sein.

Lange Zeit lag ich wach und wurde von erotischen Bildern gequält; Bilder, in deren Mittelpunkt eine schöne, nackte Artistin stand. In meiner Fantasie sah ich sie vor mir, wie sie in einer akrobatischen Meisterleistung mit einem Partner, der die Gesichtszüge des unbekannten Barbesuchers vom Abend trug, einen ausgedehnten Liebesakt hoch über den Köpfen eines frenetisch applaudierenden Publikums vollzog.

Am nächsten Morgen unternahm ich gleich nach dem Frühstück einen Spaziergang die Fifth Avenue hinunter und ging so lange in Richtung Süden, bis ich die Stelle wiedergefunden hatte, wo Irene aus dem Wagen gestiegen war. Beim Weitergehen in östliche Richtung stellte ich schnell fest, dass im Umkreis des Ortes, wo ich sie aus den Augen verloren hatte, eine ganze Reihe von Hotels existierten, in denen sie hätte abgestiegen sein können, viel zu viele, um vernünftigerweise in dem einen oder anderen dieser Häuser nach ihr zu fragen.

Tief hinab in die Straßen, durch die ich schritt, fiel das Licht der Mittagssonne, und da es den Grund kaum erreichte, war mir dabei, als ob ich mich durch enge Schluchten bewegte, durch Schattentäler, in die der helle Sonnenstrahl nicht fand. Und doch herrschte hier reges Leben, das zur Atmosphäre nicht so wirklich passen wollte, sodass ich mich zuweilen wie auf einem anderen Stern fühlte.

Fasziniert blieb ich stehen, als ich eine Fassade erblickte, die wie eine eindimensionale Markise aussah und in ihrer ganzen Art an einen venezianischen Palast denken ließ, einen mit Steinveranden, Balkons und tief liegenden Fenstern. Eine Anzeigetafel verriet, dass sich in dem Gebäude ein Filmpalast befand. Sowie ich las, dass es dort den Horrorfilm ›Frankenstein‹ mit Boris Karloff in der Rolle des vom Menschen erschaffenen Monsters zu sehen gab, löste ich kurz entschlossen eine Karte für die Vorstellung, die bald beginnen sollte.

Hinter der Sperre des ›Paradise‹, so der Name dieses fantastisch anmutenden Filmtheaters, schloss sich ein Vorraum in Gestalt eines spanischen Innenhofs an, dessen Fußboden Mosaike zierten und an dessen Wand ein marmorner Springbrunnen voller Goldfische plätscherte. Dahinter gelangte ich in eine Halle mit Kronleuchtern und einer Schildbogendecke, voll mit Büsten von Göttern, Zauberern und Meerjungfrauen. Doch nichts vermochte mich auf den irrwitzigen Garten hinter den Wänden des Zwischengeschosses vorbereiten. Hoch über meinem Kopf überspannte ein Nachthimmel den Raum, dessen imposante Wolken über ein geblähtes Sternenzelt segelten. Es umgaben mich Pappeln und fliegende Tauben. Einem Palazzo gleich schirmten die Seitenwände ein offenes Dach, sodass ich beim Hochschauen das unheimliche Gefühl hatte, gleichzeitig draußen und drinnen zu sein.

Es wäre mir völlig egal gewesen, welchen Film es in diesem Ambiente zu sehen gab; allerdings hatte ich auch in dieser Hinsicht keine schlechte Wahl getroffen. Frankenstein erinnerte in seiner expressionistischen Art an den deutschen Film ›Das Cabinet des Dr. Caligari‹, was mich während des Zuschauens veranlasste, immer wieder unsichtbare Szenen zu finden, Darstellungen irgendwelcher Scheußlichkeiten, bizarrer oder auch erotischer Details, die womöglich in und durch Schatten verborgen wurden. Je aufmerksamer ich den Film verfolgte, umso stärker beschlich mich das Gefühl, dass die Kunst des Versteckens auch im Kinofilm eine mir bisher zwar unbekannte, aber durchaus gängige künstlerische Attitüde war.

Der Nachmittag war weit vorangeschritten, als ich wieder in meinem Zimmer im Plaza saß, um den Entwurf für die mit Florence zu treffende Scheidungsvereinbarung fertigzustellen. Anschließend nahm ich ein Bad und gönnte mir ein Stündchen Ruhe, um für die Nacht gut gerüstet zu sein. Die Zeit verging rasch, und nachdem draußen längst die Dunkelheit hereingebrochen war, trat ich voller Erwartung hinaus auf die Straße, die sich in einen sprühenden Funkenregen von Lichtern verwandelt hatte.

Es leuchtete, flackerte, bebte und waberte um mich herum, wechselte wieder die Farbe und sprühte erneut. All das so intensiv, dass es mir schier den Kopf verdrehen wollte. Autos blinkten hupend neben mir auf, Menschenmengen wühlten sich über den Bürgersteig, Männer und Frauen nahmen neben mir für Momente Gestalt an, mit Gesichtern, die sofort wieder in der Flut der Eindrücke und Bilder untergingen.

Ich ließ mich von einem Taxi die Fifth Avenue hinunter zum Ort der Verabredung fahren, bat den Fahrer, am Straßenrand zu warten, und stieg aus dem Wagen, um nach Irene Ausschau zu halten. Ich war etwas zu früh und hatte mich auf eine längere Wartezeit eingerichtet, doch es dauerte kaum fünf Minuten, bis ich die Schöne im Schein der Straßenlampe, genau an der Stelle, wo sie mir in der Nacht zuvor entschwunden war, wieder auftauchen sah.

Sie trug schwarze spitze Schuhe und ihren leichten Mantel, der ihre langen Beine nicht ganz bis zu den Knien hinab bedeckte. Das kastanienfarbene Haar über ihrem nackten Schwanenhals war zu einem Knoten hochgesteckt. Sex drang aus jeder Pore ihrer zwischen den Kragenspiegeln seidenzart schimmernden Haut. So eng und geschmeidig, wie der weiche Mantel ihre schmale Gestalt umschloss, sah es beinahe aus, als hätte sie darunter nichts an.

»Hallo, da bin ich«, sagte sie mit einem Lächeln und ging mit mir zum Taxi, wo sie sich neben mir in das Polster fallen lies. Der Fahrer gab Gas und der Wagen rollte an.

»Schön, dass Sie mich begleiten«, gab ich mit rauer Stimme zur Antwort, von ihrer sinnlichen Ausstrahlung ganz überwältigt und wie gebannt. »Haben Sie sich gut erholt?«

»Ganz prima«, gab sie zurück. »Ich habe mich mit Yoga und Meditation entspannt.«

»Ist das nicht anstrengend?«

»I wo! Inzwischen möchte ich das gar nicht mehr missen.«

»So bleiben Sie also gut in Form?«

Sie lächelte. »Es ist ein wundervolles Gefühl. Ich bedaure die Leute, die ihren Körper verkommen lassen. Und Sie? Womit haben Sie sich den Tag über beschäftigt?«

»Ich habe mir wieder einen Film angeschaut, einen Horrorfilm mit Boris Karloff in einem Kino ganz in der Nähe.«

»Boris Karloff ist ein toller Schauspieler«, sagte sie. »Ich würde ihm gern einmal begegnen.«

»Vielleicht läuft er Ihnen ja in Hollywood über den Weg.«

»Ich werde meine Augen offen halten. Erzählen Sie mir vom Film!«

Mit knappen Worten schilderte ich ihr den Inhalt von ›Frankenstein‹ und alles, was sie sonst noch darüber hören wollte.

»Sagen Sie«, setzte ich dann hinzu, »dieser Trapezfilm – ist es Ihr erstes Engagement?«

Sie antwortete nicht sofort. »Als ich zu Trude Hesterbergs Ensemble gehörte, hatten wir ein paar kleinere Tanzauftritte in weniger bekannten Filmen«, klärte sie mich auf. »Aber es waren kaum mehr als Statistenrollen.«

»Trude Hesterberg, den Namen habe ich schon einmal irgendwo gehört –«

»Sie hat damals die ›Katakombe‹ geleitet, das war ein Varieté. Wenn sie die Hauptrolle im ›Blauen Engel‹ bekommen hätte, wäre sie jetzt in aller Munde. Mann hatte seiner Freundin die Rolle der Lola ja auch zugedacht. Allerdings war der Regisseur da anderer Meinung.«

Der Fahrer steuerte den Wagen Richtung Straßenrand und stoppte ihn vor einer Durchfahrt, die ein schmiedeeisernes Gitter verschloss. Dahinter lag ein mächtiges Apartmentgebäude, das mich mit seinen Türmchen und Erkern unter dem mondbeschienenen Himmel an eine alte deutsche Burg denken ließ.

Ich bezahlte den Fahrer und wir stiegen aus dem Wagen. Die kleinere Pforte neben der Hofeinfahrt war geöffnet. Wir gelangten dahinter in einen Hof, von wo aus zwei Eingänge an gegenüberliegenden Seiten in das Innere des festungsartigen Komplexes führten.

Es gab eine ganze Menge Wohnungen in dem zwanzigstöckigen Gebäude, doch einige davon standen wohl leer, jedenfalls trugen mehrere Klingeln kein Namensschild. Ganz oben fanden wir das Schild mit Shannons Namen, und kurz darauf gab uns ein Türsummer den Weg in ein marmornes Treppenhaus frei. Ein Lift, der ebenfalls in ein schmiedeeisernes Gitterkleid eingefasst war, brachte uns vorbei an endlos vorüberziehenden Etagen bis ins 18. Stockwerk hinauf.

Frank Shannon öffnete uns die Tür zu seinem Refugium.

Er trug einen grauen Blazer, der elegant und nicht übertrieben feierlich wirkte. Sein Blick, der mich selbst nur knapp streifte, erfasste erwartungsvoll Irene Varo, die ihrerseits mit dem stolzen und geraden Blick ihres schmalen, schönen Gesichts parierte.

»Geben Sie mir Ihren Mantel«, sagte er, worauf sie sich zur Seite drehte, ein paar Knöpfe öffnete und langsam den Mantel von den nackten Schultern in seine Hände gleiten ließ.

Sie war nicht nackt, sie war nackter als nackt. Nackt waren die langen Beine bis weit oberhalb der Knie, nackt waren die Schultern, die ranken Arme und der reizende Rücken, und dort, wo der anthrazitfarbene Stoff ihren wunderbaren Körper bedeckte, war das Arrangement von einer so stilsicheren Notdürftigkeit, dass sich einem unwillkürlich der Eindruck aufdrängte, jedes weitere Fitzelchen Stoff hätte das Kleid unbezahlbar gemacht.

Shannon schluckte und stieß mit heiserer Stimme hervor: »Meine Liebe, Sie sehen wirklich atemberaubend aus. Die anderen Damen werden vor Neid erblassen.«

Sie warf ihm nur einen aufmunternden Blick ihrer strahlenden Augen zu, reichte ihm dann den einen und mir den anderen ihrer langen Arme und ließ sich so von uns beiden in das Innere der Wohnung geleiten.

Wir betraten den Lichterglanz eines weitläufigen Raums, in dem schon 30 oder 40 Personen versammelt waren; Männer in Smokings und Frauen in luftigen Abendkleidern, die in kleinen Grüppchen mit silbernen Cocktails in den Händen beieinanderstanden; Gesichter, die uns anstarrten; Stimmen, die bei Irenes Anblick vor Entzücken, wenn nicht vor Schreck verstummten; Irene selbst tat so, als bemerkte sie es nicht.

»Meine deutschen Freunde!«

Mit diesen Worten stellte Shannon uns der versammelten

Abendgesellschaft vor. Sowie er mit uns die Runde machte, nannte er Namen und ließ uns die Hände seiner Gäste und Freunde schütteln. Mit dem Drink, den man ihr gereicht hatte, in der Hand, war Irene Varo ein einziger Ausdruck der Selbstgewissheit, während sie sich durch die von ihrem Anblick energetisierte Menge schob.

Ganz unbefangen nahm sie das Zusammenspiel der Blicke wahr, das ihre Erscheinung hervorgerufen hatte, setzte sich ungeniert den Augen derer aus, die sie wie Nahrung zu verschlingen suchten; namenlose Gesichter, die entweder sprachlos blieben oder in Floskeln erstarrten. Sie aber lächelte, und es war augenfällig, dass sie keinerlei Skrupel dabei empfand, die schockierende Schönheit ihres makellosen Ebenmaßes in dieser Weise zur Schau zu stellen.

Der Raum, durch den Shannon uns führte, erstreckte sich über zwei Ebenen. Auf einem weißen Marmorfußboden, der eindrucksvoll mit dem schwarzen Mahagoni des Inventars und der Wandvertäfelung kontrastierte, standen grüne Ledersessel neben niedrigen Rauchtischchen. Die meisten der Sessel waren besetzt. An den Wänden hingen Werke zeitgenössischer Amerikaner, große farb-kühne Gemälde, die ambitionierte Kunstrichtungen vertraten. Im hinteren Teil des Saals spielte ein kleines Orchester leichte Schlager und gängigen Jazz; Piano, Schlagzeug und Saxofon.

Shannons Bemerkungen nach zu urteilen, mit denen er den einen oder anderen seiner Gäste vorstellte, gehörten die meisten seiner Bekannten der Finanzwelt oder der Unterhaltungsbranche an; bei anderen, deren Herkunft er im Unklaren ließ, konnte ich mich des Gedankens nicht erwehren, dass wahrscheinlich die halbseidene Welt ihr angestammtes Zuhause war.

Eine seiner Freundinnen, eine hübsche blonde Frau vom Typus der amerikanischen Girls, verharrte am Arm eines dunkelhaarigen Gigolos. Sie wurde durch Irenes Auftritt abrupt vom Sockel der Party-Schönen mit dem gewagtesten Kleid hinabgestoßen und fasste den Mut, die Sprachlosigkeit der meisten Blicke zu überwinden. Nicht ohne eine Spitze im Ton bemerkte sie süffisant: »Ihr Kleid, meine Liebe, sieht aus, als hätten Sie sparen müssen. War es denn so teuer?«

Irene blickte an sich hinunter. Die aufmerksame und zugleich nachlässige Art, wie sie lächelnd ihre gertenschlanke Nacktheit betrachtete, schloss trotz der frechen Selbstgefälligkeit, die darin lag, nichts Hochmütiges oder Unangemessenes in sich ein, so als sei ihre Schönheit keine Gnade der Götter, sondern ein persönliches Verdienst.

»Man soll das Beste, was man hat, auch zeigen«, erwiderte sie, bevor ihre langen Finger provokant unter den Saum des Stoffes fuhren, der die kleine feste Brust nur unvollständig und die zarte Haut über den durchschimmernden Rippen überhaupt nicht bedeckte. »Deshalb habe ich der Schneiderin sogar Geld dafür bezahlt, dass sie den Stoff überall da entfernt, wo er verzichtbar ist«, sie lachte, »und noch ein wenig darüber hinaus.«

In diesem Moment bemerkte ich Florence Arnheim, die ganz in der Nähe in einer kleinen Gruppe von Gästen stand.

Ihr Gesicht war schmaler, da hatte meine Erinnerung mir einen Streich gespielt, die durchscheinend zarte Haut anämisch bleich. Sie trug kein Make-up, außer einem orangeroten Lippenstift, der nur dezent aufgetragen war. Ihre Augen waren groß und kobaltblau, lagen tief in ihren Höhlen. Sie hatte ein beigefarbenes Leinenkleid an, das sich von der Abendgarderobe der meisten anderen Frauen deutlich unterschied, ihrer hohen, schlanken Gestalt aber gleichwohl Eleganz verlieh. Und anders als die meisten anwesenden Frauen trug sie weder um den Hals noch an den Armen irgendwelchen Schmuck.

Florence sah mich jetzt auch, daraufhin ergriff ich Irenes Arm und zog sie sanft mit mir fort.

»Ich freue mich so, dass Sie kommen konnten, Eugen«, sagte Florence bei unserer Umarmung, »ach, wie schön, wieder einmal jemanden von dort drüben zu sehen; mir ist, als kämen Sie aus einer anderen Welt.«

»Heute wie vormals liegen keine Welten zwischen uns, Florence.«

Sie lächelte nur ganz knapp, dann bewegten sich ihre Pupillen, während sie sich von mir löste, einige Millimeter zur Seite und begegneten denen von Irene.

»Darf ich Ihnen meine Begleiterin vorstellen, Florence?«, sagte ich. »Irene Varo aus Berlin. Sie macht in New York Zwischenstation auf dem Weg nach Hollywood.«

Einige Augenblicke herrschte Stille. Obschon keine der Frauen ein Wort sprach, war zu spüren, dass irgendein unergründliches Einverständnis zwischen ihnen bestand, und ich hatte das komische Gefühl, als hätten die Augen der beiden Frauen eine unsichtbare, gleißende Brücke zueinander gebaut.

Irene ergänzte: »Ich lernte Herrn Goltz auf der Überfahrt kennen. Er hat sich freundlicherweise bereit erklärt, mir New York zu zeigen.«

»Oh, wie nett«, lächelte Florence, »eine Reisebekanntschaft?«

»Ja, wir sind Freunde geworden«, bestätigte Irene, was mich erfreut nicken ließ, da sie mich als Freund bezeichnet hatte.

Florence sah mich wieder an. Ihre Hohlwangigkeit, die durchaus nicht unattraktiv war, verlieh ihrer Erscheinung etwas Schmerzhaftes und Resignierendes.

»Ich sollte Sie fragen, wie es in Berlin steht, Eugen«, sagte sie, »doch es ist alles so anders geworden, ich glaube, dass es mich gar nicht mehr interessiert.«

»Berlin ist weit weg«, erwiderte ich, »obwohl ich es schade finde, dass Sie dort nicht mehr leben. Wie dem auch sei – Philipp Arnheim bat mich darum, Ihnen zu sagen, Sie möchten in mir einen Vermittler und nicht in erster Linie den Vertreter seiner Interessen sehen.«

Ihr Lächeln erstarb. »Das ist nur Geschwätz, lassen Sie sich von ihm nicht täuschen! Könnte ich Ihrer Redlichkeit nicht vertrauen, Eugen, gäbe es ohnehin niemanden aus der alten Umgebung, der mich besuchen dürfte.«

»Warum nicht, Florence? Wovor haben Sie Angst?«

Florence gab keine Antwort, sondern sah wieder zu Irene, die ihrem Blick nicht auswich. Erneut war dieses eigentümliche, von mir nicht zu ergründende Einverständnis zwischen den beiden Frauen zu spüren, und ich überlegte, ob es wohl etwas Erotisches war.

»Ich werde nicht umhin können, Ihnen Ihren neuen Freund für eine Weile zu entführen, da wir etwas unter vier Augen zu besprechen haben«, sagte Florence zu Irene. »Sie werden während seiner Abwesenheit nicht allein bleiben. Ich glaube, Mr. Shannon, der gerade kommt und den Sie ja schon kennen, wird sich Ihrer gern annehmen.«

Shannon, der uns, oder besser gesagt Irene, wahrscheinlich die ganze Zeit über nicht aus den Augen gelassen hatte, stand bereits hinter uns, als hätte er Florence' einladende Worte gehört.

»Ich übergebe Ihnen unsere reizende Schöne, Frank«, ließ sich Florence vernehmen, »und ich hoffe, Sie werden meinem deutschen Freund Eugen keinen Anlass dazu geben, dass er eifersüchtig auf Sie werden muss.«

»Oh, darauf würde ich mich an seiner Stelle nicht verlassen«, grinste Shannon, »aber ich weiß natürlich, was sich gegenüber unseren Gästen gehört.«

Sogleich nahm er Irene beim Arm und zog sie mit sich fort.

Nur ein paar Schritte, dann waren Florence und ich außer Hörweite der anderen Leute und standen vor einem Fenster, das von samtenen dunkelgrünen Vorhängen gerahmt war, und hinter dem das glitzernde, majestätische New York in die Nacht hinaufstieg, ein Panorama leuchtender Türme, die wie riesige Stalagmiten in die finstere sternenlose Neumondnacht ragten; gierige Lichter, gespenstische Schwärze, ein bleicher Glanz vor dem leeren Firmament.

Florence' Gesicht war dicht vor dem meinen. Es war noch blasser geworden, falls das überhaupt möglich war; zugleich wirkte es merkwürdig erregt, und die Iris ihrer Augen schien größer geworden zu sein.

»Wer ist sie wirklich?«, hauchte sie mich an. »Sagen Sie es mir!«

Ich war überrascht und auch betroffen. »Es ist, wie ich sagte, Florence. Ich begegnete ihr auf dem Schiff. Sie reiste in Begleitung des bekannten deutschen Schauspielers Gustav Helmholtz. Die beiden drehen in Hollywood einen Film. Sie ist auf ein paar Tage länger in New York geblieben und wird ihm morgen Abend nach Hollywood folgen.«

»Das hat sie Ihnen erzählt, ja?«

»Glauben Sie etwa, dass es nicht stimmt?«

Florence schloss für einige Momente die Augen, und sowie sie sie wieder öffnete, hatte sie wohl ihre Fassung zurückerlangt. »Nehmen Sie sich vor dieser Frau in Acht«, erklärte sie, »und das ist kein galanter Hinweis, sondern eine ernst gemeinte Warnung.«

Zuerst der kleine Professor und nun auch Florence! Warum warnten mich denn alle Leute vor dieser Frau? »So wie Sie das sagen, Florence, könnte man geneigt sein zu glauben, dass Sie sie kennen.«

»Ich muss sie nicht kennen, um zu wissen, wer sie ist.«

Ich starrte sie an. Ihre aufrechte Gestalt, ihre schattenhafte Schönheit, all das schien mir wie von einer tiefen, kaum erträglichen Aura der Tragik umweht, so sehr, dass ich sie am liebsten wachgerüttelt hätte, während ich zugleich das Gefühl hatte, dass diese Mühe vergeblich sein würde.

»Wer ist sie denn?«

Florence' blaue Augen, die groß, tief und umwölkt in ihren Höhlen lagen, blickten mich nachdenklich an. »Sie ist das, was man einen Engel des Todes nennt. Sie gehört zu ihnen.«

»Sie gehört zu wem?«

»Zu der Gesellschaft um meinen Mann!«

»Ich nehme an, Sie sprechen von dieser Loge? Sind Sie sich in dieser Sache wirklich sicher?«

»Ich weiß nicht, ob sie zu der Loge gehört, andererseits steht sie mit Sicherheit mit ihnen in enger Verbindung. Ich glaube, ja, ich habe sie sogar schon einmal mit Philipp zusammen gesehen. Ja, ich bin mir sicher.«

»Aber Florence, Sie müssen sich irren! Ich habe Irene Varo zufällig kennengelernt. Was für ein merkwürdiger Zufall sollte das denn sein, dass sie Philipp Arnheim kennt?«

»Zufall? Es ist natürlich kein Zufall, dass sie hier ist. Sie haben es so geplant.«

»Das ist doch Unsinn! Was Sie da sagen, Florence, ergibt einfach keinen Sinn!«

»Ich kenne diese Leute!«, sagte Florence. »Man darf sie nicht unterschätzen!«

»Sie müssen mir das erklären.«

Florence blickte zur Seite, wie um sich zu vergewissern, dass niemand sich uns näherte. »Sie werden mich besser verstehen, nachdem ich Ihnen etwas über die ›Brüder und Schwestern vom Licht‹ erzählt habe.«

»›Brüder und Schwestern vom Licht‹? Ist das der Name dieser Loge?«

»Ich habe selbst zu ihnen gehört«, erwiderte Florence.

»Wie sind Sie denn an diese Leute gelangt?«

»Durch Philipp. Nach und nach hat er mich mit der Organisation vertraut gemacht. Zuerst wirkte alles ganz harmlos und auch interessant; ich hielt den Okkultismus, den sie pflegten, den Weg des spirituellen Kriegers, wie sie es nannten, mehr für eine Art Spielerei als für einen Weg zur Erleuchtung. Doch bald war ich begeistert, denn ich machte Fortschritte, entdeckte innere Welten, die mir unbekannt gewesen waren, ich schien eine Art Naturtalent zu sein. Was ich nicht sah – oder nicht sehen wollte – war die Tatsache, dass unsere Gemeinschaft nicht nur das persönliche Glück oder Erwachen der einzelnen Mitglieder, sondern geheime politische Ziele verfolgte, die viel weiter gingen, Ziele, die damit einhergingen, die Inhalte von Gut und Böse zu vertauschen und eine Menschheit zu formen, in der es keine Liebe und Mitmenschlichkeit mehr gibt. Am Ende musste ich erkennen, dass einflussreiche Kräfte bereits begonnen hatten, die okkulten Ziele unserer Gesellschaft in die Politik umzusetzen, und dass diese Menschen, selbst wenn sie keinen Erfolg haben sollten, mit ihrer pechschwarzen Magie großes Leid über zahlreiche Menschen bringen würden. Ich sah deshalb keine andere Möglichkeit mehr, als diese Gesellschaft von Satanisten zu verlassen, was aber nur in der Weise möglich war, dass ich sämtliche Brücken hinter mir abbrach und nicht nur meinem Ehemann, sondern auch Deutschland den Rücken kehrte.«

Eine Zeit lang dachte ich über das Gehörte nach. »Es gibt viele Logen und Geheimbünde in Deutschland! Einige von ihnen bekämpfen sich sogar untereinander! Trotzdem führen sie allesamt ein Schattendasein und meiden die Öffentlichkeit – der Einfluss dieser Leute reicht nicht wirklich über ihre inneren Zirkel hinaus.«

»Diese Gesellschaften haben es nicht nötig, das Licht

der Öffentlichkeit zu suchen. Für die öffentliche Wirksamkeit sind andere da, mit denen sie jedoch in geheimer Verbindung stehen.«

»Ist das wirklich Ihre Ansicht, Florence, oder geben Sie nur die Auffassung von Leuten wie Warburg und bestimmter ihm nahestehender Kreise hier in Amerika wieder?«

»Jüdischer Kreise, wollten Sie sagen, nicht wahr?«

»Verstehen Sie mich nicht falsch, Florence. Hitler ist bekanntermaßen ein Antisemit, deshalb scheint es verständlich, dass die Juden ihn nicht mögen. Doch mit den Sachen, die manche Leute über ihn und seine Partei in die Welt setzen, wird der Bogen bei weitem überspannt.«

»Sie scheinen zu vergessen, Eugen, dass ich – anders als Warburg und seine Freunde – bis vor ein paar Monaten in Deutschland gelebt habe. Es gab eine Zeit, da hätte ich Ihnen zugestimmt oder genauso gesprochen wie Sie – nun tue ich das nicht mehr. Die Situation ist wirklich ernst.«

»Allerdings nicht so ernst, dass Sie um Ihr Leben fürchten müssen, Florence!«

»Ich fürchte nicht um mein Leben, Eugen. Das Heil meiner Seele ist mir wichtiger geworden als meine irdische Existenz. Ich weiß, wer ich bin. Der Tod mag zu mir kommen – ich habe keine Angst vor ihm.«

»Der Tod mag sich ruhig Zeit lassen, Florence. Und ich denke, das wird er auch! Aber lassen Sie uns von etwas anderem sprechen! Philipp, Ihr Ehemann, möchte ebenso wie Sie die Scheidung, und er möchte auch dieses Dokument zurück. Sie wüssten Bescheid, worum es dabei geht. Er trug mir ausdrücklich auf, Ihnen zu versichern, dass alles in Ordnung sei, wenn Sie mir das Dokument aushändigen.« Ich griff in die Innentasche meines Jacketts. »Er gab mir seinerseits diesen Brief hier für Sie!«

Sie nahm den Brief entgegen, ohne ihn anzusehen. »Ich weiß, welches Dokument er meint«, sagte sie. »Es war natürlich eine Unvorsichtigkeit von mir, dass ich dieses Schriftstück an mich genommen habe. Ich wollte es einem Freund zukommen lassen, habe es in seiner Bedeutung jedoch überschätzt. Im Grunde ist es wertlos. Sie sollen das Dokument haben. Es befindet sich oben in meiner Wohnung und liegt dort schon für Sie bereit. Ich werde es Ihnen holen.«

»Es muss nicht sofort sein, Florence! Wir sollten morgen mit Warburg zusammenkommen und die schriftliche Vereinbarung treffen, die ich vorbereitet habe. Dann können Sie mir auch dieses Schriftstück geben.«

»Ich möchte es loswerden«, widersprach sie mir. »Ich werde gehen und es Ihnen holen – wer weiß überhaupt, wie viel Zeit noch bleibt.«

Sie sah eine Weile stumm vor sich hin; plötzlich blickte sie auf und trat ganz dicht an mich heran. »Nehmen Sie mich in die Arme, Eugen«, flüsterte sie, »und drücken Sie mich ganz fest!«

Ich presste ihren schmalen Körper eng an mich, sie war ganz warm, ja, heiß, als hätte sie Fieber.

»Kommen Sie in zehn Minuten in den Gang hinaus«, sagte sie. »Ich möchte nicht, dass jemand von meinen Beschützern sieht, wenn ich Ihnen das Dokument gebe. Übrigens sollten Sie es auch vor Ihrer Begleiterin verbergen, sonst könnte es passieren, dass Sie das Schriftstück bald wieder loswerden.« Sie löste sich von mir und war gleich darauf verschwunden.

Ich blieb vor dem Fenster stehen und starrte sinnend in das nächtliche Lichtermeer hinaus. Berlin war wirklich sehr weit fort, dachte ich, und doch schien ein unheimlicher Schatten von dort bis hierher über den großen Teich zu dringen.

Die Minuten verstrichen. Als die Zeit um war, drehte ich mich von dem Fenster fort und schlenderte zum Ausgang. Ich fragte einen Herrn, der mir an der großen Flügeltür zum Gang begegnete, nach der Toilette. Dieser wies mit der Hand auf eine Tür im weiteren Verlauf des Flures.

Nach ein paar Schritten kam mir Florence entgegen und drückte mir einen Umschlag in die Hand, den ich sogleich in der Innentasche meiner Jacke verstaute.

»Ich werde diese Gesellschaft in Kürze verlassen, Eugen«, gab sie bekannt. »Wegen allem Weiteren wenden Sie sich bitte an Warburg. Er wird die von Philipp gewünschte Vereinbarung für mich unterschreiben. Hoffentlich sehen wir uns bei einer anderen, besseren Gelegenheit einmal wieder!« Sie wandte sich zum Weitergehen. »Adieu, mein Lieber, grüßen Sie Berlin. Ich hatte glückliche Tage in dieser unvergleichlichen Stadt. Doch was ist das Leben ohne Veränderung? Alles geht einmal vorüber.«

»Florence –«, sagte ich, aber sie hörte nicht und war gleich darauf wieder um die Ecke verschwunden.

Ich kehrte auf die Party zurück, froh immerhin, dass ich das Dokument besaß, aber auch auf eine wehmütige Weise traurig gestimmt.

Wo war Irene? Ich sah mich um. Schließlich erblickte ich sie neben Shannon und erkannte seine Hand auf ihrem nackten Rücken. Sie lächelte ihn an, und ich konnte nicht verhindern, dass sich der Stachel der Eifersucht in meinen Unterleib bohrte. Unschlüssig stand ich da und wusste nicht recht, wohin ich mich wenden sollte.

»Darf ich fragen, wann Sie in New York angekommen sind, Herr Goltz?«, vernahm ich plötzlich neben mir eine Stimme auf Deutsch. Als ich zur Seite sah, erblickte ich einen Mann von Mitte 60 oder auch 70 Jahren, einen hageren, etwas gebeugt stehenden Herrn, dessen dunkles Haar noch voll und nur an den Seiten leicht meliert war.

Ich konnte mich nicht erinnern, dass er mir bei meiner Ankunft vorgestellt worden war.

»Mein Name ist Milton«, setzte der Mann hinzu, bevor ich antworten konnte. »Mr. Shannon war so freundlich, mich einzuladen, weil ich ein guter Freund der Familie Farrow bin. Ich habe den Vater von Florence Farrow gut gekannt. Er starb vor zwei Jahren überraschend an einem Herzanfall. Meine Familie ist deutschstämmig, wie die von Florence. Wie ihr Vater war ich bis zu meiner kürzlich erfolgten Emeritierung Professor der Geschichte. Farrow und ich waren am selben College tätig.«

»Sehr erfreut«, antwortete ich mechanisch, »ich bin seit vorgestern in New York.«

»Vorgestern? Hm, ich dachte es mir – denn da kam die ›Bremen‹ im Hafen an. Ich erwartete für diesen Tag den Besuch eines deutschen Kollegen, eines Herrn Wolfrath aus Heidelberg. Nach den Unterlagen der Schifffahrtsagentur, bei der ich mich vorgestern erkundigte, befand er sich auf dem Schiff. Ich war am Anlegekai, um ihn abzuholen, und kann mir überhaupt nicht erklären, wie es kam, dass wir uns bei der Ankunft verpasst haben. Das Ganze ist so merkwürdig. Sie sind ihm wohl nicht zufällig an Bord begegnet?«

Mir wurde heiß. Außerdem fühlte ich, dass ich glühend rot geworden war. Das Ganze war zu überraschend gekommen, um eine körperliche Reaktion zu unterbinden.

»Ich denke nicht.«

»Komisch«, murmelte Milton, »es ist wirklich ganz eigenartig.«

Warum musste mir das passieren? Und vor allem: Warum hatte ich nicht zugegeben, dass ich Wolfrath begegnet war? Natürlich lag es daran, dass ich etwas zu verbergen hatte. Ohne etwas Böses getan zu haben, hatte ich unnötigerweise dadurch Schuld auf mich geladen, dass ich auf der ›Bremen‹ die Wahrheit über den Tod des armen Professors verheimlicht hatte. Die erste Lüge zog nun die nächste wie im Schlepptau hinter sich her.

Professor Milton blickte mich erwartungsvoll an und erhoffte sich wohl von mir irgendeinen weiteren Hinweis. »Und Ihre reizende Begleiterin – war sie auch auf dem Schiff?«, fragte er. »Sie ist – Ihre Gattin?«

»Nein, aber sie war ebenfalls auf dem Schiff. Sie können sie gern fragen. Vielleicht war der Herr, den Sie erwartet haben, ja gar nicht an Bord.«

»Das scheint die einzige Erklärung zu sein, andererseits weiß ich, dass er diese Reise unbedingt machen wollte. Und ich glaube, dass selbst eine mittelschwere Erkrankung ihn nicht davon abgehalten hätte.« Er schüttelte den Kopf, ließ aber nicht locker. »Er ist etwas jünger, um die 60, ein eher kleiner Mann, trägt eine Brille, schütteres Haar und – oh, da ist ja die reizende Dame!«

Irene war neben uns ins Licht getreten. Sie hielt zwei Cocktailgläser in der Hand, von denen sie mir das eine weiterreichte.

»Wir sprachen eben über Sie«, sagte Milton, »endlich darf ich Sie kennenlernen, verehrte schöne Frau.« Er machte sich selbst mit Irene bekannt und kam dann unverzüglich auf sein Anliegen zurück. »Ich habe mich gefragt, ob Sie wohl einem Herrn Wolfrath aus Heidelberg an Bord der ›Bremen‹ begegnet sind. Ich erwartete ihn im Hafen, und er ist eigenartigerweise nicht von Bord gegangen.« Er beschrieb auch Irene das Äußere von Wolfrath und fügte hinzu: »Er ist Professor für mittelalterliche Geschichte.«

Irene legte die Stirn in Falten, doch bevor sie etwas sagen konnte, ergriff ich meine Chance, etwas wieder gutzumachen und dem Gespräch eine andere Wendung zu geben.

»Mittelalterliche Geschichte?«, hakte ich nach. »Wenn ich Ihre Beschreibung jetzt nochmals höre, Mr. Milton, fällt mir indes jemand ein, dem ich an Bord der ›Bremen‹ begegnet bin. An einem der Abende hatte ich in der Bord-Bar ein Gespräch mit einem Herrn, der – wie er sagte – mit Arbeiten in mittelalterlicher Geschichte einen wissenschaftlichen Ruf begründet hätte. Er wollte in den Staaten eine Vortragsreihe halten. Ja, ich glaube, Ihre Beschreibung passt auf ihn. Ich bin nicht sicher, es mag sein, dass er es war.«

»Oh, das war er ganz bestimmt«, sagte Milton, »also war er doch auf dem Schiff! Habe ich es mir doch gedacht! Haben Sie oder die Dame ihn auch bei der Ankunft gesehen?«

»Nein, ich kann mich nicht erinnern«, erwiderte ich, worauf Irene entgegnete: »Denken Sie denn, er sei unterwegs verloren gegangen?«

»Oh, meine Liebe, machen Sie keine Witze! Ich mag an alles denken, nur nicht daran, er könne über Bord gespült worden sein.«

»So etwas ist auf der ›Bremen‹ ganz und gar unmöglich«, beruhigte ich ihn. »Sie sollten einmal bei der Schifffahrtsagentur nachfragen. Falls ihm an Bord etwas zugestoßen ist, wird man es dort wissen.«

»Stimmt, ich sollte dort einmal nach ihm fragen. Beim letzten Mal lag die ›Bremen‹ erst ein paar Stunden im Hafen.«

Irenes Blick wanderte von Milton zu mir. Sie hob ihr Glas und stieß es leicht gegen das meine.

Ich war glücklich, dass sie zu mir gekommen war, lächelte ihr zu und nahm einen Schluck. »Mr. Shannon wartet auf mich«, sagte sie leise und berührte dabei meine Hand, »wir sehen uns später.«

Der Professor sah ihr nach. »Mein Gott! Niemals zuvor in meinem Leben habe ich eine so schöne Frau gesehen; man wird richtig benommen, wenn man in ihrer Nähe ist.«

»Sie sprechen mir aus der Seele«, bestätigte ich ihm und setzte das Glas an den Mund. Ich wusste nicht, was ich trank, aber der Drink war genau das, was ich im Augenblick brauchte.

»Der gute Wolfrath hat sich in Deutschland nicht mehr wohl gefühlt«, sagte Milton nach einer Weile. »Und er hat recht. Die Lage in Ihrem Heimatland ist bedenklich ernst geworden! Die dunklen Kräfte sammeln sich zur Schlacht. Fast will es mir scheinen, als hätten sie den Sieg bereits davongetragen.«

»Die Lage ist nicht hoffnungslos«, erwiderte ich, während ich überlegte, wie ich mich am besten davonmachen konnte. »Die wirtschaftliche Talsohle scheint durchschritten zu sein. Schlimmer als im letzten Winter kann es nicht mehr werden.«

Eine Weile schien Milton nachzusinnen, dann verkündete er: »Die Hoffnungen vieler Ihrer Landsleute sind auf einen starken Mann gerichtet, sie sehnen ihn herbei, damit er das deutsche Volk zu neuen Ufern führt. Sind Sie ein Anhänger von Herrn Hitler?«

»Nein, allerdings denke ich manchmal, man sollte ihm eine Chance geben, es besser zu machen als die anderen, über die er so laut schreit. Sei es auch nur, damit er begreift, dass er es nicht besser meistern kann als diejenigen, denen er seinen Hass entgegenbrüllt!«

Milton sah mich entsetzt an. »Entschuldigen Sie, Herr Goltz, das ist eine äußerst seltsame Ansicht! Nur weil er schreit, gibt man ihm schließlich nach?« Er schüttelte den Kopf. »Aber so sind die Deutschen! Dabei ist sein Getobe nicht einmal echt, es ist nur gespielt und soll anderes verdecken. Ich fürchte, Ihr Land geht schlimmen Zeiten entgegen!«

Mir war plötzlich ganz seltsam zumute. Ein eigenartiger Schwindel hatte mich erfasst. »Ach, Mr. Milton!«, gelang es mir noch zu sagen, doch es war nicht mehr als ein Murmeln, das im allgemeinen Geräuschpegel unterging. »Wovon sprechen Sie?«

Milton blieb stumm. Das laute Stimmengewirr der Menschen auf der Party, die Klänge der Musik, all das hörte ich wieder ganz deutlich, und dennoch waren diese Geräusche merkwürdig fern und erreichten mich in ihrer wirklichen Intensität nicht mehr. Von einem Moment zum anderen hatte sich etwas verändert, allerdings konnte ich mir nicht erklären, was es war. Ich versuchte, es abzuschütteln, was mir nicht gelang. Sowie ich wieder zu Milton sah, hatte ich das Gefühl, als ob mir dessen Augen bedrohlich nahe gekommen waren. Ich sah farbige Punkte in ihnen blitzen, umgeben von einem unheimlichen Glanz.

Er schien wieder zu sprechen. Ich starrte nur auf die merkwürdig langsamen und grotesken Bewegungen seiner Lippen und wartete vergeblich darauf, dass seine Stimme zu mir durchdrang. Obendrein begann Miltons Gestalt nun vor meinen Augen zu verschwimmen und sich in grelle Farben aufzulösen, nur sein Mund war überdeutlich zu sehen und ging immer wieder auf und zu – er sagte wohl wirklich etwas –, gleichwohl verstand ich nichts, absolut nichts, sondern hatte nur noch Augen für diesen Mund.

Mit einer große Kraftanstrengung bekam ich es hin, die Augen davon weg und hinüber zum Fenster zu richten; doch das hätte ich nicht tun sollen, denn nun sah ich das nächtliche New York in unnatürlichen, schrecklichen und nie zuvor gesehenen Farben schillern. Hinter und über den Häusern zuckte ein furchtbares Wetterleuchten auf, ein glühendes, rasch spähendes Riesenauge, während aus den Fenstern der Häuser wilde Flammen schlugen.

Bestürzt richtete ich den Blick von der Skyline weg zurück in den Raum. Plötzlich fühlte ich mich wie auf einem Maskenball zur Faschingszeit. Was war nur mit mir los? Glücklicherweise entdeckte ich ganz in der Nähe einen Stuhl; zwei, drei feste Schritte und ich ließ mich erleichtert auf dem Polster nieder. Mir war nicht schlecht, jedoch schlug mein Herz heftig, und damit war dieses einmal angenehme, dann wieder äußerst peinigende Schwindelgefühl verbunden.

Ich war mir sicher, dass ich unter dem Einfluss irgendeiner Droge stand. Wenn das stimmte, so wanderte es mir messerscharf durch den Sinn, konnte diese Droge nur in dem Cocktail gewesen sein, den Irene mir vor zehn Minuten – oder war es schon länger her? – überreicht hatte.

Ich versuchte, meinen Blick auf die Faschingsgäste zu konzentrieren. Wo war sie? Wo war Irene? Wo war ihr entzückender nackter Rücken? Alles war bunt – zu bunt –, zu unwirklich und fantastisch; beeindruckend war jedoch die Pracht und Herrlichkeit, inmitten derer ich mich befand. Über allen Menschen und Gegenständen im Raum lag ein jadeartiges glasiges Leuchten. Immer wieder entdeckte ich Neues, bisweilen auch Altes neu, Details, die explosionsartig mein Gesichtsfeld erreichten. Selbst die unbedeutendsten Dinge erhielten plötzlich eine schöne, wenngleich erschreckende Lebendigkeit. Ich fühlte mich wie Alice im Wunderland. Gottlob schien mich niemand im Raum zu beachten oder sich an meiner teilnahmslosen Zurückgezogenheit zu stören. Nachdem ich eine gewisse Zeit – wie lange auch immer das war – dumpf und zugleich wie verzaubert auf meinem Stuhl gesessen hatte, ohne dass mich jemand ansprach oder belästigte, überkam mich unerwartet eine heitere Zuversicht.

Das Schwindelgefühl war mit einem Mal weg und ich fühlte mich viel besser als noch vor ein paar Minuten, fühlte mich sogar ausgezeichnet, fast schon allmächtig. Das Meer der Gäste teilte sich vor mir, als ich aufstand, um mich auf die Suche nach Irene zu begeben, denn jetzt wollte ich sie haben, wollte sie fassen, ihr den Fetzen vom Leib reißen und sie irgendwo auf ein Bett werfen. Ich ging wie in Trance, doch in keinem der beiden Räume, auf die sich die Party konzentrierte, erfasste ich auch nur den Abglanz ihrer reizenden, halb nackten Gestalt.

Durch die Flügeltür trat ich in den Gang hinaus. Bilder alter Meister, erhellt von verdeckten Leuchtern, begleiteten mich auf meinem weiteren Weg. Es war ein Weg, der mir vorkam wie der freie Gang durch einen luziden Traum. Er führte um eine Ecke herum und endete vor einer verschlossenen schwarzen Tür. Ich drückte auf die Klinke; die Tür war nicht verschlossen und so ging ich einfach hindurch.

Vor mir lag ein verschattetes, nur schwach erleuchtetes Treppenhaus. Von unten schimmerte Licht herauf, aber auch von oben drang es herab. Ein Rest von Vernunft riet mir, die Gesellschaft für eine Weile zu verlassen. So stieg ich ein paar Stufen hinab und sah, dass das Licht von schwachen Lampen kam, die in gleichmäßigen Abständen nach jeder Rundung der Treppe installiert waren. Ich folgte der Treppe zwei, drei Rundungen nach unten, dann blieb ich wieder stehen und schaute zurück.

Es ergab sich ein Bild, als würde sich das Treppenhaus auch nach oben um zahlreiche Wendungen in unendliche Höhen erstrecken, doch das musste eine Sinnestäuschung sein, denn mehr als zwei oder drei Stockwerke konnte es ja über Shannons Wohnung nicht mehr geben. Ich stieg eine weitere Windung nach unten und noch eine, seltsamerweise gab es keine weiteren Türen, wodurch der Eindruck entstand, als ob das Treppenhaus von der Straße direkt in Shannons Wohnung hinaufführte.

Weiter stieg ich abwärts, Runde um Runde, sah nichts außer schwache Lampen, Mauerwerk und kalten Beton. Runde um Runde wandelte ich tiefer, ohne dass sich irgendetwas änderte oder die Wendeltreppe ein nächstes Ziel anlief. Ich ging nun schneller und brachte weitere Runden hinter mich, bevor ich wieder stehen blieb. Wie weit unten mochte ich mich befinden? Hätte ich denn nicht längst den

Grund des Hauses erreicht haben müssen? Ich überlegte, wie lange man gehen musste, um 18 Stockwerke hinter sich zu lassen. Schließlich kam ich zu dem Ergebnis, dass ich mich schon beinahe unter der Erde befinden müsste.

Und wenn es nun ständig so weiterging? War es möglich, dass sich das Gebäude genauso weit, wie es sich in den New Yorker Himmel erhob, auch in den Untergrund der Stadt erstreckte, gleich einem Baum, von dem man nur die obere Hälfte sah? Nein, das war natürlich Unsinn; aber selbst wenn: Warum gab es denn nirgendwo einen Ausgang?

Es musste an der verdammten Droge liegen! Sie führte mir ein Szenario vor Augen, das es gar nicht gab! Offenbar war ich ein Gefangener meines eigenen Wahns.

Plötzlich war mir, als ob das Licht im Treppenhaus schwächer geworden war, doch als ich wieder weiterging, waren unter mir nur Schatten zu sehen. Was war mit der Treppenhausbeleuchtung passiert? Ich stieg ein paar Stufen tiefer und erstarrte, nachdem ich im Zentrum der Schatten einen schwachen, grünlichen Schimmer bemerkt hatte, der aus der Tiefe heraufzudringen schien. Ich kniff die Augen zusammen und sah genauer hin, nur um sicherzugehen, dass ich mich nicht irrte, allerdings trog mein Eindruck nicht; von irgendwo dort unten drang ein grüner Lichtschimmer zu mir herauf.

Ich zögerte. War es nicht besser, den Weg zurück nach oben anzutreten? Während ich dastand und unschlüssig in die Tiefe starrte, hatte ich den Eindruck, dass der Schimmer sich verstärkte. Vorsichtig brachte ich einige weitere nach unten führende Stufen hinter mich und hatte dabei nun das äußerst unbehagliche Gefühl, dass jeder weitere Schritt mich zugleich einem Abgrund entgegenführte, aus dem es von irgendeiner Stufe an keine Möglichkeit des Entkommens nach oben mehr für mich gab.

Dann passierte etwas Ungewöhnliches. Zunächst dachte

ich, dass es nur mein eigener Atem war, den ich hörte, doch ich bemerkte, dass da noch andere Geräusche, wohl sogar Stimmen waren, ohne dass dort unten jemand zu sehen war. Ich stand still und lauschte. Kamen die Stimmen denn tatsächlich von unten? Kamen sie nicht von oben? – Oder von irgendwo hinter meinem Rücken? Am liebsten hätte ich mich geschüttelt, denn ich konnte die Stimmen nicht orten; sie schienen von überall zu kommen; offenbar hatte ich, was die Herkunft dieser Stimmen und Geräusche anging, vollkommen die Orientierung verloren. Nichtsdestoweniger kam es noch schlimmer, denn mit einem Mal fühlte ich, wie der Boden unter meinen Füßen zu vibrieren begann – zuerst ganz sachte, dann zunehmend deutlicher. Ich blickte erschrocken nach unten, wo das grüne Geflacker stärker geworden war und regelrecht zu pulsieren begann, als handelte es sich dabei um eine lebende, nicht zu definierende Energie.

Es war die Droge – ich steuerte allmählich auf einen Höllentrip zu.

Abrupt machte ich kehrt und trat den Rückweg nach oben an. Rundung um Rundung eilte ich die Stufen nun aufwärts. Bald darauf hörte ich lediglich meinen eigenen Atem, da die körperliche Anstrengung alle anderen Geräusche verdrängt hatte. Sobald ich wieder stillstand, um eine Weile zu verschnaufen, und nach unten blickte, sah ich das grüne Licht nicht mehr. Allerdings hatte ich das Gefühl, noch nicht weit genug nach oben vorgedrungen zu sein und so eilte ich weiter in die Höhe, in der Hoffnung, endlich ein vertrautes Zeichen zu erkennen, vor allem eine Tür, durch die ich dem verdammten Treppenhaus würde entfliehen können; aber auch über mir war nichts außer die schattenhafte, gedämpft erleuchtete Unendlichkeit, so gleichförmig in die Höhe gezogen, als gäbe es dort oben nichts anderes mehr. Mir wurde bei diesem Anblick, als hätte ein Mahlstrom des Unwirklichen mich erfasst. Wo blieb bloß die Tür, durch welche ich in dieses verfluchte Labyrinth geraten war?

Inzwischen rann mir der Schweiß in Bächen von der Stirn. Ich hielt erneut inne und mir kam der Gedanke, ob etwa die Türen nur von den Wohnungen aus, nicht vom Treppenhaus her zu erkennen waren, weil sie für den oberflächlichen Blick mit dem Mauerwerk verschmolzen waren, sodass ich sie allesamt in meinem berauschten und verwirrten Zustand übersehen hatte.

Verzweifelt starrte ich die kalten Mauern an, hob die Fäuste und hämmerte wie aus Protest dagegen. Ich fühlte mich im Treppenhaus wie ein lebendig Begrabener, eingemauert in eine Gruft, aus der es keinen anderen Ausweg mehr gab als den Tod. Meine Fäuste schmerzten und plötzlich hörte ich Schreie, doch schnell verstand ich, dass es meine eigenen waren; ich war offenbar nicht mehr der Herr im eigenen Haus.

Was sollte ich nur tun? Am besten wäre es wohl, sagte ich mir in einem Anflug von Hellsichtigkeit, ich wartete erst einmal ab, bis die Wirkung der Droge nachgelassen hatte und der Albtraum damit hoffentlich vorüber war.

Ich stieg eine weitere Rundung nach oben und ließ mich, die Wand am Rücken, auf den Stufen nieder, stützte den Kopf in die Hände und schloss die Augen. So saß ich da, ohne an etwas zu denken, und bleierne Müdigkeit senkte sich auf mich herab. Alles war schwarz, finster und bodenlos, trotzdem ließ ich mich fallen, mitten in das Dunkel hinein. Dunkle Gestalten, die mich nicht mehr schreckten, umschwebten mich. Ich war ungefähr an dem tiefsten Punkt der Finsternis angelangt, als ich das grüne Licht wieder sah. Es schien keinen Regeln mehr zu gehorchen, stieg auf und fiel nieder, verteilte und zerstreute sich, wurde schwächer und trübte sich ein, bis es schließlich von schwarzen Feldern aufgesogen wurde. Es drohte in den Fugen der dunklen Mauer zu versickern. Ein neuer Strahl grünen Lichts brach sich seinen Weg in die Schwärze hinein, wurde weiter unten gebrochen und kam dann in erneuerter Form auf mich zu, eilte aus der Tiefe die sich steil windende Treppe herauf, umhüllte mich und lief an mir vorbei und über mich hinaus, als existierte dort oben eine geheimnisvolle Kraft, die das Licht anzog.

Ich schreckte auf und stieß mit dem Kopf gegen die Mauer. Mit einem Blick nach oben kam es mir vor, als ob es in dem steilen Gewölbe, durch das die unheimliche Wendeltreppe führte, ein wenig heller geworden war.

War es schon das Morgengrauen, das durch ein verborgenes Fenster drang? Ich starrte auf meine Armbanduhr; nein, das war nicht möglich, denn es war erst kurz nach halb zwei. Ich setzte mich auf und erhob mich mühsam, stieg ein paar Stufen höher und da erblickte ich schräg über mir in der Mauer einen schmalen Spalt rötlichen Lichts, der bei näherem Betrachten tatsächlich aussah wie die Umrisse einer ganz normalen Tür.

Zuerst konnte ich es kaum glauben und argwöhnte, einer weiteren Sinnestäuschung erlegen zu sein – doch tatsächlich, da war eine Tür. Ich nahm die wenigen Stufen bis dorthin und sah den etwas größeren Spalt am linken Rand, der einer nicht ganz verschlossen Tür glich. Die Tür gab nach, sobald ich dagegen gedrückt hatte, und dahinter lag ein Gang, der in ein rot schimmerndes Licht getaucht war.

Erleichtert schlüpfte ich hindurch. Der Flur dahinter war aus Marmor, ein dicker Teppich auf dem Boden, dunkle Bilder an den Wänden, Masken, Spiegel, alte Waffen, gekreuzte Degen und Pistolen aus der Zeit des amerikanischen Bürgerkriegs; aber es war nicht die Wohnung von Shannon. Der Flur machte einen Bogen, genauso wie in der anderen, wahrscheinlich höher gelegenen Etage, wo die Party stattfand. Er führte, bevor er einen weiteren Bogen beschrieb, an einer Zimmertür vorüber, die offen stand.

Als ich mich der Tür genähert hatte und in den Raum hineinblicken konnte, erstarrte ich zu einer Salzsäule, so sehr wurde ich von der grellrot beleuchteten Szene, die sich vor meinen Augen abspielte, angezogen und gebannt.

Sie waren zu dritt, Irene, Florence und ein Mann; ein junger, sehr schöner Mann mit braunem Haar, das dem von Irene ähnelte. Sie waren nackt, drei unbeschreiblich begehrenswerte Gestalten, die sich in einem Zustand orgiastischer Ekstase befanden und sich dabei in- und aneinander vorbei bewegten, mit glasigen Augen, die nichts und niemanden mehr sehen konnten.

Irene war perfekt; makellose Haut; eine in den allerschönsten Verhältnissen gebaute, gertenschlanke Figur, eine erotische Göttin. Florence lag in den Armen von Irene, in der Mitte des Raums auf der Seite, während der Mann von hinten in sie eindrang. Ich hörte ihr Wimmern, ihre Schreie, ihr nicht mehr beherrschtes Jauchzen, alles merkwürdig leise und doch intensiv, die ganze Szene war von einer eigentümlichen Stille und Schwerelosigkeit durchweht, als hätte dieses Zusammenspiel von Schönheit und Lust vor meinen Augen einen Zustand höheren Seins angenommen, sei hierdurch in ein unsichtbares Magnetfeld eingehüllt worden und vor jedem Eindringen Unbeteiligter geschützt.

Wie lange ich ihnen zusah, hätte ich nicht sagen können, wie lange auch immer es war, die zügellose Lust dieser drei entzückenden Körper ließ nicht nach, sondern schien sich nur zu steigern, immer noch weiter, bis endlich in nicht mehr menschliche, sondern göttliche Höhen hinauf. Dann riss ich mich los, mit einer Anstrengung, die ebenfalls beinahe übermenschlich war. Wie ein Getriebener, von Sehnsucht und Frustration gleichermaßen gepeinigt, rannte ich den Gang hinunter, der zum anderen Ende der Wohnung führte.

Endlich stieß ich auf die Eingangstür des Apartments, und kurz darauf stand ich in just dem Treppenhaus mit dem Fahrstuhlschacht, durch den ich vor ein paar Stunden mit Irene nach oben gefahren war. Sowie der Lift kam, fuhr ich hinunter in die Halle, erreichte den Innenhof und trat von dort auf das Trottoir der nächtlich leuchtenden Straße hinaus. 50 Meter weiter sah ich ein gelbes Taxi am Straßenrand stehen, und eine Viertelstunde später lieferte mich der Wagen vorm Plaza ab.

9

Mauern hatten mich umschlossen. War ich in einen Kerker geraten oder in einen Palast? Da waren Treppen, Arkaden, Sockel und Säulen, Ketten und Eisen, nichts Vertrautes, keine Natur, nur eine endlos wuchernde Architektur. Überall öffneten sich Durchblicke in neue grenzenlose Räume, und wohin ich auch blickte, war ich von Räumen umstellt. Ein eigenartiges Instrumentarium erfüllte diese, Foltergeräte, Räder, Rollen und Kräne, Winden und Haken, Seile und Ketten; aber als ich näher hinsah, schien mir, dass es vor allem die Hilfsmittel und Baumaschinen des Gebäudes waren, die ich sah. Pfeiler, Bögen und Gewölbe, Treppen und Brücken waren die Grundfiguren, aus denen das Gebäude bestand. Anderes kam unterstützend hinzu, die Säulen, die Balken, die hölzernen Gerüste, die Leitern, die Streben, die kleinen Galerien. Es stand mir frei, die Treppen hinaufzugehen, die Brücken zu überqueren, die Leitern zu erklimmen und mich in den Galerien ein wenig umzusehen. Ich machte mich auf den Weg, doch schon bald ging ich irr und kam nicht weiter voran. Wege führten im Kreis herum, eine Wendeltreppe drehte sich ins Nirgendwo und eine andere Treppe führte auf eine Mauer zu und hörte dort auf.

Etwas weckte mich!

Ich saß aufrecht im Bett! Ein Geräusch? Ja, richtig. Da klopfte jemand heftig an meine Tür.

»So machen Sie endlich auf!«, hörte ich eine weibliche Stimme, die ich auf Anhieb erkannte. So nackt wie ich war, sprang ich aus dem Bett und öffnete die Tür.

Die katzenhaft grünen Augen der wunderschönen Frau, die mir gegenüberstand, wanderten an mir herunter.

»Na prima!«, lächelte sie verführerisch. »Wie ich sehe, haben Sie schon auf mich gewartet und sind für mich bereit.«

»Kommen Sie herein«, bat ich sie und half ihr schnell aus dem Mantel.

Sie schlüpfte aus den Schuhen, zerrte den Kleiderfummel von ihrer Haut und stieg nackt zu mir auf das Bett. Ich war verrückt vor Verlangen und setzte mich mit dem Rücken zur Wand und sie sich mir gegenüber, wobei sie ihre langen Beine um meine Hüften schlang, sodass unsere Geschlechter einander berührten.

Sie schmiegte sich an mich und legte ihre rechte Hand an meine Rippen. »Sie sind ein gut aussehender Mann«, sagte sie und streichelte meine linke Seite, »was für eine weiche Haut Sie für einen Mann doch haben! Wir werden Freude aneinander haben!« Ihr Gesicht kam ganz nahe, ihre Zunge und ihre Lippen strichen über mein Ohr. Ihre Brustwarzen waren aufgerichtet, ihr eigenes Verlangen zweifellos echt.

»Ich habe einen Wunsch«, flüsterte sie mit ihrem heißen Atem.

»Sprechen Sie! Ich werde Ihren Wunsch erfüllen!«

»Ich möchte Sie fesseln.«

»Fesseln?«

»Ich will Ihnen eine größere Freude bereiten, als Sie sich jemals erträumt haben. Und Ihre größere Freude wird auch die meine erhöhen.«

Etwas ließ mich zögern; sie merkte es und schmiegte ihren warmen, seidigen Körper noch enger an den meinen. »Seien Sie kein Spielverderber«, raunte sie mir lieblich ins Ohr. »Sie wissen gar nicht, worauf Sie verzichten würden.«

»Also gut«, gab ich raunend zurück. Ich war viel zu stark erregt, um irgendeinen Widerstand leisten zu können; ich wollte nur noch Lust, alles andere war mir egal; ihr selbst schien es ganz ähnlich zu gehen.

Sie löste sich ohne Umschweife von mir, stand vom Bett auf und trat zu ihrem Mantel. Gleich darauf kehrte sie mit einer zusammengerollten Schnur zurück; in Wahrheit ein dünner und elastischer Strick, offenbar aus Gummi.

»Strecken Sie sich aus und legen Sie die Arme über den Kopf!«, sagte sie und band mein rechtes Handgelenk an das Bettgestänge, bevor sie den Strick zwischen meinen gespreizten Beinen hindurchführte, ihn geschickt straff zog und um meinen Hals herum schloss. Das andere Handgelenk befestigte sie in gleicher Weise. Sie setzte sich wieder auf das Bett und schon nach kurzer Zeit hatte sie mich mit Hilfe des Stricks und ihren geschickten Händen so weit gebracht, dass ich beständig jauchzend kurz vor dem Höhepunkt war, ohne ihn vollständig zu erreichen.

Ich wollte etwas sagen und schaffte es nicht. Sie hatte mich in sich aufgenommen, und ich glaubte, im nächsten Augenblick abheben zu können. Doch da – ganz unerwartet – fuhr ich zusammen.

Es hatte ein lautes Geräusch gegeben. Dann kam das gleiche Geräusch ein zweites Mal, lauter als zuvor; langsam begriff ich, dass jemand mit großer Heftigkeit draußen an der Tür rüttelte und mit den Fäusten gegen das Holz hämmerte.

Die Schlinge um meinen Hals lockerte sich.

»Aufmachen!«, hörte ich eine Männerstimme rufen. »Machen Sie sofort auf!«

Das war doch Shannon! Mein Gott, dieser verdammte Idiot! Was wollte er hier? Trieb ihn die rasende Eifersucht?

»Das geht jetzt nicht, Shannon!«, rief ich zur Tür, »lassen Sie mich in Ruhe!«

»Wenn Sie nicht sofort öffnen, wird die Tür aufgebrochen!«

Ich rief: »Was soll denn der Quatsch!«

»Los, sofort!«, brüllte er zurück. »Ich gebe Ihnen fünf Sekunden!«

Dieser Narr! Dieser verdammte Idiot! Aber er hatte es bereits geschafft, den Bann zu brechen. »Binden Sie mich los, Irene!«, flüsterte ich. »Wir müssen ihn kurz hereinlassen. Ziehen Sie Ihr Kleid an! Wir machen weiter, wenn er wieder fort ist. Vielleicht ist irgendetwas passiert.«

Sie sah mich mit einem merkwürdigen Blick an. Etwas Gehetztes war plötzlich in ihren Augen, trotz alledem schien sie zugleich kühle Überlegungen anzustellen. »Ich ziehe mich nicht an«, sagte sie, während sie schnell meine Fesseln löste. »Und Sie ziehen sich besser auch nicht an. Er soll ruhig sehen, was wir gerade tun; glauben Sie mir, das ist im Augenblick das Beste. Wenn er sieht, dass wir Sex miteinander haben, wird er nicht irgendwelche falschen Vermutungen anstellen, die ihn in irgendwelchen Vorstellungen, in denen er möglicherweise befangen ist, bestärken könnten.«

»Wie meinen Sie das? Das verstehe ich nicht!«

Wieder hämmerte es gegen die Tür. »Aufmachen! Los! Sofort!«

Irene gab keine Antwort, sondern war bereits aufgestanden, und trat nun, als ob sie sich in eine mir unbekannte Notwendigkeit fügte, nackt wie sie war an die Zimmertür und riss sie auf. Und auch ich selbst sprang aus dem Bett.

Shannon und ein weiterer Mann, sein Bodyguard, standen in der Tür. Shannons graue stahlharte Augen musterten uns beide unerbittlich und gnadenlos, obwohl er einen Moment lang verdutzt schien, uns nackt zu sehen. Doch nachdem der Bodyguard von innen die Tür verschlossen hatte, schob er Irene brutal zur Seite und trat mitten ins Zimmer.

»Ziehen Sie sich an!«, befahl Shannon mir zu gewandt.

»Ich hoffe, dass Sie eine vernünftige Erklärung für das haben, was Sie hier tun, Mr. Shannon!«, sagte ich wütend, während ich nach meinen Kleidern suchte.

Shannon antwortete nicht, sondern drehte sich zu Irene herum. »Du weißt, weshalb ich hier bin, mein Täubchen, nicht wahr?«

Sie stieß mit einer schnellen Bewegung seine Hand zurück. »Sie haben schon intelligentere Fragen gestellt, Mr. Shannon.«

Furchtlos sah sie ihn an.

Endlich fand ich meine Hose. »Bei aller Freundschaft, Mr. Shannon, das ist ein starkes Stück!«

Shannon blickte sich im Zimmer um. Sein Gesicht wirkte eisig, die Züge wie festgefroren. »Sie wissen demzufolge nicht, weshalb ich hier bin?«

»Wie sollte ich? Es kann keinen vernünftigen Grund dafür geben.«

Er trat zu dem Bett. »Was haben wir denn hier?«

Er hatte die Gummischnur entdeckt und nahm sie in die Hand. »Aha, damit hast du es also gemacht! Ich verstehe! Aber die können wir jetzt gut gebrauchen, und zwar für dich! Hier, Bob, nimm!« Er reichte die Schlinge weiter an seinen Kumpan.

Shannon blickte mich wieder an. »Sie wollen eine Antwort?«

Ich atmete tief durch. »Natürlich! Ich warte darauf!«

»Florence ist tot«, sagte Shannon dumpf. »Ich war für ihren Schutz verantwortlich – und ich habe versagt!«

Er sah zu Irene und seine Augen musterten anerkennend ihre gertenschlanke Gestalt. »Mit deiner Schönheit hast du mich blind gemacht, Täubchen. Nur deshalb bin ich dir auf den Leim gegangen. Für Florence kann ich nichts mehr tun – nur das eine noch – und deshalb bin ich hier.

In meinen Kreisen lebt man nämlich nach dem Grundsatz: Auge um Auge, Zahn um Zahn. Du hast genau drei Minuten, mein Täubchen! Sprich dein letztes Gebet, wenn du meinst, dass es dir hilft!«

Er gab seinem Begleiter ein Zeichen. »Wir wollen keine Zeit verlieren, Bob!«

Irene gab keine Antwort, sondern warf mit einer eleganten Bewegung den Kopf zur Seite. Sie richtete den Blick zum Fenster, hinaus zu den Sternen, die an dem nachtdunklen New Yorker Himmel standen.

Shannons Begleiter begutachtete prüfend den Gummistrick, indem er mehrfach daran zog, dann nickte er zufrieden. »Der hält!« Er griff nach dem Stuhl, der vor der Kommode stand, und stellte ihn in die Mitte des Zimmers.

Ich war wie vor den Kopf gestoßen, ob der Nachricht, die Shannon verkündet hatte; wesentlich größer hingegen war meine Befürchtung im Hinblick auf das, was nun folgen würde.

Ich ahnte das Schlimmste. »Was soll denn das, Mr. Shannon? Sie werden ihr doch nichts tun!«

Shannon sah mich eiskalt an. »Was mit Ihnen geschieht, Mr. Goltz, muss ich mir noch überlegen! Wenn ich Sie mir beide so ansehe, kommt mir der Gedanke, dass Sie ja ein ganz reizendes Pärchen sind. Stecken Sie mit ihr unter einer Decke, Mr. Goltz? Sie sollten nicht zu sehr Partei für Ihre schöne Freundin ergreifen! Ich könnte sonst auf den Gedanken kommen, Sie zusammen mit Ihrer Freundin aus dem Leben scheiden zu lassen. Ein Doppelselbstmord eines Pärchens im Plaza wird den hiesigen Zeitungen allenfalls einen Dreizeiler wert sein – wenn überhaupt!«

Shannons Bodyguard war auf den Stuhl gestiegen und hatte den Gummistrick durch eine Öse in der Deckenhalterung der Lampe geschoben. Nun stieg er hinunter und band das Ende des Gummistricks an dem Wandheizkörper fest, sodass das andere Ende, wenn man den Stuhl bestieg, in Kopfhöhe von der Decke hing. Er ergriff dieses Ende und knöpfte daraus in aller Seelenruhe eine Schlinge.

»Sind Sie verrückt geworden, Shannon?«, rief ich. »Was ist in Sie gefahren? Er soll damit aufhören! Lassen Sie das sein!«

Shannon richtete den Blick von mir auf Irene und starrte sie hasserfüllt an. »Sie hat Florence umgebracht!«

Ich wusste im ersten Moment nicht, was ich sagen sollte. »Aber – wie? Das ist gar nicht möglich!«, entfuhr es mir dann. »Sie war doch hier!«

Wo war nur der Rest meiner Kleider? Ich blickte mich um und sah meine Armbanduhr, die neben dem Bett auf dem Nachtschränkchen lag. Es war kurz vor vier. »Ich habe Florence noch vor drei Stunden gesehen – und da hat sie gelebt.«

»Ja«, sagte Shannon eiskalt. »Allerdings ist sie vor ein oder zwei Stunden gestorben!«

»Wie ist sie denn gestorben?«

»Sie wurde vergiftet oder erdrosselt, vielleicht auch beides. Die genaue Todesursache steht noch nicht fest.«

»Sie wissen es demnach nicht genau! Was hat denn Irene damit zu tun?«

»Sie hat ihr das Gift in ein Getränk getan – und sie später erdrosselt.«

»Das behaupten Sie! Woher wollen Sie denn wissen, ob es stimmt?« Ich überlegte fieberhaft. »Florence könnte das Gift freiwillig getrunken haben.«

»Könnte sie – hat sie aber nicht!«

Shannon hatte Irenes Kleid entdeckt, nahm es und hielt es ihr hin. »Zieh es an, wenn du magst!«

Sie nahm das Kleid und warf es auf das Bett.

»Was Sie da erzählen, ist kompletter Blödsinn«, fuhr sie

Shannon mit schriller Stimme an. »Sie haben nichts weiter als eine blühende Fantasie!«

Ohne ein weiteres Wort trat er hinter sie und erfasste ihre beiden Arme mit einem eisernen Griff. »Auf den Stuhl!«, rief er wütend und stieß sie in Richtung der Schlinge. Sein Kumpan gab ihm Hilfestellung und schon einen Augenblick später hatten sie die nackte Schöne auf den Stuhl gehoben und ihr die Schlinge um den Hals gelegt.

Irenes Gesicht war bleich geworden, allerdings wirkte sie dennoch gefasst. Sie blickte erneut zu dem Fenster und suchte anscheinend Halt bei den Sternen am Himmel, doch dann wandte sie ruckartig den Kopf zu Shannon herum und spuckte ihm mitten ins Gesicht.

»Jeder Traum geht einmal zu Ende«, ließ sie sich vernehmen und hatte plötzlich einen wild entschlossenen Ausdruck in ihrem Gesicht. »Also tu, was du nicht lassen kannst!«

Shannon wischte den Speichel mit dem Ärmel seiner Jacke von der Wange und machte eine Bewegung, als ob er den Stuhl unter ihr wegziehen wollte – und in diesem Moment sprang ich vor und fiel ihm in den Arm.

»Mr. Shannon, was Sie da sagen, kann überhaupt nicht stimmen, Irene ist seit – seit beinahe zwei Stunden hier bei mir in diesem Zimmer.«

Mir war jede Lüge recht, die verhindern mochte, dass Shannon sein wahnwitziges Vorhaben ausführte.

Shannon starrte mich stumm an. Er atmete tief durch und richtete den Blick auf den Boden. Ich sah den Schatten eines Zweifels durch seine Züge huschen.

»Mr. Goltz! Überlegen Sie sich gut, was Sie sagen! Seit wann genau ist sie hier?«

»Ich kann es nicht auf die Minute genau sagen, aber es muss gegen zwei Uhr gewesen sein, als sie kam. Ja, so war es, ungefähr seit zwei Uhr!«

»Sie haben gemeinsam mit ihr die Feier verlassen?«

Gerade rechtzeitig begriff ich, dass es gefährlich war, in diesem Punkt die Unwahrheit zu sagen. »Nein, das nicht«, gab ich zu. »Irene kam später, ich bin etwas früher fort. Es ging mir …«

»Es ging Ihnen was?«

»Ich hatte zu viel getrunken, wollte ich sagen, und ich musste ins Hotel. Irene sagte, sie käme nach. Ich war keine halbe Stunde hier, da kam sie auch schon.«

Shannon musterte mich eine Weile stumm mit flackernden Augen und richtete den Blick in der nächsten Sekunde hinauf zu Irene.

»Was sagst du denn dazu, Täubchen? Willst du behaupten, dass du mit Florence nicht in ihrer Wohnung warst?«

»Ich war mit ihr zusammen, aber ich habe sie nicht umgebracht«, gab Irene leise zurück.

»Und was habt ihr beide dort gemacht? Weshalb bist du mit ihr in ihre Wohnung gegangen?«

Irene antwortete nicht.

»Antworte schnell!«, rief Shannon ihr zu. »Wenn ich den Eindruck gewinne, dass du dir etwas ausdenkst, so bedarf es nur eines kleinen Rucks –«, er wackelte an der Stuhllehne, sodass Irene einen Ausfallschritt machen musste, damit sie nicht aus dem Gleichgewicht geriet, »und dann wirst du nicht mehr antworten können!«

»Mein Gott, Shannon! So lassen Sie das doch!«, rief ich ihm zu. »Sie bringen sie ja um!«

Shannon lächelte böse. »Sehen Sie nicht, wie straff gespannt der Strick ist? So schnell stirbt es sich daran nicht. Passen Sie auf, wenn ich den Stuhl wegnehme, zappelt sie wie ein Hühnchen, aber die ist zäh. Es blieben sicherlich ein, zwei Minuten, um sie ins Leben zurückzuholen – sollte ich es mir denn wirklich anders überlegen, was ich nicht glaube. Also, mein Täubchen: Wie lautet deine Antwort?«

»Sie sind ein solcher Narr!«, sagte Irene mit einem Zischen. »Ich habe Florence gern gemocht, ich habe sie nicht getötet! Und weil sie mich auch gemocht hat, sind wir in ihre Wohnung gegangen und hatten miteinander Sex! Das war der einzige Grund, weshalb wir zusammen waren!« Ihre Stimme wurde lauter. »Ja – und es war wundervoll!«

Shannon schwieg, als dächte er nach. Jedenfalls war es die richtige Antwort, die er erhalten hatte, eine, die er gewiss für glaubwürdig hielt.

»Ach, und warum sollte sie sich in diesem Fall selbst umgebracht haben?«

»Vielleicht gerade deshalb!«, schlussfolgerte Irene.

»So ein Quatsch!«, zischte er. »Sag mir lieber schnell, wie es weiterging! Was hast du danach gemacht?«

»Ich habe mich von Florence verabschiedet und bin hierher gekommen.«

»Und warum so eilig?« Er erfasste ihren glatten Unterarm und zog sie ein Stück zu sich, sodass sich die Schlinge um ihren Hals enger schnürte. »Hattest du noch nicht genug?«

»Nein!«, fauchte sie ihn krächzend an. »Ich hatte noch nicht genug! Ich könnte es noch stundenlang tun!«

»Sexteufel! Miststück!«, zischte Shannon zurück und ließ sie wieder los. »Du bist zwar schön wie kaum eine zweite, aber du bist auch genauso verdorben! Frauen wie dich sollte es besser überhaupt nicht geben. Sie bringen die Menschen um den Verstand und richten Unheil an. Ich habe direkt Verständnis für die Kirche, dass sie Frauen wie dich auf den Scheiterhaufen schleppte. Was sollte sie auch sonst mit Weibern wie dir tun.«

Er schimpfte eine Weile in dieser Art weiter, wobei ich mich hütete, ihn bei seinen Tiraden zu unterbrechen. Für Irenes Schicksal war es besser, wenn er seinem Zorn eine Zeit lang freien Lauf lassen konnte und auch seiner Enttäuschung darüber, dass er den Sexteufel, den er in ihr sah, nicht in sein Bett bekommen hatte.

Endlich schwieg er und blickte missmutig vor sich hin, schließlich sah er wieder zu mir her.

»Ich will für Sie hoffen, dass Sie die Wahrheit gesagt haben, Mr. Goltz!« Sein Blick wanderte weiter zu seinem Begleiter. »Nimm ihr die Schlinge ab!«

Unhörbar, aber erleichtert atmete ich auf. Kurz darauf stieg Irene von dem Stuhl und trat sofort zum Bett, wo ihr Kleidchen lag. Sie zog es über, schlüpfte in ihre Schuhe und nahm den Mantel unter den Arm. Dann warf sie einen schnellen Blick in die Runde und sagte: »In diesem Irrenhaus bleibe ich keinen Augenblick länger!« Und ohne eine weiteres Wort und ohne dass Shannon sie daran hinderte, schritt sie auf die Tür zu, drehte den Schlüssel herum und ging hinaus. Hinter ihr fiel die Tür mit einem knappen Geräusch in das Schloss.

Endlich entdeckte ich mein Hemd und zog mich vollständig an.

»Wahrscheinlich habe ich einen großen Fehler begangen«, hörte ich Shannon sagen. Es war nicht klar, ob er es bereute, dass er sie hatte laufen lassen, oder ob es ihm leidtat, in dieser rücksichtlosen und grausamen Weise mit ihr umgegangen zu sein.

»Sie hatten kein Recht, ihr so etwas anzutun, Mr. Shannon! Wollten Sie diese Frau wirklich umbringen?«

»Wenn sie Florence getötet hat, hat sie nichts anderes verdient«, tat Shannon kund. »Ich halte Ihre Freundin für schuldig, allerdings bin ich kein Mörder und will sie nicht richten, solange ihre Schuld nicht zweifelsfrei feststeht!« Er kratzte sich an der Schläfe. »Vermutlich hätte ich es ohnehin nicht zu Ende gebracht, sondern sie nur ein bisschen zappeln lassen – und sie erneut befragt. Es ging mir vor allem darum, die Wahrheit zu erfahren. Nein, so schnell wäre diese Katze nicht gestorben.«

Ich musste mich hinsetzen. Fast blitzartig war mir einiges klar geworden. Und die Zweifel, die Shannon inzwischen an der Schuld von Irene empfinden mochte, standen in einem umgekehrt proportionalen Verhältnis zu meiner eigenen Erkenntnis. Allzu deutlich stand mir vor Augen, was ich vor ein paar Stunden in dem unheimlichen Apartmenthaus gesehen hatte. Die Existenz dieses unbekannten Liebhabers, um die ich im Gegensatz zu Shannon wusste, war nicht dazu angetan, den Verdacht gegen Irene, was auch immer daran war, zu entkräften. Aber natürlich hütete ich mich, Shannon nur einen Teil dessen, was ich wusste, zu offenbaren.

»Kommen Sie!«, sagte Shannon. »Sie müssen mich begleiten. Meine Gäste habe ich nach Hause geschickt. Wir gehen in Florence' Wohnung!«

Die schwarze Limousine, die Irene und mich in der Nacht zuvor ins Hotel gebracht hatte, wartete mit Fahrer direkt an der Auffahrt vor dem Plaza. Die Luft in der Fifth Avenue war noch mild wie in einer Sommernacht und in den Straßen, durch die wir fuhren, herrschte reges Leben; zwischen Tag und Nacht schien in New York kein wesentlicher Unterschied zu bestehen.

Das alte deutsche Schloss mit dem unheimlichen Treppenhaus, vor dem der Wagen wieder hielt, wirkte im Morgengrauen düsterer als ein paar Stunden zuvor. Der Lift brachte uns hinauf und ich erkannte die Wohnung wieder, in der ich früher in der Nacht schon gewesen war. Wenig später stand ich in dem Zimmer, in dem vor ein paar Stunden die ergreifend schöne Liebesszene zwischen Florence, Irene und deren unbekanntem Partner stattgefunden hatte.

Auf dem Bett, auf dem sich zuvor die drei Akteure mit ihren begnadeten Körpern bewegt hatten, befand sich jetzt nur noch ein einziger nackter Körper, er war von einer

Decke so weitgehend verhüllt, dass nur mehr das bleiche Gesicht und die weißen Schultern zu sehen waren; erschöpfte Züge, geschlossene Lider – es gab keinen Zweifel, Florence Arnheim lebte nicht mehr.

Lange Zeit starrte ich auf das eigenartig entspannte, weiterhin schöne Gesicht, ohne irgendwelche Worte zu finden.

»Ich hätte nicht geglaubt, dass mir so etwas passieren könnte –«, bemerkte Shannon zerknirscht, »ich empfinde Schuld, große Pein. Mit dem simpelsten Trick der Welt hat man mich außer Gefecht gesetzt! Nein, sagen Sie nicht wieder, dass es ein Selbstmord war. Sehen Sie die Würgemale dort am Hals? Erst jetzt, nachdem ich weiß, dass sie mit dieser Frau intim war, wird mir klar, wie es passiert sein muss. Zuerst hat mich ihre Erklärung unsicher gemacht, wahrscheinlich, weil sie mein Bild von dem, was geschah, durcheinander brachte; dabei ist der Sex das Detail, das mir noch fehlte. Sie hat ihr das Gift gegeben, entweder bevor oder während sie miteinander schliefen. Ein befreundeter Arzt hat sie untersucht. Wahrscheinlich starb sie am Gift, meinte er, aber sie wurde auch gewürgt. Die genaue Todesursache wird wohl nie feststehen, und obwohl wir ihren Tod offiziell als Selbstmord mittels Einnahme einer giftigen Substanz hinstellen werden – ich werde nie daran glauben, dass sie es freiwillig eingenommen hat. Für mich ist jetzt alles glasklar! Ihre attraktive Freundin hat das Vertrauen von Florence in der denkbar gemeinsten Weise ausgenutzt.«

Seine Augen waren auf das Gesicht der Toten gerichtet, als könnte er nicht mehr von dem Bilde lassen, das ihm der stetige Vorwurf seines Versagens war.

»Ich machte mir die allerschönsten Hoffnungen, sowie sie mit mir in ein Zimmer ging«, sagte er. »Wir tranken etwas, und bald, nachdem ich mit ihr angestoßen hatte, wurde mir speiübel. Es war wie bei einer Kreislaufschwäche. Ich bin ohnmächtig geworden. Sie muss mir irgendwelche Substanzen in das Getränk gemischt haben. Über eine Stunde benötigte ich, um wieder zu mir zu kommen, und zurück auf der Party fand ich Florence nicht mehr; auch Ihre schöne Freundin und Sie waren nicht mehr da. Ein Gast verriet mir, dass Florence gemeinsam mit Irene die Wohnung verlassen hatte. Ich machte mich auf die Suche und entdeckte schließlich Florence tot in ihrer Wohnung.«

Er blickte auf seine Uhr. »Es ist fünf Uhr! Ich muss ein Telefongespräch führen, Sie bleiben so lange hier! Bob wird auf Sie aufpassen.«

Shannon verließ den Raum. Mir selbst blieb nichts übrig, als ein stilles Gebet für meine tote Freundin zu sprechen und die Minuten, in denen ich allein war, dafür zu nutzen, um von ihr Abschied zu nehmen. Während ich das im Tode gelöste Gesicht von Florence betrachtete, schien mir, dass Shannon mit dem, was er eben gesagt hatte, der Wahrheit wohl sehr nahe gekommen war. Die Frage, ob Florence das Gift freiwillig genommen hatte oder nicht, würde niemand außer den unmittelbar daran Beteiligten mehr beantworten können. Florence war tot, und man würde Irene und ihrem unbekannten Liebhaber, selbst wenn man beider habhaft würde, kaum einen Mord nachweisen können. Ein Umstand, der für die moralische Schuldfrage freilich ohne Bedeutung war.

Es gab hingegen noch eine andere Frage, die unheimlich am Rande meines Bewusstseins aufkeimte – die Frage nämlich, ob Shannon mit seinem gewaltsamen Eindringen in das Hotelzimmer nicht unwissentlich auch mir selbst das Leben gerettet hatte. Geradezu im letzten Moment, zu einem Zeitpunkt, als sich mein eigener Kopf bereits in einer von Irene geknüpften Schlinge befand. Hätte das Fesselspielchen, mit dem wir in meinem Zimmer begonnen hatten, für mich genauso geendet wie für meine ehemalige Geliebte, die ich jetzt im Tode vor mir liegen sah, wenn Shannon nicht dazwischengetreten wäre? Dieser unbekannte Liebhaber – hatte er draußen auf dem Gang in der Nähe meines Hotelzimmers darauf gelauert, dass Irene ihn einließ, nachdem ich gefesselt und wehrlos war? Musste ich demgemäß Shannon dankbar dafür sein, dass der Kelch der höchsten sexuellen Erfüllung im Liebesspiel mit Irene Varo an mir vorübergegangen war?

Fünf Minuten vergingen, dann kehrte Shannon in das Zimmer zurück. »Ich habe gerade mit Warburg gesprochen und ihm berichtet, was geschehen ist«, sagte er. »Er will umgehend in die Stadt kommen. Ich habe ihm nicht gesagt, dass Sie hier sind, denn das ist besser für Sie – und auch für mich! Ich muss Sie warnen! Sollte er Sie hier noch antreffen, müssen Sie sich auf Einiges gefasst machen. Wenn ich an Ihrer Stelle wäre, würde ich schleunigst das Weite suchen!«

»Ich habe keinen Grund, mich aus dem Staub zu machen«, entgegnete ich. »Ich habe nichts Unrechtes getan. Und wenn das stimmen sollte, wessen Sie Irene Varo verdächtigen – dann bin ich genauso auf diese Frau hereingefallen wie Sie, Mr. Shannon. Demnach habe ich mir genauso viel oder wenig vorzuwerfen wie Sie. Und das will ich Mr. Warburg gern selbst erklären.«

»Sie sollten lieber darauf verzichten, Mr. Goltz«, empfahl mir Shannon. »Ich weiß nicht genau, warum Sie mir so sympathisch sind und warum ich versuche, Ihnen zu helfen. Dennoch, ganz unabhängig davon, wessen Schuld sich hier beweisen lässt, bleibt die Tatsache, dass Florence einen mysteriösen Tod gefunden hat, sobald Sie aufgetaucht sind. Es steht demnach fest, dass wir alle zu Recht Florence davor gewarnt haben, sich mit Ihnen zu treffen. Der schlimmste Fall ist eingetreten – und Sie können mir gern glauben, dass die Leute, deren Interessen ich vertrete, versuchen werden, Sie dafür in Haft zu nehmen, zumal es niemand anderen gibt, der die Rolle des Sündenbocks spielen kann, nachdem Sie selbst geholfen haben, die wahrscheinlich Schuldige der Bestrafung zu entziehen. Ich glaube Ihnen durchaus, dass Sie persönlich kein Vorwurf trifft, doch das wird Ihnen nichts nutzen! Sie wären nicht der erste Unschuldige, der für jemand anderen büßen müsste. Mein Rat, Mr. Goltz, ist ernst gemeint: Verlassen Sie New York – und am besten sogar Amerika! Je länger Sie hier sind, umso größer wird die Wahrscheinlichkeit, dass Sie Unannehmlichkeiten bekommen werden. Mr. Warburg ist ein einflussreicher Mann. Er wirkt äußerlich wie ein konzilianter Herr, aber es kostet ihn nur einen Anruf bei einem seiner Richterfreunde, um Sie ganz offiziell verhaften zu lassen. Und was mit Ihnen passiert, wenn Sie hier erst einmal in einem unserer schönen Gefängnisse sitzen – nein, wenn ich Sie wäre, würde ich mir diese Erfahrung lieber ersparen.«

Shannon sah wieder zu Florence hinab, als hätte er seinen Worten nichts, aber auch gar nichts mehr hinzuzufügen, und dann stand er da, wie in Andacht versunken. Der harte New Yorker Geschäftsmann und Barbesitzer war vollständig von ihm abgefallen, seine Anteilnahme am Tod von Florence war zweifellos echt. Wer auch immer dieser Mann in seinem tiefsten Innern war – ob Barbesitzer, Gangster oder ein Helfer der Schwachen – ich war mir sicher, dass ich dem Mann einiges zu verdanken hatte. Während ich ihn betrachtete, begann ich zu begreifen, dass ich wohl gut daran täte, auch seinem letzten Ratschlag zu folgen. Florence war tot, mein Auftrag beendet. Ich hatte hier nichts mehr verloren. So zögerlich, wie ich eben noch gewesen war, so schnell fasste ich nun meinen Entschluss.

»Vielen Dank, und Ihnen alles Gute, Mr. Shannon«, sagte ich leise, »ich glaube, Sie haben recht. Ich werde gehen und nicht wiederkommen. Nochmals vielen Dank für alles, was Sie für mich getan haben!«

Shannon blickte kurz her und nickte mir zu, dann murmelte er leise: »Gute Reise! Kommen Sie gut nach Hause. Und seien Sie auf der Hut! Nicht nur hier, sondern auch dort drüben in Europa, in Ihrer Heimat! Mir scheint, dass die Welt aus den Fugen gerät – und es liegt vielleicht daran, dass sie in den letzten Jahren so verdammt klein geworden ist.«

Ich warf einen letzten Blick auf Florence, drehte mich fort, ging aus dem Zimmer und verließ zügig das unheimliche Haus.

Nachdem ich ins Plaza zurückgekehrt war, verlor ich keine weitere Zeit. Ich packte meinen Koffer, bezahlte das Zimmer und verließ das Hotel. Draußen ging ich zu Fuß einige Hundert Meter auf dem Bürgersteig der Fifth Avenue nach Norden und stieg erst dort in ein Taxi, damit man meine Schritte nach dem Verlassen des Hotels nicht allzu leicht nachvollziehen konnte. Ich wies den Fahrer an, mich zum Empire State Building zu bringen, wo ich den Wagen wechselte.

Das monumentale Stadtzentrum und der Hafen lagen so dicht beieinander, dass dieselben Wolkenkratzer, die den Schiffen eine so malerische Kulisse boten, den Hafen von Land aus wirkungsvoll verbargen. Das Taxi schien noch mitten in der Stadt zu sein, als plötzlich und unerwartet die weißen Aufbauten eines Schiffes im morgendlichen Licht der Hafenbeleuchtung vor mir lagen, heimlich glitzernd und sich hoch über das Gewirr der Uferlinie Manhattans in den Himmel türmend; ich hatte selten einen so erhebenden Anblick wie diese unvermutete, dramatische Enthüllung erlebt.

New York zügig zu verlassen, stellte sich überraschend leichter heraus, als ich angenommen hatte; das Schicksal stand meinen Plänen nicht im Weg. Ich musste eine Stunde warten, bis die Schifffahrtsagenturen öffneten, bereits in der zweiten Agentur, deren Räume ich betrat, gelang es mir, für ein italienisches Schiff, das am selben Abend nach Genua in See stechen sollte, die Passage eines Reisenden zu erwerben, der die Überfahrt kurzfristig hatte absagen müssen.

Ich gab meinen Koffer in einer Gepäckaufbewahrung ab und machte mich dann zu einem letzten ganztägigen Streifzug durch Manhattan auf, wobei ich mir vornahm, die Gegend um das Plaza und den Central Park, und überhaupt die ganze Fifth Avenue zu meiden. Sollte es auch in dieser großen Stadt höchst unwahrscheinlich sein, dass man mich entdeckte, so wollte ich selbst doch dem Eintreten eines dummen Zufalls keinen Vorschub leisten.

New York bot interessante Orte in Hülle und Fülle und mein letzter Tag in Amerika wurde mir nicht lang. Den Vormittag verbrachte ich in dem einige Jahre zuvor eröffneten Museum of Modern Art; anschließend unternahm ich einen ausgedehnten Spaziergang durch das Greenwich Village. Irgendwann am Nachmittag, sowie ich mich in einem kleinen Café bei Kaffee und Kuchen von meiner Besichtigungstour erholte, nahm ich den Umschlag, den mir Florence vor ihrem Tod übergeben hatte, zur Hand.

Das darin enthaltene Dokument, das Arnheim als den Brief eines ausländischen Partners bezeichnet hatte, erregte sofort mein Interesse. Es war ein mit Maschine geschriebener Brief, der auf den 4. Mai 1932 datiert war und von einem religiösen Oberhaupt der chinesischen Buddhisten stammte, einem Abt namens Ta Lin Szu.

Der Brief war gerichtet an den Führer der nationalsozialistischen Partei Deutschland, Herrn Adolf Hitler.

›Die wissenschaftliche Zivilisation unserer Zeit ist getragen von der arischen Rasse‹, hieß es in dem Text. ›Die religiöse Kultur der Vergangenheit aber hat ihren Höhepunkt im Buddhismus, der die Erkenntnisse der Naturwissenschaft in sich aufgenommen hat. Daher ist er berufen, die Religion der Völker Europas und Amerikas zu werden. Ich meine, dass das germanische Volk, wenn es unter einem Führer geeint ist, in wunderbarer Weise geeignet wäre, die Tugenden des Buddhismus zu entwickeln. Wenn der Führer der großen nationalsozialistischen Partei die buddhistische Religion studieren will, so bitte ich mir zu schreiben, und ich will gern antworten, so viel ich weiß. Auch bei der Suche nach der arischen Urreligion werden wir Ihnen gewiss helfen können. Seien Sie gewiss, dass, wenn die Zeit erfüllt ist, die alten Götter wiederkehren und die Geister der Vorwelt ihr Amt antreten. Dann brechen die Ordnungen der Völker. Was hoch ist, fällt, und die Tiefe kommt herauf. Die Toten eines großen Krieges werden die Märtyrer eines neuen Glaubens sein. Ich wünsche Ihrer Partei furchtlose Festigkeit!

Gezeichnet: Das Oberhaupt der Buddhisten in China.‹

Darunter war mit der Hand der Name des Verfassers in chinesischen Schriftzeichen gesetzt.

Das Dokument machte den Eindruck, echt zu sein. Der chinesische Abt mochte einen deutschen Berater besitzen, der ihm bei der Abfassung des Schreibens zur Hand gegangen war. An sich war das Schriftstück kaum mehr als eine Grußadresse, wie sie selbst unter Staatsoberhäuptern ausgetauscht wurden, die einander nicht wohlgesonnen waren. Befremdlich wirkte nur der Hinweis auf einen großen Krieg. Das Brisante war, dass es sich um ein Originaldokument handelte, das sich nicht im Besitz desjenigen befand, dem es der Empfängeranschrift nach gehörte. Wie es in Arnheims Besitz gelangt war, darüber konnte ich nur spekulieren.

Ich schob den Umschlag in die Jackentasche zurück, bezahlte Kaffee und Kuchen und setzte meinen Rundgang durch Manhattan fort. Ich fand ein weiteres Museum, in dem ich ein paar Stunden verbrachte. Sowie ich es verlassen hatte, herrschte in New York Dunkelheit. Ich stieg in ein Taxi, ließ mich zurück zum Hafen fahren und holte meinen Koffer aus der Aufbewahrung.

Das Schiff lag abfahrbereit am Kai. Über eine schwindelerregende Hängebrücke, die über Bohlenwände, Treibgut und Auslassöffnungen hinwegführte, gelangte ich an Bord des Dampfers und tauchte dort in die verführerische Wärme von Holzverkleidungen, elektrischem Licht und der Fürsorge von Stewards und Schiffspagen ein.

Mitternacht war für die großen Ozeanliner die günstigste Zeit, um in See zu stechen. Das hell erleuchtete Schiff, auf dem sich Menschen in Abendkleidung drängten, bot einen romantischen Anblick, und die Tanzveranstaltungen in der Lounge hatten offenbar schon lange vor dem Auslaufen begonnen. Die allgemeine Fröhlichkeit war ansteckend. Auch mich ergriff trotz der düsteren Gedanken, die mich seit dem Morgen verfolgten, ein Gefühl von Losgelöstheit, besonders in dem Moment, als ich mich vom Bootsdeck aus den betörenden, farbenprächtigen Lichtern der City von New York gegenübersah, deren Wirkung wegen der durch die Dunkelheit gesteigerten Höhe gegenüber dem Festland eindrucksvoller erschien denn je.

Der hypnotische Reiz der Abschiedsstimmung, die sich über das Schiff gelegt hatte, machte es den Besuchern schwer, sich vom Schiff loszureißen, selbst dann, als das aus vielen Hörnern gleichzeitig ertönende Signal mehrfach zu hören war, das alle Fremden an Bord dazu aufrief, an Land zu gehen. Das letzte Tuten hingegen, das um Mitternacht erscholl und sämtliche noch an Bord verbliebenen Besucher veranlasste, eilig nach den Ausgängen zu suchen, war markerschütternd und von anderer Art. Kaum lauter, aber länger und von einer aufregenden, endgültigen

Kadenz, ein Klang, in dem sich die ganze Geschichte von Abschied, Sehnsucht und Verlust vereinte.

Endlich bewegte sich das Schiff und mit ihm wurde die berühmte Aussicht auf die hell illuminierte Stadt kleiner und kleiner. Es war wie ein Traum, auf der einen Seite schrecklich, auf der anderen Seite wunderschön. Mein Hals war ganz trocken, meine Augen fingen an zu glänzen und plötzlich war mir, dass der Mensch, der sich zu dieser nächtlichen Stunde dem Dunstkreis einer fantastischen Metropole entzog, ein anderer war als derjenige, der Deutschland vor erst zehn Tagen verlassen hatte.

Die Fahrt durch den New Yorker Hafen ging zügig voran. Bald blieb das dunstige Glühen der Stadt in der Ferne zurück. Das Schiff passierte The Narrows, machte eine scharfe Wende nach Backbord und fuhr in den Kanal hinein, der geradewegs auf das Meer hinausführte und an dessen Ende das rote Feuerschiff lag. Der Lotse mit der restlichen Post unter dem Arm war der Letzte, der zu dem schwankenden Tender hinunterstieg, um das Schiff zu verlassen.

10

An einem sonnigen Oktobermorgen lief der Ozeanliner in die Bucht von Genua ein und machte im alten Hafen im Schatten des berühmten Leuchtturms Torre della Lanterna fest.

Ich nahm mir ein Hotel in der Nähe und lief zwei Tage in den mittelalterlichen Gassen herum, schaute mir die Kathedrale San Lorenzo, den alten Dogenpalast und die alten Befestigungsanlagen an, bevor ich am folgenden Tag in einen Zug stieg, der mich über die Alpen nach München brachte. Von dort aus erreichte ich in einer Samstagnacht den Anhalter Bahnhof in Berlin.

Am Montagmorgen war ich wieder in meiner Kanzlei.

Dort wartete schon ein Mandant auf mich, der wohl irgendwie gerochen hatte, dass ich wieder im Lande war. Haller, mein Sozius, begegnete mir auf dem Flur; er hatte es eilig, weil er zu einem Gerichtstermin musste, und schüttelte mir nur kurz die Hand. Die hagere Frau Schmitz, unsere Sekretärin, war mit dringenden Stenogrammdiktaten beschäftigt. Es war wie an jedem Montag, und nicht anders, als wäre ich von einer Sommerfrische an der Ostsee oder einer Erholungsreise in den Harz an meinen Schreibtisch zurückgekehrt.

Immerhin erfuhr ich von Frau Schmitz, dass die Nachricht von Florence' Tod meiner Rückkehr nach Deutschland vorausgeeilt war. Sie murmelte etwas von einem Telegramm, das unser Mandant Philipp Arnheim aus Amerika erhalten hätte. »Es hieß darin, sie hätte Gift eingenommen«, erklärte sie mit bedeutungsschwangerem Blick.

Erst gegen Abend hatte ich Gelegenheit, mich mit Haller über meine Reise zu unterhalten. Ich gab ihm einen groben Überblick über meine Erlebnisse, soweit sie ihn etwas angingen, und fragte ihn im Anschluss daran, wie Arnheim die Todesnachricht aufgenommen hatte.

»Er betrachtet den Fall als erledigt und hat um Übersendung der Rechnung gebeten«, antwortete Haller. »Er soll sie auch schnell bekommen – wir können das Geld gut gebrauchen!« Er hielt eine brennende Zigarre zwischen den Fingern, deren Rauch er vor sich aufsteigen ließ, sodass dieser seine kleinen bebrillten Augen mit einem dicken Dunstschleier belegte.

»Weiter nichts? War er erleichtert? Der Tod von Florence hat ihm immerhin einen Haufen Geld erspart.«

Haller runzelte die Stirn. »Wie können Sie so etwas auch nur denken? Ihr Tod hat ihn erschüttert. Er wird sich bald bei Ihnen melden, um sich nach den Einzelheiten Ihrer Begegnung mit Florence zu erkundigen. Sagen Sie nichts Unüberlegtes, wenn Sie mit ihm sprechen. Sie wissen – er ist ein wichtiger Mandant!«

»Ich werde mich schon zu benehmen wissen. Hat er eine Meinung darüber, weshalb Florence Selbstmord beging?«

Haller zuckte mit den Achseln. »Florence hatte in Amerika einfach die falschen Freunde«, sagte er. »Der Halt, den sie bei uns besaß, hat ihr dort drüben gefehlt!«

»Florence war der Ansicht, dass ihre falschen Freunde in Berlin säßen. In ihrem New Yorker Umfeld war man entsetzt über das, was geschehen ist. Man hat mir geraten, schnell abzureisen, sonst würde ich große Unannehmlichkeiten bekommen. Der Gedanke, meine Ankunft in New York und der Freitod von Florence könnten miteinander in Verbindung stehen, schien für die Leute nicht so abwegig zu sein.«

Haller setzte für einen Moment die Brille ab. »So ein Blödsinn! Natürlich können Sie nichts dafür! Florence hätte so oder so getan, was sie tat – auch wenn Sie nicht zu Besuch gekommen wären. Das ist auch Arnheims Meinung. Aber was erwarten Sie? Irgendwem müssen sie die Schuld ja geben. Und da bietet sich natürlich der Ehemann an, wenn der allerdings nicht greifbar ist, muss sein Anwalt herhalten.«

»Sind Sie sicher, dass mich Arnheim wirklich aus keinem anderen Grund nach Amerika geschickt hat, als demjenigen, die Modalitäten seiner Scheidung zu regeln?«

Haller zog die Augenbrauen hoch. »Worauf wollen Sie hinaus, Goltz? Haben Sie vergessen, dass es Florence selbst gewesen ist, die diese Reise gewünscht hat und mit Ihnen sprechen wollte?«

»Sie erinnern sich gewiss des Tages, da wir drei genau an dieser Stelle zusammensaßen und Arnheim und Sie auf mich eingeredet haben, diese Reise zu machen. Schon damals hatte ich das komische Gefühl, dass Ihr Freund nicht alle Karten auf den Tisch gelegt hat. Im Nachhinein musste ich mich fragen, ob nicht auch Sie – jedenfalls einige von den Karten kannten, ohne sie mir gegenüber aufzudecken.«

»Trauen Sie mir ernstlich zu, dass ich meinen Mitarbeiter in einer Weise täusche, wie Sie es geneigt sind, mir zu unterstellen?«, erwiderte Haller und legte einen entrüsteten Ausdruck in seine bebrillten Augen, der wenig überzeugend wirkte.

»Ich stehe Ihnen nicht so nahe wie Arnheim. Er ist Ihr Logenbruder! Das könnte die Gewichte anders verteilt haben, als es der gewöhnlichen Erwartung entspricht.«

Haller lächelte. »Florence hat Ihnen demzufolge von unserer Gesellschaft erzählt? Was hat sie denn gesagt?«

»Wenn ich sie richtig verstanden habe, hatte sie Angst davor, aufgrund ihres Austritts aus der Loge zur Rechenschaft gezogen zu werden.«

Haller machte eine wegwerfende Handbewegung mit der

qualmenden Zigarre. »Und deshalb denken Sie nun, Arnheim habe in Wahrheit den Tod seiner Ehefrau bezweckt, als er Sie zu ihr schickte? Aber hallo! Unsere Loge ist eine spirituelle Gemeinschaft und keine Verbrecherbande, Herr Goltz!«

»Warum konnten Sie den Austritt von Florence aus der Loge nicht akzeptieren?«

»Sie ist nicht ausgetreten, sondern einfach gegangen. Niemand hat sie aus ihrer Mitgliedschaft entlassen.«

»Eintritt und Austritt sind frei, alles andere ist Pflicht – so funktionieren doch normalerweise Vereine. Bei Ihrem Verein ist das anscheinend anders.«

»Wir sind weder im Vereinsregister eingetragen, noch sind wir nach unserem Selbstverständnis ein Verein«, erwiderte Haller scharf. »Wir verstehen uns als Angehörige eines deutschen Ordens, des Germanenordens. Eine Gesellschaft wie die unsrige verlässt man nicht – wie irgendeinen Verein! Bei uns ist Treue Pflicht! Leider scheinen immer weniger Menschen in diesem Lande zu wissen, was Treue bedeutet.«

»Und was passiert, wenn jemand Ihrer Gesellschaft untreu wird, obwohl es nicht vorgesehen ist?«

Haller lächelte. »Wir werden ihn nicht unbedingt in angenehmer Erinnerung behalten, aber wir tun ihm nichts – da kann ich Sie beruhigen! Wenn jemand eine Gemeinschaft verlässt, der er die Treue geschworen hat, so wird sein Treuebruch ohnehin nicht folgenlos für ihn bleiben. Ich mag also nicht ausschließen, dass Florence' Freitod so gesehen eine Folge ihres Treuebruchs war. Jeden erwartet das Schicksal, das er sich selbst bereitet.«

Auf der Rückreise von Amerika hatte ich reichlich Zeit gehabt, mein Verhältnis zu Haller zu bedenken. Vor sechs Jahren, als ich sein Mitarbeiter wurde, hatte ich ihn fast gar nicht gekannt. Eines Tages hatte er mich auf dem Gerichtsflur in ein längeres Gespräch verwickelt und mir am Ende eine gut bezahlte Stelle in seiner Kanzlei angeboten. Preuß, sein damaliger Seniorpartner, war kurz zuvor verstorben und er brauchte jemanden in seinem Geschäft zur Unterstützung. Ich hatte nicht lange Bedenken getragen, der Kanzlei, in die ich nach dem Examen auf Vermittlung eines schlesischen Onkels eingetreten war, den Rücken zu kehren, und schon zwei Jahre darauf hatte Haller mich zu seinem gleichberechtigten Partner gemacht.

»Weshalb haben Sie mir im Jahr 1926 nach dem Tode von Preuß die Mitarbeit angeboten? Sagen Sie nicht, dass Sie es taten, weil ich ein guter Jurist bin. Wir kannten uns praktisch nicht – wie sind Sie ausgerechnet auf mich gekommen?«

Haller brannte sich seine ausgegangene Zigarre wieder an und fixierte mich durch den neuerlich aufsteigenden Qualm hindurch.

»Preuß hatte den Gedanken, Sie könnten der richtige Mann für uns sein«, sagte er. »Er wollte sich zur Ruhe setzen und hielt seit geraumer Zeit die Augen nach einem weiteren Mann und späteren Nachfolger für uns Ausschau. Von mir erfuhr er, dass Sie fachlich geeignet sind, aber das – Sie haben recht – war nicht das Entscheidende! Die erste und eigentliche Empfehlung, die Preuß erhielt, kam aus Ihrer Familie – von Ihrer reizenden Schwester.«

Ich starrte ihn an. »Wie? Von Doris?«

»Soviel ich weiß, haben Sie nur die eine Schwester.«

Ich sagte nichts mehr. Diese Nachricht musste ich erst einmal verdauen.

»Welche Verbindung bestand denn zwischen Preuß und meiner Schwester?«, äußerte ich mich endlich.

Haller zog an seiner Zigarre. »Die gleiche Verbindung, die zwischen Preuß und mir bestand. Ihre Schwester gehört zu unserer Gesellschaft.«

Schattenhafte Streifen der Vergangenheit griffen nach mir, und plötzlich lag nicht nur die Verbindung zwischen Haller und mir, sondern auch die zwischen Doris und Florence Arnheim offen und in all ihren Verästelungen vor meinen Augen. Diese Verästelung war zugleich die Verbindung zu etwas Altem, zu Erlebnissen, die Doris und ich miteinander teilten, Erlebnisse, von denen ich nichts mehr hatte wissen wollen. Doch nun musste ich einsehen, dass es mir genauso erging, wie es sich immer in solchen Fällen ereignet: Irgendwann und irgendwie fand das, was man nicht mehr hatte wissen wollen, auf verschlungenem Wege wieder zu einem zurück.

»Gibt es außer Doris und Florence noch andere Frauen in Ihrer Gesellschaft?«

Er grinste. »Wir hießen wohl kaum die ›Gesellschaft der Brüder und Schwestern‹, wenn dem nicht so wäre.«

»Wie lange ist Doris denn schon Ihre Schwester?«

»Schon immer«, verkündete Haller, »will heißen, länger als ich ein Bruder bin. Bei mir sind es inzwischen bald 13 Jahre.«

»Vermute ich richtig, dass Sie selbst durch Preuß zu den ›Brüdern und Schwestern‹ gekommen sind?«

Dicker Rauch vernebelte jetzt Hallers Gesicht und bildete eine Art Schutzwall zwischen uns. »Ja!«, sagte er. »Preuß hat mich in die Gesellschaft eingeführt.«

»Und nach seinem Tod haben Sie dann Arnheim als Mandanten von Preuß übernommen?«

»So läuft das eben – damals war Arnheim zwar ein junger Mann, gehörte aber bereits zu den höheren Chargen der Bank.«

»Was Wunder, dass ich selbst noch kein Mitglied der Gesellschaft bin!«

Haller nickte und verbreitete weiterhin seinen giftigen Nebel. »Ich bin selbst darüber erstaunt, dass ich es in all den Jahren nicht unternommen habe, Sie auf eine mögliche Mitgliedschaft anzusprechen.«

»Angenommen, Sie hätten es getan: Mit welchen Argumenten hätten Sie versucht, mich zu überzeugen? Warum sollte mir an einer Mitgliedschaft gelegen sein?«

Haller legte die Zigarre beiseite, stand auf und öffnete das Fenster, um frische Luft hereinzulassen.

»Ach, Goltz«, seufzte er, indem er sich zu mir umdrehte, »muss man Ihnen denn alles erklären?« Er warf mir einen Blick zu, der so etwas wie eine nachsichtig-freundliche Missbilligung enthielt.

Draußen war es dunkel und wie aus weiter Ferne drangen die Geräusche des abendlichen Stadtlebens herauf, und während Haller am Fenster verharrte, lichtete sich langsam der Nebel über seinem Schreibtischstuhl.

»Das wichtigste Argument wäre gewesen, dass Sie gewissermaßen bereits zu uns gehören«, sagte er. »Das sollte Ihnen eigentlich klar sein.«

»Ich verstehe Sie nicht.«

»Nun –«, setzte Haller an, »Sie werden doch Ihre Jugend nicht vergessen haben. Ebenso wenig wie Ihre reizende Schwester das getan hat.«

Die Schatten der Vergangenheit griffen nach mir und riefen ein Gefühl tiefen Unwillens in mir hervor.

»Was hat Ihnen Doris über unsere Jugend erzählt?«

Hallers kleine Augen ruhten auf mir. »So eng vertraut bin ich mit Ihrer Schwester nicht, dass sie mich in all ihre Geheimnisse eingeweiht hätte. Aber man hört – Sie werden sich schon denken können, was ich meine.«

»Ich weiß überhaupt nicht, was Sie meinen!«

Haller hob beschwichtigend die Hände, schloss das Fenster und kehrte an den Schreibtisch zurück.

»Mich geht das alles nichts an«, sagte er und lächelte. Obwohl er so unbeteiligt tat, erschien er wie von dem

Bewusstsein erfüllt, ein paar Dinge klargestellt und dadurch seine Welt wieder ins Lot gerückt zu haben.

»Warum ist Doris in dieser Loge?«

»Das könnten Sie mich genauso gut fragen.«

»Dann frage ich Sie: Was hat diese Loge für einen Zweck?«

Haller zerquetschte im Aschenbecher den glimmenden Stummel der Zigarre. »Wir bereiten den Weg, das Volk mit einer uralten, aber in Vergessenheit geratenen germanischen Mythologie wieder vertraut zu machen, mit einer Mythologie, die das deutsche Volk vereinigen und aus seiner Versklavung befreien soll – einer Versklavung, die großen Teilen des Volks nicht einmal bewusst ist, obgleich sie allgegenwärtig ist. Wir kämpfen für die Identität eines deutschen Menschen, für seine Freiheit und gegen seine Entfremdung.«

»Haben Sie sich nicht etwas zu viel vorgenommen? Es ist ein gewaltiges Unterfangen, ein Volk aus seiner Entfremdung zu erlösen.«

»Zunächst sind nur einige Wenige auserwählt. Es ist ein Werk von Jahrzehnten, wenn nicht Jahrhunderten. Einige gehen voran, andere werden folgen.«

»Und was ist mit denen, die nicht folgen wollen?«

»Ein großer und überzeugender Mythos bringt Gewaltiges zustande. Diejenigen, die nicht mitmachen wollen, wird man zu ihrem Glück zwingen müssen; und äußerstenfalls muss man sie vernichten, damit sie die Entwicklung der anderen nicht behindern. Auf ein paar Narren trifft man ja leider überall!«

»Vernichten?«

Haller drückte wieder an dem Stummel seiner Zigarre im Aschenbecher herum, obwohl dieser überhaupt nicht mehr glomm.

»Halten Sie sich nicht an irgendwelchen Ausdrücken

fest, Goltz. Es geht bei unserer Sache um etwas Großartiges. Sie werden es erst richtig begreifen können, nachdem Sie zu uns gestoßen sind.« Er seufzte. »Ich bin ein alter Mann, Goltz; noch ein paar Jahre, und ich werde abtreten. Sie werden mein Nachfolger sein – und das nicht nur hier in der Kanzlei, sondern auch an anderer Stelle, sofern Sie es denn wollen. Und Sie sollten diesen Wunsch unbedingt fassen!«

»Unbedingt?«

Statt einer Antwort blickte er zur Uhr und erhob sich aus seinem Sessel. »Für heute habe ich genug gesagt. Es war gut und richtig, dass diese Dinge einmal zur Sprache gekommen sind. Ich hoffe, dass zwischen uns nun wieder alles in Ordnung ist. Sie sind mein Partner, Goltz. Und ich wünsche mir, dass es so bleibt!«

Er kam um den Schreibtisch herum und reichte mir die Hand, nachdem ich mich gleichfalls erhoben hatte. »Machen Sie Feierabend für heute und denken Sie in Ruhe über alles nach, was ich Ihnen in Bezug auf die Ziele unserer Gemeinschaft gesagt habe! Sie werden gewiss bald erkennen, dass es die richtigen sind.«

11

Eine steinerne Brücke mit alten steinernen Herkulesgestalten führte über dunkles, kaltes Wasser in den Tiergarten hinüber, in jenes vornehme Viertel, wo die Villen der Hochfinanz und des Militäradels in stillen Vorgärten standen.

Eine der Villen war ein klotziges und mit seinen zwei Stockwerken aus poliertem Naturstein flach wirkendes Gebäude, deren untere Fenster ein steinernes Maßwerk besaßen, während die oberen nach französischer Art mit Metallgittern verziert waren. Ein halbes Dutzend flacher Stufen führte zur Eingangstür, über die sich das Vordach auf zwei Steinsäulen stützte. Darunter funkelte im Licht der Eingangsbeleuchtung ein Bronzefries, das mit einem Gewirr arabischer Schriftzeichen versehen war. Die Villa war einmal das Zuhause von Florence Arnheim gewesen, inzwischen bewohnte ihr verwitweter Ehemann allein den prächtigen Bau.

Am Nachmittag hatte ich einen Anruf von Arnheim erhalten, der mich fragte, ob ich nicht die Möglichkeit hätte, ihn in seinem Heim zu besuchen, denn dort ließe sich entspannter miteinander plaudern als in der Kanzlei. In der Hoffnung, dass ein Gedankenaustausch in privater Umgebung tatsächlich eine größere Chance bot, aufschlussreiche Informationen an den Tag zu befördern, als in dem vergleichsweise trockenen Ambiente des Büros, hatte ich nach anfänglichem Zögern Arnheims Vorschlag zugestimmt.

Ein Dienstmädchen öffnete die Tür und nahm mir Hut und Mantel ab. Die junge Frau trug ein weißes Häubchen und eine weiße Schürze und hatte ein zartes, überraschend schönes Gesicht, das einen gewissen Charme ausstrahlte.

»Folgen Sie dem Licht«, flüsterte sie geheimnisvoll und wies in Richtung der sich nach innen erstreckenden Räume. Dann drehte sie sich um und verschwand um eine im Halbdunkel gelegene Ecke.

Die Wohnung war nur stellenweise erleuchtet. Jedes Zimmer, jeder Korridor und jede Treppe wies Inseln von Licht auf, und man bewegte sich durch die Räume wie durch ein Schattenreich, von einem Lichtfleck zum andern. Erst im dritten oder vierten Raum, in den ich gelangte, verdunkelte der Schatten einer Gestalt das geheimnisvolle Lichtermeer.

Philipp Arnheim stand vor einem Sessel, aus dem er sich eben erhoben hatte. Er trug einen Hausmantel, ein seidenbesticktes Gewand, das ihn noch größer und schlanker wirken ließ, als ich ihn in Erinnerung hatte. Auf seinem Gesicht stand ein breites Lächeln, als hätte er bei meinem Eintreten einen guten alten Freund wiedererblickt, den er lange nicht mehr gesehen und schmerzlich vermisst hatte.

»Sie waren geduldig mit mir«, begrüßte mich Arnheim, indem er mir die rechte Hand entgegenstreckte. »Natürlich hätte es sich geziemt, Sie gleich nach Ihrer Rückkehr aufzusuchen. Allerdings habe ich diesen zeitlichen Abstand einfach gebraucht.«

Sein Händedruck war fest, trocken und warm und fühlte sich an wie derjenige eines gesunden Menschen.

»Kein Problem«, sagte ich, »es ging mir selbst nicht viel anders.«

Arnheim seufzte. »Ich empfinde ganz stark, dass wir Schicksalsgenossen sind. Obwohl ich bereits seit sechs Monaten allein bin, habe ich mich noch nicht daran gewöhnt. Haller erzählte mir, dass auch Sie allein leben?«

»Ja – seit ungefähr sechs Jahren.«

»Wie halten Sie das nur so lange aus?«

»Ich bin zu wählerisch.«

Er grinste. »Ich hatte großes Glück, dass ich jemanden wie Veronika bekam – mein Hausmädchen – Sie haben sie eben gesehen. Sie ist ein ganz reizendes Geschöpf. An sechs Tagen in der Woche ist sie für ein paar Stunden hier. Eine Hausangestellte, die sich nicht nur in der Küche zurechtfindet, sondern dazu nett anzusehen ist. Ach, was rede ich da! Nehmen Sie Platz, Herr Goltz! Darf ich Ihnen einen Likör oder Kognak anbieten?«

Sowie wir in den schweren, dunklen Ledersesseln saßen, nahm Arnheim sein Glas in die Hand, lehnte sich zurück und sagte: »Dass Sie in New York Unannehmlichkeiten bekommen würden, habe ich nicht ahnen können. Sie glauben mir das doch? Oder haben Sie eine schlechte Meinung von mir?«

Der Kognak hatte einen vollen, feurigen Geschmack.

»Wenn Sie mit dem gerechnet hätten, was geschehen ist, hätten Sie mich wohl kaum für teures Geld nach New York geschickt.«

Arnheim verzog das Gesicht zu einem vorsichtigen Lächeln.

»Nein, im Ernst!«, widersprach er. »Ich war zutiefst schockiert, als ich erfuhr, dass Florence sich das Leben genommen hat.«

Er senkte den Blick in das unergründliche Gold seines Glases. »Wissen Sie: Ich habe nie aufgehört, sie zu lieben.«

»Haben Sie eine Vorstellung, warum sie es tat?«

Er schüttelte den Kopf.

»Gar keine Vermutung?«

»Nicht die geringste«, sagte er und machte ein ganz bekümmertes Gesicht. »Und Sie?«

»Ich glaube nicht, dass ich zur Aufklärung der Motive viel beitragen kann.«

Arnheim stellte das Glas beiseite und zündete sich eine Zigarette an. »Einmal abgesehen von dem tragischen Ereignis, dessen Zeuge Sie geworden sind – wie ist es Ihnen ergangen? Haben Sie Warburg getroffen? Was hatten Sie für einen Eindruck von ihm?«

»Er zeigte sich besorgt um Ihre Frau. Ich konnte das zuerst überhaupt nicht verstehen. Zwei Tage später stellte sich mir das natürlich ganz anders dar. Vielleicht hat er etwas von ihrer Absicht geahnt. Sie sollten ihn einmal fragen!«

»Ja, ich sollte ihm schreiben.«

Er blickte mich mit wachen Augen an. »Und nachdem es geschehen war? Hat er da noch etwas gesagt?«

»Zum Glück habe ich ihn nicht mehr getroffen, sonst hätte er mich wahrscheinlich verhaften lassen.«

»Dieser Narr! Aber es wundert mich nicht. Diese Amerikaner sind so, vor allem diese Ostküsten-Juden!«

»Er ist ein Deutscher.«

»Ein Deutscher? Das glaubt nur er selbst! Er ist ein Jude; das ist alles, was zählt. Haben Sie das Dokument bekommen?«

Ich zog den Umschlag mit dem Brief des chinesischen Mönchs aus der Innentasche meiner Jacke und reichte ihn meinem Gesprächspartner über den Tisch.

Arnheim öffnete den Umschlag und nahm den Brief heraus. Er faltete das Schreiben des Chinesen auseinander, überflog hastig die Zeilen und lächelte schließlich zufrieden.

»Hitler weiß gar nicht, dass uns der Brief abhanden gekommen war. Wir erhielten ihn, um ihn auf seine Echtheit hin zu überprüfen, weil man in der Partei davon ausging, dass einige der Herren in unserer Gesellschaft mit den chinesischen Gepflogenheiten gut vertraut sind.« Er blickte auf. »Was sagen Sie zu dem Inhalt? Sie haben das Schreiben doch sicher gelesen?«

Ich überhörte seine Vermutung. »Es hat mich gewundert, dass Hitler selbst in China seine Anhänger hat«, sagte ich, »aber wie man hört, hat er sie überall auf der Welt – warum nicht auch dort.«

»Der Verfasser des Briefes ist nicht irgendein Mönch, sondern ein bedeutender Vertreter einflussreicher buddhistischer Kreise«, verkündete Arnheim im Brustton der Überzeugung. »Die Grußworte dieses Mannes bestätigen und bekräftigen unsere Auffassung, dass wir auf der Schwelle zu einem neuen Zeitalter in der Geschichte der Menschheit stehen. Der neue Mensch – er wird geboren werden!«

»Man darf gespannt sein!«, sagte ich und nippte an meinem Kognak. »Was befand sich denn in dem Umschlag, den ich Florence in Ihrem Auftrag ausgehändigt habe?«

»Oh, nichts von Bedeutung«, erwiderte Arnheim, »ein paar persönliche Zeilen, verbunden mit der Bitte, sich einer einvernehmlichen Regelung in unserem beidseitigen Interesse nicht zu widersetzten – so in diesem Sinne.«

Genauso hatte ich es mir gedacht. Der Brief war wohl eine Art Türöffner gewesen, mit dem Arnheim hatte sicherstellen wollen, dass ich persönlich mit Florence in Verbindung trat und nicht nur über Dritte wie ihren Anwalt mit ihr kommunizierte.

»Mir war es wichtig, dass Sie dort drüben nicht mit leeren Händen erschienen«, lächelte Arnheim unverfroren. »Schließlich gehört es sich, dass man etwas mitbringt.«

»Florence war nicht sehr beeindruckt. Sie hat wohl mehr erwartet.«

Er schaute nachdenklich vor sich hin, sagte nichts, und sowie ich den Blick zur Seite wandte, bemerkte ich das schwach erleuchtete Porträt eines alten Mannes an der Wand auf der anderen Seite des Raums. Im ersten Augenblick war der Mann mir ein Fremder, der mit seinen gütig blickenden blauen Augen und dem weißen Haupthaar friedlich und weise aussah. Auf einmal war es, als wäre jemand zu mir getreten und hätte mir höhnisch zugeflüstert: ›Sieh, ich bin auch noch da! Hast du mich etwa vergessen?‹, und es ergriff mich ein Gefühl tiefen Erschreckens.

»Das ist doch Behrend!«, entfuhr es mir.

»Ganz recht«, hörte ich Arnheim sagen, »das ist Oskar Behrend, übrigens lange Zeit unser erster Pharao.«

Was mich am meisten erschreckte, war die unheimliche Erkenntnis, dass dieser Mann und die Leute, die er um sich gesammelt hatte, in den vielen Jahren, die vergangen waren, seitdem ich dieses Gesicht zum letztes Mal gesehen hatte, nicht weniger aktiv gewesen waren als zu der Zeit, da ich ihn gekannt hatte.

»Sehen Sie«, klärte mich Arnheim auf, »der alte Herr Behrend, der im vergangenen Jahr verstarb, hat vor Jahrzehnten richtig vorhergesagt, wie es heute um unser Land stehen würde. Ich bin überzeugt, dass er auch recht hat, was die kommenden Jahrzehnte angeht.«

Gott sei Dank, dass er tot ist, dachte ich nur, verkniff mir aber jeden Kommentar.

»Da wir schon über Behrend sprechen«, sagte Arnheim, »will ich Ihnen sagen, dass ich Sie nicht nur hergebeten habe, um mit Ihnen über Ihre Reise nach New York zu plaudern, sondern auch aus einem anderen Grund: Ich weiß von Ihrer Schwester, dass Behrend früher einmal Ihr Lehrer gewesen ist, demzufolge wissen Sie über seine Weltanschauung gut Bescheid.«

»Das meiste von dem, was er uns damals erzählte, habe ich vergessen. In den letzten 20 Jahren habe ich überhaupt nichts mehr von ihm gehört. Ich habe keine Ahnung, was die Weltanschauung dieses Herrn angeht.«

Arnheim drückte seine Zigarette in einem Aschenbecher aus. »Nun, Herr Goltz, Ihre Erinnerung an Oskar Behrend wird nicht so schwach ausgeprägt sein, dass Sie mir die Frage, die ich Ihnen stellen wollte, nicht beantworten können. Ich will nicht länger wie die Katze um den heißen Brei herumschleichen, sondern Sie ganz direkt fragen: Wie stehen Sie zu Behrend – und damit zu uns und unserer Gemeinschaft? Stehen Sie auf unserer Seite oder sind Sie gegen uns?«

Ich blickte auf die Nasenwurzel zwischen Arnheims Augen, um dem direkten Blick des Mannes, der mich lächelnd und dennoch eiskalt fixierte, standhalten zu können. Warum, weiß ich nicht, aber vor meinem inneren Auge erschien plötzlich das Rattengesicht des Drahtigen unter der Brücke am Landwehrkanal; vielleicht lag es am Tonfall, den Arnheim angeschlagen hatte.

»Ich stehe auf überhaupt keiner Seite.«

Arnheims Lächeln wurde breiter. »Dieser bequeme Standpunkt wird sich nicht mehr lange aufrechterhalten lassen, Herr Goltz. Sie müssen Farbe bekennen, müssen sich entscheiden, wie Sie sich zu den Veränderungen stellen wollen, von denen unser Volk in zunehmendem Maße betroffen sein wird! Und zwar sehr bald! Am besten wäre es natürlich, Sie hätten längst eine Antwort gefunden. Oder gibt es bereits eine, Sie möchten sie aber nicht so gern zugeben? Ich will Sie ja nicht drängen, heute jedenfalls noch nicht, allerdings sollten Sie eine Tendenz erkennen lassen!«

»Ich weiß nicht, Herr Arnheim, woraus Sie folgern, dass Sie überhaupt Anspruch auf eine Antwort haben. Wir leben in einem freien Land, und dazu gehört nicht nur das Recht, eine eigene Meinung zu haben, sondern auch das Recht, sie für sich zu behalten.«

»Selbstverständlich steht es Ihnen frei, ob Sie mir eine Antwort geben oder nicht«, sagte Arnheim und sein Lächeln wurde schwächer, »nur können Sie nicht verhindern, dass andere aus Ihrer Entscheidung – gewisse Konsequenzen ziehen könnten.«

Mein Blick wanderte wieder zu dem porträtierten Herrn mit den gütigen blauen Augen.

»Oskar Behrend, Wilhelm Santor, Sebastian Preuß und Marina von Nagy haben die Loge der ›Brüder und Schwestern vom Licht‹ im Jahr 1913 hier in Berlin gegründet«, erläuterte Arnheim, der dem Blick meiner Augen gefolgt war. »Von den Gründern lebt nur noch Wilhelm Santor. Die anderen sind – zumindest für die diesseitige Welt – gestorben. Nur wir haben zu ihnen gelegentlichen Kontakt.«

»Kontakt? Zu Behrend?«

Arnheim nickte. »Zuweilen erscheint er uns.«

Offenbar hatte ich mich zu früh gefreut. »Sie wollen sagen, er kommt aus dem Reich der Toten zu Besuch?«

Arnheim entgegnete ganz ernst: »Zu besonderen Anlässen.«

Ich sagte: »Er ist also ein Geist, der sich materialisieren kann?«

Arnheim nickte. »Ein Auferstandener. Ein Heiliger.«

In diesem Moment wusste ich, dass ich niemals ein Mitglied dieser Gesellschaft sein würde, ganz egal, was geschehen und welche Antworten ich Arnheim auf dessen Fragen auch geben würde.

»Nach dem Tod meiner Eltern kamen meine Schwester und ich in ein Waisenhaus und wurden von Nonnen erzogen«, konterte ich. »Die erzählten uns, dass Jesus nach seinem Tod mehrmals seinen Jüngern erschienen sei, in einem ätherischen Körper, der nicht anders als ein materieller Körper wirkte. Ist es das, was Sie meinen?«

»Jesus ist nicht der Einzige geblieben«, wandte Arnheim ein. »Sie wissen, andere sind seinem Beispiel gefolgt.«

»So erzählt man sich. Allein, ich habe bisher nicht so recht daran glauben können.«

»So geht es den meisten Menschen. Nichts für ungut, die meisten Menschen sind nun einmal Narren.«

»Zu Letzteren gehören die ›Brüder und Schwestern‹ offenbar nicht. Was tun sie, um Behrends Beispiel zu folgen?«

»Der erste Schritt auf dem Weg zu einer höheren Daseinsform besteht darin, die eigene Aufgabe zu finden«, sagte Arnheim gedehnt.

»Was meinen Sie damit?«

Arnheim trank einen Schluck seines Kognaks.

»Es rüstet sich ein verschwiegenes Heer, das niemand kennt«, ließ er dann hören. »Jeder hat seine Aufgabe, sein Ziel, das ihm mit seiner Eigenart gesetzt ist. Die Menschen des Kreises finden sich überall. Ihre Umgebung weiß nichts von ihnen, aber jeder von ihnen weiß – oder erkennt – was seines Amtes ist. Ein Beruf oder dergleichen ist nicht die wirkliche Aufgabe, die ein Mensch hat.«

»Ein geheimes Heer? Wozu will es sich rüsten? Das klingt nach Krieg.«

»Ohne einen Krieg wird die Entwicklung des Menschen zu einem höheren Bewusstseinszustand nicht möglich sein«, bemerkte Arnheim leise. »Der Eingeweihte muss den Weg des spirituellen Kriegers gehen.«

»Wie real meinen Sie das mit dem Krieg denn?«

»Sehr real, mein Bester. Wie sonst soll der Mensch die Geschichte wieder beenden? Alle Mythen der Menschheit berichten von der großen Endzeitschlacht. Denken Sie an die Apokalypse des Johannes! Diese letzte große Schlacht lässt sich nicht vermeiden. Sie ist die Voraussetzung dafür, dass das tausendjährige goldene Zeitalter anbrechen und der neue Mensch werden kann.«

»Der neue Mensch – was ist das für ein Mensch?«

»Menschen, die über Allwissenheit und Allmacht verfügen, hat es zu allen Zeiten gegeben«, sagte Arnheim, »wenn auch in verschwindend geringer Zahl. Wir wollen, dass es wieder mehr werden, und wir wollen insbesondere, dass der arische, der deutsche Mensch wieder zu ihnen gehört.«

»Woran erkennt man diese Menschen?«

»Erkennen kann man sie nur, wenn sie wollen, dass man sie erkennt. In diesem Fall mögen sie eine besondere äußere Ausstrahlung besitzen, denn sie verfügen über ein hohes Energiepotenzial.«

Ein diffuser Gedanke flog mich an. »Auf meiner Reise nach Amerika begegnete ich einer Frau, die so schön war, dass man denken könnte, sie käme von einem anderen Stern. Sie war eine Deutsche und kam aus Berlin. Ihr Name ist Irene Varo? Kennen Sie sie?«

Falls die Frage Arnheim überraschte, ließ er sich nichts anmerken.

»Nein, bedauerlicherweise nicht«, antwortete er. »Wo finde ich dieses schöne Menschenkind? Sagen Sie nicht, ich müsse bis nach Amerika fahren, um sie zu sehen!«

»Sie könnten ihr auch hier in Berlin begegnen. Sollte das geschehen, richten Sie ihr bitte Grüße von mir aus und erinnern Sie sie daran, dass wir noch eine Verabredung miteinander haben.«

»Herr Goltz, Herr Goltz!«, lächelte er. »Die Frauen! Aber ja, falls ich ihr begegne, werde ich Ihre Grüße an sie nicht vergessen. Ich sehe, Ihr Glas ist leer. Möchten Sie einen zweiten Kognak?«

Er schenkte nach.

»Sie sagten, Behrend sei der erste Pharao der Gesellschaft gewesen – er hat demnach einen Nachfolger?«

»Selbstverständlich!«

»Sie?«

Er lachte. »Mein Gott, nein – wie kommen Sie darauf?«

»So wie Sie reden, hört es sich beinahe an, als hätten Sie in dieser Gesellschaft etwas zu sagen.«

»Ich – der Pharao!«, er schüttelte den Kopf, noch immer mit einem Lächeln, als wäre der Gedanke komplett unsinnig oder bizarr. »Ach nein, Herr Goltz, ich nun wirklich nicht!«

»Wer ist es dann? Sagen Sie es mir!«

»Den Pharao kennen nur wenige. Und da ich Ihnen, der außerhalb unserer Gemeinschaft steht, eine Antwort ohnehin nicht geben dürfte, kann auch offen bleiben, ob ich Ihnen eine Antwort überhaupt geben könnte.«

Lächelnd erhob er sich aus seinem Sessel und trat zu einem Bücherregal. Er nahm eines der Bücher aus der Reihe und reichte es mir. Es war ein schmaler Band.

»Es ist ein Roman aus dem Jahre 1871«, erklärte er. »Der bekannte englische Autor Bulwer-Lytton hat ihn verfasst. Die Geschichte, die Sie darin finden, wird Ihnen ein paar der Fragen, die wir eben angeschnitten haben, beantworten. Geben Sie mir das Buch gelegentlich zurück. Viel Spaß bei der Lektüre. So, nun wollen wir dieses Thema verlassen. Erzählen Sie mir von der Überfahrt nach Amerika, meine letzte Reise in die Staaten liegt schon eine Reihe von Jahren zurück. Wie fährt es sich auf der ›Bremen‹? Ist das Schiff wirklich so schnell und komfortabel, wie der Norddeutsche Lloyd in seiner Werbung verspricht?«

Bei zwei weiteren Gläschen verging eine Stunde, in der wir über Schiffe sprachen, dann kam die Zeit zum Aufbruch für mich, und sowie Arnheim mich an der Zimmertür verabschiedete, sagte er noch zu mir: »Wir werden uns wieder bei Ihnen melden, Herr Goltz. Treffen Sie Ihre Entscheidung und lassen Sie sich nicht allzu lange Zeit dafür.«

Kurz darauf hielt mir die schöne Veronika meinen Mantel hin.

»Haben Sie die verstorbene Frau Arnheim gekannt?«, fragte ich sie, nachdem Arnheim wieder nach hinten gegangen war.

»Leider nein«, gab sie zurück. »Ich bin erst seit wenigen Wochen hier im Haus.«

Ein süßes Versprechen lag in ihren Augen, als sie mir die Hand reichte; eine vertrauliche Geste, die für eine Haushaltshilfe mehr als ungewöhnlich war.

Das Buch, dessen Lektüre mir Arnheim so wärmstens anempfohlen hatte, trug den englischen Titel ›The Coming Race‹, lag mir jedoch in der deutschen Übersetzung vor. Es schien ein schon älterer Privatdruck zu sein, denn der Einband wies keine Prägung auf. Es war die Geschichte eines jungen Mannes, der bei der Führung durch ein Bergwerk von einer Legende hört, nach der einer der Bergwerkstunnel in eine mysteriöse unterirdische Welt führt. Mehrere Wochen verbringt er damit, heimlich die Bergwerke zu erforschen, bis er eines Tages unerwartet diesen Tunnel entdeckt. Ein seltsames grünes Licht ermöglicht es ihm, in eine riesige Höhle vorzudringen. Ein geheimer Kosmos, in dessen Architektur sich asiatische und ägyptische Stilrichtungen vermischen, liegt vor ihm. Dort trifft er einen Mann und dessen faszinierend schöne Tochter, beide Angehörige der merkwürdigen Rasse der Vril-ya, die einstmals unter der Erde hatte Zuflucht suchen müssen, als die Natur mächtig in Aufruhr geriet und dabei ganze Kontinente untergehen ließ. In der Zwischenzeit hatten die Vril-ya nicht nur ihre Zivilisation wiederhergestellt, sondern auch die Mächte zu beherrschen gelernt, die es dem alldurchdringenden Fluidum des Vril verdankte. Durch regelmäßige Bäder darin luden sie ihre Körper auf, besiegten Krankheiten und erreichten ein hohes Alter. Außerdem entwickelten sie fantastische Fluggeräte, mit deren Hilfe sie sich in kurzer Zeit über weiteste Entfernungen hinweg zu bewegen vermochten. Der Held der Geschichte findet schließlich heraus, dass die Vril-ya von einer mächtigen arischen Großfamilie abstammen, die über zahlreiche Linien alle dominierenden Kulturen der oberen Welt hervorbrachten, und dass sie es als ihr vorherbestimmtes Schicksal ansehen, eines Tages aus den Abgründen dieser Erde wieder ans Tageslicht emporzukommen, um dann – so seine Befürchtung – die existierende Vielfalt des Menschengeschlechts zu zerstören und selbst an dessen Stelle zu treten. Angesichts dieser beängstigenden Aussichten beginnt er, Pläne für seine Flucht aus der unterirdischen Welt zu schmieden, und findet schließlich mithilfe der Tochter seines Gastgebers zum Tunnelausgang und in die Oberwelt zurück.

Das Buch war eigentlich nicht besonders spannend, ja, fast ein wenig langweilig geschrieben, trotzdem hatte mich der Text derart gefesselt, dass ich ihn in einem Zug zu Ende las. Während ich darüber nachdachte, worauf dieser Effekt beruhte, fiel mir auf, dass der Handlungsaufbau den berechtigten Erwartungen an eine erfundene Geschichte überhaupt nicht entsprach. Vielmehr erweckte er den Eindruck, als handle es sich nicht um eine Fiktion, sondern um einen persönlichen Erlebnisbericht.

Den letzten Teil des Buches hatte ich im Bett gelesen. Ich löschte die Nachttischlampe und war noch nicht ganz eingeschlafen, da schreckte ich hoch.

Das grüne Licht! Na klar! Die Erinnerung an jenes eigentümliche Erlebnis in dem unheimlichen New Yorker Apartmenthaus, wo ich in die Tiefe hinabgestiegen und dennoch nirgendwo angelangt war, hatte mich elektrisiert. Auf dem Weg die Treppe hinunter, das wusste ich ganz sicher, hatte ich ein diffuses grünes Licht gesehen, genau so ein Licht, wie es dem Erzähler im Roman begegnet war, als er das Tor zur Unterwelt entdeckte! Auch ich hatte sie vielleicht gesehen, diese Unterwelt. Der Gedanke daran ließ mein Herz jagen.

Waren die geheimen Durchgänge in ein anderes Reich bereits geöffnet, die anderen etwa – wenngleich unerkannt – längst unter uns? War dies der Umstand, auf den mich Arnheim hatte hinweisen wollen, indem er mir die Lektüre dieses merkwürdigen Buches empfahl?

Ich musste an den Unbekannten denken, der sich mit Irene und Florence zu einem Liebesspiel mit tödlichem Ausgang getroffen hatte. Zudem konnte ich nicht verhindern, dass mich bei dem eigentlich ja völlig unsinnigen Gedanken, dieser Mann könne den Untiefen des New Yorker Erdreichs entstiegen und auf dem Weg zu seiner Verabredung an mir vorüber geschlichen sein, ein mulmiges Gefühl ergriff, das mich eine geraume Zeit nicht mehr zur Ruhe kommen ließ.

12

Das Ergebnis der Reichstagswahlen vom 6. November brachte eine Überraschung. Entgegen einer vielerorts verbreiteten Befürchtung gelang es den alten Parteien noch einmal, ihre Stellung zu behaupten; die Nationalsozialisten hingegen verloren zwei Millionen Stimmen und 34 Mandate.

Ein paar Tage später traf ich mich mit Judith Singer, einer Freundin jüdischer Herkunft, zum Mittagessen in einem Lokal Unter den Linden. Seit einer kurzen Affäre vor mehreren Jahren waren wir miteinander befreundet. Da auch sie nicht verheiratet war, taten wir einander bisweilen den Gefallen, uns gegenseitig zu begleiten, wenn es eine Einladung wahrzunehmen galt, die sie oder ich allein nicht besuchen wollte.

Judith arbeitete als Kolumnistin bei einer Berliner Tageszeitung. Ihre Tätigkeit brachte es mit sich, dass sie eine gute Wahrnehmungsfähigkeit für die unter der Oberfläche des gesellschaftlichen Lebens verborgenen Verbindungen besaß. Einflussreiche Leute aus Politik und Wirtschaft und sogar ausländische Gesandte gehörten zu ihrem Bekanntenkreis.

Ihre großen, dunkelblau schillernden Augen spiegelten Entschlossenheit und ungewöhnlichen Ehrgeiz wider. Ihr goldenes Haar war nicht gefärbt und umrahmte ein ebenmäßiges Gesicht. Mit dem Bild, das die Nationalsozialisten von den Angehörigen der jüdischen Rasse zeichneten, hatte ihre Erscheinung nicht das Geringste gemein.

»Hast du schon die Ähnlichkeit zwischen den Nationalsozialisten und den Kommunisten bemerkt?«, fragte sie mich. »Die Argumente sind so gleichartig, dass man stets den Schluss abwarten muss, um zu sehen, ob die erhobene Hand offen oder geballt ist.«

»Sie wollen beide den neuen Menschen. Ich erinnere mich, einmal gehört zu haben, dass Lenin und Ludendorff derselben Sekte angehörten und beide Schüler von Gurdjieff waren. Bleibt nur die Frage, wer von den beiden den Mythos vom neuen Menschen besser für sich zu nutzen versteht. Die Nationalsozialisten werden in dieser Hinsicht für kompetenter gehalten. Hast du einmal etwas vom Germanenorden gehört?«

»Sind das nicht die Leute, die von Richard Wagners Schwiegersohn Chamberlain die Idee der Heranzüchtung einer arischen Herrenrasse übernommen haben? Warum fragst du?«

»Es gibt da eine Geheimgesellschaft, die eine Art Ableger des Germanenordens ist. Diese Gesellschaft existiert sozusagen ganz in meiner Nähe, aber ich musste erst nach Amerika fahren, um davon zu erfahren.«

»Amerika?«

»Wir haben uns lange nicht gesehen, Judith. In der Zwischenzeit ist viel passiert. Ja, ich war in Amerika. Es ging alles so schnell, dass ich vor meiner Abreise gar keine Zeit mehr fand, dir davon zu berichten.«

»Wo warst du denn?«

»In New York! Es war eine merkwürdige Reise. Ich wollte dir ja schon davon erzählen.«

»Na, dann schieß mal los!«

Es war das erste Mal, dass ich offen und freimütig zu jemandem über die wichtigsten Erlebnisse und Begebenheiten meiner Reise sprechen konnte. Sowie ich mit meiner Schilderung fertig war, fühlte ich mich erleichtert, zumindest halbwegs in Worte gefasst zu haben, was an Eindrücken auf meiner Seele lag.

»Und du denkst wirklich, dass die Ehefrau deines Mandanten ermordet worden ist?«, erkundigte sich Judith in ehrlichem Erstaunen. »Aber warum denn? Was hat diese Florence denn verraten? Oder was könnte sie verraten? Davon hast du mir noch nichts erzählt!«

»Das weiß ich eben nicht! Mein Gespräch mit Florence war nur von kurzer Dauer. Immerhin hatte sie dieses Dokument an sich gebracht, von dem ich sprach. Das könnte als Beweis für ihren Verrat aufgefasst worden sein – obwohl sich mir die herausragende Bedeutung dieses Schriftstücks nicht erschließt.«

»Wegen dieses Dokuments hat man sie bestimmt nicht umgebracht.«

»Wenn ich herausbekommen will, weshalb Florence sterben musste, bleibt mir wohl nichts anderes übrig, als dieser Gesellschaft für eine Zeit lang beizutreten.«

Judith pfiff leise durch die Zähne. »Willst du das wirklich? Ich würde mir das gut überlegen! Wenn du dich dem Einfluss einer obskuren Sekte aussetzt, begibst du dich in die Gefahr, von ihr aufgesogen zu werden. Du magst noch so überzeugt davon sein, es könnte dir nicht passieren.«

»Ich bin diesem Einfluss ohnehin schon ausgesetzt. Diese Leute, zu denen nicht nur mein Sozius Haller, sondern auch meine Schwester Doris gehören, wollen irgendetwas von mir. Sie beginnen bereits, einen vorsichtigen Druck auf mich auszuüben. Ein zu entschiedener Widerstand gegen diesen Druck könnte sogar schädlich für mich sein. Ich kann nicht einfach Nein zu ihren Avancen sagen.«

»Doris gehört zu ihnen? Umso mehr muss ich mich wundern, dass es dich in diese Gesellschaft zieht! Hast du mir nicht erzählt, dass du mit ihr praktisch gebrochen hast – oder sie mit dir! Was willst du in einem Klub, in dem du regelmäßig auf deine ungeliebte Schwester triffst?«

»Ach Judith, alte familiäre Bande sind nicht einfach zu durchtrennen.«

Judith machte ein nachdenkliches Gesicht. »Da fällt mir ein, dass du mir wenig über deine Familie erzählt hast.«

»Weißt du, ich spreche nicht so gern darüber.«

»Versuch es trotzdem.«

»Was willst du denn hören?«

»Zum Beispiel, wer deine, Pardon, wer eure Eltern waren.«

»Mein Vater kam aus Breslau zum Studium der Rechtswissenschaften nach Berlin, wo er nach dem Examen eine Anstellung bei einer großen Berliner Versicherungsanstalt fand. Im Jahre 1890 heiratete er die schöne Tochter eines Wilmersdorfer Kaufmanns, dessen einziges Kind sie war. Zwei Jahre später wurde ich geboren, zwei weitere Jahre danach kam Doris zur Welt. Wir verbrachten eine glückliche Kindheit – bis zu jenem schrecklichen Tag im August 1904, wo zwei Züge der Berliner Stadtbahn zusammenstießen und mehr als 20 Fahrgäste den Tod fanden; darunter auch der Vater und die Mutter, die sich gerade auf dem Weg zu einem Besuch bei Freunden befanden.«

Judith nickte. »Und von da an wart ihr beide, du und Doris, praktisch auf euch allein gestellt?«

»Der Breslauer Bruder meines Vaters erklärte sich bereit, uns aufzunehmen, aber Doris und ich wollten lieber in Berlin bleiben, wo ich das Werner-von-Siemens-Gymnasium und Doris die Königin-Luise-Schule besuchte. Deshalb kamen wir in das Vinzenz-von-Paul-Haus, eine katholisch geführte Einrichtung für Internatszöglinge und Waisen. Und dort, ja, dort begegneten wir einem Gymnasialprofessor namens Oskar Behrend. Er war eine Art geistiger Beistand für die in dem Haus lebenden Schüler, und er rief eine okkult gefärbte Gemeinschaft ins Leben, der auch Doris und ich angehörten. Bestimmte Ereignisse am Ende meiner

Schulzeit haben jedoch dazu geführt, dass die Verehrung, die ich dem Mann mehrere Jahre lang entgegenbrachte, in Ablehnung umschlug. Doris teilte meine Haltung nicht. Das hat uns einander entfremdet. Wie ich inzwischen erfahren habe, ist jener Mann, Oskar Behrend, später Mitbegründer und geheimer Vorsitzender der ›Gesellschaft der Brüder und Schwestern vom Licht‹ geworden – derselben Gesellschaft, der auch mein Sozius Haller angehört. Seltsam, nicht wahr?«

»Ja, oder auch nicht! Hattest du all die Jahre zu den Leuten keine Verbindung?«

»Zu Doris nur sporadisch, zu Behrend gar nicht. Es kam der Weltkrieg und ich verbrachte die Jahre im Feld. Ende 1918 kehrte ich nach Berlin zurück und setzte das Jurastudium fort, das ich auf Ratschlag meines schlesischen Onkels im Jahr 1911 aufgenommen hatte. Nachdem ich es im Jahr 1922 erfolgreich abgeschlossen hatte, verhalfen mir die Beziehungen meines Breslauer Onkels zu einer Anstellung in einer Berliner Anwaltskanzlei. Ohne es zu wissen, habe ich 1926, als mich Haller für seine Kanzlei anwarb, an die alten Verbindungen wieder angeknüpft.«

»So schließt sich der Kreis. Aber warum willst du dich einfangen lassen? Oder möchtest du die eigene Geschichte aufarbeiten?«

»Es geht um mein Verhältnis zu Doris. Bis Behrend in unser Leben trat, haben meine Schwester und ich uns nahe gestanden. Aus heutiger Sicht müsste ich wohl sagen: Unsere Vergangenheit ist ungeklärt. Mit ihrem Ehemann verstehe ich mich übrigens ganz gut. Ihm ist es zu verdanken, dass nicht völlige Funkstille zwischen uns eingetreten ist.«

»Pass gut auf, dass du nicht auf Abwege gerätst, Eugen. Was du vorhast, ist gefährlich. Hast du etwas über diese Frau – diese Irene – herausgefunden?«

»Im Adressbuch von Groß-Berlin existiert ihr Name nicht. Wahrscheinlich ist Varo der Künstlername einer Varietéartistin. Immerhin könnten auch andere sie unter diesem Namen kennen; es soll sogar etwas über sie in der Berliner Illustrierten gestanden haben und zwar im Zusammenhang mit dem berühmten Schauspieler Gustav Helmholtz, der angeblich wegen ihr seine Frau verlassen hat. Du hast doch Beziehungen! Kannst du dich nicht einmal in der Redaktion umhören?«

»Mal sehen! Ich schreibe mir den Namen dieser Frau einmal auf.« Sie griff in ihre Tasche und entnahm ihr Stift und Zettel.

Als wir uns kurz darauf trennten, versprach Judith, sich bezüglich des Ergebnisses ihrer Nachforschungen, die sie wegen Irene Varo anstellen wollte, in ein paar Tagen bei mir zu melden.

Danach hörte ich eine Woche lang nichts von ihr. Als sie mich schließlich anrief, konnte sie mir nur mitteilen, dass sie alle ihre Verbindungen hätte spielen lassen, um etwas über Irene Varo herauszubekommen, doch niemand aus ihrem weit gefächerten Bekanntenkreis hätte den Namen jemals gehört. Auch über eine Geliebte des Schauspielers Gustav Helmholtz sei in den Kreisen, die es hätten wissen müssen, nichts bekannt, selbst bei der Berliner Illustrierten nicht. Die Dreharbeiten, zu denen Helmholtz nach Hollywood gereist war, seien auf mehrere Monate angelegt. Seine Frau habe ihn aus familiären Gründen nicht begleiten können, von Schwierigkeiten in seiner Ehe wüsste man nichts.

Ich dankte Judith für ihre Bemühungen und legte auf.

Merkwürdig, dass niemand die Geliebte von Helmholtz kannte! Frau von Tryska, meine treue Mitreisende auf der ›Bremen‹, hatte mir von dem Verhältnis zwischen dem Schauspieler und der Artistin berichtet; sie selbst hatte durch eine Mitreisende davon erfahren. Natürlich war auf solche Informationen nicht allzu viel zu geben; sie entstammten dem üblichen Tratsch, wie er sich auch an Bord eines Schiffes verbreitete, wenn man einen bekannten Mann in der Begleitung einer schönen Frau erblickte, und die vermeintliche Zeitungsquelle mochte in Wahrheit die Erfindung einer wichtigtuerischen Zeitgenossin sein. Andererseits hatte es geheißen, dass sie Varietéartistin war! Selbst wenn der Name Irene Varo ein Künstlername war oder sie ihn sich nur für die Reise zugelegt hatte, so konnte sie keine völlig Unbekannte sein! Doch wo sollte ich nach ihr suchen, wenn ich nicht einmal ihren Namen sicher wusste? Helmholtz, der noch für geraume Zeit außerhalb Deutschlands weilen würde, kam für derartige Auskünfte nicht in Betracht. Nachdem mir auch Judith mit ihren erstklassigen Beziehungen nicht weiterhelfen konnte, hatte ich das Gefühl, mit meinem Latein am Ende zu sein.

So vergingen mehrere Tage; bis mir der Zufall in Gestalt einer Anzeige in der Tageszeitung zu Hilfe kam. Darin wurde für eine Dichterlesung geworben, die am folgenden Samstagnachmittag bei Karstadt am Hermannplatz stattfinden sollte, und der Dichter, der die Lesung halten würde, war kein Geringerer als Heinrich Mann.

13

Mit seinem in die Länge gezogenen Gesicht glich der bekannte Autor den Filmfiguren, wie sie der Zuschauer im Kino von den Seitensitzen aus sah. Leicht erhöht saß er im saalartigen Durchgang von den Nahrungsmitteln zur Konfektion hinter einem extra für ihn errichteten Pult. Während er mit pointierter, vertrauenerweckender Stimme einen Boxkampf aus seinem jüngsten Roman vorlas, rieselte Grammofonmusik aus einer Ecke des Warenhauses herüber. Passend dazu fuhren jenseits der Glaswände hinter ihm Kaufhausbesucher auf einer Rolltreppe in eine tiefer gelegene Einkaufsetage hinab, so stumm und automatisch wie Schießbudenfiguren.

Am Ende der Vorlesestunde beantwortete der Literat höflich die Fragen, die ihm die Zuhörer stellten. Langsam zerstreuten sich die Leute, nur ich blieb so lange in der Nähe des Ausgangs stehen, bis sich Heinrich Mann selbst anschickte, den Ort der Veranstaltung zu verlassen.

»Bitte keine Fragen mehr!«, sagte der Dichter, als ich herantrat. »Ich habe gleich eine andere Verabredung.«

»Es ist nur eine Bitte im Hinblick auf eine gemeinsame Bekannte. Sie sind Schriftsteller! Gewiss haben Sie eine gute Erinnerung.«

Heinrich Mann zog die Augenbrauen hoch und schaute mich an. »An wen soll ich mich erinnern?«

»An eine wunderschöne Varieteartistin.«

Sein langes Gesicht verzog sich zu einem vorsichtigen Lächeln. »Solche Erinnerungen sind mir die liebsten. Wie heißt denn die Dame?«

Seine Sprechweise war leicht näselnd, aber scharf. Er betonte jede Silbe mit affektierter Präzision.

»Als ich sie vor einigen Wochen kennenlernte, nannte sie sich Irene Varo.«

Er legte die Stirn in Falten.

»Nein«, antwortete er, »diese Dame kenne ich nicht.«

»Sie könnten sie unter einem anderen Namen gekannt haben! Wenn man ihr einmal begegnet, vergisst man sie nicht mehr. Ihre Schönheit ist von einer Vollkommenheit, wie man sie unter Menschen selten findet. Hilft Ihnen dieser Hinweis vielleicht, sich zu erinnern?«

Das Lächeln verschwand aus seinem Gesicht, und er blickte zu der Uhr an seinem Handgelenk.

»So außerordentlich schön? Ich muss jetzt tatsächlich an eine Frau denken, die Irene hieß und Varietékünstlerin war – Irene Olden. Könnte sie unsere gemeinsame Bekannte sein? Was ist denn aus ihr geworden?«

»Ich begegnete ihr auf einem Schiff«, sagte ich. »Das Schiff fuhr nach Amerika.«

Heinrich Mann starrte mich eine Weile stumm an. »Ich bin überrascht!«, rief er dann aus. »Ist sie ausgewandert – für immer fort?« Doch als ob er eine Antwort nicht hören wollte, blickte er wieder in Richtung des Ausgangs, als sehnte er sich danach, das Kaufhaus zu verlassen.

»Wir begegneten uns, da war sie auf dem Weg zu Filmaufnahmen in Hollywood. Es ist jedoch nicht ausgeschlossen, dass sie wieder nach Berlin zurückgekehrt ist. Kennen Sie ihre hiesige Anschrift – oder auch eine ältere Adresse?«

Heinrich Mann schüttelte langsam den Kopf. »Damit kann ich Ihnen nicht dienen. Es ist schon sehr lange her, dass ich diese Dame kannte. Tut mir leid, dass ich Ihnen nicht helfen kann.«

»Warten Sie bitte!«, sagte ich, da er sich zum Weitergehen wandte. »Ein paar einfache Auskünfte könnten mir bereits helfen. Mir sind auf der Überfahrt nach Amerika einige seltsame Dinge passiert.«

Die Haltung, die er einnahm, signalisierte mir, dass er aufmerksam geworden war.

»Was Sie sagen, klingt reichlich dunkel«, antwortete er leise.

»Mir liegt sehr daran, das Dunkel zu lichten!«, gab ich zurück. »Es gibt nichts, was ich im Augenblick nötiger hätte.«

Heinrich Mann lächelte sanft. »Ihre Worte klingen, als hätten Sie Angst?«

»Es ist mehr so, dass ich denke, ich hätte allen Anlass, Angst zu haben.«

»Das ist das Gleiche«, warf der Dichter ein, »wir leben in einer Zeit, in der jeder Grund dazu hat, Angst zu haben – nur merken es die meisten Menschen nicht.«

»Ja, die Leute fürchten sich immer vor den falschen Sachen.«

Wir waren allein. Im Kaufhaus war es ruhig geworden. Jedenfalls kam es mir so vor.

»Möchten Sie mich ein Stück begleiten?«, fragte der Autor, als hätte er gerade einen Entschluss gefasst. »Über Politik können Sie sich ganz offen mit mir unterhalten. Jedermann, der mich kennt, weiß ohnehin, wo ich politisch stehe.«

Wir erreichten die Rolltreppe und fuhren nach unten.

»Sie stehen jedenfalls nicht im nationalen Lager.«

Er zuckte die Achseln. »Mit den Kreisen, die man heutzutage dem nationalen Lager zuspricht, habe ich keine Gemeinsamkeiten. Das ist wahr! Hat Ihr Problem etwas mit Politik zu tun?«

»Mit Politik und mit Schönheit«, erwiderte ich. »Ich würde Ihnen gern von meiner Reise nach Amerika erzählen.«

Draußen vor dem Kaufhaus leuchtete eine spätherbstliche Sonne.

»Da drüben auf der anderen Straßenseite kenne ich ein

kleines Café«, sagte ich und deutete schräg über den Hermannplatz, »da wären wir ganz ungestört. Ich lade Sie zum Kaffee ein.«

»Na, meinetwegen!«, nahm der Dichter meinen Vorschlag an. »Immerhin haben Sie mich wirklich neugierig gemacht. Meine eigene Verabredung kann etwas warten. Und nun sagen Sie mir erst einmal, wer Sie überhaupt sind!«

Ich stellte mich ihm vor, und daraufhin fragte er: »Und Sie sind sicher, dass Sie aus eigenem Antrieb und in niemandes Auftrag zu mir gekommen sind?«

»Es gibt keinen Auftrag, ich komme nur für mich allein.«

In einer kleinen Nische des Cafés fanden wir einen Platz, wo wir vor den Blicken der Leute, die den prominenten Literaten kannten, einigermaßen gut geschützt waren. Dort erzählte ich meinem Gast nicht nur von meiner Begegnung mit Irene Varo und von der Rolle, die sie in dem Fall meines Mandanten, dessen Namen ich ihm nicht nannte, gespielt haben mochte, sondern auch von den ›Brüdern und Schwestern vom Licht‹ und ihren fragwürdigen Ideen und Plänen zum Aufbau einer gottähnlichen arischen Elite.

»Man hat sich im vergangenen Jahrzehnt so manches Obskure anhören müssen«, sagte Heinrich Mann, als ich fertig war. »Einige Leute scheinen nicht mehr nur von diesen Dingen zu träumen, sondern sind offenbar fest entschlossen, sie in handfeste Politik zu verwandeln. Es ist wirklich erstaunlich, was aus Utopien so alles werden kann. Der Versuch allerdings, ein irdisches Paradies zu errichten oder das, was man bisweilen dafür hält, endet regelmäßig vor den Pforten der Hölle.«

»Irene Varo könnte aus Sicht dieser Leute geradezu der Prototyp des neuen Menschen sein. Ich weiß nichts von ihr. Wer ist diese Frau? Woher kommt sie?«

»1922 war sie Schlangenfrau bei dem neu gegründeten Ensemble meiner Freundin Trude Hesterberg, der ›Wilden Bühne‹, wie die Truppe genannt wurde«, erwiderte Heinrich Mann. »Irene war damals noch sehr jung, vielleicht 19, höchstens 20.«

»Haben Sie sie gut gekannt?«

»Gelegentlich habe ich mit ihr ein paar Worte gewechselt – nicht mehr oder weniger als mit anderen Ensemblemitgliedern. Sie war nett, vom Typ zurückhaltend, man kam nicht wirklich an sie heran, was auch darauf beruhte, dass die Übermacht des Eros in ihrer Erscheinung so vorherrschend war, dass diese ihr eigentliches Wesen regelrecht verbarg. Es war ja praktisch unmöglich, ihrer erotischen Anziehungskraft nicht zu verfallen. In einer Gruppe von Tänzerinnen auf attraktive Menschen zu stoßen, ist ja ziemlich normal, allerdings stach sie selbst unter diesen Leuten deutlich hervor.«

»Was war mit ihrem beruflichen Werdegang? Wie lange blieb sie im Ensemble?«

»Im Sommer 1923 war Schluss mit der ›Wilden Bühne‹, aber sie verließ das Ensemble schon früher, so Anfang 23 muss das gewesen sein – eines Tages war sie einfach nicht mehr da. So erzählte es mir Trude, und danach habe ich Irene Olden auch nie mehr wieder gesehen.«

»Es könnte doch einen späteren Kontakt gegeben haben. Sie sprach davon, dass Sie von Ihnen ein Exemplar des ›Professor Unrat‹ geschenkt bekommen hätte.«

Heinrich Mann überlegte einen Moment. »Es war Trude, von der sie das Buch bekam. Trude und ich sprachen darüber, wer anlässlich der geplanten Verfilmung die Rolle der Lola übernehmen könne. Wegen ihrer Schönheit hätte ich gern die schlangengleiche La Jana in der Rolle gesehen. Trude erwähnte dann im Gespräch Irene Olden, der sie irgendwo begegnet war, und die von ihrer Optik sogar die La Jana noch in den Schatten stellte. Deshalb gab ich ihr ein Exemplar des Romans für Irene mit, damit die sich, falls sie Interesse hätte, ein wenig mit der Figur der Lola vertraut machen könnte. Trude selbst hätte die Rolle auch gern gehabt; letztlich kam keine der von mir bevorzugten Damen zum Zug. Der Regisseur Sternheim bestand auf Marlene Dietrich.«

Eine Zeit lang hingen wir unseren verschiedenen Erinnerungen nach. »Trauen Sie Irene zu, wessen man sie in New York verdächtigt hat?«, unterbrach ich das Schweigen, »dass sie ein Mensch ist, der tatsächlich über Leichen geht?«

Heinrich Mann nippte an seinem Kaffee und stellte die Tasse auf den Tisch. »Ich glaube es – ja«, sagte er.

Ich war überrascht, denn mit einer so eindeutigen Antwort hatte ich nicht gerechnet.

»Und warum?«

»Sie ist, sie war – ein Rattenkind.«

Ich starrte ihn an. »Was um Himmels willen ist denn ein Rattenkind?«

»Damals hat irgendjemand aus ihrer Umgebung den Ausdruck Rattenkind für sie verwandt«, klärte Heinrich Mann mich auf. »Die Bezeichnung hat sich mir eingeprägt, weil sie etwas Treffendes hatte.«

»Inwiefern?«

»Sie besaß keinerlei Moralverständnis. Hätte man versucht, sie in ein Gespräch über Moral zu verwickeln, hätte sie nur die Achseln gezuckt und amüsiert geschwiegen. Hinzu kam, dass man sie nicht ansehen konnte, ohne an Sex in allen seinen, auch dunklen, Varianten zu denken. Wenn man einmal das Klavier als ein Symbol des Eros nimmt, machte sie auf mich den Eindruck, als könne sie gewissermaßen auf allen Tasten spielen, als verstünde sie sich auf die allerhellsten wie die allerdunkelsten Töne gleichermaßen. Ich glaube, es war diese Kombination von Schönheit, Amoral und dunklem Eros, die den Begriff Rattenkind hervorgebracht hat – wenn Sie verstehen, was ich meine.«

Ich verstand, was er meinte, ahnte aber, dass es noch etwas anderes gab.

»Gab es auch etwas Konkretes?«

Heinrich Mann ließ den Blick in die Ferne schweifen.

»Es gab etwas, über das ich allerdings nur vom Hörensagen erfuhr«, sagte er nach einer Weile. »Dennoch bezweifle ich nicht, dass es zutreffend war, denn Trude hat es mir einmal bestätigt, und Trude gehört nicht zu den Leuten, die sich leichtfertig an der Verbreitung böser Gerüchte beteiligen.« Er zögerte einen Moment. »Irene Olden hatte einen Bruder – und es ging das Gerücht, dass die beiden ihr Geld dadurch verdienten, dass sie auf Klubveranstaltungen für ausgesuchte Gäste auf einer Bühne Sex miteinander hätten.«

Ich sah an meinem Gesprächspartner vorbei – auf einen imaginären Punkt, an dem sich die eigenen Verfehlungen meiner Vergangenheit zu einem dunklen Schatten zusammenballten. Eine alte Erinnerung griff nach mir; eine Erinnerung, die nur auf eine verschwommene oder schattenhafte Art und Weise in mir existierte, sodass ich dann, wenn ich in meiner Rückerinnerung an der Zeit rührte, aus der sie stammte, vor einer imaginären Sperre stand.

»Haben Sie diesen Bruder gekannt?«, erkundigte ich mich.

»Ich bin ihm zwei- oder dreimal begegnet, als er zur Probe der ›Wilden Bühne‹ kam«, antwortete der Dichter.

»Wie sah er denn aus?«

»Er müsste etwas älter als sie sein – und kaum weniger attraktiv. Die beiden waren wahrlich ein ganz reizendes Geschwisterpärchen. Wenn man sich die beiden miteinander vorstellte – mein Gott!«

Meine Gedanken umkreisten die Liebesszene in der Nacht von Florence' Tod in dem New Yorker Apartmenthaus, bis sie Amerika verließen und Kurs auf die deutschen Mythen nahmen.

»Wo ein Rattenkind ist«, sagte ich leise, »gibt es auch einen Rattenfänger.«

»Denken Sie dabei an den Bruder?«

»Nein! Es muss jemanden geben, der sie beide verführte. Irene und ihr Bruder müssen auf einen Rattenfänger, der aus einem bestimmten Umfeld kommt, eine große Anziehungskraft besessen haben. Jemand hat daran gearbeitet, ein solches Bühnenereignis zustande zu bringen – es zu fördern oder zu ermöglichen.«

»Dieser Rattenfänger, wie Sie ihn nennen, betreibt nur ein altes Geschäft«, gab Heinrich Mann zu bedenken. »In jeder Großstadt gibt es dubiose Figuren, die Geld mit dem deutlichen Appell an die sexuellen Instinkte ihrer Mitbürger verdienen.«

»Ich glaube nicht, dass es dabei um Geld geht.«

Mein Gegenüber verzog die Miene zu einem eigentümlichen Ausdruck und sein Gesicht wurde dabei länger, als es ohnehin schon war. »Worauf wollen Sie hinaus?«, fragte er.

»Ich glaube, es war vor allem die Schönheit des Geschwisterpaars, weshalb der Rattenfänger auf die beiden aufmerksam wurde.«

»Dem Publikum kam es auf die reizvolle sexuelle Handlung an, wie die beiden sie zweifellos trefflich bieten konnten. Vom Verwandtschaftsverhältnis hatte das Publikum wahrscheinlich gar nichts gewusst.«

»Und wenn doch! Was, wenn es gerade darum ging, ein schönes Geschwisterpaar auf die Bühne zu bringen?«

»Und wieso, wenn ich fragen darf?«

»Weil es nicht nur um Sex ging«, sagte ich, »sondern um

die Durchführung eines dunklen Rituals – um die Aufführung eines Kunstwerks des Bösen.«

Die letzten Worte waren mir so herausgerutscht. Die Vorstellung von einem Kunstwerk des Bösen war mir ganz spontan gekommen, und es war mehr ein Gefühl als ein Gedanke.

»Ein Kunstwerk des Bösen?« Heinrich Mann blickte nachdenklich vor sich hin. »Kein Zweifel – es hat solche Kunstwerke gegeben. Der ideale Künstler lässt ein Stück seiner Seele in seinem Kunstwerk zurück; der Künstler des Bösen benutzt andere Menschen zum gleichen Zweck. Er ist ein Seelenzerstörer. Doch warum halten Sie die Bühnenvorstellung der Geschwister für ein solches Kunstwerk?«

»Es war nicht mehr als ein diffuser Eindruck – so wie bei Ihnen mit dem Rattenkind – begründen kann ich es nicht.«

Ein Ausdruck des Zweifels trat in Heinrich Manns Gesicht.

»Wirklich nicht?«, fragte er. »Sie haben mir noch nicht gesagt, warum es besser ist, wenn ein Geschwisterpaar das dunkle Ritual ausführt.«

Ich spürte, dass das Thema ein so heißes Eisen für mich war, dass ich nicht wirklich frei darüber sprechen konnte.

»Der Bruch eines Tabus wie das des Inzests setzt gewisse Kräfte frei«, erwiderte ich vorsichtig, »besonders dann, wenn er vor eingeweihten Zuschauern, also gleichsam in Form eines Bekenntnisses, geschieht. Und diese Kräfte, die da frei werden, ja, das sind die Kräfte des Bösen. Sie gilt es, sich nutzbar zu machen, um mit ihnen etwas zu gestalten, eine Art höheren Seins.«

Heinrich Mann nickte. »Den Geist aus der Flasche lassen – das meinen Sie doch! Ach, diese schlauen Menschen, sie wissen immer alles besser als Gott. Diese Sorte Okkultisten glaubt ernsthaft, sie vermöchte es, sich durch irgendwelchen sexualmagischen Spuk selbst zu erleuchten. In Wahrheit sind diese Leute lediglich Narren! Dennoch vermögen sie leider viel Unheil anzurichten.«

Er schüttelte den Kopf und sah mürrisch vor sich hin.

»Von allen Darbietungen dieser Welt interessiert mich diese abscheuliche Kunstform am allerwenigsten.« Er hob den Blick und sah mich eindringlich an. »Sie sollten sich von diesen Leuten fernhalten! Sie können dabei nur verlieren! Diesen ungefragten Rat möchte ich Ihnen dennoch geben.«

»Ihr Ratschlag kommt leider zu spät. Ich habe die falsche Entscheidung schon vor langer Zeit getroffen. Und wenn man solche eine Entscheidung gefällt hat, sind die Würfel ein für allemal gefallen.«

Der Dichter nickte. »Einmal Rattenkind – immer Rattenkind! Das wollen Sie damit sagen, nicht wahr? Ja, wenn man die eigene Freiheit abgeschafft hat, ist sie fort. Dann hat man sie nicht mehr und kriegt sie auch nicht zurück. Doch Sie sollten die Hoffnung nicht aufgeben! Würde es keine Aussicht auf Rettung geben, wären die meisten Menschen verloren. Die falsche Entscheidung haben wir alle irgendwann einmal getroffen!«

»Nicht in der Weise, wie ich es dereinst tat. Ich stecke wohl tiefer drin, als mir bewusst war! Aber Ihr Wort in Ehren! Aufgeben will ich noch nicht!«

»Die Hoffnung darf nicht sterben!«, nickte der Dichter. »Niemals. Nicht früher, nicht später und auch nicht zuletzt!« Er schaute auf seine Uhr, trank den letzten Rest seines Kaffees und erhob sich von seinem Stuhl. »Nun wird es Zeit zum Aufbruch für mich.«

»Vielen Dank für Ihren Zuspruch«, sagte ich, indem ich mich ebenfalls erhob. »Haben Sie vielleicht eine Idee, wo ich nach dem liebreizenden Rattenkind suchen kann?«

»Ich werde Trude einmal fragen«, versprach Heinrich

Mann. »Sie war ja damals in der ›Wilden Bühne‹ ihre Chefin. Vielleicht hat sie eine Idee.« Er nahm einen Stift und ein Stück Papier aus seiner Jacke, beugte sich über den Tisch und schrieb ein paar Zahlen auf das Papier, das er mir anschließend gab.

»Rufen Sie mich in drei oder vier Tagen unter dieser Nummer an«, sagte er, indem er aufstand und mir die Hand zum Abschied reichte. »Bis dahin habe ich mit Trude gesprochen.«

14

Ich fand nie heraus, ob die Dame, die mich am übernächsten Abend anrief, Trude Hesterberg war. Die Anruferin nannte ihren Namen nicht, bezog sich jedoch auf mein Gespräch mit Heinrich Mann, um mir mitzuteilen, dass sie zwar nicht wüsste, wo Irene Varo zu finden sei, dass diese allerdings einen Bruder namens Roland Olden hätte, dessen Anschrift sie mir nannte. »Und dort«, fügte sie hinzu, »finden Sie möglicherweise auch die Schwester.«

Die Adresse, welche die unbekannte Anruferin weitergegeben hatte, lag in dem Viertel längs der Potsdamer Straße. Eine Wohnung in einem der zahlreichen Hinterhäuser Berlins, die wie so oft auch hier vorwiegend von Menschen aus dem Arbeitermilieu bewohnt wurden.

Ich schritt durch dunkle Innenhöfe, in denen die Dämmerung an diesem Novembertag zur Nachmittagsstunde begann. Einige zu leicht bekleidete Kinder spielten in den Höfen, vertrieben sich die Zeit, bis sie in die engen Behausungen eingelassen würden, zu denen die armseligen Fenster gehörten, in denen trotz der einsetzenden Dämmerung noch keine Lichter brannten. Ich gelangte in ein finsteres Treppenhaus, in dem ein alter, auf einer Leiter stehender Mann gerade dabei war, die ausgebrannte Glühbirne einer schmucklosen Lampe zu erneuern.

Der Mann hörte mich und blickte zu mir herab. Ich grüßte ihn knapp und wandte mich der Tafel zu, auf der die Namen sämtlicher Wohnungsinhaber verzeichnet waren.

»Wen suchen Sie denn?«, fragte der Alte, während ich dabei war, die Tafel zu studieren.

»Ich möchte zu Herrn Olden«, sagte ich und entdeckte im selben Moment den Namen ganz oben in der äußersten rechten Reihe.

Der Alte drehte die Glühbirne fest und stieg von der Leiter. Unten angekommen, legte er einen Schalter um, und endlich fiel Licht von der Decke herab in das schmale Treppenhaus.

Langsam drehte er sich zu mir herum. Er war groß und hager, die Gestalt leicht gebeugt. Mit hängenden Armen und ausdruckslosen Augen stand er zwei Schritte vor mir und starrte mich mit ungläubigem Gesichtsausdruck an.

»Was wollen Sie denn von dem?«

»Wissen Sie, ob er zu Hause ist?«

Der Alte antwortete nicht sofort, sondern rückte umständlich die Leiter ein Stück zu Seite. »Er ist schon lange nicht mehr zu Hause gewesen«, teilte er mir dann mit. »Er ist auf Tournee.«

»Auf Tournee? Was hat er für einen Beruf?«

»Er hat Auftritte, mehr weiß ich nicht. Deshalb ist er häufig fort. Und wenn er da ist, zumeist nur am Tage. An den Abenden ist er fort.«

»Wohnt er allein?«, quetschte ich den Alten aus.

Er blickte mich stumm an, als hätte ihn die Frage komplett überfordert.

»Es ist niemand zu Hause«, wiederholte er.

»Es wohnt demzufolge eine zweite Person in seiner Wohnung?«

In der Ferne gab es Geräusche, Stimmen, die aus der einen oder anderen Wohnung drangen, doch das änderte nichts daran, dass plötzlich eine beinahe unwirkliche Stille das Treppenhaus beherrschte.

»Hat der Hausbesitzer Sie geschickt?«, fragte der Alte mit argwöhnischem Blick.

»Beantworten Sie bitte meine Frage!«

»Wollen Sie hier Ärger machen?«

»Nicht, solange Sie mir gegenüber aufrichtig sind. Ich bin beauftragt, nach dem Rechten zu sehen. Also: Wer wohnt dort oben noch?«

»Niemand sonst«, gab der Alte wortkarg zurück.

»Das stimmt nicht! Ich habe etwas anderes gehört.«

»Von wem denn?«

»Das tut nichts zur Sache.«

»Es gibt keinen Grund, sich aufzuregen«, sagte der Alte leise und in einem Tonfall, als wollte er einlenken. »Ich will keinen Ärger hier im Haus. Ich bin auf den Hauswartsposten angewiesen; die Miete könnte ich sonst nicht bezahlen.« Seine Stimme wurde leiser. »Es ist bloß seine Schwester, die gelegentlich bei ihm übernachtet.«

»Wann ist sie denn eingezogen?«

Er zuckte die Achseln. »So vor etwa einem halben Jahr.«

»Sie hätten es dem Hausbesitzer melden müssen!«

»Ich dachte, es wäre nicht so wichtig«, murmelte der Alte, »eigentlich ist sie nur eine Besucherin. Auch sie habe ich schon lange nicht mehr gesehen.«

»Die anderen Mieter mögen es nicht, wenn ein Mieter Dauergäste hat. Ist sie wirklich nur die Schwester?«

Er zuckte die Achseln. »Was kümmert es mich, wer sie wirklich ist?«

»Wie sieht die Dame denn aus?«

»Oh, ich habe sie wirklich nur ganz selten gesehen, aber«, er unterbrach sich, um anerkennend zu nicken, »sie ist wunderschön.«

»Jedenfalls muss alles seine Ordnung haben!«, erwiderte ich wieder schärfer. »Sie sehen das viel zu lasch! Aber gut – wenn die beiden häufig abwesend sind und dort oben sonst alles in geregelten Bahnen läuft, mag es so bleiben, wie es ist.«

»Es wird bestimmt alles in Ordnung sein, dort oben«, brummte der Alte.

»Sie werden wissen, dass der Vermieter das Recht hat, die Wohnung regelmäßig zu besichtigen. Der Winter steht bevor – was ist mit den Öfen? Wenn der Mieter länger verreist ist, muss man ein Auge darauf haben. Man kann nicht warten, bis der Mann von seiner Reise zurückgekehrt ist.«

»Ich habe ja den Schlüssel, um nachzusehen – falls etwas nicht stimmt.«

»Ich schlage trotzdem vor, wir gehen einfach mal hinauf und überzeugen uns! Wenn es so ist, wie Sie sagen, berichte ich dem Hauseigentümer, dass nichts zu beanstanden war.«

Der Alte zögerte. »Wer sind Sie eigentlich?«

Ich nannte meinen Namen und fügte hinzu: »Ich bin Rechtsanwalt.«

Der Alte blickte mich nun unentschlossen an und kratzte sich hinter den Ohren.

»Können Sie sich ausweisen?«, wollte er wissen.

Wenn man in Deutschland ein amtliches Dokument vorweisen konnte, hatte man halb gewonnen; deshalb kramte ich meinen Anwaltsausweis aus der Tasche und zeigte ihn vor. Das schien den Alten etwas zu beruhigen.

»Ich weiß nicht«, sagte er und starrte eindringlich auf die dunkle Eingangstür, die in den Hof hinausführte, so als ob er damit rechnete, dass sie sich jeden Moment öffnete.

Der Alte war wahrscheinlich intelligenter, als er tat, und mir ging durch den Sinn, dass es nicht ausgeschlossen war, dass ich Schwierigkeiten bekommen könnte, sollte er den Vorfall dem Hauseigentümer melden und dieser sich an die Anwaltskammer wenden. Die Gefahr mochte zwar gering sein, trotzdem war es sicher sinnvoll, dass ich mir den Alten zum Verbündeten machte. Deshalb zog ich meine Geldbörse aus der Gesäßtasche und reichte ihm einen Zehnmarkschein.

»Das ist für Ihre Mühe!«, sagte ich leise. »Sie werden das Geld sicherlich gebrauchen können.«

Die Züge des Alten hellten sich auf, nachdem er den Schein schnell in die Tasche gestopft hatte.

»Meinetwegen gehen wir mal hinauf«, erwiderte er. »Könnte ja wirklich sein, dass mit dem Ofen etwas nicht stimmt. Ich hole mal den Schlüssel.«

Ein paar Minuten später kehrte er mit einem Schlüsselbund zurück. Dann begann er gemächlich, die Stufen zu erklimmen, und ich folgte ihm langsam über mehrere Stockwerke nach oben. Es war ein besseres Haus, als es von außen den Anschein gemacht hatte, denn in jedem Stockwerk, durch das wir kamen, gab es nur zwei Wohnungen.

Nachdem wir im Dachgeschoss angekommen waren, atmete der Alte schwer. Er schloss die Tür zu der rechts gelegenen Wohnung auf und ging voraus.

Die Wohnung bestand aus zwei Räumen und einer winzig kleinen Küche. Der Raum, den wir vom Flur aus als ersten betreten hatten, war das Wohnzimmer, das mit einem schwarzen Ledersofa und zwei dazugehörigen Sesseln ausgestattet war, die um einen gläsernen Couchtisch herum gruppiert waren. Ein kleiner Schreibtisch, eher ein Sekretär, ein Schrank, zu dem eine Glasvitrine und ein Bücherregal gehörten, und eine Stehlampe mit grünem Samtbezug bildeten den Rest der Einrichtung.

»Lassen Sie mich mal eine Weile allein«, wies ich den Alten an. »Sie brauchen keine Sorge zu haben. Ich rühre nichts an!«

Wider Erwarten erhob der Alte keine Einwände, sondern sagte bloß: »Vergessen Sie aber nicht, die Tür zuzumachen, wenn Sie gehen! Ich schließe später wieder ab. Und achten Sie darauf, dass man nach Möglichkeit nicht sieht, wie Sie die Wohnung verlassen.«

So sprach er und war gleich darauf verschwunden. Ich war allein – in einer fremden Wohnung. Es war ein komisches Gefühl.

An der Wand über dem Sofa hing eine gerahmte Abbildung von Dürers Kupferstich ›Ritter, Tod und Teufel‹, die bekannte Zeichnung eines geharnischten Ritters mit erzenem, hartem Blick. Weitere Bilder gab es nicht.

Ich schob die Tür zum angrenzenden Schlafzimmer auf. Ein breites Bett, große Spiegel an den Wänden und unter der Decke und ein elegant wirkender weißer Kleiderschrank, der eher einer Frau als einem Mann hätte gehören können.

Sowie ich den Schrank öffnete, sah ich, dass neben ein paar Anzügen von der Stange Frauenkleidung hing. Es waren vor allem Kleider, Abendgarderobe, elegante und aufreizende Schnitte, wie sie nur wenige Frauen tragen konnten. Und obwohl die Frau, der diese Kleider gehörten, möglicherweise schon seit Längerem nicht mehr hier gewesen war, hing in den Falten der Gewänder ein feiner und betörender Duft; ein Duft, wie ihn nur eine wirklich schöne Frau verströmen konnte.

Eine Zeit lang starrte ich auf die Garderobe, dann begann ich vorsichtig, den Schrank zu durchsuchen und schaute in die Fächer, ob hinter oder zwischen den Wäschestücken etwas verborgen wäre.

Nichts!

Ich durchsuchte eine Kommode auf der anderen Seite des Bettes.

Auch nichts!

Ich kehrte wieder in das Wohnzimmer zurück und stand dort erneut vor Dürers Kupferstich von dem düsteren einsamen Ritter, der seinen Schreckensweg durch eine ungewisse Welt ganz allein mit Ross und Hund antreten musste. Ob der Bewohner dieser Räume auch solch ein düsterer Ritter war? Einer, dem jede Hoffnung fehlte, der aber dennoch furchtlos seinen einsamen Weg auf der Suche nach der Wahrheit verfolgte? In weiter Ferne umglänzte das Abendlicht die Burg, einen Bau gotischer Romantik, von der der Ritter Abschied genommen hatte, um sich im Geleit zweier Dämonen, des Todes und des Teufels, auf seine schwierige Suche zu begeben. Wohin würde der Pfad ihn führen, wo endete er? Führte er überhaupt irgendwohin? Und würde er jemals enden?

Von schräg links fiel das trübe Licht der Stehlampe, die der Hauswart angeschaltet hatte, bevor er gegangen war, auf den Sekretär an der Wand gegenüber der Tür. Der kleine Schreibtisch hatte eine Schranktür, die sich hochklappen ließ. Darunter gab es eine Vielzahl von Schubfächern, in denen allerlei Dokumente verwahrt wurden. Allerdings fand ich nichts Besonderes, das meiste waren Rechnungen älteren Datums. Ich setzte mich auf den Stuhl vor dem Sekretär und lehnte mich zurück.

Eine gewisse Zeit saß ich unbeweglich da. Irgendetwas war komisch, dachte ich und schloss die Augen. Ich versuchte, mich zu besinnen, was mir beim ersten Durchsehen der Fächer, ohne dass es mir schon bewusst geworden wäre, aufgefallen war. Eine ganze Weile passierte nichts, doch plötzlich kam mir ein Gedanke.

Es war etwas mit diesen Schubfächern! Ich zog wieder eines auf, dann das nächste und verglich sie. Daraufhin nahm ich zwei von ihnen ganz heraus und guckte dahinter, entdeckte aber nichts. Erst nachdem ich sämtliche Fächer wieder geschlossen hatte und die Linien musterte, durch die sie voneinander abgegrenzt waren, bemerkte ich eine seltsame Unregelmäßigkeit. Ich zog das oberste Fach auf der linken Seite heraus, dann das nächste; und da endlich stieß ich auf etwas. Die Fächer waren verschieden hoch! Ich nahm das kleinere Fach ganz heraus und drehte es um.

Das Fach war unterteilt und hatte auf der Unterseite noch eine Art Geheimfach. Es ließ sich ohne großen Aufwand dadurch öffnen, dass man die untere und nun obenauf liegende Platte aus der Halterung zog. Dahinter lag ein größerer Briefumschlag, der einen zusammengefalteten Bogen Papier und mehrere Fotos enthielt. Ich nahm alles heraus und legte die Fotos nebeneinander auf den Tisch.

Die drei Fotos zeigten alle das gleiche Motiv, allerdings in zeitlich versetzter Abfolge und unterschiedlicher Perspektive. Ein nacktes Paar, eine Frau und ein Mann, die sich im hellen Scheinwerferlicht einer etwas erhöhten Bühne gegenseitig umfingen, ein Anblick, der meinen Blutdruck schlagartig erhöhte.

Die Bühne war rundherum von Betrachtern umgeben; Leute, die in Sesseln zwischen Tischen mit Lämpchen saßen, von denen man aber nicht viel mehr als die Schuhe und die Hosenbeine sah, während sich die Gesichter im Dunkeln befanden. Das waren sie, Irene Varo alias Olden, wie sie in Wahrheit hieß. Ihr Bruder Roland, der Mieter dieser Wohnung und zu meiner augenblicklichen Überzeugung derselbe Mann, den ich in jener denkwürdigen New Yorker Nacht mit Irene und Florence beobachtet hatte.

Olden war an ein Kreuz gebunden, ein nackter Christus ohne Lendenschurz, die gesenkten Augen blickten entrückt auf sein Glied herab, das fast senkrecht nach oben zeigte. Zwischen seinen frei in der Luft hängenden langen Beinen war ein Holzpflock am Kreuz angebracht, die einzige Vorrichtung, die seinem lang gestreckten Körper Halt gab. Irene Olden stand vor dem Kreuz, eine nackte Salome mit dem Kopfschmuck einer Isis-Priesterin. Ihr Körper ließ an eine nackte, weibliche Longinusgestalt denken, denn ihre Pose war diejenige einer Kriegerin. Sie hielt einen Speer in der rechten Hand, während die Finger ihrer linken die Spitze des brüderlichen Penis berührten. Das nächste Foto war aus etwas größerer Nähe zum Ort des Geschehens aufgenommen worden und offenbarte den Schriftzug, der auf das Holzschild oberhalb des Kreuzes geschrieben war: ›Erlöse mich!‹ Die nackte Priesterin, von der ich bereits wusste, dass sie eine geschickte Artistin war, hatte den Speer beiseite gelegt und das Kreuz erklommen, die langen Beine um die Hüften des Gekreuzigten geschwungen, und hielt sich mit den Händen an den Querbalken fest, was ein wenig nach Klimmzügen aussah. Das dritte Foto war von der Seite aufgenommen. An den Gesichtern war allzu deutlich zu erkennen, dass sich die Akteure im Zustand absoluter sexueller Ekstase befanden.

Das Ganze war äußerst bizarr, doch es war mehr als das!

Objektiv mochten die Fotos blasphemisch sein, aber die Wirkung der Bilder war eine ganz andere. Vielleicht lag es einfach nur an der Schönheit der beiden Darsteller, an der Anmut ihrer Umarmung oder auch daran, dass die Darbietung wirkte, als sei sie von einem Ambiente des Geheimnisses umweht, weshalb die provokante Szenerie keine negative oder gar abstoßende Stimmung schuf. Irgendwie passten die Fotos sogar in die Tradition von Dürers düsterem Reiter, denn der Ritter schien seine Rüstung abgelegt zu haben und war in die gefährlichen Tiefen des dunklen Eros hinabgestiegen, dessen Schatten die erotische Ausstrahlung der beiden Schönen so machtvoll durchsetzte.

Besonders das erste Foto in der Reihe, auf dem die beiden Liebenden getrennt voneinander zu sehen waren, war von einer ungeheuer anziehenden und bizarren Komposition, sodass es mir beinahe wie ein meisterliches Kunstwerk vorkam. In der Darstellung lag bei all dem Monströsen auch eine seltsame Unaufgeregtheit, eine Stille, die sowohl in der Hingabe des Mannes als auch in der Haltung der Frau zum Ausdruck kam, so als seien sie von den umgebenden Zuschauern durch ein unsichtbares magisches Kleid geschützt. Je länger ich die Szene betrachtete, um so mehr war mir, als ob die eigenwillige Kreuzigungsszene noch für irgendetwas anderes, nicht Sichtbares stand. Der gekreuzigte Mensch war das Symbol der Erlösung, und ich begriff, dass es genau darum auch in der betrachteten Darstellung ging: um Umkehr, um Religion, um die absolute Konzentration sexueller Energien und um deren Umlenkung vom Äußeren weg, hinein in das Innere des Menschen zum Zwecke der Erleuchtung.

Ich sah mir den Mann auf dem Foto noch einmal genauer an: Eine solche langgliedrige männliche Schönheit, die durch diesen Hauch von Androgynie erst ihre Perfektion fand, so wie umgekehrt im Knabenhaften auch die Vollendung der weiblichen Schönheit Irenes begründet lag, war in dieser Perfektion nicht häufig zu finden. Allein durch diese Gemeinsamkeit wurde mir die körperliche Verwandtschaft der beiden Akteure überdeutlich.

Ich legte die Fotos beiseite, nahm das zusammengefaltete Papier zur Hand.

Es war nur ein einziges Blatt, das eine Liste von ungefähr 20 Namen enthielt, die in alphabetischer Reihenfolge angeordnet waren, wobei manche Nachnamen doppelt erschienen. Im unteren Bereich unter dem Buchstaben O, worauf mein Auge zuerst fiel, standen die Namen ›Olden, Irene‹ und darunter ›Olden, Roland‹.

Meine Augen wanderten höher und da, wo das G seine Einordnung fand, las ich: ›Goltz, Doris‹ und darunter ›Goltz, Eugen‹.

Ich fuhr zurück und ließ das Schreiben wie ein Stück glühend heiße Kohle auf die Schreibtischplatte fallen. Wie von unsichtbaren Fäden gezogen, erhob ich mich von dem Stuhl und drehte dem Schreibtisch den Rücken zu.

Ich blickte auf den geharnischten Ritter an der Wand, auf Dürers Symbol des so hoffnungslos wie unbeirrt Suchenden und spürte mit einem Mal den Schrecken in mir auflodern, der mich schon so lange unerkannt begleitete. Plötzlich wusste ich, dass ich das letzte Glied einer Kette sein sollte, einer Entwicklung, an deren Ende sich etwas Abgrundtiefes auftun würde.

Mir war, als ob ich auf die Spur einer sinistren Verschwörung geraten war, auf die widerliche Fährte einer gefährlichen Schlange, die sich durch ganz Berlin, durch ganz Deutschland, ja, und höchstwahrscheinlich noch weit darüber hinaus wand. Eine unheimliche, schreckliche Wahrheit lag irgendwo hinter diesen Windungen verborgen, in einem bösartigen Dunkel, einem tückischen, undurchsichtigen Nebelfeld, das wie ein dicker, fetter Schleier über einem löcherigen Abgrund lag. Wie in einer Vision konnte ich bereits die Schatten sehen, verborgene Gestalten, die eilend und jagend, zupackend und wieder verschwindend über den Vorhang des alltäglichen Lebens huschten, lautlos und still, unheimlich und bedrohlich, um bald darauf wieder in das abgründige Dunkel zu verschwinden, dem sie entstammten.

Warum waren Doris und ich auf dieser Liste? Was verband ausgerechnet Doris und mich mit diesem Paar? Und wer hatte all die anderen Namen auf die Liste gesetzt?

War ich Irene und Roland Olden zu einem früheren, möglicherweise sehr frühen Zeitpunkt meines Lebens schon einmal begegnet? Vielleicht in der Schule oder im Internat oder bei einer anderen Gelegenheit in meiner Jugendzeit? Es erschien mir unwahrscheinlich, denn abgesehen davon, dass man ein Mädchen wie Irene Varo nicht vergaß, waren die beiden Oldens auch mehr als zehn Jahre jünger als Doris und ich, sodass wir nicht zur gleichen Zeit das Internat besucht haben konnten.

Die Bilder meiner Kindheit standen mir plötzlich vor Augen; da waren die Mutter, der Vater, meine Schwester Doris – und auf einmal merkte ich, dass sich meine Augen mit Tränen füllten. Hilfe suchend starrte ich auf den einsamen Ritter an der Wand, fühlte mich elend, verzweifelt und ganz und gar mit ihm verbunden.

Warum nur, dachte ich, hatte alles so kommen müssen, wie es gekommen war? Da waren so viele Dinge, die ich hinter mir gelassen zu haben glaubte; Dinge, über die ich am liebsten gar nicht mehr nachdenken wollte. Doch nun war klar, dass ich es nicht vermeiden konnte, mich zu erinnern.

Ich studierte erneut die Namen auf der Liste.

Die weiteren Namen waren mir allesamt unbekannt. Sechs davon gab es zweimal. Waren es Ehepaare – oder, und das war wohl wahrscheinlicher, ebenfalls Geschwister?

Ich nahm einen Bleistift aus der Tasche, suchte nach einem Zettel, und nachdem ich ein weißes Stück Papier gefunden hatte, schrieb ich die Namen in der gleichen Reihenfolge ab, wie sie auf der Liste notiert waren; anschließend steckte ich alles, was ich betrachtet hatte, die Fotos und das Blatt mit der Namensliste, in den Umschlag zurück und deponierte diesen wieder in dem Geheimfach des Sekretärs.

Ich verließ die Wohnung und zog hinter mir die Tür ins Schloss. Draußen im Hof spielten keine Kinder mehr. Es war kalt geworden und der Sprühregen hatte sich aufs Straßenpflaster gelegt. Durch den nächtlichen Trauerflor dämmerten die Laternenlichter in der kühlfeuchten Nacht, warfen schemenhafte Spiegelbilder auf den nassen Boden. Stumm und gelassen blickten die dunklen Gemäuer mich an, warnende Vorboten eines finsteren Spätherbstes und eines unausweichlichen Eiswinters.

15

Eines war sicher: Wenn es eine Verbindung zu den Oldens gab, dann hatte Oskar Behrend etwas damit zu tun. Nur in seiner Einflusssphäre konnte es biografische Überschneidungen der Geschwister Goltz und Olden geben.

Doris musste der Schlüssel zu alledem sein, und weil ihr Geburtstag Anfang Dezember einen passenden Anlass bot, unternahm ich einen Ausflug in die Charité, wo sie eine leitende Stelle in der Klinikverwaltung innehatte. Ich wünschte ihr alles Gute und verabredete mich mit ihr für den übernächsten Abend auf ein Glas Wein in ihrer Wohnung unweit des Krankenhauses in der Hannoverschen Straße.

Doris hatte die 40 fast erreicht, unterschied sich jedoch sehr von den vielen vorzeitig gealterten Frauen ihrer Altersgruppe. Denn wer es nicht besser wusste, hätte sie allenfalls auf Mitte 30 geschätzt. Dass sie für jünger gehalten wurde, war ein Schicksal, das sie mit mir teilte; eine andere Ähnlichkeit zwischen uns hatte lange in unser beider Unfähigkeit bestanden, uns dauerhaft an einen Partner zu binden. Während meine Ehe mit Vera, einer jungen Angestellten der Kanzlei, wo ich früher gearbeitet hatte, nach nicht einmal zwei Jahren gescheitert war, befand sich Doris nun bereits seit drei oder vier Jahren in festen Händen, was keiner, der sie und ihre früher häufig wechselnden Liebschaften kannte, je für möglich gehalten hätte. Sie hatte Rudolf Mantiss geheiratet, einen ehemaligen Reichswehroffizier und heutigen Schriftsteller, der mindestens 15 Jahre älter war, und alles in allem recht gut zu ihr passte. Seit ihrer Eheschließung wirkte sie ausgeglichener als in früheren

Jahren und die vormals unterschwellige Aggressivität mir gegenüber hatte sich nahezu verflüchtigt.

»Ich habe schon von deiner Reise gehört«, sagte sie, während sie mir ein Glas Rotwein einschenkte, »es ist wirklich bedauerlich, dass Florence gestorben ist. Sie hätte eben nicht nach New York gehen sollen. Sie war zu lange aus Amerika fort und hatte dort keine Freunde mehr.«

Sie sah noch gut aus; allein ihre schlanke, sportliche und früher knabenhafte Figur hatte etwas Hageres bekommen, das erste und doch das bisher einzige Anzeichen des voranschreitenden Alters.

»Den Eindruck hatte ich nicht«, wandte ich ein. »Die Leute dort waren rührend um sie besorgt. Ihre Berliner ›Brüder und Schwestern‹ vermisste sie dagegen nicht sonderlich.«

Ihre grünen Katzenaugen musterten mich aufmerksam. »Haller, den ich auf einer Versammlung traf, berichtete mir, du würdest dich für ihren Freitod verantwortlich fühlen. Das verstehe ich nicht, Eugen! Florence wusste immer, was sie tat.«

»Mag sein! Doch vielleicht hat sie sich irgendetwas von mir erhofft, was ich nicht in der Lage war, ihr zu geben.«

»Was sollte das gewesen sein?«

»Hilfe!«, entgegnete ich. »Zum Beispiel einen Rat, wie man sich davor schützen kann, als Verräter behandelt zu werden. Florence mag geglaubt haben, dass wir ein verwandtes Schicksal haben. Immerhin habe ich Oskar Behrend gekannt und ähnlich wie sie später einem von ihm ins Leben gerufenen Kreis den Rücken gekehrt.«

Doris lächelte, und in ihren Zügen malte sich leiser Spott. »Hat man dich denn als Verräter behandelt? War es denn wirklich so schlimm? Wer eine verschworene Gemeinschaft verlässt, kann sich natürlich nicht darauf verlassen, dass man die Freundschaft aufrechterhält.«

»Das erwartet ja auch niemand. Es würde reichen, wenn man solche Leute nicht verfolgt, sondern einfach in Ruhe lässt.«

Sie lachte auf. »Hat man dich denn verfolgt? Natürlich nicht! Warum also sollte man mit Florence Arnheim anders verfahren sein?«

»Ich war dem Behrend-Kreis nie so eng verbunden wie Florence eurer Gesellschaft. Auch waren es andere Zeiten. Im Gegensatz zu heute gab es damals nur eine kleine Gruppe ohne Einfluss und Macht. Aber davon ganz abgesehen – du willst wohl nicht ernsthaft behaupten, dass es ein Zufall ist, wenn man ausgerechnet mich damit betraut, in dieser Sache nach New York zu fahren?«

Sie blickte mich aufmerksam an. »Du bist Hallers Partner, und Haller ist einer von uns, alles Weitere ist doch ganz einfach.«

»Haller hat mir erzählt, du hättest dich vor sechs Jahren bei seinem Vorgänger Preuß für mich eingesetzt. Ist das wahr? Nach allem, was geschehen ist, hat es mich überrascht, davon zu erfahren.«

»Es hat dich überrascht – nach allem, was geschehen ist?« Ihre Augen funkelten eindrucksvoll. »Was ist denn geschehen? Wovon sprichst du?«

Ich griff nach dem Rotweinglas und nahm einen beherzten Schluck. Ihre Worte hatten ausgereicht, dass mich ein merkwürdiges und unerklärliches Gefühl der Verwirrung befiel.

»Gut, mach dir keine Sorgen«, sagte ich leise, sowie das Gefühl wieder verschwand, »es ist nichts geschehen!«

Doris erwiderte ebenso leise, fast flüsternd: »Unsere Geister haben sich damals an Behrends Person geschieden, aber sonst – stand nie etwas zwischen uns. Nichts.« Ihr Blick schweifte fort.

»Ja, ich habe Preuß seinerzeit von dir erzählt und zu ihm

gesagt, du seiest einer von uns. Du hattest den Krieg heil überstanden, warst mit dem Eisernen Kreuz ausgezeichnet worden, und – ja, du bist eben mein Bruder, mein einziger lebender Verwandter. Ich habe dich beinahe jedes Jahr zu meiner Geburtstagsfeier eingeladen, du hingegen mich in all den Jahren nicht ein einziges Mal!«

Ein finsterer Schleier schob sich vor ihre Augen, und ihre plötzliche geschwisterliche Zuneigung überraschte mich. Allerdings konnte ich mir nicht darüber klar werden, ob sie echt oder geheuchelt war.

»Trotzdem hast du niemals mehr zu mir von Behrend oder eurer Gesellschaft gesprochen. Es wundert mich, dass es die Welt von Behrend überhaupt noch gibt.«

»Seine Welt ist lebendiger denn je«, erwiderte Doris, »und über etwas, das so lebendig ist und all die Jahre war, brauchte ich mit dir nicht zu sprechen. Ein großer Geist hat es nicht nötig, dass man für ihn wirbt.«

»Mir ist Behrends Geist nicht geheuer«, sagte ich, »ganz egal, ob er nun groß ist oder klein.«

»Du bist ein Ignorant«, stellte sie fest, nachdem sie mich eine Weile schweigend gemustert hatte, »und stur und unbeweglich in Bezug auf einmal gefasste Ansichten. Dabei ist es noch nicht zu spät, Eugen! Eigentlich fängt es erst an! Auch für dich kann es einen neuen Anfang geben! Werde endlich der, der du bist!«

»Willst du damit sagen, dass wenn ich – nur einmal angenommen, ich wollte es wirklich – Mitglied der Gesellschaft der ›Brüder und Schwestern‹ werden wollte, du nichts dagegen einzuwenden hättest?«

Sie lächelte und ihre Augen bekamen einen leuchtenden Glanz. »Warum sollte ich wohl etwas dagegen haben? Es würde mich sogar freuen, wenn wir unser Verhältnis auf eine neue Grundlage stellen könnten«, sagte sie. »Aber dir ist natürlich klar, dass du nur Mitglied werden kannst, wenn du wirklich zu unserer Sache stehst, oder? Dazu gehört zunächst, dass du deine New Yorker Eindrücke nicht weiter hinterfragst. Dein Blick muss nach vorne gerichtet sein. Es ist sinnlos, in der Vergangenheit zu forschen, egal wie lang oder kurz sie zurückliegt, sie ist vorbei.«

»Ich werde mir Mühe geben, mit dir einer Meinung zu sein«, erwiderte ich.

In diesem Moment wurde die Schiebetür zu einem angrenzenden Wohnraum ein Stück weit aufgesperrt und durch die entstandene Lücke spähte das Gesicht von Rudolf, Doris' Ehegatten, zu uns herein.

»Eugen, sei gegrüßt!«, rief Rudolf Mantiss mir zu. »Störe ich etwa?«

»Komm ruhig herein«, antwortete Doris statt meiner.

»Nein, du störst nicht«, fügte ich hinzu.

Er trat näher und schüttelte mir die Hand, dann setzte er sich in den Sessel seitlich von uns.

Rudolf hatte mehrere Romane verfasst, die überwiegend im untergegangenen Atlantis spielten, und die, wie ich gehört hatte, vom Kampf edler nordischer Menschen gegen fremdrassige Finsterlinge handelten. Die Bücher verkauften sich gut in Zeiten wie diesen, ich selbst hatte jedoch nicht vor, auch nur eines davon zu lesen.

»Jetzt musst du mir erzählen, wie es in Amerika war«, forderte Rudolf mich auf. »Wie ich hörte, gab es ein paar Probleme?«

Wie ein Schriftsteller oder Bücherwurm sah Rudolf nicht aus; vielmehr verkörperte er immer noch den Offizier von hohem Rang, der er bis zu seinem Abschied von der Reichswehr bis Mitte der 20er-Jahre gewesen war. Sein volles Haar war silbern, das Gesicht hager, mit markanten Zügen, die Haut gebräunt, als hätte er soeben Urlaub auf den sonnenbeglänzten und schneebedeckten Gipfeln der Alpen gemacht. Er war groß, schlank und sehnig, und trotz seiner Jahre alles andere als ein älterer Mann. Auch äußerlich passten Doris und er trotz des nicht unerheblichen Altersunterschieds gut zusammen. Für Rudolf war es die zweite Ehe. Seine erste Frau war gestorben und mit seinen Kindern hatte er sich angeblich überworfen; Einzelheiten waren mir nicht bekannt.

»Ja, es war etwas durchwachsen«, gab ich zurück, »aber im Nachhinein möchte ich das Abenteuer nicht missen.«

»Das hört sich doch gut an«, sagte er. »Schieß los!«

Ich fing an, Doris und ihm von der Reise zu erzählen, von dem blendenden Wetter auf der Überfahrt, von der Ausstattung der ›Bremen‹ und von den Sehenswürdigkeiten in New York und fügte dann hinzu: »Es wäre wie ein Urlaub gewesen, wenn Florence nicht gestorben wäre, während ich bei ihr zu Besuch war.«

Rudolf nickte. »Sie tut mir leid – allerdings war ihr Abschied unnötig melodramatisch.«

»Du meinst, sie hätte sich einen besseren Zeitpunkt aussuchen sollen?«

Er nickte erneut. »Ja, wenn ich das so sagen darf! Sie hätte dir das nicht antun müssen. Ihr habt euch doch gut gekannt.«

Ich sah ihn zweifelnd an, verkniff mir hingegen eine Bemerkung.

»Gehörst du auch zu den ›Brüdern und Schwestern vom Licht‹?«, fragte ich ihn.

»Na, was denkst du denn, wo ich Doris das erste Mal begegnet bin?«

»Ach herrje! Da bin ich nahezu ausschließlich von ›Brüdern und Schwestern‹ umgeben und habe es nicht einmal bemerkt!«

Er nahm die Rotweinflasche und füllte sein Glas: »Fühlst du dich denn nicht auch als einer der Unsrigen?«

»Wie sollte ich, wenn ich nicht einmal weiß, wer ihr seid?«

»Die meisten von uns sind nette, unkomplizierte Menschen«, meinte er. »Du darfst nicht denken, dass wir alle verbiestere Okkultisten sind. Natürlich gibt es diese Sorte Leute bei uns auch. Aber die Veranstaltungen, die man bei uns geboten bekommt, sind außerordentlich reizvoll und interessant. So etwas findest du woanders nicht.«

»Das glaube ich sofort«, entgegnete ich, und fragte mich, ob er wohl auch gerade das Bild der nackten Priesterin und des am Kreuz hängenden Apologeten oder etwas in dieser Art vor Augen hatte.

»Wie ich hörte«, fügte ich hinzu, »hat sich die Gesellschaft inzwischen auch in die Politik eingebracht. So haben sich jedenfalls Haller und Arnheim geäußert.«

»Deutschland steckt in einer tiefen Identitätskrise«, erwiderte Rudolf. »Auch wir können uns der nationalen Kraftanstrengung, die eine neue Politik, einen neuen Staat hervorbringen soll, nicht verweigern. Es tut mehr als not, sich für sein Land einzusetzen. Und wir haben Grundlegendes beizusteuern!«

»Beim Nachdenken über Deutschlands Probleme ist mir unlängst Goethe eingefallen, der anlässlich der Befreiungskriege die Ansicht vertrat, dass der Nationalismus in den Händen der Deutschen keine günstige Entwicklung nehmen könne. Schon aufgrund ihrer territorialen Lage, auf allen Seiten von Nachbarn umgeben, meinte er, dass die Deutschen ihr Streben nach Größe nicht auf dem politischen Felde, sondern in der geistigen Welt befriedigen müssten.«

»Mir ist Goethes Ideal der deutschen Kulturnation bekannt«, sagte Rudolf. »Ich halte es nur für falsch. Goethe in Ehren. Zugegeben, es wäre eine großartige Sache, wenn die Deutschen ihrem Drang nach Größe und Ruhm in der geistigen Welt Raum verschaffen könnten. Aber es klappt nicht, oder sagen wir so, es wird nicht genügen! Deutschland kann keine große Kulturnation sein, wenn es nicht über territoriale und wirtschaftliche Macht verfügt. Auf die Größe seines Geistes kann sich ein Volk nicht beschränken. Wenn es das versucht, muss es scheitern, weil diejenigen Nationen, die über territoriale Macht verfügen, es auch kulturell überflügeln werden.«

»Ich befürchte nur, dass in Deutschland der Nationalismus in der Politik mit einer gewissen Zwangsläufigkeit auf einen Krieg hinausläuft.«

Rudolf zuckte die Schultern. »Wenn man Kriege vermeiden will, ist das geeignete Mittel dazu die richtige Politik, nicht die geistig-kulturelle Beflissenheit eines Volks, die ja nicht verhindern kann, dass andere es mit Kriegen überziehen. Das beste Beispiel ist der Krieg, der hinter uns liegt: Wir haben diesen Krieg nicht begonnen, dennoch tut die Welt so, als hätte allein Deutschland diesen Konflikt geschürt – als ob Österreich und Russland, Großbritannien und Frankreich überhaupt keine Schuld daran träfe! Niemand respektiert unsere reichen geistigen Leistungen, man trampelt auf uns herum und behandelt uns wie Verbrecher, und das kann man nur tun, weil wir uns nicht wehren können.«

»Wir hätten uns eben nicht so forsch in diesen Krieg hineinstürzen sollen, wie wir es dann taten! Vergiss nicht, dass es Deutschland war, das die Neutralität Belgiens massiv verletzt hat.«

»Unser Land hat mit dem Verlust seiner Macht, seiner Dynastie, für die ›Vergewaltigung Belgiens‹ bezahlt«, entgegnete Rudolf scharf, »und die Verluste, die wir erlitten haben, liegen weit über denen der Alliierten! Ursächlich für den Krieg waren doch die österreichisch-russischen Spannungen! Es war Russland, das Deutschland den Krieg erklärt hat, nicht umgekehrt! In Anbetracht dieser Tatsachen ist es eine schreiende Ungerechtigkeit, dass Deutschland die Schmach ganz allein tragen soll!«

»Ich gebe ja zu, dass man das unterschiedlich bewerten kann, nur rechtfertigt das noch lange nicht alles.«

»Ja«, ergriff Doris das Wort, »es kommt auf die richtigen Mittel an – und auf den richtigen Mann, der die richtigen Mittel zu benutzen versteht.«

»Der rechte Mann zur rechten Zeit ist immer gut«, erwiderte ich, »aber was für ein Mann sollte das sein?«

»Möchtest du einen Namen hören?«

»Den kann ich mir schon denken. Interessanter wäre es zu erfahren, wie denn dieser richtige Mann beschaffen sein muss und worin wohl seine Größe bestehen soll.«

»Es müsste so jemand wie in dem Gedicht von George sein«, sagte Doris triumphierend.

»Stefan George?«

»Ja!«

»Und an welches Gedicht hast du da gedacht?«

»Das vom ›Widerchristen‹! Ich habe es andernorts einmal vorgetragen. Mal sehn, ob ich es spontan zusammenbekomme. Möchtest du es hören?«

»Gewiss.«

Sie konzentrierte sich für ein paar Momente und begann zu rezitieren:

»›Dort kommt er vom berge.. dort steht er im hain!
Wir sahen es selber.. er wandelt in wein
Das wasser und spricht mit den toten.

O könntet ihr hören mein lachen bei nacht:
Nun schlug meine stunde.. nun füllt sich das garn..
Nun strömen die fische zum hamen.

Die weisen die toten – toll wälzt sich das volk..
Entwurzelt die bäume.. zerklittert das korn..
Macht bahn für den zug des Erstandnen.

Kein werk ist des himmels das ich euch nicht tu.
Ein haarbreit nur fehlt – und ihr merkt nicht den trug
Mit euren geschlagenen sinnen.

Ich schaff euch für alles was selten und schwer
Das Leichte.. ein ding das wie gold ist aus lehm..
Wie duft ist und saft ist und würze –

Und was sich der große profet nicht getraut:
Die kunst ohne roden und säen und baun
Zu saugen gespeicherte kräfte.

Der Fürst des Geziefers verbreitet sein reich..
Kein schatz der ihm mangelt.. kein glück, das ihm weicht..
Zu grund mit dem rest der empörer!‹«

Sie schwieg, und nach einer Weile klatschte Rudolf Beifall.

»Fast bis zum Ende geschafft«, sagte er, »nur die letzten beiden Strophen fehlen.«

»Du weißt ja, wie es zu Ende geht«, erwiderte Doris.

Rudolf gab ihr keine Antwort, sondern wandte stattdessen den Blick seiner stahlblauen Offiziersaugen zu mir herum.

»Am besten, du liest das Gedicht einmal irgendwo nach, Eugen«, ließ er sich vernehmen. »Beim bloßen Hören kann man es leicht falsch verstehen.«

»Was gibt es da falsch zu verstehen?«, entgegnete ich. »Der Inhalt des Gedichts ist einfach furchtbar, eine einzige Horrorvision, nie und nimmer ein Gedicht über Deutschlands Retter. Der Antichrist, der Teufel als Erlöser? Das kann wohl nicht euer Ernst sein!«

»Nimm die Scheuklappen ab!«, rief Doris. »Die christliche Religion ist nicht die richtige für unser germanisches Volk, es ist eine Religion, die uns aufgezwungen wurde. Der richtige Mann für unser Land muss notwendigerweise ein Gegner des Christentums sein. Sollen unsere Feinde den Mann der Stunde ruhig einen Antichristen nennen – kommen wird er! Selbstverständlich wird er kein neuer Jesus sein – dessen Zeit ist noch nicht wieder da, sondern ein Mann des Schwertes, aber deshalb auch ein Mann des Heils.«

»Und welche geistige Grundlage zeichnet diesen Mann aus?«

»Das Urwissen seiner atlantischen Vorfahren ist seine geistige Grundlage ebenso wie es die unsrige ist«, erwiderte sie.

»Eine erfolgreiche Machtpolitik muss sich aus spirituellen, wenn nicht gar magischen Quellen ableiten«, dozierte Rudolf. »Geheime Orden wie der unsere haben den Zweck, das verlorene Wissen der alten Arier und die rassischen Tugenden der Germanen wiederzubeleben und die Errichtung eines neuen pangermanischen Weltreiches vorzubereiten. Dabei sorgen wir nur dafür, dass die alten Quellen wieder sprudeln können, um das zu befruchten, was auf der politischen Ebene entsteht.«

»Eine dieser geheimen Selbsterlösungslehren. Ich verstehe, trotzdem …«

»Ich weiß nicht, ob du wirklich verstehst«, unterbrach mich Doris barsch. »Das verloren geglaubte Wissen unserer Ahnen ist nicht irgendeine verquere Selbsterlösungsreligion. Es geht um die Anwendung praktischer Magie – vorläufig in kleinen Orden und Geheimbünden, später einmal in der ganzen Gesellschaft. Uns Ordensangehörige eint die Überzeugung, dass der Neubau von Staat und Gesellschaft eine metaphysische Aufgabe ist, die keinem geringeren Ziel als dem der Kreation des metaphysisch erhöhten germanischen Menschen dient. Die Vision von der Geburt des neuen Menschen, von der Behrend gesprochen hat: Sie muss nun Wirklichkeit werden.«

»Ich will dir ja nicht den Glauben nehmen, dass dieser neue Mensch machbar ist«, sagte ich, »aber was heißt denn praktische Magie? Was meint ihr damit? Und was muss der Einzelne tun, um daran teilzuhaben?«

Der Blick ihrer grünen Katzenaugen konzentrierte sich auf mein Gesicht. »Der Einzelne muss sich als Erstes entscheiden«, sagte sie. »Man ist entweder Christ oder Deutscher, beides kann man nicht sein, wir glauben an den Gott, der im eigenen Blute ist. Die Wiedergeburt der arischen Menschen kann nur in einem rassisch reinen Volk gelingen. Die Menschen von Atlantis waren hochstehende und schöne, gesunde und langlebige Menschen. Doch sobald ihre Rasse durch Mischung mit Andersblütigen entartete, kam es zu ihrem Niedergang. Unsere Religion fordert die Umkehrung dieses Vorgangs, sie will den menschlichen Sündenfall rückgängig machen und dem deutschen Menschen wieder zu seiner wahren Bestimmung verhelfen.«

»Und warum nur dem deutschen Menschen?«

»Weil der Aufstieg zum Lichtwesen gegenwärtig nur ihm als dem auf der höchsten Entwicklungsstufe angelangten Menschen vorherbestimmt ist.«

»Wie soll die Rassereinheit hergestellt werden? Wollt ihr den Menschen etwa Vorschriften darüber machen, wer mit wem ein Kind zu zeugen hat?«

»Selbstverständlich! Vor allem darf es natürlich keine Blutschande mehr geben.«

Sie unterbrach sich, als hätte sie sich versprochen. Einen Moment lang wirkte sie irritiert, aber sie hatte sich schnell wieder im Griff. Der Klang des Wortes ›Blutschande‹ hatte mich indessen unangenehm berührt, und es kam einem Sprung über den eigenen Schatten gleich, dass ich das Thema weiterverfolgte.

»Blutschande? Nennt man nicht so den Verkehr zwischen nahen Verwandten?«

»Wir heutigen Menschen sind so entartet, dass bereits eine Verwirrung dieser Begriffe existiert«, setzte Rudolf an, bevor Doris mir eine Antwort geben konnte. »Wir, die Angehörigen einer germanischen Religion, meinen mit Blutschande natürlich den Verkehr mit Fremdrassigen, nicht denjenigen mit nahen Verwandten! Der Verkehr von Rasseverwandten kann in diesem Sinne keine Blutschande sein – in manchen Fällen könnten selbst nahe Verwandte besonders geeignete Eltern für rassereinen Nachwuchs sein.«

»Das ist doch abwegig«, erklärte ich. »Aus inzestuösen Verbindungen gehen oft erblich geschädigte Kinder hervor.«

»Das ist so nicht richtig«, widersprach mir Rudolf. »Die Wahrscheinlichkeit liegt bei etwa 30 Prozent. Es kommt auf das Ausgangspaar an.«

»Wie meinst du das?«

»Sind zwei Eltern genetisch nahe verwandt und hat ein Elternteil ein defektes Gen, so ist die Wahrscheinlichkeit, dass der andere Elternteil auch ein identisches defektes Gen besitzt, deutlich größer als bei nicht oder nur entfernt verwandten Eltern. Folglich erhöht sich die Wahrscheinlichkeit, dass der Nachkomme zwei defekte Varianten der Erbanlage erhält und erbkrank ist, sogar dann, wenn das kranke Gen rezessiv, will sagen: verborgen, ist, und die betroffenen Individuen selbst kerngesund sind.«

»Demnach habe ich doch recht!«

»Nein! Denn andererseits verstärkt sich auch bei erbgesunden Paaren, bei denen keiner ein defektes Gen in sich trägt, der vorhandene positive Effekt. Wenn demzufolge die Erbanlagen rein und gut sind, werden die positiven Erbmerkmale hervorgehoben und es können besonders hervorragende Exemplare aus einer solchen Verbindung hervorgehen.«

»Und warum existiert auf der ganzen Welt ein Inzesttabu?«

»Aus Unkenntnis, aber auch aus Ignoranz und bösem Willen«, gab Rudolf zurück. Seine Augen waren schmal geworden und sahen nun aus wie die eines Chinesen.

»Wenn es so unsicher ist, was dabei herauskommt, sollte man es besser von vornherein lassen.«

»Nicht unbedingt! Eine gründliche ärztliche Untersuchung und eine Beurteilung des Stammbaums, welche Krankheiten in der Familie auftraten, ergeben zuverlässige Aufschlüsse, an denen sich ermessen lässt, ob ein verwandtes Paar zur Zeugung von Nachkommen geeignet ist oder nicht; aber man braucht eigentlich nur der eigenen Natur zu folgen. Bei Menschen ist es der Geruchssinn, der nahe Verwandte in einer Weise riechen lässt, dass keine sexuellen Gefühle aufkommen und folglich Sex zwischen ihnen zu vermeiden hilft.«

Er lächelte. »Das sicherste Zeichen dafür, dass es sich andersherum verhält, ist daher die gegenseitige sexuelle Anziehungskraft. In Richard Wagners Oper ›Die Walküre‹ entbrennen die Zwillinge Siegmund und Sieglinde in Liebe zueinander. Sie können einander riechen. In der Vereinigung der Geschwister – Zitat: ›So blühe denn Wälsungenblut‹ – wird der Held Siegfried gezeugt.«

Ich starrte ihn ungläubig und auch etwas angewidert an.

»Vielleicht hätten sie sich doch besser beherrschen sollen«, sagte ich schließlich, »es kam ja letzten Endes nicht viel Gutes bei der ganzen Geschichte heraus.«

Doris lachte plötzlich auf und erhob sich aus ihrem Sessel.

»Der Wein ist leer«, verkündete sie. »Ich gehe eine neue Flasche aus dem Keller holen. Bis ich zurück bin, werdet ihr dieses reizende Thema hoffentlich abgeschlossen haben.«

»Versteh mich nicht falsch, Eugen«, sagte Rudolf, nachdem Doris das Zimmer verlassen hatte. »Selbstverständlich will ich nicht den Inzest predigen, und auch unsere germanische Religion tut das nicht. Wir reden hier von Ausnahmemenschen, von einer hochstehenden Elite, wie sie den Kindern eines Pharao im alten Ägypten vergleichbar sind. Es gilt eben nur, gewisse falsche Vorstellungen, die sich in den Köpfen der Menschen breitgemacht haben, zu korrigieren.«

»Der neue Pharao wünscht sich demgemäß keine Pharaonenkinder?«

Rudolf lachte. »Das ist nicht mehr Bestandteil unserer Politik. Das Ganze war ein Lieblingsthema von Oskar Behrend, dem ersten Pharao, hat allerdings heute nur geringe praktische Bedeutung. Das Wesentliche – um bei der praktischen Magie zu bleiben – ist selbstverständlich die Erweiterung unseres Bewusstseins, die Übung der Innenschau und die Erweckung verborgener Kräfte.«

»Gehören etwa auch sexuelle Rituale zu dieser praktischen Magie?«

Er schien zu zögern. »Sie sind nicht ausgeschlossen und genießen bei uns sogar einen höheren Grad der Anerkennung als das in anderen Gesellschaften der Fall ist, die ja zumeist reine Männerbünde sind. Aber nur wenige Menschen sind dafür geeignet, einen sexualmagischen Einweihungsweg zu gehen.«

Die Tür ging auf und Doris kehrte mit einer Weinflasche aus dem Keller zurück.

»Wollen wir hoffen, dass es funktioniert und bessere Menschen bei euren Übungen herauskommen«, sagte ich.

»Die Hoffnung wird dich nicht trügen«, erwiderte Rudolf. »Voraussetzung ist natürlich, dass man sich ernsthaft bemüht.«

»Wenn es dir ernst ist, Eugen, halte dich bereit!«, wies Doris mich an, während sie sich daran machte, die Flasche zu entkorken. »Und mach dir keine Sorgen! Es ist kein Nachteil, mit unserer Bewegung verbunden zu sein. Es gibt Pflichten für jedes Mitglied, allerdings winkt auch ein hoher Gewinn; etwas, was du von keiner der Parteien, die sich demokratisch nennen, bekommen kannst.«

»Ich werde mal darüber nachdenken. Wollt ihr mir nicht sagen, wer euer Pharao ist? Der Name klingt ja geheimnisvoll.«

»Er hat nicht umsonst einen geheimen Namen«, erwiderte Doris. »Nicht alle kennen ihn – nur die höheren Grade. Es wird nicht darüber gesprochen, wer der Vorsitzende unserer Gesellschaft ist – und auch nicht, welchem Grad jemand angehört; obwohl man Letzteres natürlich so ungefähr weiß, wenn man länger dabei ist. Wer zu uns kommt, muss diese Bedingungen akzeptieren. Du wirst deshalb von mir keine Antwort bekommen können, und ich lasse offen, ob ich überhaupt weiß, wer der Pharao ist.«

Rudolf lächelte mir aufmunternd zu. »Tut mir leid, mein Lieber, aber auch von mir erfährst du nichts. Die Einhaltung des Schweigegebots ist die erste Pflicht des Apologeten. Komm zu uns – dann wirst du bald sehen!«

Endlich wechselten wir das Thema und plauderten, während wir die Flasche Wein austranken, über belanglose Dinge. Als ich irgendwann ging, begleitete Doris mich zur Tür und trat dort schüchtern auf mich zu, fasste mich an den Schultern und umarmte mich auf eine dezente und vorsichtige Art. Ich konnte nicht vermeiden zu bemerken, dass noch immer eine starke, körperliche Anziehungskraft von ihr ausging, die auch auf mich, ihren Bruder, nicht ganz ohne Wirkung war.

16

Der alte Pfarrer Grüttner lebte noch. »Drüben im Stiftshaus können Sie ihn finden!«, sagte die schwarzgekleidete Nonne, die mich im Eingangsbereich des Vinzenz-von-Paul-Hauses empfing.

Sie schob den Ärmel ihrer Kutte zurück und blickte auf die Uhr an ihrem Handgelenk. »Um diese Zeit macht er normalerweise seinen Spaziergang. Wenn Sie ein ehemaliger Schüler sind, kennen Sie sich ja aus! Gehen Sie in den Garten hinter dem Stiftshaus. Sicherlich begegnen Sie ihm dort.«

Versunken in alte Erinnerungen stapfte ich durch den frisch gefallenen Dezemberschnee. Der Garten, der sowohl an das Stiftshaus als auch das Haus des Heiligen Vinzenz angrenzte, lag an diesem Vormittag verlassen da, die Internatskinder waren in der Schule. Ich bog um eine Ecke und erblickte von Weitem einen älteren Herrn, der mit einem Spazierstock bewaffnet seine einsamen Runden zog.

Ich wählte den Weg, auf dem ich dem Pfarrer begegnen musste. Auf seiner Höhe angelangt, sah er mit Interesse zu mir her und grüßte mich freundlich.

»Herr Pfarrer, schön, Sie nach 20 Jahren wieder einmal zu sehen. Ich bin ein alter Schüler. Sie werden sich nicht mehr an mich erinnern.«

»Oh, wer weiß«, gab der Pfarrer schmunzelnd zurück, »mein Langzeitgedächtnis scheint von Jahr zu Jahr besser zu werden; wie ist denn Ihr Name?«

Nachdem ich ihm meinen Namen und auch meinen Beruf genannt hatte, sagte der Geistliche: »Oh ja! Ganz dunkel erinnere ich mich! Hatten Sie nicht eine Schwester?«

»Ihr Gedächtnis, Herr Pfarrer, ist wirklich erstaunlich.«

»Danke! Dieses Kompliment ist mir das liebste. Kommen Sie und begleiten Sie mich ein wenig auf meinem Weg!«

Wir setzten uns in Bewegung und er fragte: »Wie ist es Ihnen ergangen? Ich freue mich, wenn jemand unserer Ehemaligen zu Besuch kommt und ich erfahre, dass etwas Anständiges aus ihm geworden ist.«

»Kommt das so selten vor?«

»Für diejenigen, die ohne Eltern aufwachsen müssen, ist unsere Schule kein leichtes Los – Sie wissen das besser als ich. Aber lassen wir das! Ich freue mich, dass Sie gekommen sind. Kann ich Ihnen irgendwie helfen? Schließlich sind wir einmal Ihre Familie gewesen!«

Ich fühlte mich auf einmal berührt. Dabei kam mir der Gedanke, dass damals vielleicht nicht alles ganz so schlimm gewesen war, wie es sich in meiner Erinnerung anfühlte.

»Meine Schwester Doris und ich hatten immerhin das Glück, dass wir während des ersten Lebensjahrzehnts die lieben Eltern noch hatten«, erinnerte ich mich, und erzählte ihm einige Dinge über meinen Werdegang. »Anderen erging es schlechter als uns«, fügte ich hinzu. »Ich mag mein Schicksal auch gar nicht beklagen, doch es gibt ein paar Dinge in meinem Leben, die ungeklärt geblieben sind. Ich bin hier, um etwas Licht in diese Zusammenhänge zu bringen.«

Der Pfarrer sah mich ruhig und aufmerksam an, was mir Mut machte.

»Ich habe in letzter Zeit wieder an jemanden denken müssen, der damals einer unserer Lehrer und zu meiner Zeit auch der Leiter des Internats gewesen ist«, sagte ich. »Sein Name war Oskar Behrend.«

Bei der Erwähnung dieses Namens hatte ich das Gefühl,

dass ein leichter Ruck durch die Gestalt des alten Pfarrers ging, aber möglicherweise täuschte ich mich auch.

»Oskar Behrend«, murmelte der Pfarrer, nachdem wir ein paar Meter weitergegangen waren und den kahlen Schatten einer alten Eiche erreicht hatten, »war ein Mann von großen Talenten, allerdings hat er seine Gaben verschenkt.«

»Er hat seine Talente verschwendet, wollen Sie sagen?«

»Sie kennen gewiss die schöne Geschichte von den Talenten, die der Herr, der auf Reisen geht, seinen drei Knechten übergibt«, sagte er. »Es ist eine meiner liebsten Erzählungen aus dem Neuen Testament, und wenn ich an diese Geschichte denke, muss ich an Behrend denken. Er hatte so viele Talente wie der erste Knecht, verhielt sich dagegen wie der dritte, der sein Talent vergrub – oder nein, sogar noch schlimmer –, er hat seine Talente nicht nur vergraben, er hat sie für etwas Böses verwendet.«

»Das müssen Sie mir näher erklären, Herr Pfarrer! Was werfen Sie ihm vor?«

Der Geistliche schien eine Weile nachzusinnen. »Behrend war ein Mann von großen spirituellen Möglichkeiten. Aber anstatt sie dementsprechend zu nutzen, hat er sich zur Umwertung aller Werte bekannt und Entwicklungen Vorschub geleistet, die die natürliche Ordnung der Dinge auf den Kopf stellen müssen. Er hat völlig inakzeptable Wege eingeschlagen, um – wie soll ich sagen? – die verloren gegangene Verbindung des Menschen mit der Transzendenz wiederherzustellen. Diese Worte hätte er selbst wohl beschönigend gebraucht.«

Eine Zeit lang gingen wir schweigend nebeneinander her.

»Meine eigenen Erinnerungen an diesen Mann sind merkwürdig verschwommen«, erzählte ich, »es ist, als hätte ich ihn gekannt und doch nicht wirklich. Er scheint irgendeine Bedeutung für mein Leben gehabt zu haben; einzig vermag ich diese Bedeutung nicht recht zu erfassen.«

Wir umrundeten eine verschneite Hecke und der Pfarrer verlangsamte seinen Schritt.

»Möchten Sie mir von Ihren noch vorhandenen Erinnerungen erzählen?«, fragte er.

»Es fällt mir schwer, sie in Worte zu fassen.«

Ein weiteres Stück Weg verschwand hinter uns.

»Haben Sie mit Ihrer Schwester einmal über Ihre Erinnerungen an Oskar Behrend gesprochen?«, erkundigte sich der Pfarrer und sah mich nachdenklich an. »Ihre Schwester hat ja in jenen Tagen das Leben hier mit Ihnen geteilt.«

»Unser Verhältnis ist nicht mehr das, was es einmal war. Wir haben zwar Kontakt, aber richtig offen können wir nicht miteinander sprechen. Vielleicht fürchte ich, dass ihre Erinnerungen nicht weniger unangenehm und bedrückend als die meinen sind.«

»Sie sollten dennoch einmal das ernste Gespräch mit Ihrer Schwester suchen«, sagte Pfarrer Grüttner, »auch wenn es kein einfaches werden mag. Oskar Behrend hat auf manche der jungen Menschen in seiner Umgebung einen unheilvollen Einfluss ausgeübt.«

»Wie hat sich das denn geäußert?«

Wir wanderten schweigend ein Stück weiter auf unserem Weg, bis er erneut stehen blieb und den Blick auf mich richtete.

»Wie groß ist der Altersunterschied zwischen Ihrer Schwester und Ihnen?«, fragte er unvermittelt.

»Doris ist zwei Jahre jünger.«

Der Pfarrer nickte, als hätte bereits diese Antwort seine schlimmsten Befürchtungen bestätigt.

»Es kommt in einem Waisenhaus ja nicht so selten vor,

dass Geschwisterkinder zusammen hier leben«, sagte er. »Es ist sogar ein häufiger Fall. Geschwisterpaare unterschiedlichen Geschlechts haben Behrend besonders interessiert, jedenfalls dann, wenn sie bestimmte Voraussetzungen erfüllten.«

»Und diese Voraussetzungen waren?«

»Nun«, führte Grüttner zögernd an, »sein Interesse war geweckt, wenn die Kinder deutschen Geblüts waren, kein großer Altersunterschied sie trennte und sie ein leidlich angenehmes Äußeres besaßen.«

»Waren nicht alle Kinder, die hier waren, christlichen Glaubens und deutschen Geblüts? Ich kann mich nicht erinnern, dass es jüdische Kinder bei uns gegeben hätte.«

»Da haben Sie zweifellos recht«, sagte der Pfarrer und sein Gesicht war ernst. »Behrend hatte einen Kreis junger Menschen um sich versammelt – ich nehme an, dass Sie sich daran erinnern, sofern Sie ebenfalls zu diesem Kreis gehört haben.«

»Doris und ich haben zu diesem Kreis gehört; aber meine Erinnerungen sind merkwürdig verschwommen, oder – wie sagt man heute? – es ist mir, als hätte ich vieles von dem, was in diesem Kreis passierte, verdrängt.«

Ich redete so, weil mir daran lag, die Antworten auf die Fragen, die mich quälten, aus dem Munde des Pfarrers zu erfahren – weniger deshalb, weil ich meinen eigenen Erinnerungen nicht traute, sondern mehr, weil ich wissen wollte, in welchem Licht der Pfarrer die damaligen Geschehnisse sah.

»Viel zu lange missachtete ich mit freundschaftlicher Nachsicht jenes, von dem ich bald argwöhnte, dass es ihn umtrieb«, sagte der Pfarrer, »ich bin deshalb nicht ganz unschuldig an dem seelischen Schaden, den er einigen unserer jungen Menschen zugefügt hat. Behrend war von esoterischen Geheimlehren besessen, er war ein Okkultist, der auf subtile Weise versuchte, seine Überzeugungen unter den Schülern nicht nur zu verbreiten, sondern sie auch durch unmittelbare Erfahrungen zu verifizieren. Er hat wohl eine offene Tür gesehen und konnte nicht der Versuchung widerstehen, hindurchzugehen.«

»Von solchen Leuten geht häufig ein unguter Einfluss aus«, stimmte ich ihm zu. »Aber seelischer Schaden? Ich bin bislang nicht auf den Gedanken gekommen, Behrend für meine seelischen Narben verantwortlich zu machen. Wobei: Vielleicht ist sein Schatten in meinem Leben größer, als ich dachte. Ja, diese offene Tür! Doch kann ich die Schuld für meine Verfehlungen nicht bei Behrend suchen. Es wurde ja niemand gezwungen.«

»Gezwungen?«, hakte der Pfarrer leise nach. »Wozu wurden Sie nicht gezwungen?«

Mir wurde unbehaglich zumute und ein leichter Schwindel fasste nach mir. Der Pfarrer war unversehens in die Rolle meines Beichtvaters geraten, das war schließlich auch sein Beruf und gewiss einer der Gründe, weshalb ich ihn aufgesucht hatte. Ich suchte für mich die Absolution.

»Was ist geschehen?«, erkundigte sich Grüttner. »Ihre Erinnerungen sind bei mir in guten Händen. Wenn Sie es ausgesprochen haben, werden Sie sich besser fühlen.«

Er hatte sich drei oder vier Schritte von mir entfernt und sah mich aufmerksam an, als hätte er aus dieser Entfernung ein klareres Bild.

»Wir haben miteinander geschlafen, meine Schwester Doris und ich; nicht nur einmal; ich glaube, es passierte drei- oder viermal.«

Ich fühlte mich wie ein Angeklagter vor dem Richter.

Der Pfarrer Grüttner nickte nur. Er schien eine solche oder eine ähnliche Mitteilung von mir erwartet zu haben.

»Es ist gut, dass Sie es gesagt haben«, betonte er. »Laden Sie keine Asche auf Ihr Haupt; ich selbst hätte nicht weniger Grund, es zu tun! Ihre Schwester und Sie sind einem Verführer zum Opfer gefallen!«

»Behrend hatte nichts damit zu tun«, protestierte ich erneut, aber ich wusste nicht mehr, ob ich es ernst meinte.

»Er hatte viel damit zu tun, das sei Ihnen versichert«, sagte der Pfarrer und erwiderte meinen Blick. »Er hat es Sie nur nicht merken lassen, weil er wusste, wie er vorzugehen hatte, damit so etwas passierte. Er war ein geschickter Manipulator. Die rechte Andeutung, das rechte Wort zur rechten Zeit, die Schaffung eines geeigneten Umfelds – oh ja, er war ein meisterhafter Verführer.«

Ich wischte ein paar Schweißperlen von meiner Stirn. »Nun, wenn Sie es sagen, Herr Pfarrer, dann wird es wohl so gewesen sein.«

Pfarrer Grüttner gab mir mit der Hand ein Zeichen, dass er seinen Spaziergang fortzusetzen wünschte. Mit behutsamen Schritten folgte ich ihm.

»Behrend wollte das Inzesttabu für besonders wertvolle und rassisch geeignete Menschen aufgehoben wissen«, holte er aus. »Er hielt es für einen Anachronismus, für nicht mehr zeitgemäß, weil es seiner Ansicht nach der Geburt höher entwickelter Menschenwesen im Wege stand. Lange Zeit habe ich ihn nicht ernst genommen, und ich war entsetzt, sowie ich entdeckte, dass er begonnen hatte, seinen Ansichten Taten folgen zu lassen, indem er Geschwister, die ihm rassisch geeignet erschienen, zur Aufnahme sexueller Beziehungen animierte, das Ganze esoterisch und halbseiden religiös verbrämt.«

»Es ist nicht die Aufgabe des Menschen, sich selbst besser oder neu zu erschaffen«, fuhr der Pfarrer fort. »Äußere Kraft und Schönheit sind nicht alles – der Mensch hat die

Aufgabe, sein inneres Potenzial zu entwickeln und sich dem göttlichen Geheimnis im Glauben anzuvertrauen. Die Ansicht, die Rassenvermischung sei der Sündenfall der Menschheit, ist ein groteskes Hirngespinst.«

Wir setzten unseren Weg fort.

»Wissen Sie etwas darüber, ob aus solchen Inzestbeziehungen Kinder hervorgegangen sind, Herr Pfarrer?«, sprach ich daraufhin einen Gedanken aus, der mir seit einiger Zeit schon im Kopf herumspukte.

»Ich habe damals dafür gesorgt, dass Behrend unsere Einrichtung verließ und kann nur ahnen, wie es danach weitergegangen ist«, antwortete Grüttner. »Leider liegt es in der Natur der Sache, dass es erfolgreiche Fälle gegeben haben mag, zumal Behrend nicht der Einzige war, der obskuren Rassetheorien anhing. Zurzeit gibt es noch mehr von diesen Leuten. Oft handelt es sich um Menschen, die wie Behrend mit dem christlichen Glauben ihrer Kindheit gebrochen haben und dadurch zu Suchenden – oder besser gesagt: zu Umherirrenden – wurden. Der Wahn der Selbsterlösung, der den Menschen zu Gott erklärt, ist dann die neue Antwort auf ihr unerfülltes religiöses Sehnen. Ich betrachte die Entwicklung in unserem Land mit großer Sorge. Wir müssen Obacht geben, dass es nicht in die Fänge von Dämonen gerät.«

Wir gelangten an ein altes Gemäuer, wo es nicht weiterging, und dort griff ich in meine Jackentasche und zog das darin befindliche Stück Papier heraus.

»Erinnern Sie sich noch an die Namen von Jugendlichen, die zu dieser Zeit zur Umgebung von Behrend gehörten?« So fragend reichte ich dem Pfarrer die Namensliste, die derjenigen aus Roland Oldens Wohnung entsprach. »Sie finden meinen Namen ebenso auf dieser Liste wie den meiner Schwester. Sagen Ihnen die anderen Namen etwas?«

Pfarrer Grüttner senkte die Augen und studierte das Papier aufmerksam.

»Ich kann mich zwar nicht mehr an alle Namen erinnern, einige erscheinen mir doch vertraut – jedenfalls diese beiden hier, Irene und Roland Olden.«

Wirklich überrascht war ich nicht, obwohl ich mich etwas betroffen fühlte, dass der Pfarrer ausgerechnet diese beiden bezeichnete, und ich mit meiner Annahme, der ehemalige Aufenthalt in diesem Hause könne all die Namen auf der Liste zusammengeführt haben, so mitten ins Schwarze getroffen hatte.

»Es waren zwei ganz ungewöhnlich schöne Menschenkinder«, erinnerte sich der Pfarrer, »und daher konnten sie Behrends Aufmerksamkeit natürlich nicht entgehen. Sie waren einst auch schon keine kleinen Kinder mehr, das Mädchen 14, der Junge 16, so ungefähr.«

»Wann waren die beiden hier?«

»Das muss während der Kriegsjahre gewesen sein. Ich weiß es, weil diese beiden der Anlass dazu waren, dass ich Behrend aufforderte, das Haus zu verlassen.«

»Was war denn geschehen?«

»Die Oldens haben ähnliche Erfahrungen machen müssen wie Sie und Ihre Schwester. Mehr muss ich dazu wohl nicht sagen!«

»Sie sind Schicksalsgenossen, deshalb interessiere ich mich für die beiden. Wissen Sie Weiteres über die Oldens? Wer waren die Eltern? Wie kamen die Geschwister hierher?«

Der Pfarrer überlegte. »Die Eltern lebten nicht mehr – da war nur dieser Vormund, ein etwas älterer Herr, den Namen habe ich vergessen, aber er war mit Behrend gut bekannt. Mir erzählte der Vormund, dass er der beste Freund des Vaters der Oldens gewesen sei, bei dem die Kinder bis zu seinem Tod gelebt hatten. Der Vater, auch ein älterer Mann, war bei der Geburt der Kinder wohl einiges über 50 gewesen und vorher angeblich viel in der Welt umhergereist. Er hatte sich in Dresden zur Ruhe gesetzt. Die Mutter der Kinder, obwohl weit jünger, war schon längere Zeit vor ihm gestorben.«

»Kann es sein, dass der Vormund die Kinder in dieses Internat brachte, gerade weil er wusste, dass sie in die Obhut von Oskar Behrend gelangen würden?«

»Behrend war sein Bezugspunkt, ja, das heißt allerdings nicht, dass der Vormund Behrends düstere Vorlieben gekannt und gutgeheißen haben muss.« Er blickte angestrengt vor sich hin. »Es war etwas eigenartig, dass der Vormund nicht lange nach dem Weggang von Behrend aus unserem Hause die Geschwister wieder zu sich genommen hat. Nun, das mag natürlich davon abhängig gewesen sein, dass er aufgrund der Vorkommnisse das Vertrauen zu unserem Haus verloren haben könnte – es wäre ihm nicht weiter zu verdenken gewesen.«

»Wissen Sie noch, wo der Vormund damals wohnte?«

»Ganz dunkel – hoffentlich verwechsele ich nichts – mir ist Friedrichstadt in Erinnerung, aber meine Erinnerung ist wirklich sehr vage. Ich kann mich täuschen. Es wird sich nach so langer Zeit leider nicht mehr feststellen lassen. Die Anschriften von Angehörigen werden nach dem Weggang nur für eine kurze Zeit von uns aufbewahrt.«

»Falls Sie doch noch etwas finden oder Ihre Erinnerung zurückkehren sollte, würden Sie es mir dann mitteilen? Eventuell könnte es mir helfen, den heutigen Aufenthalt der Geschwister zu ermitteln. Ich gebe Ihnen einmal meine Karte, Sie finden darauf meine Telefonnummer.«

Der Pfarrer nahm die Karte, studierte sie eine Weile und steckte sie ein. Ein paar Minuten später erreichten wir die kleine Gartenpforte, die zum Gebäude und zur Straße führte.

»Sprechen Sie mit Ihrer Schwester und suchen Sie die Aussöhnung mit ihr«, sagte der alte Mann zum Abschied. »Es könnte Ihnen beiden helfen. Wir werden uns wohl nicht mehr sehen – deshalb wünsche ich Ihnen schon jetzt ein gesegnetes Weihnachtsfest!«

17

Es war wenige Tage vor Heiligabend, genauer gesagt am Abend der Wintersonnenwende, da erblickte ich beim Erreichen meiner Wohnung ein großes, dunkles Mercedes-Cabriolet, das in Höhe des Hauseingangs am Bordsteinrand im Lichtkegel einer Straßenlaterne parkte.

Ein Mann in Chauffeur-Uniform stand neben der Fahrertür und rauchte eine Zigarette. Unwillkürlich straffte ich mich, gerade rechtzeitig, bevor der Mann seine Zigarette auf den Boden warf und mir mit zwei, drei gemächlichen Schritten entgegenkam.

»Herr Goltz – Sie sind doch Herr Goltz?«

Der Mann blieb ziemlich nahe vor mir stehen, und so warf ich ihm einen Blick zu, der eine Distanz schaffen sollte, zumal ich es nicht mochte, wenn man mich zur Feierabendzeit vor meinem Haus überrumpelte.

»Ich bin heute nicht mehr zu sprechen.«

»Wenn ich meinen Chef richtig verstanden habe, geht es um etwas Privates, eine Einladung. Bitte sprechen Sie selbst mit ihm; es dauert nur eine Minute.«

Ich warf einen Blick zum Wagen hinüber, konnte aber hinter den dunklen Scheiben niemanden erkennen.

»Mit wem soll ich denn sprechen?«

Statt einer Antwort reichte der Uniformierte mir eine Karte, auf der ich las: ›Theodor Hartmann, Rechtsanwalt‹.

Ein Kollege! Was wollte zu dieser Stunde ein Kollege von mir?

Trotz eines unbehaglichen Gefühls begleitete ich den Chauffeur zum Wagen. Der Mann öffnete die Tür zum Fond und lugte in das Innere. Der Insasse beugte sich vor, sein Gesicht im Schatten verborgen, und sowie er sprach, war seine Stimme zwar freundlich, klang allerdings wie geölt: »Setzen Sie sich ein wenig zu mir, Herr Goltz. Wir sind uns noch nicht begegnet. Ich bin ein Freund Ihrer Schwester und wollte Sie bitten, mich auf einen kleinen Empfang zu begleiten.«

Er bewegte sein Gesicht im Lichtschein der Laterne, und ich sah Augen, die über seiner Habichtsnase zu mir herüberblitzten. Ein finsterer Ernst, den ich nicht recht zu deuten vermochte, lag auf seinem Gesicht. Ich dachte mir sofort, dass der Mann nicht ungefährlich war und ich es besser vorerst nicht vermeiden sollte, mich möglichst gut mit ihm zu stellen.

»Ich will nicht unhöflich sein, aber ich bin ein wenig müde und nicht in der Stimmung, heute Abend außer Hauses zu sein«, sagte ich. »Gibt es keinen anderen Termin für die Einladung?«

»Ich gebe zu bedenken, dass diese Einladung Ihrem eigenen Wunsch entspricht. Sehen Sie darin eine Chance, die vielleicht nie wiederkehrt.«

»Aber Sie gestatten mir, dass ich auf ein paar Minuten in meine Wohnung verschwinde, um mich umzuziehen.«

Der hagere Mann im Fond lächelte. »Selbstverständlich!«

Zehn Minuten später stieg ich zu meinem Kollegen in den Wagen. Theodor Hartmann gab dem Fahrer ein Zeichen, und die Limousine stieß mit einem leisen Motorengeräusch vom Bordstein ab. Aus den Augenwinkeln betrachtete ich den Mann, mit dem ich die Rückbank teilte. Er war schlank und wirkte hoch gewachsen, mit einem Gesicht wie Elfenbein, Haare und Schnurrbart so schwarz wie Ebenholz, die harten Augen lächelnd in meine Richtung geneigt.

»Wohin fahren wir?«, versuchte ich ihm das Ziel zu entlocken.

»Alles zu seiner Zeit«, lächelte der Kollege. »Bedienen Sie sich! Was zu trinken oder eine Zigarette?« Er ließ die Türen eines Cocktailschränkchens aufspringen und nahm eine Packung Zigaretten aus seiner Jackentasche.

Ich nahm ihm eine Zigarette ab und Hartmann zündete auch sich selbst eine an.

»Waren Sie im Krieg?«, fragte er, nachdem wir eine Weile geraucht hatten.

»Ja, zuerst im Westen, anschließend zwei Jahre an der Ostfront.«

»Ostfront – na, da haben Sie ja Glück gehabt. Welchen Rang hatten Sie?«

»Ich war Leutnant. Und Sie?«

»Major.«

Die Fahrt ging nach Nordosten. Bald darauf überquerte die Limousine den Potsdamer Platz, in dessen Mitte ein großer Weihnachtsbaum leuchtete. Der Wagen rollte in die Leipziger Straße, bog dann rechts in die Jerusalemer Straße und schwenkte kurz darauf in eine nach links abzweigende Straße ein, auf der es wieder nordöstlich ging. Die Lichter wurden schwächer, als die Limousine durch düstere Alleen glitt, an riesigen Häuserfassaden mit dunklen Balkons und nur vereinzelt erleuchteten Fenstern entlang.

»Keine jüdischen Vorfahren?«, warf mir Hartmann in einem Tonfall entgegen, als ob er ein Recht auf eine Antwort hätte.

»Wenn meine Schwester keine hat – so habe ich wohl auch keine.«

»Seien Sie nicht so unfreundlich, lieber Kollege Goltz!«, erwiderte Hartmann. »Ich muss Ihnen diese Fragen stellen.«

»Warum? Es geht Sie überhaupt nichts an!«

»Wir wollen uns nicht streiten«, lenkte Hartmann ein.

»Dann sollten Sie Ihren Ton ändern«, erwiderte ich.

»Gut! Ich entschuldige mich – wiederhole jedoch ganz höflich meine Frage.«

»Und ich erwidere Ihnen darauf ganz höflich, dass mir keine solchen Vorfahren bekannt sind.«

»Wer sind oder waren Ihre Eltern?«

»Meine Schwester hat dieselben. Hat sie Ihnen das nicht erzählt?«

Hartmann lachte. »Sagen wir mal – ich erinnere mich nicht mehr. Nichts für ungut! Erzählen Sie es mir einfach noch einmal. Ich muss es auch von Ihnen hören!«

»Sie machen keine gute Reklame für Ihre Gesellschaft.«

»Lieber Herr Kollege, Sie sind nicht mein Kunde, sondern jemand, der sich um die Aufnahme in einer Organisation bewirbt.«

Also erzählte ich dem Kollegen, was er hören wollte, allerdings nur in der erdenklich knappsten Form.

Hartmann bedankte sich mit einem Nicken, dann wandte er den Kopf zur anderen Seite und sah für einige Momente durch das Fenster in die Dezembernacht hinaus, als versuchte er sich zu vergewissern, wo wir uns gerade befanden.

Schließlich tippte er dem Fahrer, von dem nur der breite Rücken zu sehen war, auf die Schulter, dieser fuhr den Wagen an den Straßenrand und stoppte bei laufendem Motor.

Ich war durch das Gespräch mit Hartmann so abgelenkt worden, dass ich Schwierigkeiten hatte, an der verschneiten Häuserzeile auszumachen, wo genau wir uns befanden. Die Straße, in der wir warteten, war mir fremd.

Hartmann sah wieder zu mir und sagte: »Sie werden es vielleicht ungewöhnlich oder gar lächerlich finden, aber ich möchte Sie bitten, mir einen Gefallen zu tun und dies hier«, er hielt eine schwarze Schlafmaske hoch, »für fünf bis zehn Minuten aufzusetzen. Es lässt sich leider nicht vermeiden!

Sie brauchen keine Angst zu haben. Wir werden Sie in ein paar Stunden wohlbehalten zu Hause abliefern. Bitte – es tut auch nicht weh.«

Ich tat, wie mir geheißen, und gleich darauf umgab mich absolute Finsternis. Der Wagen fuhr wieder an und setzte seine Fahrt nach einem vorherbestimmten Ziel fort. Während der folgenden Minuten herrschte Schweigen im Fond, auch von draußen hörte man nichts, was an den verschneiten Straßen und der vorweihnachtlichen Stille lag.

Der Wagen bog um mehrere Ecken. Mir kam es vor, als ob er in einer Art Kreisbewegung fuhr. Ich sollte wohl auf diese Weise die Orientierung verlieren. Nachdem der Wagen erneut gestoppt hatte und der Motor diesmal abgestellt wurde, durfte ich die Augenklappen wieder abnehmen.

Beim Blick durch das Fenster sah ich, dass wir uns in einem Innenhof befanden, der von haushohen Mauern umgeben war. In dem Torbogen, durch den wir gekommen waren und dessen schmiedeeisernes Tor bereits wieder verschlossen war, brannte ein Licht, ansonsten war es dunkel in dem Hof, neben dem ein mächtiges schwarzes Gebäude in den verschneiten Himmel ragte. Ich hatte das Gefühl, dass wir uns trotz der langen Fahrt nicht weit vom Stadtzentrum entfernt hatten, sondern uns noch immer in Friedrichstadt oder in Luisenstadt befanden, irgendwo im alten Herzen von Berlin.

Wir stiegen aus dem Wagen, stapften durch den Schnee auf einen Hintereingang des Gebäudes zu und gelangten über eine Treppe und eine weitere Tür in eine düstere, nur spärlich erhellte Eingangshalle. Dort ging Hartmann zu einen Fahrstuhl voraus, der ebenfalls in ein schmiedeeisernes Gitterkleid eingefasst war; der Chauffeur blieb im Foyer zurück.

Oben angekommen, öffnete sich die Tür des Lifts direkt

in der Wohnung. Hartmann und ich standen auf dem hochglänzend lackierten Boden eines Vestibüls. Gegenüber befand sich eine Tür, zu der er einen Schlüssel besaß. Dahinter lag ein Gang, an dessen Wänden in bronzenen Kehlungen schwache Lampen brannten. Es war wie damals in New York, und ich fühlte mich unwillkürlich an das unheimliche Apartmenthaus erinnert.

Mit Ausnahme von einer alten Ritterrüstung, die den Gang mit ihrer Lanze zu bewachen schien, war niemand zu sehen. Nachdem wir sicherlich 20 Meter des Ganges hinter uns gebracht hatten, blieb Hartmann stehen und schob eine bis zur Decke reichende Flügeltür zu seiner Rechten auf.

Wir befanden uns in einer weitläufigen Bibliothek mit einer hohen Wandleiter, die sich auf Schienen bewegen ließ. Die in die Wände eingelassenen Bücherschränke waren gefüllt mit alten Lederbänden. Das Licht in dem Raum kam von zwei Messingtischlampen mit grünen Schirmen zu beiden Seiten eines Polstersofas, in dem ein älterer graumelierter Herr in den 60ern saß, der offenbar bis zum Augenblick unseres Eintretens in einem der vielen Bücher gelesen hatte. Er klappte das Buch zu und legte es neben sich auf ein Beistelltischchen, dann erhob er sich und kam mit ausgestreckten Händen auf uns zu.

Er begrüßte Hartmann und wandte sich dann mir zu: »Herr Goltz, ich bin erfreut, Sie heute Abend bei uns begrüßen zu dürfen.« Er hielt meine Hand einen Moment länger fest, als es üblich war, und sah mich erwartungsvoll an. »Man hat mir bereits von Ihnen erzählt.«

»Ich hoffe, nur Gutes.«

»Mein Wissen stammt von Ihrer werten Schwester«, sagte er und verzog das Gesicht zu einem doppeldeutigen Grinsen. »Allerdings habe ich mich Ihnen noch nicht vorgestellt! Mein Name ist Karl Wilhelm Santor.«

Ein eigenartiger Name, dachte ich, und es kam mir in den Sinn, dass mir kein Name eingefallen wäre, der besser zu meinem Gegenüber gepasst hätte als dieser.

Santors Gesicht war etwas blass und dennoch nicht bleich, er hatte dicke graue strähnige Haare und dunkle Augen, die demjenigen, der ihn befragte, Blitze entgegenzuschleudern drohten. Doch trotz des diabolischen Zugs, der ihm anhaftete, war es kein unfreundliches Gesicht. In seinem Tweedanzug wirkte Santor in der besonderen Atmosphäre des Raums wie ein geheimnisvoller und sonst ganz netter englischer Lord.

Stand ich dem höchsten Priester des Ordens gegenüber? Dem Vorsitzenden der Gesellschaft der ›Brüder und Schwestern‹ – dem Pharao? Arnheim hatte mir erzählt, dass Santor einer der Gründer der Gesellschaft gewesen war, und obwohl ich mir diesen geheimnisvollen Pharao oder Gründervater ungefähr so wie Santor vorgestellt hatte, war ich von seiner einnehmenden Erscheinung überrascht.

»Herr Santor, vielen Dank, dass ich hier sein darf.«

Wir setzten uns in die schweren Sessel. »Ich bin froh, dass Sie den Weg zurück in unsere Gemeinschaft gefunden haben«, erwiderte Santor. »Gewissermaßen haben Sie doch immer zu uns gehört.«

»Geben Sie mir nicht das Gefühl, ich sei ein heimgekehrter verlorener Sohn.«

»Sind Sie es denn nicht?«, lächelte Santor. »Es ist keine Schande, ein heimgekehrter verlorener Sohn zu sein.«

Mein Blick fiel auf seine linke Hand, an der er einen sternförmigen Saphir trug, der, gefasst in einen goldenen Ring, zwei ineinander verschlungene Nattern darstellte.

»Ein Mensch ist dort zu Hause, wo er eine Aufgabe hat«, fuhr Santor fort. »Wir werden Ihnen eine Aufgabe geben. Wenn Sie nur wollen, werden Sie bei uns finden, wonach Sie schon immer gesucht haben. Dann – das kann ich Ihnen versprechen – werden Sie gewiss das Gefühl haben, endlich zu Hause angekommen zu sein.«

»Wer fände wohl nicht gern eine Aufgabe, die er gern zu erfüllen vermag?«

»Gern oder nicht gern; das ist nicht entscheidend! Eine Aufgabe kann auch übernommen werden, weil man begreift und erkennt, dass die eigene Tat unabweisbar ist.«

»In der Tat! Wenn das Gewissen es einem gebietet, muss man handeln!«

»Sie sprechen vom Gewissen und gehen davon aus, dass die meisten Menschen über eines verfügen!«, lächelte Santor. »Dabei hat ein Großteil der Menschen nicht einmal ein Bewusstsein ihrer selbst. Das Gewissen ist ein Zustand, in dem es keine Widersprüche gibt, und hat mit Moral, woran die Leute für gewöhnlich denken, wenn sie von ihrem Gewissen reden, überhaupt nichts zu tun.«

»Ein Verständnis für Moral ist für mich unabweisbar, um zu wissen, wie ich mich verhalten soll. Sonst könnten Antriebe Macht über mich gewinnen, denen ich nicht gewachsen bin.«

Santor machte eine wegwerfende Handbewegung. »Moral ist nur eine Art der Selbstsuggestion. Was in China moralisch ist, ist in Europa unmoralisch. Und was in Europa unmoralisch ist, ist in China moralisch.«

»Ich bin aber kein Chinese. Außerdem glaube ich, dass Gut und Böse an sich existieren; egal, ob jemand in Europa oder in China lebt.«

»Man kann sagen, dass es das Böse für den subjektiven Menschen überhaupt nicht gibt«, entgegnete Santor so freundlich wie entschieden, »denn niemand tut je absichtlich etwas Böses. Jeder handelt im Interesse des Guten, so wie er es versteht. Allerdings versteht es jeder auf eine andere Weise. Infolgedessen schlachten und töten die Menschen einander im Interesse des Guten. Der Grund ist wieder genau der Gleiche. Die menschliche Unwissenheit und der tiefe Schlaf, in dem sie leben. Wenn ein Mensch versteht, dass er schläft, und aufwachen will, ist alles, was ihm aufzuwachen hilft, gut – und alles, was ihn daran hindert, böse.«

»Mag sein. Für mich ist nur wichtig, dass ich Herr meiner Entscheidungen bin. Nur so kann eine übernommene Aufgabe die meine sein!«

»Da die Menschen schlafen, können sie überhaupt keine Entscheidungen treffen«, sagte Santor, »dafür fehlt es ihnen an Willenskraft. Zu der Arbeit an sich selbst, die zum Erwachen führen soll, gehört auch die Entwicklung des eigenen Willens. Die Leute haben Furcht davor, dem Willen eines anderen Menschen untergeordnet zu sein. Dabei ist die vorübergehende Unterwerfung unter den fremden Willen ihre einzige Chance, zu erwachen, und dadurch individuelle Unsterblichkeit zu erlangen.«

Alle Achtung, Gnostizismus, Mystik und Magie, dachte ich, zusammengeschüttet und durchgerührt – ohne einen Funken Sinn und Verstand. Warum sollte ich mich darüber mit Santor streiten, was würde das bringen?

Santor beugte sich ein Stück vor und betrachtete mich weiterhin freundlich. »Vor langer, langer Zeit befand ich mich in der gleichen Situation wie Sie heute«, sagte er, »und ich habe es nicht bereut, dass ich dem Rat, den man mir ehemals gab, bereitwillig folgte. Ich möchte nicht anmaßend klingen, jedoch gibt es viele, die froh wären, böte sich ihnen jemals die Chance, wie ich sie Ihnen heute gewähre.«

Ich hätte bei alledem nicht behaupten können, dass seine weitschweifigen Erklärungen vollständig an mir abgeprallt wären. Der Mann war eine Persönlichkeit, das spürte ich deutlich, wenngleich eine Persönlichkeit der dunklen Art. Ein interessanter Mensch war er allemal. Ich wusste auch, dass man immer, wenn man irgendwelche neuen Theorien hörte, eine instinktive Haltung der Ablehnung gegen diese einnahm, aber das bedeutete nicht, dass man resistent gegen sie war. Ein geschickter und kraftvoller Manipulator war durchaus in der Lage, die ihm entgegengebrachten Widerstände durch Beharrlichkeit und Wiederholungen und durch den geschickten Einsatz seiner Verführungskünste zu brechen. Santor war nicht nur einer der Gründer der Gesellschaft, sondern hatte sicherlich auch Oskar Behrend gut gekannt, und gerade weil er eine sympathische Ausstrahlung besaß, war mir klar, dass ich allen Anlass hatte, vor ihm auf der Hut zu sein.

»Darf ich fragen, wie alt Sie sind, Herr Santor?«, erkundigte ich mich, weil irgendetwas an seinem Äußeren ungewöhnlich war.

»Natürlich – ich bin im vergangenen Monat 84 Jahre alt geworden.«

Ich musste ihn wohl konsterniert angesehen haben, denn Santor lachte laut auf und sagte: »Glauben Sie es mir etwa nicht? Ich zeige Ihnen gern meinen Ausweis. Da steht es schwarz auf weiß, dass ich am 5. November 1848 zur Welt gekommen bin.«

»Sie sehen gute 20 Jahre jünger aus.«

Er nickte und erweckte den Eindruck, das Kompliment des Öfteren gehört zu haben, sodass es ihn nicht mehr nachhaltig beeindrucken konnte. »Wir haben es selbst in der Hand, wie alt wir werden und aussehen. Eigentlich müssten Sie sagen, dass nicht ich jung aussehe, sondern dass im Gegenteil die meisten Menschen weit älter aussehen, als sie ihren Jahren nach sind.«

»Gestatten Sie mir trotzdem die Frage, wie Sie es gemacht haben, sich so jung zu halten?«

Santor hob auf eine sympathische Weise die Brauen und lächelte. »Indem ich die Selbstheilungskräfte meines Körpers in einen optimalen Zustand versetzte. Eine richtige

Ernährung und die rechte Lebenseinstellung gehören dazu; doch darüber hinaus haben wir Methoden entwickelt, die es uns gestatten, unsere feinstofflichen Energien zum Wohl unseres Körpers wie unserer Seele zu benutzen. Wir verfügen über wirksame Mittel, die das Leben bereit hält, für die aber die meisten Menschen kein Gespür oder keine Augen haben.«

Hartmann, der sich bisher zurückgehalten hatte, hüstelte, und sobald ich ihn anblickte, verzog er das Gesicht zu einem breiten Grinsen.

»Auf die richtige Haltung kommt es an«, gab er zum Besten. »Unser Weg ist die Tat. Die entschiedene unerschrockene Tat, das Ergreifen der Kraft, die eine verborgene Eigenschaft unseres Blutes ist. Wir gehen weit über die normalen Grenzen hinaus – anderenfalls können wir nicht gewinnen. Wir sind nicht bescheiden.«

Erst bei seinen letzten Worten sah er von Santor zu mir, gleich darauf wanderte sein Blick in die Ferne; er schwieg.

Santor seufzte und sah mich an. »Das hat er schön gesagt, unser Herr Hartmann, nicht wahr? Er ist ein wahrhaft unentbehrliches Mitglied unseres Ordens.«

Hartmann machte ein zufriedenes Gesicht. Ihm schien die Ironie der Bemerkung entgangen zu sein.

»Seien Sie beruhigt, lieber Herr Goltz«, sagte Santor. »Es werden heute Abend keine unerschrockenen Taten von Ihnen verlangt. Bleiben Sie ein, zwei Stunden hier. Anschließend werden Sie sehen, ob es Ihnen bei uns gefällt. Es gibt in dieser Nacht eine Zusammenkunft einiger auserwählter Mitglieder unseres Ordens, deshalb möchte ich Sie einladen, daran teilzunehmen. Bilden Sie sich selbst ein Urteil. Sie gehen keinerlei Verpflichtungen ein. Entscheiden Sie später, was Sie von uns halten. Sofern Sie Vorurteile hegen, stellen Sie diese nur für den heutigen Abend beiseite; es wird Ihnen nicht schwer fallen. Nehmen Sie die Einladung an?«

Ich nickte. »Ich werde mich bemühen, völlig unvoreingenommen zu sein.«

Santor blickte auf seine Armbanduhr. »Es ist nun auch Zeit«, verkündete er und erhob sich aus seinem Sessel. »Lassen Sie uns gehen!«

Die Wohnung war labyrinthisch. Über einen Flur, an dessen Seiten geheimnisvoll schimmernde Wandleuchten hingen und der nach ungefähr zehn Metern um eine Ecke ging, kamen wir zu einem dunkelblauen Samtvorhang. Wir blieben stehen und Santor zog ihn zur Seite. Dahinter befand sich eine Eisentür, die anscheinend verschlossen war.

Hartmann wandte sich zu mir herum. »Hier«, sagte er, »setzen Sie das auf!«

Diesmal hielt er keine schwarze, sondern eine silberfarbene Maske in der Hand, mit der man, bis auf die freien Schlitze für die Augen, die obere Hälfte des Gesichts bedeckte. Ich zog sie über den Kopf. Hartmann setze sich eine ähnliche Maske auf; nicht aber Santor, der stattdessen einen Schlüssel in die Hand genommen hatte, mit dem er nun vorsichtig die eiserne Tür aufschloss. Über eine enge Treppe, die wir hinunterstiegen, erreichten wir eine weitere Eisentür, die Santor mit demselben Schlüssel öffnete.

Hinter einem Samtvorhang, der die Tür von der dahinter gelegenen Räumlichkeit trennte, schimmerte Licht, und wie von fern her war gedämpftes Stimmengemurmel zu vernehmen. Hartmann schob den Vorhang einen Spaltbreit zur Seite und spähte hindurch, als sei ihm daran gelegen, den Eingang, durch den wir den Raum betraten, vor den bereits darin anwesenden Personen zu verbergen. Schließlich gab er uns ein Zeichen und trat als Erster in den Flur; Santor und ich folgten ihm. Wir gingen um eine

Ecke herum und betraten dahinter einen größeren Raum, dessen Türen offen standen.

Eine ungewisse Gesellschaft geisterte im gedämpften Licht von Gaslampen und Kerzenleuchtern umher. Hie und da wandte jemand den maskierten Kopf und gespensterhafte Augen ruhten für Momente auf Santors dunkel leuchtendem, unmaskiertem Gesicht; aber niemand begrüßte uns. Wäre nicht diese Stille gewesen, hätte man glauben können, auf einem Faschingsball in einem öffentlichen Lokal zu sein. Die meisten Anwesenden waren Männer, ausnahmslos in dunklen Anzügen gekleidet, sodass das Gästebild sonderbar einheitlich wirkte. Einige schmuckglitzernde Frauen in Abendgarderobe verfeinerten dieses Bild. Insgesamt waren nicht ganz 30 Personen zugegen. Soweit ich es wegen der Masken beurteilen konnte, befanden sich weder Arnheim noch Haller noch meine Schwester Doris oder ihr Ehegatte unter den Anwesenden.

Ein schönes, halb nacktes Mädchen in einem dünnen, fast durchsichtigen Trägerkleidchen stand etwas verloren in einen Türrahmen gelehnt. An der Art, wie die anderen Gäste ihr Blicke zuwarfen, spürte ich, dass sie keineswegs übersehen wurde, sondern vielmehr ein besonderer Gegenstand der Aufmerksamkeit war und sogar den heimlichen Mittelpunkt der seltsamen Abendgesellschaft bildete.

Das Mädchen war unmaskiert. Von ihrer körperlichen Makellosigkeit wie gebannt, erkannte ich erst beim zweiten Blick, dass es sich bei der Schönen um Veronika handelte, Arnheims charmantes Hausmädchen, dem ich vor ein paar Wochen erstmals begegnet war.

Santor ging auf sie zu, begrüßte sie mit einem dezenten Handschlag und sprach eine Weile leise auf sie ein. Sie sah ihn nicht an, während sie seinen Worten lauschte, aber als Santor von ihr abließ, löste sie sich von dem Türrahmen und schritt aufrecht und gelassen in die Mitte des Raums, wo sie stehen blieb. Sie reckte den schwanengleichen Hals, schaute mit unbestimmtem Blick in die Ferne. Sofort bildete sich eine Art Halbkreis um sie herum, und ich sah, dass die Gesichter der anwesenden Gäste sich nun ganz unverhohlen in gespannter und erwartungsvoller Weise auf ihre berückende Erscheinung zuwandten.

Zwei maskierte Männer aus der Schar der Gäste traten hinter Veronika und halfen ihr, sich von dem dürftigen Rest ihrer Kleidung zu befreien.

Nackt stand sie da und badete im Glanz der Beleuchtung, ein selten reizvolles Geschöpf mit schlanken Gliedern und schmalen Hüften – ganz unbekümmert genoss sie das Licht, als würden die lüsternen Blicken der Gäste sie in keiner Weise stören. Sie schien genau zu wissen, dass sie Besseres als die Blicke dieser Leute nicht nur verdiente, sondern bald auch bekommen würde.

Santor trat wieder neben sie, nahm ihren Arm und führte sie ein Stück zur Seite, zu einem tischartigen Möbelstück in der Nähe der Wand, das wie ein Altar wirkte, da es von den Kerzen darüber hell beleuchtet wurde. Es war kein richtiger Tisch, sondern ein x-förmiges Gestell, auf das sich Veronika nun legte. Sie spreizte die Beine und legte die ellenlangen Arme über den Kopf. Die beiden Männer, die sie zuvor entkleidet hatten, griffen nach weißen Schnüren und banden ihre Fußgelenke und ihre Handgelenke an dem Holzgestell fest; danach schoben sie das Gestell mit der gefesselten Schönen mitten in den Raum und in den Halbkreis der anwesenden Gäste hinein.

Santor war hinter ihren Kopf getreten und murmelte nun Sätze, die einem okkulten Ritual angehörten. Sie klangen wie aus einer fremden Sprache und waren mir unverständlich. Als er nach ein paar Minuten Gemurmel wieder schwieg, herrschte eine absolute, aber gespannte Stille in dem Saal.

Ein, zwei weitere Minuten vergingen, dann hörte ich ein Geräusch und sowie ich mich in die Richtung drehte, aus der es gekommen war, erblickte ich einen lediglich mit einer Maske bekleideten Mann, in dessen hoch gewachsener und wohl gebauter Gestalt ich sofort das männliche Pendant zu Irene Varo erblickte. Er war es wirklich, er musste es sein, ich war mir vom ersten Moment an ganz sicher: Roland Olden, Irenes Bruder.

Er trat in den Halbkreis und an das Gestell zwischen die Beine der gefesselten Veronika, deren Augen vor Freude aufleuchteten, während sie den Kopf etwas anhob und den ehemals Gekreuzigten vor sich erblickte. Er schien unter seiner Maske zurückzulächeln, bevor er begann, ihre schmalen Hüften zu streicheln, und sobald sie so weit war, gab ihm Veronika mit einem Seufzer ein Zeichen und hob ihr Becken, um ihn in sich aufzunehmen. Mit einer ruhigen Bewegung drang er tief in sie ein.

Schon bald bildete sich auf Veronikas Zügen das Vergnügen ab, das ihr ihr Partner bereitete, zusammen mit einer Art von Triumph darüber, dass sie, obwohl gefesselt und dem Licht wie den lüsternen Blicken der Zuschauer gnadenlos ausgesetzt, doch diejenige war, auf deren Seite sich körperliche Schönheit und sexuelle Wonnen vereinigten. Dieser Gewissheit entsprach es, dass sie ihre sexuellen Gefühle vor denjenigen, die sie im Halbdunkel umstanden, in keiner Weise zu verbergen suchte. Ihr selbstvergessenes Wimmern, die herausfordernde, lüsterne Lieblichkeit der Bewegungen ihres Körpers – all dies führte auch bei mir zu der erschütternden Erkenntnis eines unbewussten, dennoch gewaltigen Mangelgefühls, dem zu entkommen ich nicht vermochte.

Von den anderen Umstehenden, die fasziniert das gelassene und unaufgeregte Liebesspiel des jungen Paares betrachteten, wagte es keiner, auch nur ein Geräusch zu machen. Alle schienen auf etwas Weiteres zu warten, auf etwas noch Größeres, auf das der erregende Liebesakt bei aller Schönheit und süßen Schärfe erst hinführen mochte.

Unterstützt von den tastenden Berührungen des jungen Mannes hatte Veronika tief und konzentriert zu atmen begonnen. Jeder Anwesende, so auch ich, merkte, dass der Liebesakt in eine neue Phase getreten war. Veronikas Blick war nun offen und direkt auf ihren Partner gerichtet, als ob sie seine Augen in den Schlitzen der Maske gesucht und endlich gefunden hätte; sie wirkte nun, als wäre sie vollständig und ausschließlich auf ihr Gegenüber konzentriert und dadurch noch unempfänglicher gegenüber allem, was außerhalb des unsichtbaren Mantels geschah, der die beiden Schönen in ihrem freimütigen Liebesspiel umgab.

Zugleich war die Luft im Raum wärmer und stickiger geworden, so als ob sie sich gleichsam verdichtet hätte, was nicht nur der sexuellen Hitze der beiden Akteure oder der Erregung der Zuschauer geschuldet war. Etwas anderes, nicht Sichtbares und Unaussprechliches war wohl im Zimmer anwesend. Dadurch hatte ich das dumpfe Gefühl, von etwas umgeben zu sein, das sich meinem Verstand entzog.

Plötzlich erklang von irgendwoher eine Türglocke.

Ich starrte in die Richtung, aus der das Geräusch gekommen war, und sah, wie sich außerhalb unseres kleinen Kreises direkt hinter dem Gestell mit den Liebenden etwas bewegte. Ein Gesicht wurde sichtbar, ein Kopf, der sich auf Höhe eines stehenden Menschen von durchschnittlicher Größe befand. Es leuchtete weiß, war ernst und alterslos, die Lippen zu einem angedeuteten Lächeln geöffnet. Erst jetzt bemerkte ich auch die Gestalt, die zu dem Gesicht gehörte, ein Mann, der in ein silbernes Gewand, einen seltsamen bis zum Hals geschlossenen Anzug, gekleidet war.

»Die Toten kamen zurück von Atlantis, wo sie nicht fanden, wonach sie suchten; sie hoffen, sie finden es in dieser Zeit. Ist hier das Land, sind hier die Menschen, nach denen sie begehren, Menschen, in denen die Fülle neu entstanden ist? Ich bin ihr Bote und ich habe ihnen zu melden, ob der Tag, den sie erwarten, bereits gekommen ist.«

Seine Stimme klang heiser und guttural. Santor, der ihm am nächsten stand, antwortete: »Der Tag wird kommen, Meister, er ist noch nicht da, aber schon nahe!« Dann drehte er sich ein Stück zur Seite und wies mit der Hand auf das Paar, das sich in seinem Geschlechtsakt von dem Erscheinen des Wesens nicht hatte stören lassen, und sagte: »Herr, das Werk ist bereitet, ein neues Kind der Zeit ist von uns auserwählt, die Vollendung zu erlangen, ein Kind der Jugend, der Schönheit und der Tat. Erbarme dich ihrer; wir haben dir eines unserer schönsten Kinder als Opfer dargebracht. Entscheide, ob die junge Frau, die wir auf den Altar gebunden haben, würdig ist, noch im Leben erhöht zu werden. Solltest du sie nicht für würdig befinden, so erhöhe sie durch ein Opfer aus Fleisch und Blut!«

Mit plötzlichem Erschrecken musste ich an sexualmagische Opferrituale denken, an Rituale von der Art, wie sie James Frazer in seinem ›Goldenen Zweig‹ aus alten Zeiten und fremden Kulturen beschrieben hatte. Jäh ging mir durch den Kopf, was ich über diese Dinge gelesen hatte; etwa die Schilderungen, die davon handelten, wie das schönste Mädchen der Gruppe entkleidet, vom schönsten Jüngling genommen und während des Koitus vom Priester getötet wurde. Diese Gedanken verbunden mit meinem Wissen um den zweifelhaften Charakter der okkulten Gruppe, an deren Zeremonie ich mehr gezwungenermaßen als freiwillig teilnahm, bewirkten, dass ich mich ganz und gar unbehaglich zu fühlen begann. Ich überlegte, ob es mir wohl gelingen könnte, dem bösen Spuk ein Ende zu bereiten, falls sich hier tatsächlich etwas vorbereiten sollte, das so etwas wie ein rituelles Menschenopfer war. Wenn es wirklich ernst wurde, sagte ich mir, würde ich einschreiten müssen; aber zugleich hatte ich das untrügliche Gefühl, dass ich wahrscheinlich nicht viel würde ausrichten können, sondern in dieser Umgebung ziemlich machtlos war.

Santor trat einen Schritt von dem Opfertisch zurück, wie um dem Fremden zu bedeuten, dass er dem Altar näher treten möge, und nur einen kurzen Augenblick, im Handumdrehen hatte dieser seinen Standort gewechselt und sich dabei bis an das Kopfende des Mädchens heran bewegt. Das kalte weiße Licht, das von seinem Gesicht abzustrahlen schien, zeichnete nun jede Einzelheit seiner Züge mit Genauigkeit ab: die dunklen Höhlen unter den bewegten, ausdrucksstarken Augen, die Linie zwischen den nicht ganz geschlossenen Lippen. Es war ein Licht, das nicht bestimmt war, etwas anderes außer sich selbst zu erhellen. Doch je länger ich die Details des Gesichts in Augenschein nahm, umso mehr war mir, als könne ich darin die Züge des unheimlichen Oskar Behrend ausmachen. Das war natürlich kompletter Unsinn und wollte wahrscheinlich meinen Verstand beleidigen, der solcherlei Trugbilder nicht gewöhnt war. Bei näherem Hinsehen erkannte ich, dass das Gesicht geschminkt war, vielleicht sogar auf eine schwer erkennbare Weise maskiert. Wer sich hinter der Erscheinung des bizarren Zauberpriesters tatsächlich verbarg, blieb mir allerdings verborgen.

Veronika ließ die geweiteten grünen Pupillen nach oben gleiten und betrachtete den Mann über ihrem Kopf ganz ohne Angst. Ihre Erregung hatte wohl jegliche Furcht beseitigt. Der unheimliche Priester aber bewegte seine weiß leuchtende Hand auf den Scheitelpunkt ihres Hinterkopfs zu und ließ sie dort einige Zeit verweilen, bevor er sie über ihre Stirn weiter bis an die Nasenwurzel zwischen ihren Augen gleiten ließ. Dann wanderte die Hand über ihren Kehlkopf und nahm dort eine neuerliche Ruheposition ein, ruhte dann eine Zeit lang zwischen ihren kleinen Brüsten und glitt über ihren Bauch weiter in Richtung ihres Unterleibs vor. Es hatte etwas Magisches an sich, dessen Sinn sich mir jedoch verbarg.

Veronika blieb ruhig. Ihre Aufmerksamkeit hatte sie anscheinend vollständig zwischen ihrem Sexualpartner und dem unheimlichen Dritten geteilt. Doch als die Hand des Zauberers wieder zurück nach oben glitt und eine länger anhaltende Kreisbewegung über ihrem Solarplexus vollzog, da schrie sie mit einem Mal auf: »Oh Gott, ich verbrenne!« Und während sich ihr gefesselter Körper streckte und sich in krampfartigen Stößen bäumte, schrie sie gleichermaßen aus Angst und Lust: »Oh nein, oh nein! Bitte, bitte nicht!«

Ich war drauf und dran, meiner Empörung ob des inszenierten Unfugs lauthals Ausdruck zu verleihen. Bevor es aber so weit kam, lief plötzlich eine Welle der Entspannung durch Veronikas gestreckte Gestalt und ihre Schreie gingen in freudiges Jauchzen über.

Als es vorüber war, warf sie ihren Kopf zur Seite und blickte in die Richtung, in der ich stand. Beim Anblick ihrer entspannten Züge konnte ich die Illusion nicht verdrängen, in das Gesicht einer Isis-Priesterin zu schauen, das in die Wand einer geheimnisvollen, längst unterm Wüstensand vergrabenen Pyramide gemeißelt war. Ihre Augen strahlten und ihre Haut schimmerte wie reine Seide. Sie war wunderschön, ja, von vollendeter Schönheit, und ich registrierte erleichtert, dass der Kelch des Menschenopfers an ihr vorübergegangen war.

Die Hand des Priesters glitt zurück, Veronika schloss die Augen und Olden löste sich von ihr. Er trat an die Seite des Opferkreuzes und begann, ihre Fesseln an Hand- und Fußgelenken zu lösen. Nachdem er den Altar einmal umrundet hatte, nahm er sie bei der Hand und half ihr vom hölzernen Gestell. Sie sah niemanden an, beachtete auch den unheimlichen Priester nicht, sondern hatte allein für ihren Partner Augen, der nun seine Hand um die Taille des jungen Mädchens legte. Und so nackt und herrlich die beiden anzusehen waren, verließen sie den Kreis, den all diese Zuschauer bildeten. Sie verschwanden durch das Dunkel des Raums zur Tür hinaus.

Einige Augenblicke lang herrschte Stille unter den Verbliebenen. Dann gab es eine kleine Erschütterung, ein warmes Wehen und schließlich erlosch irgendwo im Raum eine Flamme. Der Platz am oberen Ende des Tisches war wieder leer. Der weiße Priester, der eben noch mit ausdruckslosem Gesicht bei uns gestanden hatte, musste die Zeit genutzt haben, um zu verschwinden, während sich die Aufmerksamkeit der Anwesenden ganz auf das davonschreitende Paar konzentriert hatte.

Es ging ein Ruck durch die Schar der anwesenden Gäste; die Runde löste sich auf. All das geschah so schnell, dass es wirkte, als ob niemand mehr wahrhaben wollte, was gerade Ereignis gewesen war. Das Licht der Wandleuchten erglühte wieder und der ganze Spuk, der uns eine Stunde lang in fast unerträglicher Erregung gehalten hatte, war endgültig vorbei. Jemand schob die Flügeltür zu einem benachbarten Saal auf, in dem ein helleres Licht als in dem unseren brannte. Zu meiner Überraschung hielten sich darin bereits ein paar Leute auf, die ebenfalls diese Karnevalsmasken trugen. Lediglich zwei oder drei andere Leute waren nicht maskiert.

Einige von den Leuten aus dem anderen Zimmer traten bei uns ein, einige von uns wiederum wanderten hinüber, und einige Momente später wusste man schon nicht mehr, wer von den Anwesenden der merkwürdigen Einweihungszeremonie beigewohnt hatte und wer nicht. Es wurden nun auf einem Tablett Getränke, vor allem Sekt, gereicht. Ich nahm ein Glas und trank es schnell leer.

»Ich hoffe, es hat Ihnen gefallen«, sprach mein Kollege Hartmann mich von der Seite an.

»Na ja, selbst machen ist besser«, erwiderte ich.

Hartmann lächelte süffisant. »Da müssen Sie durch, Goltz – das sind noch die leichtesten Prüfungen für einen Apologeten. Aber es liegt an Ihnen, ob Sie Zuschauer bleiben oder einmal ein aktivere Rolle übernehmen.«

»Mal sehen, was die Zukunft bringt. Für den Augenblick wäre ich mit einem weiteren Glas Sekt zufrieden.«

Wir tranken noch jeder eins, daraufhin gab Hartmann das Zeichen zum Aufbruch.

Auf die gleiche Art und Weise, wie wir hergekommen waren, kehrten wir in den Hof zurück, wo die schwarze Limousine mit dem Fahrer auf uns wartete. Mit verbundenen Augen ging es wieder in das Stadtzentrum, während im Fond des Wagens Schweigen herrschte.

Hinter dem Potsdamer Platz, wo der Wagen den Stadtbezirk Mitte verließ, durfte ich die Augenbinde abnehmen und sah, dass die große Stadt mit einem Mal ganz weiß und still geworden war.

18

Es war mir ganz recht, dass ich den Heiligen Abend allein mit meinen Erinnerungen verbringen musste. Ich hatte mir eine kleine Tanne gekauft, diese mit Lichtern und allerlei bunten Sachen geschmückt, und während ich mit einem Glas Rotwein in der einen und einem Buch von Karl May in der anderen Hand in einem Sessel saß, genoss ich beim Anblick der Zweige, des Schmucks und der Kerzen das unerklärliche, aber beruhigende Gefühl, wider alle Schwierigkeiten, denen ich ausgesetzt war, auf dem richtigen Wege zu sein.

Einen Tag nach Weihnachten fuhr ich mit der Stadtbahn bis zur Potsdamer Straße und unternahm einen Abstecher in den Hinterhof, von dem aus man einen Blick auf die Fenster der Wohnung Roland Oldens hatte; doch sie waren dunkel, er war nicht zu Haus.

Zwei Tage später versuchte ich es ein weiteres Mal, allerdings blieb mein Bemühen erneut vergeblich. Die Nacht zum neuen Jahr 1933 feierte ich ausgelassen mit Judith im Kreis ihrer zahlreichen Freunde. Jedoch hatte ich an einem der ersten Tage des neuen Jahres, als ich zu abendlicher Stunde das dritte Mal meine Schritte zu den Häusern hinter der Potsdamer Straße lenkte, Glück, denn durch die Fenster der Dachgeschosswohnung fiel trübes Licht in den menschenleeren Innenhof.

Ich stand ein paar Minuten da und betrachtete die schwach erleuchteten Fensterfronten, die geschwärzten Backsteinfassaden und die schweren Türen; dann betrat ich das schummerige Treppenhaus und stieg an der Wohnung des alten Hauswarts vorbei in das oberste Stockwerk hinauf.

Oben drückte ich auf den Klingelknopf.

Roland Olden, bekleidet mit einer schlichten dunklen Hose und einem weißen Pullover, öffnete mir die Tür, eine schmale Silhouette vor dem dunklen Flur und dem aus der Stube dringenden Lampenlicht.

»Entschuldigen Sie die Störung. Mein Name ist Goltz. Ich bin ein Bekannter Ihrer Schwester. Ist sie zu sprechen?«

Einige Sekunden lang betrachtete mich Olden, ohne dass ein Wort über seine fein geschwungenen Lippen drang. Daneben nahm ich stärker als alles andere seine Augen wahr, die mich mit einem unergründlichen und nichts enthüllenden Blick fixierten.

»Da sind Sie hier falsch!«, sagte er mit einer angenehmen Stimme.

»Offensichtlich bin ich nicht richtig informiert! Wo kann ich sie denn finden? Wie lautet ihre Adresse?«

»Sie wohnt bei Freunden – ich weiß aber nicht, bei welchen. Was wollen Sie von ihr?«

»Wir hatten eine Verabredung, die sie nicht eingehalten hat. Unlängst waren wir Reisegefährten auf der ›Bremen‹ unterwegs nach Amerika. Sie ist mir von der Reise etwas schuldig geblieben.«

Seine dunklen Augen fixierten mich. »Wer hat Ihnen meine Adresse gegeben?«

»Ich fand sie im städtischen Einwohnerverzeichnis.«

»Das halte ich für ausgeschlossen!«, erwiderte er. »Ich wohne noch kein Jahr in dieser Wohnung. So schnell sind die mit ihrem Verzeichnis nicht.«

»Offenbar haben sie es gerade erneuert«, schickte ich hinterher, ohne mich von diesem Einwand beirren zu lassen. »Ein glücklicher Zufall.«

Er starrte eine Weile an mir vorbei in das dunkle Treppenhaus, als versuchte er, auf eine Frage, die ihn bewegte, eine Antwort zu finden.

»Kommen Sie auf einen Moment herein«, sagte er schließlich so leise, dass ich dachte, er hätte Angst, von jemandem gehört zu werden. »Ich weiß jetzt, wer Sie sind!«

Das Licht im Wohnzimmer kam von einer kleinen Ecktischlampe und erhellte das Bild vom düsteren Ritter an der Wand.

»Sie haben Irene geholfen, als dieser irre Amerikaner ihr ans Leben wollte, nicht wahr?«, fragte Olden, der unter dem Dürer-Bild Platz genommen hatte. »Was für ein Narr! Wenn Sie nicht eingeschritten wären, hätte dieser Irre ihr womöglich wirklich etwas angetan. Vielen Dank für Ihre Hilfe.«

»Wo waren Sie selbst, als diese Sache passierte?«

»Ich war noch auf dem Weg zum Hotel und wäre zu spät gekommen«, erwiderte Olden freimütig. »Ich traf Irene auf dem Gang. Wir haben New York schleunigst verlassen und sind am selben Tag nach Boston gefahren. Von dort sind wir wieder nach Deutschland zurückgekehrt.«

»Ich habe mich demzufolge nicht geirrt, dass Sie das waren, den ich in Mr. Shannons Bar gesehen habe. Waren Sie auch auf der ›Bremen‹ schon mit von der Partie?«

Er nickte. »Selbstverständlich!«

»Und warum habe ich Sie während der Reise nie gesehen?«

»Wie viele Passagiere waren auf dem Schiff? Tausend – oder mehr?«

»Ich hätte angenommen, dass Sie sich gelegentlich in der Nähe Ihrer Schwester aufhalten würden.«

»Wir hatten eine Kabine gemeinsam.«

»Herr Helmholtz schlief demnach allein?«

Er nickte. »Richtig!«

»Wozu diese Tarnung mit dem Schauspieler?«

»Wir wollten nicht, dass man uns zu große Beachtung schenkt. So geschieht es uns doch üblicherweise, wenn wir zusammen auftreten oder uns gemeinsam sehen lassen. Wir reisen ganz gern inkognito. Man kann nicht immer nur im Mittelpunkt stehen.«

»Und ich dachte schon, Sie hätten etwas zu verbergen.«

Er kniff die Brauen zusammen. »Warum dachten Sie das?«

»Na, weil dieser Amerikaner einen so furchtbaren Zorn auf Irene hatte.«

»Weshalb dieser Mann durchgedreht ist, kann ich Ihnen nicht sagen. Möglicherweise liegt es daran, dass er bei ihr nicht zum Zuge kam.«

»Was ist mit Florence Arnheim passiert?«

»Ich hörte, dass sie gestorben ist.«

»Und ich hörte, dass sie in der Armen Ihrer Schwester starb. Waren Sie auch dabei zugegen?«

Er blickte mich dunkel an und ähnelte nun ganz Dürers düsterem Ritter.

»Darüber werde ich mit Ihnen nicht sprechen«, ließ er sich vernehmen.

»Weshalb haben Sie die Reise gemacht?«

»Irene und ich wollten uns erkundigen, wie es um Arbeitsmöglichkeiten in Amerika bestellt ist. Helmholtz sollte versuchen, uns beim Film unterzubringen. Das alles hat sich dann wegen dieses verrückten Barbesitzers, der Irene verfolgte, zerschlagen.«

»Bedauerlich, ja wirklich, wo Leute wie Irene und Sie in diesem Geschäft doch händeringend gesucht werden! Ich hatte bereits Gelegenheit, Ihre Fähigkeiten zu bewundern. Es war auf einer Veranstaltung, kurz vor Weihnachten. Sie hatten einen gemeinsam Auftritt mit einem Mädchen, das Veronika heißt.«

Ich spürte die geballte Kraft seines festen Blicks.

»Ach«, sagte er nach einer Weile, »Sie waren unter den

Zuschauern dieser vorweihnachtlichen Veranstaltung? Wer hatte Sie denn dazu eingeladen?«

»Herr Santor höchstpersönlich.«

Er starrte mich an, hatte aber seine Überraschung schnell überwunden. »Die Vorstellung hat Ihnen somit gefallen?«

»Ich war ehrlich beeindruckt! Sie haben das wirklich ganz fantastisch gemacht! Allen Respekt!«

Er zwang sich zu einem Lächeln und entgegnete: »Danke für das Kompliment.«

»Wer war eigentlich dieser Zauberpriester?«

»Haben Sie ihn nicht erkannt?«

»Sie wollen mir doch jetzt wohl nicht weismachen, dass es Oskar Behrend war, der mal eben aus dem Jenseits zu Besuch gekommen ist.«

Er lächelte. »Es gibt ein paar Leute, die glauben das.«

»Ja, der menschlichen Dummheit sind zumeist keine Grenzen gesetzt.«

Olden richtete den Blick in die Ferne und sah einige Zeit so aus, als dächte er über mehrere mögliche Entgegnungen nach.

»Spiritistische Phänomene haben eine eigenartige Natur«, meinte er schließlich. »Man kann an Erscheinungen wie den Auftritt Oskar Behrends glauben oder nicht. Man kann sogar gleichermaßen sagen, dass sie wahr und dass sie nicht wahr sind. Beides wäre richtig! Wenn jemand sagt, das Phänomen sei ein fauler Zauber, so hat er in gewisser Hinsicht recht, aber wenn er annimmt, es sei echt, dann stimmt es genauso!«

»Was haben Sie selbst denn für eine Meinung?«

»Ach, man darf die Erscheinung in ihrer Bedeutung nicht überschätzen«, entgegnete er mit einem Lächeln. »In früheren Zeiten wären die Menschen über ein solches Phänomen kaum erstaunt gewesen – doch der heutige rational orientierte Mensch lässt sich durch Dinge, von denen er meint, dass es sie eigentlich gar nicht geben dürfte, umso leichter beeindrucken. Dieser Eindruck ist aber auch eine Wirkung, die genutzt werden kann. Das ist ein Grund dafür, weshalb Leute wie Santor derartige Phänomene gern inszenieren.«

»Soll das heißen, dieser Zauberpriester ist nur erschienen, um die Zuschauer zu beeindrucken?«

Er lachte. »Da liegen Sie gar nicht so falsch. Ein bisschen Hokuspokus kommt immer gut an.«

»Dazu noch eine deftige Prise Erotik – eine prima Mischung.«

»Nicht wahr? Um ein gewünschtes Ergebnis zustande zu bringen, müssen immer mehrere Kräfte zusammenwirken. Nicht nur der Zauber, nicht nur die erotische Energie – auch Sie selbst und die anderen Zuschauer waren zum Gelingen der Illusion notwendig. Im stillen Kämmerlein wäre das, was Veronika und ich miteinander taten, nur ein Vergnügen gewesen; so aber konnte mehr daraus entstehen. Falls Sie jetzt wissen möchten, was daraus entstanden ist, sollten Sie besser die kleine Veronika fragen!«

»Finden solche Einweihungszeremonien in diesem Hause öfter statt?«

»Lassen Sie es mich so sagen«, antwortete er. »Wir sind eine Gesellschaft, deren Mitglieder zuweilen zur Feier der Magie des Sexuellen zusammenkommen. Jedoch nur gelegentlich; und nur ein schönes Mädchen wie Veronika ist geeignet, auf eine solche Weise ihre Einweihung zu erfahren. Der Weg der meisten Neophyten dauert länger und ist beschwerlicher – Sie müssen selbst sehen, welcher Weg der Ihrige ist.«

»Es gibt auch Wege und Möglichkeiten außerhalb dieser Gesellschaft.«

»Wenn Sie das bereits erkannt haben, möchte ich Ihnen

raten, bei Ihren Zweifeln zu bleiben«, sagte er zu meiner Überraschung. »Denken Sie an Florence! Wenn Sie der Gesellschaft der ›Brüder und Schwestern‹ erst einmal angehören, gibt es kein Zurück mehr für Sie!«

»Mir ist klar, dass ich die Konsequenzen einer Entscheidung tragen muss, auch wenn es die falsche ist. Manche Ihrer Vereinskameraden scheinen nur der Ansicht zu sein, ich hätte gar nicht die Alternative, mich gegen diese Gesellschaft zu entscheiden.«

Sein Blick driftete für eine Weile von mir fort. »Es könnte bald so kommen«, gab er dann zu bedenken, »der Tag, an dem in diesem Land andere Leute als die jetzt Regierenden die Marschrichtung bestimmen werden, ist nicht mehr fern.«

Sein eindringlicher Blick kehrte zu mir zurück. »Haben Sie schon einmal erwogen, Deutschland zu verlassen?«

Mit einer solchen Frage hatte ich am allerwenigsten gerechnet, deshalb versuchte ich, mir auf keinen Fall anmerken zu lassen, wie überrascht ich war. Olden war kein Dummkopf, und ich hatte plötzlich das Gefühl, dass er nicht nur mit seiner Einschätzung in Bezug auf die allgemeine politische Lage, sondern auch hinsichtlich meiner ganz persönlichen Situation gar nicht so weit daneben lag.

»Ich werde darüber nachdenken müssen«, erwiderte ich. »Aber gibt es eine Möglichkeit, Ihre Schwester wiederzusehen?«

»Ich werde ihr von Ihrem Besuch hier erzählen«, sagte er. »Möglicherweise nimmt sie Verbindung mit Ihnen auf. Sie ist schließlich kein unehrenhafter Mensch, der Versprechungen nicht hält.«

»Richten Sie ihr aus, dass ich sie erwarte. Ich würde mich freuen, Sie bald wiederzusehen! Ich lasse Ihnen meine Adresse hier.«

Olden war einverstanden. Er trat zum Sekretär, in dem sich auch die Fotos und die Liste von den Geschwisterpaaren befanden, und gab mir Zettel und Stift. Ich notierte meine Anschrift – sowohl die private als auch die der Kanzlei – auf das Papier und fügte meine Telefonnummer hinzu.

»Sie könnten mir Ihrerseits mit einer Adresse helfen«, bat ich ihn, indem ich ihm den Zettel übergab. »Und zwar mit der des Hauses, in dem diese vorweihnachtliche Veranstaltung stattgefunden hat.«

Ein Schatten huschte über seine markanten Züge und sofort war er wieder der düstere Ritter, wie er mir zuvor erschienen war. »Vielleicht«, sagte er, »sollten Sie es vorziehen, diesen Ort nicht zu kennen. Mir ist bewusst, dass man Sie mit verbundenen Augen zu der Veranstaltung fuhr; aber das Schweigegebot, dem ich unterliege, gilt nicht zuletzt für diesen Ort.«

Er blickte zur Uhr, die an der Wand gegenüber dem Sofa hing, und erhob sich abrupt von seinem Platz. »Ich habe noch eine Verabredung heute Abend«, sprach er. »Es war nett, dass wir uns einmal kennengelernt haben.«

Es wäre zu gefährlich gewesen, ihn auf die in seinem Sekretär verborgene Liste anzusprechen. Ohnehin hätte er mir auf meine Fragen nicht die richtigen Auskünfte gegeben. Es musste möglich sein, dass ich die Antworten anderswo erhielt.

»Leben Sie wohl!«, verabschiedete ich mich. »Ihre Schwester weiß jetzt, wo sie mich findet.«

19

Judiths Telefonanruf erwischte mich an einem Freitag nach der Monatsmitte, als ich gerade im Begriff war, zum Mittagessen zu gehen.

»Herr Dr. Wolfrath kommt gleich zu mir«, sagte sie.

»Wie bitte?«

»Du hast richtig gehört! Dr. Wolfrath ist der jüngere Bruder – oder vielmehr: Halbbruder – deines Mitreisenden von der ›Bremen‹. Hast du etwas Zeit? Er möchte dich gern kennenlernen.«

»Und wieso kommt er zu dir?«

»Das Schicksal des armen Professors, seines älteren Bruders, hat mich gerührt. Ich wollte herausfinden, wer er war, und habe mich auf seine Spur gesetzt. Es war nicht schwierig. Ein Anruf in der Heidelberger Universität und ein Blick ins Berliner Telefonbuch haben genügt. Dr. Martin Wolfrath steht wie sein Bruder in den Diensten einer Universität. Er gehört der Philosophischen Fakultät der Berliner Friedrich-Wilhelm-Universität an. Nachdem ich mit ihm telefoniert habe, hat er mir seinen Besuch angekündigt.«

Ich sagte sofort zu, dass ich an dem Gespräch teilnehmen würde, und fuhr mit der U-Bahn zum Ullsteingebäude hinaus. Als ich eintraf, erwarteten mich Judith und ihr Gast bereits.

Dr. Martin Wolfrath war vier oder fünf Jahre jünger als sein Bruder und ein ganzes Stück höher gewachsen. Er trug einen schlichten dunklen Anzug und eine Brille, deren Gläser seine wachen Augen stark vergrößerten. Er hatte den Habitus eines Gelehrten, was bei ihm aber nichts Unangenehmes hervorrief, sondern authentisch wirkte.

»Wir haben meinen Bruder Ernst Ende November in Heidelberg beigesetzt«, wandte er sich an mich. »Sie sind der Letzte, der ihn lebend gesehen hat. Wie Sie sich gewiss denken können, liegt mir viel daran, etwas über die letzten Tage im Leben meines Bruders zu erfahren.«

Unterwegs hatte ich mir vorgenommen, Dr. Martin Wolfrath von Anfang an reinen Wein einzuschenken, und das tat ich schließlich auch. Das Eingeständnis, dass ich wegen der Verabredung mit der Frau, die vielleicht die Mörderin seines Bruders geworden war, dessen Bitte um ein Treffen ignoriert und nach seinem Tod nicht einmal den Steward alarmiert hatte, fiel mir nicht leicht; doch nachdem es über die Lippen kam, fühlte ich mich erleichtert.

Wolfrath seinerseits trug mir meine Verhaltensweise nicht nach. »Ob Sie seinen Tod hätten verhindern können, muss man wohl bezweifeln«, sagte er. »Diese Leute hätten so oder so einen Weg gefunden, ihr Vorhaben auszuführen. Im Gegensatz zu Ihnen trage ich keine Zweifel, dass Ernst ermordet worden ist. Ich halte es für ausgeschlossen, dass er Selbstmord beging.«

»Ihr Bruder schien über die politische Lage in Deutschland recht unglücklich zu sein«, erwiderte ich. »Was lässt Sie so sicher sein, dass er getötet wurde?«

»Ernst hing an seiner Heimat, war aber entschlossen, Deutschland zu verlassen. Der Hauptzweck seiner Reise war es, Kontakte zu ostamerikanischen Universitäten zu knüpfen. Ein Selbstmord wäre völlig sinnlos gewesen.«

»Es fällt schwer, mir vorzustellen, was genau geschehen ist«, entgegnete ich. »Wenn es kein Selbstmord war, weshalb wurde Ihr Bruder dann umgebracht? Und wie kam er dazu, mich vor meiner Mitreisenden Irene Varo zu warnen?«

»Ich hatte durch Florence, die ich seit eineinhalb Jahren gut kannte, von Ihrer beabsichtigten Reise nach New

York erfahren. In ihrem Telegramm äußerte Florence die Befürchtung, dass ihre Feinde Kontakt zu Ihnen aufnehmen könnten, mit dem Ziel, ihr zu schaden. Deshalb bat ich Ernst darum, zeitgleich die Passage auf der ›Bremen‹ zu buchen, damit er unterwegs ein Auge auf Sie haben und Florence und ihre amerikanischen Freunde warnen könnte, sollte es sich als notwendig erweisen. Ernst kannte Florence nur flüchtig, und von ihren Feinden wusste er lediglich ein paar Namen. Nachdem er bemerkte hatte, dass Irene Varo Sie zu umgarnen begann, wie Sie selbst es schilderten, müssen bei ihm die Alarmglocken geklingelt haben. Er ahnte, dass die Frau auf Sie angesetzt worden war, und tat, was er tun musste.«

»Falls Sie recht haben, müsste Irene Varo für seinen Tod verantwortlich sein«, sagte ich.

»Wenn Roland Olden ebenfalls an Bord der ›Bremen‹ war, wie du sagst, haben seine Schwester und er es wahrscheinlich gemeinsam getan«, resümierte Judith. »Sie haben ihn umgebracht und anschließend seinen Kopf in die Schlinge gesteckt. Nur, woher wussten die Geschwister von dem Professor? Hast du Irene irgendetwas über ihn erzählt?«

»Nein, nichts! Das ist absolut sicher! Vielleicht hat ihr Bruder etwas bemerkt.«

Judith seufzte resigniert. »Wir werden wohl nicht erfahren, was genau ihren Verdacht erregte. Aber was sollen wir jetzt tun? Die Polizei verständigen, damit das schöne Pärchen seine verdiente Strafe erhält?«

Dr. Martin Wolfrath winkte ab. »Ich gebe mich keinen Illusionen hin. Ein Fremdverschulden lässt sich nicht beweisen. Feststellungen über die Todesursache sind sowieso nicht möglich. Ich habe die Leiche von Ernst einäschern lassen und mich bewusst gegen eine Obduktion entschieden. Die Leute, die für den Tod von Ernst und

Florence verantwortlich sind, würden nicht davor zurückschrecken, der Liste ihrer Mordopfer weitere Namen hinzuzufügen.«

»Darf ich mich näher nach Ihren Verbindungen zu Florence erkundigen?«, fragte ich ihn. »Wie haben Sie sich kennengelernt?«

»Zwischen unseren Familien gibt es transatlantische Bande. Ernst und ich sind Halbbrüder, wir haben denselben jüdischen Vater, jedoch verschiedene Mütter. Als Ernst drei Jahre alt war, starb seine Mutter ganz unerwartet an einem Aneurysma. In zweiter Ehe war unser Vater dann mit einer Christin verheiratet, meiner Mutter, die auch für Ernst zur engsten Bezugsperson wurde. Darauf ist es auch zurückzuführen, dass er sich später zum Christentum bekannte, zumal unser Vater seinen Glauben ohnehin kaum praktizierte. Eine jüngere Schwester meiner Mutter war Anfang des Jahrhunderts mit ihrem Mann nach Amerika gegangen. Die beiden wurden in Boston ansässig und enge Freunde der Farrows, der Eltern von Florence. Florence kannte meine Tante gut und hatte auch von mir gehört. Sie hatte mein Buch gelesen, in dem ich die obskuren Rassetheorien des führenden nationalen Rassekundlers Hans Günther von der Universität Jena scharf angreife – und so kam es, dass sie den Kontakt zu mir suchte, nachdem sie sich ihrem Ehemann und dem Kreis ihrer deutschen Freunde entfremdet hatte. Das war vor etwa eineinhalb Jahren. Zu dieser Zeit entstand ein kleiner Freundeskreis von Gleichgesinnten, der seither alle zwei oder drei Wochen zu einem Gedankenaustausch zusammenkommt. Was uns eint, sind weniger die amerikanischen Verbindungen als unsere gemeinsame Sorge um Deutschlands Zukunft.«

»Wovor haben Sie und die anderen denn Angst?«, wollte Judith inzwischen sichtlich beunruhigt wissen.

»Schon seit Jahrzehnten grassiert in Deutschland eine Art Wahn«, antwortete Martin Wolfrath. »Es ist der Wahn, dass ein Erlöser kommen müsse, Deutschland zu retten. Inzwischen glauben die vom Wahn Befallenen, ihren Erlöser gefunden zu haben, und haben damit begonnen, ihm den Weg zu bereiten. Personenkult ist immer eine entsetzliche Sache. Ich bezweifle inzwischen nicht mehr, dass wir mit diesem selbst ernannten Erlöser in Deutschland schlimmen Zeiten entgegengehen.«

»Hat Florence deshalb Deutschland verlassen?«, fragte ich.

»Vergangenen Sommer erzählte sie mir, dass sie zurück nach Amerika wolle – und zwar nach New York, wo sie Freunde habe. Sie erklärte mir auch, weshalb dieser Schritt sehr gefährlich für sie sei. Sie war nämlich in geheime Ziele gefährlicher nationaler Kreise eingeweiht und berichtete mir von Untaten, die im Namen ihrer früheren Freunde begangen wurden. Darüber hinaus war sie ein Mensch mit starken visionären Kräften und im Hinblick auf Deutschlands zukünftige Entwicklung von bösen Vorahnungen erfüllt. Sie war entschlossen, gegen diese Entwicklung anzukämpfen und all ihre Möglichkeiten, auch ihre Verbindungen zu höchsten Regierungskreisen, dafür zu nutzen.«

»Das alles machte sie natürlich zu einer stark gefährdeten Person, die es zu beschützen galt«, sagte Judith nachdenklich.

»Ich habe Florence vor einer überstürzten Rückkehr nach Amerika gewarnt«, erwiderte Martin Wolfrath, »aber sie glaubte, dass sie keine Zeit mehr habe und in ihrer Heimat mehr für Deutschland tun könne. Wäre sie geblieben, hätte man wohl keinen Todesengel zu ihr geschickt. Sie musste nicht sterben, weil sie der ›Gesellschaft der Brüder und Schwestern‹ den Rücken kehrte, sondern weil sie zurück nach Amerika gegangen ist.«

»Worin liegt denn der Unterschied?«, fragte Judith.

Dr. Martin Wolfrath rieb sich das Kinn. »Die Rückkehr nach Amerika war so etwas wie das Überlaufen zu einem Feind. Fahnenflucht ist das Eine, Verrat etwas Anderes. Florence hat nicht nur ihre früheren Freunde verlassen, sondern sie hat nach deren Ansicht buchstäblich die Seiten gewechselt.«

»Wer sind denn die ›Gesellschaft der Brüder und Schwestern‹, dass sie in Amerika Feinde haben?«, wunderte sich Judith.

»Einige von ihnen sind Schwarzmagier der allerschlimmsten Art«, erklärte Wolfrath. »Man kann sie nicht ignorieren, sondern muss sie bekämpfen. Und weil da, wo schwarzmagische Kräfte heraufbeschworen werden, sich alsbald Gegenkräfte bilden, haben diese Leute allen Grund, sich vor Verrätern aus den eigenen Reihen zu fürchten und danach zu trachten, diese unschädlich zu machen. Noch können sich diese schwarzen Künstler nämlich nicht sicher sein, dass sie ihre Ziele erreichen werden. Denn jeder Verräter aus den eigenen Reihen kann das Mosaiksteinchen sein, an dessen Fehlen ihr schwarzmagisches Gebäude zerbricht.«

»Schwarze Magie als ein Mittel der Politik«, sagte ich, »ich mag nicht daran glauben!« Aber noch während ich das sagte, musste ich an Wilhelm Santor denken, und daran, dass es gefährlich wäre, einen solchen Mann zu unterschätzen.

»Wir wissen sehr wenig darüber, welche Kräfte auf die Entwicklung unserer Geschichte einwirken«, gab der Doktor zu bedenken. »Es sind nicht nur die Dinge, die man auf der Oberfläche sieht.«

»Können Sie sagen, wer die treibenden Kräfte in der ›Gesellschaft der Brüder und Schwestern‹ sind?«, wollte ich wissen. »Und welche Personen treffen die Entscheidungen?«

»Ich konnte von Florence darüber nichts Genaues in Erfahrung bringen«, antwortete Wolfrath, »insbesondere nicht, wer dieser Pharao ist. Nicht von ungefähr handelt es sich um eine Geheimgesellschaft. Die Rolle eines Mannes wie Philipp Arnheim ist allerdings nicht zu unterschätzen.«

»Denken Sie, dass Arnheim selbst den Auftrag erteilt hat, seine Frau umzubringen?«, fragte Judith.

»Florence hat mir davon erzählt, wie er sich im Laufe der Zeit von einem aufmerksamen Ehegatten zu einem obskuren Okkultisten wandelte. Sie wollte diese Entwicklung nicht mitvollziehen, deshalb kam es schon vor Jahren zwischen den beiden zum Bruch. Nachdem sie ihn verlassen und die Seiten gewechselt hatte, spielten eheliche Bande für Philipp Arnheim keine Rolle mehr. Wer immer auch entschieden hat, Florence zu eliminieren – Philipp Arnheim hat dazu beigetragen, dass der Beschluss umgesetzt wurde. Von ihrem Ehemann konnte Florence sich keine Hilfe erwarten.«

»Wissen Sie etwas über Wilhelm Santor?«

»Der Mann ist kaum zu greifen«, wusste Dr. Wolfrath, »eine dubiose Gestalt. Man ist geneigt anzunehmen, dass er Einfluss besitzt; auf der anderen Seite gehört er einer verschwindenden Generation an, die – wie Florence mir versicherte – durch radikalere Gestalten ersetzt wird.«

»Wahrscheinlich ist es fast unmöglich, die Strukturen in einer solchen Geheimgesellschaft aufzudecken«, sagte Judith. »Strenge Schweigegelübde und drakonische Sanktionen bei Verstößen schotten sie fast vollständig nach außen ab.«

Ernst Wolfrath nickte. »Es ist die Aufgabe ihrer Mitglieder, im Verborgenen zu agieren und anderen, die im Licht der Öffentlichkeit stehen, Förderung angedeihen zu lassen.«

»Das führt mich zu den Personen in der Politik«, warf ich ein. »Dieser selbst ernannte Erlöser, wie Sie ihn nennen – ist er wirklich so bedeutend? Für mich hat er weder etwas von einem Erlöser noch von einem falschen Messias. Mit seiner auftrumpfenden Art kommt er mir vor wie eine Gestalt aus einem der Bücher von Karl May, wie einer von den Schurken.«

»Hinter dem Auftreten dieses Mannes verbergen sich mehr als Folklore oder Prahlerei«, sagte Wolfrath. »Kaum jemand durchschaut ihn. In Wahrheit ist er ein Mann, den fast niemand wirklich kennt.«

»Es wundert mich, dass Sie sagen, es würde ihn niemand kennen«, warf Judith ein, »wo er doch seine Überzeugungen so laut herausschreit, dass man sie gar nicht überhören kann!«

»Das Geschrei ist nur eine Tarnung!«, konterte Wolfrath. »Seine öffentlichen Reden sind einstudierte Posen, die er einsetzt, um anderes zu verdecken! Er ist bei allem, was er tut, darauf bedacht, dass ihn die große Masse nicht durchschaut! Und er täuscht seine Anhänger genauso wie seine Gegner!« Er berührte mit der rechten Hand den Bügel seiner Brille und rückte sie gerade. »Sie haben natürlich nicht ganz unrecht – er sagt durchaus, was er denkt; allerdings tut er es in so geschickter Weise, dass man einfach nicht ernst nehmen mag, was er sagt. Es bestätigt sich in seinem Fall einmal mehr der Satz, dass der offen ausgesprochenen Wahrheit am wenigsten Glauben geschenkt wird.«

»Ich habe bisher viele seiner Anhänger für gefährlicher gehalten als ihn selbst«, sagte Judith. »Mir schien, dass er im Fall von Pogromen mäßigend auf seine Leute Einfluss nehmen könnte.«

»Er ist geschickt darin, den Harmlosen zu spielen«, bestätigte Wolfrath. »Er beherrscht das Mittel der Verstellung so gut wie kaum ein Zweiter. Die Leute haben alle eine Meinung über ihn, ohne ihn zu kennen. Diejenigen, die nicht seine Anhänger sind, halten ihn zwar für unsympathisch, aber auch für harmlos. Dabei ist er weder das eine noch das andere. Seine Gefährlichkeit wird in hanebüchener Weise unterschätzt.«

»Sie meinen«, sagte Judith, »er zeigt nicht sein wahres Gesicht?«

»Er hätte nicht solchen Erfolg, wenn er es nicht verstünde, sein wahres Gesicht zu verbergen«, antwortete der Doktor. »Es ist bezeichnend, dass kaum jemand weiß, wie er wirklich aussieht. Der Mann ist unglaublich kamerascheu, und er weiß natürlich, warum. Er will nicht durchschaut werden und trägt daher viele Masken. Sein Freund Heinrich Hoffmann ist der Einzige, der ihn fotografieren darf. Und selbst Hoffmann ist es nicht gestattet, Schnappschüsse zu machen, die nicht gestellt sind. Hitler hat sämtliche Posen, die er die Welt sehen lassen will, sorgfältig eingeübt und perfektioniert. Und diese Verstellung funktioniert. Es existieren tatsächlich nur ganz wenige nicht autorisierte Schnappschüsse von Hitler. Seine Leibwächter sind in dieser Hinsicht gut trainiert. Wenn tatsächlich einmal ein zufälliger Passant zum Fotoapparat greift, um ihn abzulichten, können Sie sicher sein, dass seine Begleitung es bemerkt und dem Betreffenden die Kamera entreißt, um den Film zu zerstören.«

Judith war nachdenklich geworden. »Was sein wahres Gesicht angeht, bestätigen Sie meinen Eindruck, dass der Mann nur aus Masken besteht und keinen eigenen Wesenskern besitzt.«

»Oh, er besitzt durchaus einen Wesenskern«, widersprach Wolfrath. »Und er besitzt auch ein wahres Gesicht. Ich habe sogar ein Foto von diesem Gesicht, eines der wenigen, die es gibt! Ein befreundeter Journalist, der zu unserem Kreis gehört, hat es gemacht. Einen Abzug trage ich gerade bei mir. Vielleicht möchten Sie ihn sehen?«

Er griff in die Innentasche seiner Jacke und legte dann eine vergrößerte Fotoaufnahme vor uns auf den Tisch.

Judith und ich beugten uns über das Bild.

»Er war ausnahmsweise einmal nicht auf der Hut«, sagte Wolfrath, »deshalb ist das Foto so authentisch.«

An einem Gartentisch unter einem schattigen Laubbaum – es war wahrscheinlich der Biergarten eines Lokals – stand Hitler mit zwei anderen Männern in ein Gespräch vertieft. Der links vor ihm Stehende wandte dem Fotografen den Rücken zu, er trug einen Trenchcoat ähnlich dem von Hitler; der andere war breit gebaut wie ein Soldat mit einem brutalen Bürstenhaarschnitt, er war im Profil zu sehen und gehörte anscheinend der Entourage des Parteiführers an. Hitler selbst blickte vor sich hin, das Kinn auf die Hand gestützt; er wirkte nachdenklich, bedächtig, als wäre er gerade dabei, einen Gedanken zu fassen. Im selben Moment aber wurde er des Fotografen ansichtig und blickte mit der heraufdämmernden, besorgten Bewusstheit auf, ertappt worden zu sein.

Das war alles – es war nicht viel – und doch musste ich zugeben, dass das Foto etwas seltsam Fremdes, zutiefst Beunruhigendes besaß. Tatsächlich schien es einen Hitler zu zeigen, den keiner kannte, den niemand sehen durfte, einen Hitler, der in dieser zögernden, halb fertigen Überraschung und Neugier auf seinem Gesicht menschlicher wirkte, als es einem angenehm sein konnte. Das Foto bestätigte, dass Hitler dann am erschreckendsten wirkte, wenn er irgendwie menschlich, zögernd aussah und wirkte wie einer von uns.

»Wer sind die anderen beiden?«, fragte ich den Doktor.

Wolfrath warf einen Blick auf das Foto. »Der vorne

rechts ist wohl ein Leibwächter oder der Chauffeur; wer der andere ist, weiß ich nicht.«

Irgendeine vage Erinnerung griff nach mir, während mein Blick auf dem links stehenden Mann, mit dem Hitler gerade gesprochen hatte, eine gewisse Zeit verharrte. Von seinem Kopf sah man nur den Nacken und unter dem breiten Hut das weiße oder silberne Haar, vermutlich war er kein junger Mann mehr. Aber das blieb alles, was ich erkannte, und es gelang mir nicht, den unbestimmten Eindruck zu fassen.

»Wissen Sie, wo das Foto aufgenommen wurde?«, hakte ich nach.

»Es ist hier in Berlin entstanden«, wusste Wolfrath, »in einem Gartenlokal, sagte der Fotograf. An den genauen Ort erinnere ich mich nicht, falls er ihn mir überhaupt nannte.«

»Ist es möglich, dass ich mir einen Abzug davon mache?«, bat Judith, die anscheinend auch das Beunruhigende spürte, das von dem Foto ausging.

»Ich besitze mehrere Abzüge von diesem Bild. Sie können den hier behalten. Falls Sie ihn in Ihrer Zeitung veröffentlichen, sagen Sie nicht, dass Sie ihn von mir bekommen haben!«

»Natürlich nicht!«, versprach Judith, nahm das Foto in die Hand und führte es nahe vor ihre Augen, sie hoffte wohl, dadurch mehr zu erkennen.

»Eine Verkörperung des Bösen, wohl wahr!«, sagte sie nachdenklich. »Und dennoch ist er selbst wahrscheinlich überzeugt davon, für Deutschland das Beste zu wollen.«

»Nein! Er weiß, dass er Böses tut«, entgegnete Wolfrath sehr bestimmt.

»Was Sie sagen, widerspricht aller Erfahrung«, entgegnete ihm Judith und ließ die Hand mit dem Foto sinken.

»Die Menschen tun unrecht, weil sie irregeleitet sind und weil sie eine falsche Ansicht von dem haben, was recht ist. Dennoch tun sie es niemals aus der klaren Sicht heraus, dass sie unrecht tun.«

»Natürlich hält Hitler seine Ziele letztlich für gut«, bekräftigte Wolfrath, »aber er weiß, dass diese Ziele nach der Auffassung der überwältigenden Mehrheit der Menschen amoralisch sind. Ich gehe sogar einen Schritt weiter: Er tut das Böse, nicht nur obwohl, sondern weil es das Böse ist. Er begreift es als Provokation, eine Art Kunst, die ihn dem eigenen Ideal näher bringt.«

Das Böse als Kunstwerk, da war wieder dieser eigenartige Gedanke, der meine Fantasie bereits beschäftigt hatte; allerdings erschien er mir in Bezug auf Hitler als reichlich überspannt.

»Er ist doch nur ein kleiner Dilettant«, hielt ich dagegen.

»Ein kleiner oder ein großer Dilettant, ein guter oder ein schlechter Maler, das spielt keine Rolle! Es ist die Art und Weise, in der er sich der Welt nähert. Im Denkprozess des Künstlers und des bewussten Übeltäters gibt es eine verstörende Parallele. Das Vorhaben etwa, einen Albtraum Wirklichkeit werden zu lassen, setzt Einfallsreichtum und Fantasie voraus und erfordert das Bewusstsein, dass der Weg, den man eingeschlagen hat, der Weg des Bösen ist.«

»Warum sollte jemand ein Kunstwerk des Bösen schaffen wollen?«, fragte Judith den Professor konsterniert.

»Ich will Ihnen eine Gegenfrage stellen«, sagte Wolfrath. »Wie, glauben Sie, ließe sich Gott am besten bekämpfen?«

Judith gab keine Antwort, und auch ich selbst blieb still.

»Indem man etwas so unvorstellbar Böses tut, dass die Menschen den Glauben an ihn verlieren«, beantwortete

Wolfrath die eigene Frage. »Sie und Herr Goltz, Sie vergessen – wie übrigens fast alle Menschen in der modernen Zeit –, dass das Böse aus sich selbst heraus existiert. Es entsteht nicht durch einen Kampf innerhalb der menschlichen Seele, es ist vielmehr ein Phänomen per se, das niemals überwunden werden kann. Das Böse in seinem Kern ist transzendent, unübertrefflich, absolut, ein Böses, für das sich keine einleuchtende Erklärung finden lässt, und dessen Ziel es ist, dem Menschen den Glauben an Gott zu nehmen.«

Wolfrath nahm seine Brille ab und wischte sich die Augen. Er wirkte plötzlich erschöpft. Ich hatte den Eindruck, dass er mehr von seinen Überzeugungen preisgegeben hatte, als er es ursprünglich vorhatte.

»Ich habe das ungute Gefühl, dass hinter verschlossenen Türen an etwas furchtbar Unheilvollem gestrickt wird«, sagte er nach einer Weile. »Sehen Sie, all die scheußlichen Morde, die beinahe täglich geschehen – es sind so viele, dass längst nicht mehr über alle berichtet wird. Und es wird nichts dagegen unternommen – nichts!«

»Das ist leider wahr!«, pflichtete Judith ihm bei. »Egal, was wir darüber schreiben, über all die Morde, Lügen, Fälschungen, die in diesem Zusammenhang verbreitet werden, man erreicht damit nur eine kleine Minderheit. Die meisten Leute scheinen das Treiben der Nationalsozialisten für eine gelungene Art von Folklore zu halten. Der Überdruss an Politik ist so allgemein verbreitet und so grenzenlos, dass kaum jemand die Bedrohung ernst nimmt, die von dieser Partei tatsächlich ausgeht.«

»Allein der dramatische Anstieg der Anzahl der politischen Morde in den ersten beiden Januarwochen dieses Jahres sollte uns wachrütteln«, sagte Wolfrath. »Entgegen landläufiger Ansicht ist meiner Überzeugung nach die Gefahr heute größer denn jemals zuvor. Hindenburg könnte weniger Hemmungen haben als im vergangenen Sommer, Hitler zum Reichskanzler zu ernennen, weil er glaubt, dass die Partei deutlich an Macht verloren hat. Der Mann könnte gerade deshalb an die Macht kommen, weil er bei der Novemberwahl viele Stimmen verloren hat. Er wird von der konservativen Kamarilla, die den senilen Reichspräsidenten umgibt, für nicht länger gefährlich erachtet.«

Die Stimmen derer, die mich auf meiner Reise nach New York vor ihm gewarnt hatten, erklangen plötzlich lauter an mein Ohr. Die Stimme von Florence, die nun nicht mehr lebte, die Stimme Ernst Wolfraths, ebenfalls tot, und die der anderen, die ich vernommen hatte. Ich musste mir eingestehen, dass die Antworten, die ich diesen Leuten damals gegeben hatte, heute gewiss nicht mehr die gleichen sein würden.

»Es gibt keine Anhaltspunkte dafür, dass der Präsident seine Meinung geändert hat!«, wandte ich trotzdem ein.

»Betrachte doch die aktuelle Entwicklung!«, sprang Judith dem Professor bei. »Hast du nicht die Meldungen gelesen, die in den letzten Tagen durch die Presse gegangen sind? Die Nationalsozialisten, deren Stern man zu Weihnachten schon weit hinten am Horizont hatte versinken sehen, sind wieder hoffähig geworden. Ganz ohne Not und offenbar aus einem bloßen Machtinstinkt heraus, haben sich die konservativen Kreise ihnen wieder angenähert.«

Wolfrath hatte sich ein Stück von uns abgewandt. Er warf einen Blick zu dem Dämmerlicht hinter dem Fenster und schaute auf seine Uhr. Ein leichtes Schneetreiben hatte draußen eingesetzt, und es wurde bereits dunkel.

»Mir scheint, es ist Zeit, dass ich mich auf den Weg mache«, sagte er und trat zu einem Tisch, auf dem eine Aktenmappe und einige Papiere lagen. Diese steckte er in die Tasche und griff nach seinem Mantel, der über einer Stuhllehne hing. Während er ihn anzog und langsam zuknöpfte, blickte er noch einmal wie abwesend zum Fenster und sprach leise, fast resigniert: »Woche um Woche, die vergeht, wage ich immer weniger auf das gnädige Wunder zu hoffen, für das ich jeden Tag bete.« Dann drehte er sich um und sah uns beide der Reihe nach an. Seine Augen waren von einem strahlenden Kranz umgeben, der nichts mit den Brillengläsern zu tun hatte, die sie verbargen.

»Es hat mich gefreut, Ihre Bekanntschaft zu machen«, sagte er. »Vielleicht – geht der Kelch ja doch noch an uns vorüber. Steuern Sie Ihren Teil dazu bei, dass das Wunder geschieht.« Etwas leiser fügte er hinzu: »Beten Sie!«

Anschließend gab er uns beiden die Hand, nahm seine Aktentasche und verschwand durch die Tür aus unserem Leben.

»Was hältst du von Wolfraths Überzeugungen?«, fragte mich Judith, als wir zehn Minuten später auf dem parkähnlichen Platz neben dem Verlagsgebäude in der kalten Januarluft ein wenig spazieren gingen.

»Was er über die Errichtung eines Kunstwerks des Bösen sagte, hat mich zwar beeindruckt – dennoch glaube ich nach wie vor, dass er die Rolle Hitlers deutlich überschätzt. Dieser Mann, ein unbedeutender Landschaftsmaler, ein kleiner österreichischer Gefreiter, der Führer einer zweifelhaften Partei, ist sicher nicht der Antichrist und wird nicht die Apokalypse heraufbeschwören. Wolfraths Ansichten erscheinen mir da reichlich überspannt. Ich fürchte, der gute Mann hat sich im Gestrüpp seiner eigenen Theorien und Visionen verfangen.«

»Mich hat er ein Stück weit auf seine Seite gebracht«, lies Judith mich wissen. »Ich glaube, ich sehe die Dinge nicht mehr so gelassen wie noch vor ein paar Tagen.«

»Das apokalyptische Bild, das er von Hitler zeichnet, entstammt einer sehr persönlichen Sicht. Dieses Horrorszenario verstellt ihm den Blick auf die wirkliche Situation in Deutschland, die bei allen Problemen, die wir haben, so aussichtslos nicht ist.«

»Ist da nicht der Wunsch der Vater deiner Gedanken? Hältst du nicht sein Horrorgemälde nur deshalb für unrealistisch, weil du nicht willst, dass es Wirklichkeit wird, und auch du in der Vorstellung befangen bist, dass ein deutscher Reichskanzler kraft seines Amtes ein Wahrer deutscher Tugenden ist? Du könntest dich irren; ich würde an deiner Stelle in der nächsten Zeit etwas aufmerksamer sein.«

»Ich passe schon auf. Dieses Foto ist übrigens sehr interessant. Der Chauffeur und dieser andere, sein Gesprächspartner, irgendetwas kommt mir bekannt vor. Vielleicht ist es auch der Ort, dieses Lokal. Ich müsste mir das Foto einmal in Ruhe betrachten. Falls du es vervielfältigen solltest, würdest du für mich einen Abzug machen?«

»Kein Problem, natürlich!«, versprach mir Judith.

Und so nahmen wir voneinander Abschied.

Ich kehrte in mein Büro zurück, um liegen gebliebene Arbeiten zu erledigen. Trotz der Skepsis, mit der ich den beunruhigenden Ansichten Martin Wolfraths begegnete, nahm die Erinnerung an das Gespräch meine Gedanken so stark in Anspruch, dass ich unverhältnismäßig viel Zeit für meine Akten benötigte.

Es war später Freitagabend, als ich meine Kanzlei wieder verließ. Draußen wirbelten Schneeflocken unter den Laternen hindurch. Ich ging die Straße hinauf und bog nach links in die Allee Unter den Linden. Ich stapfte durch die weiße Pracht und erreichte linkerhand das Adlon. Teure schwarze Limousinen, deren blank polierten Lack man im Licht der Laternen trotz des winterlichen Gestöbers funkeln sah, waren davor geparkt, und livrierte Chauffeure in Mützen und Mänteln standen Zigaretten rauchend beieinander. Ich sah einzelne gut gekleidete Gäste, die durch das orangefarben leuchtende Foyer in die Dunkelheit hinaustraten.

Etwas an der Erscheinung des Mannes, der gerade die Hotelhalle verließ, musste meine Aufmerksamkeit erregt haben, denn meine Augen hatten einige Momente länger als üblich auf seiner Gestalt verweilt. Vielleicht war es die Verbindung von hohem Alter und aufrechtem Schritt, die einen Erinnerungsfunken bei mir ausgelöst hatte, denn schon einen Augenblick später blieb ich wie angewurzelt stehen, weil der Mann, der eben das Adlon verlassen hatte, Santor war, der Mitgründer der ›Brüder und Schwestern vom Licht‹ – der Mann, den ich für den geheimnisumwobenen Pharao hielt.

Ich erinnerte mich an das Foto. Konnte nicht Santor der geheimnisvolle Gesprächspartner des Parteiführers gewesen sein?

Zu meinem Glück befand ich mich gerade an einer Stelle des Platzes, den der Lichtkegel der Laternen nicht erreichte, sodass es unwahrscheinlich war, dass Santor mich in der Dunkelheit erkannte, zumal ich nicht der einzige Passant weit und breit war. Er blickte nicht ein Mal in meine Richtung, sondern bewegte seine Schritte zielgerichtet über den Platz; es war klar, dass er ganz genau wusste, wohin er wollte.

Mein eigener Weg lag in der entgegengesetzten Richtung, aber ich zögerte keinen Moment, Santor zu folgen. Eine solche Gelegenheit, sagte ich mir, würde sich so schnell nicht wieder ergeben, hoffte ich doch, das geheimnisvolle Haus in Friedrichstadt könnte das Ziel sein, das er zu dieser abendlichen Stunde ansteuern würde. Die Dunkelheit und der Schneefall erschienen mir für eine Verfolgung ausgesprochen günstig.

Santor schlug die erhoffte Richtung ein, denn er bog hinter dem Adlon rechts um die Ecke, ging die Wilhelmstraße hinunter, stapfte gemächlich, aber zielstrebig durch den Schnee auf dem Bürgersteig, und ich, der ihm folgte, hatte es noch nicht erlebt, dass ein Mann von 84 Jahren einen so leichten, federnden Schritt besaß. Es war nicht einmal der Schritt eines 60-Jährigen, vielmehr der eines 40-jährigen Mannes.

Sowie Santor das Reichspräsidentenpalais erreicht hatte, hielt er einen Augenblick inne, setzte dann nach einem kurzen Blick nach rechts seinen Weg unbeirrt fort. Er passierte zuerst das Reichsinnenministerium und kurz darauf das Reichsaußenministerium, gelangte danach zur Reichskanzlei, und ausgerechnet dort bog er in Richtung des Toreingangs ab, sodass er mir unversehens aus den Augen geriet.

Ich beschleunigte meine Schritte. Und nachdem ich selbst die Toreinfahrt zur Reichskanzlei erreicht hatte, sah ich, dass Santor mit einem Angehörigen von der Wachmannschaft sprach. Um nicht aufzufallen, ging ich weiter und passierte den fast bis zur Straße reichenden Anbau, der vor einigen Jahren dem alten Reichskanzleigebäude hinzugefügt worden war. Anschließend überquerte ich die Fahrbahn, wo ich auf der anderen Straßenseite meinen Weg ein weiteres Stück bis zu der Parkanlage fortsetzte, die sich schräg gegenüber der Reichskanzlei befand. Ich trat in den Parkweg und verbarg mich vor dem Laternenlicht im Schatten eines Baumes, ohne dass mir der freie Blick auf die Reichskanzlei versperrt worden wäre.

Santor sprach nicht mehr mit dem Wachmann, stand aber noch vor der Reichskanzlei. Er schien auf jemanden zu warten. Es vergingen ein paar Minuten, dann hatte das Warten ein Ende. Jemand trat zu ihm; ein anderer Mann, größer als Santor und von schwerem Körperbau.

Ich kannte diesen Mann, so wie die meisten Leute ihn kannten – denn sein Gesicht war gelegentlich in der Zeitung zu sehen, wenn auch viel seltener als das Gesicht seines Vaters. Seine groben Gesichtszüge waren den väterlichen indes nicht unähnlich, aber seine gesamte Erscheinung war ohne dessen vornehme Haltung und Art. ›Von Beruf Sohn‹ war die Bezeichnung für Menschen seiner Stellung, und bei dem Mann mit dem schweren Körperbau jedenfalls konnte kein Zweifel an der Trefflichkeit dieses Ausdruckes bestehen; denn seine ganze Bedeutung bestand darin, der Sohn des greisen Reichspräsidenten zu sein. Sein Name war Oskar von Hindenburg.

Was tat Oskar von Hindenburg in der Reichskanzlei? Normalerweise hätte man ihn eher drei Häuser weiter nördlich die Wilhelmstraße hinauf vermutet, wo er bekanntermaßen zusammen mit seiner Familie und seinem Vater lebte. Doch in diesem Moment fiel mir ein, gelesen zu haben, dass das Präsidenten-Palais renoviert wurde und die Familie vorübergehend Quartier in der Reichskanzlei bezogen hatte, während der Reichskanzler von Schleicher, dem dort das erste Wohnrecht gebührte, lieber in seiner Privatwohnung irgendwo um die Ecke residierte.

Es erschreckte mich nicht wenig, den Präsidentensohn in Begleitung eines Menschen wie Santor zu sehen, denn obwohl Oskar von Hindenburg als Persönlichkeit nicht bedeutend war, gehörte er zu der Handvoll Gestalten, die bekanntermaßen das Ohr des Reichspräsidenten besaßen.

Santor und der Präsidentensohn unterhielten sich, wie es von Weitem den Anschein machte, durchaus angeregt. Ungefähr fünf Minuten standen sie so beieinander, dann machte Oskar von Hindenburg einen Schritt zur Seite, drehte sich nach hinten und hob kurz den Arm, als ob er jemandem ein Zeichen geben wollte. Gleich darauf sah ich hinter ihm ein Paar Scheinwerfer aufleuchten, und eine Mercedes-Limousine hielt neben den Männern am Bordsteinrand.

Ein Chauffeur mit Schirmmütze entstieg dem Wagen, öffnete die Türen zum Fond, ließ beide Männer einstiegen und schlug die Türen zu. Die Limousine stieß vom Straßenrand ab und rollte durch das nächtliche Schneegestöber in südliche Richtung davon.

20

Immer wieder durchstreifte ich die Straßen zwischen dem Gendarmenmarkt und dem Spittelmarkt. Mir schien sicher, dass sich das Haus, in dem ich an der denkwürdigen vorweihnachtlichen Einweihungszeremonie teilgenommen hatte, irgendwo in dieser Gegend befand. In der Hoffnung, ein geheimes Zeichen zu entdecken, das mir einen Hinweis auf das geheimnisvolle Gebäude geben könnte, hielt ich vor hohen Fassaden inne und betrachtete die steinernen Strukturen, trat in Hauseingänge und Durchfahrten und las die Namen auf den Schildern; doch meine Hoffnung, irgendein Zufall könne mir gewissermaßen das Band von den Augen reißen, das ich bei der Anfahrt zu meinem bisher einzigen Besuch in das geheime Haus getragen hatte, erfüllte sich nicht.

So strichen die restlichen Januartage dahin, ohne dass etwas Wesentliches passierte oder jemand von den ›Brüdern und Schwestern vom Licht‹ Kontakt zu mir aufnahm. Auch mein Seniorpartner Haller übte sich in Zurückhaltung. Allmählich entwickelte sich bei mir die Vorstellung, dass die ›Brüder und Schwestern‹ mich wieder zu vergessen begannen oder ihr Interesse an mir gar verloren hatten.

Es war der letzte Montag im Januar, und der Nachmittag begann bereits in Zwielicht zu verdämmern. Frau Schmitz, unsere Kanzleisekretärin, trat in mein Zimmer und meldete mir eine junge Dame, die keinen Termin hatte, unangemeldet erschienen war, die mich aber unbedingt zu sprechen wünschte.

»Soll ich sie fortschicken?«, fragte Frau Schmitz und sah mich dabei mit hochgezogen Brauen an, sodass ihre

Augen beinahe den Rand ihrer Hornbrille sprengten, was mich sofort neugierig machte.

»Warum? Ist irgendetwas mit ihr?«

»Sie ist sehr hübsch«, antwortete Frau Schmidt in einem Tonfall, als wäre das ein Grund, die unangemeldete Besucherin nicht vorzulassen.

»Umso besser!«, sagte ich schmunzelnd. »Herein mit ihr!«

Kurz darauf betrat eine in einen Nerzmantel gehüllte junge Frau mein Büro. Ich erblickte Veronika, Arnheims liebreizende Hausangestellte, die mit der linken Hand den Mantelkragen an den langen Hals gedrückt hielt, als müsse sie sich auch drinnen vor einem kalten Lüftchen schützen.

»Ich hoffe, ich störe nicht, Herr Goltz?«, raunte sie mir spitzbübisch lächelnd entgegen und tat dabei so, als ob wir uns schon lange kannten.

»Eine schöne Frau ist mir immer willkommen! Nehmen Sie Platz! Was kann ich für Sie tun?«

Ihr anmutiger, entblößter Unterarm sprang aus dem pelzbesetzten Ärmel hervor. Die Erotik, die sie ausstrahlte, war durch ihren Mantel hindurch zu spüren, sodass ich dank ihres Erscheinens in mehrfacher Hinsicht um die träge Behaglichkeit meines nahenden Feierabends gebracht wurde.

Sie ließ den Mantelkragen los und glitt auf einen der Stühle, die auf der anderen Seite meines Schreibtisches standen. »Danke für das Kompliment«, erwiderte sie und betrachtete mich mit einem Lächeln, als sei dies genug, ihre Anwesenheit zu erklären. »Sie sehen so müde aus«, sagte sie. »Sie sollten etwas für sich tun. Eigentlich sind Sie doch ein gut aussehender Mann!«

Ich richtete mich in meinem Sessel ein Stück auf. »Solche Komplimente höre ich leider viel zu selten.«

»Wie alt sind Sie?«

»Etwas über 40.«

Sie lächelte verführerisch. »Ein Mann in den besten Jahren! Oder fühlen Sie sich mit 40 etwa schon alt?«

»Nein, warum? Viele Anwälte sind weit ältere Herren. Und einen Anwalt benötigen Sie doch, nicht wahr?«

»Ganz recht«, nickte sie munter. »Ich möchte mich nämlich scheiden lassen.«

»Sie sind verheiratet? Ich bin überrascht!«

»Im März werden es zwei Jahre. Wir haben an meinem 19. Geburtstag geheiratet – mein damaliger Freund und ich – mit staatlicher Erlaubnis. Meine Ehe war eine Jugendtorheit. Ich möchte einen Schlussstrich ziehen.«

»Ganz so einfach ist das nicht – wir brauchen einen Scheidungsgrund.«

»Denken Sie sich einfach einen aus, Herr Goltz. Zum Beispiel eine unüberwindbare gegenseitige Abneigung – so nennt man das, nicht wahr? Oder – warum nicht bei der Wahrheit bleiben? Sagen Sie einfach, ich würde meinen Ehemann fortlaufend betrügen! Ganz egal –, ich nehme die Schuld auf mich. Mein Ehemann wird sich der Scheidung nicht widersetzen.«

»Ein Mädchen wie Sie verliert man nicht so gern.«

Sie lachte. »Es tut ihm weh, dass ich ihn verlassen habe; jedoch ich kann keine Rücksicht darauf nehmen. Er kann dankbar sein, dass er mich zwei Jahre hatte.« Ihr Gesicht wurde wieder ernst. »Er wird keine Schwierigkeiten machen, er hat gar keine andere Wahl. Er ist zwar nicht der Hellste, besitzt allerdings genügend Verstand, um zu erkennen, dass er sonst mächtig Ärger bekommen würde.«

Sie ließ die Hand in eine Innentasche des Mantels gleiten und legte mir dann ein Schriftstück auf den Schreibtisch. »Die Heiratsurkunde habe ich Ihnen mitgebracht. Herr Hartmann sagte mir, dass Sie die brauchen.«

»Herr Hartmann – was hat der damit zu tun?« Während ich das fragte, blickte ich auf die Heiratsurkunde herab, die meine letzten Zweifel an der Verehelichung meiner neuen Mandantin beseitigte.

»Ich habe mit ihm über die Scheidung gesprochen«, teilte sie mir mit. »Aber er macht keine Scheidungen und hat mich an Sie verwiesen. Das war mir auch ganz recht so, denn er ist mir nicht sonderlich sympathisch.« Mit einem unschuldigen Augenaufschlag richtete sie den Blick auf mich. »Zu Ihnen komme ich viel lieber. Sie haben mir gleich gefallen – neulich in Herrn Arnheims Haus, wo ich Sie das erste Mal sah.«

Einen Augenblick war ich bemüht, mich in Zurückhaltung zu üben, doch im Bruchteil einer Sekunde setzte sich der Teil in mir durch, der ein Mann mit Sehnsüchten war. Ich warf mit einem Mal alle Bedenken beiseite.

»Mir ist es mit Ihnen nicht anders gegangen. Sie sind eine wunderschöne Frau.«

Sie lächelte und legte ihre rechte Hand an die Stelle, wo der Pelzkragen ihres Mantels die zart schimmernde Haut über dem Brustbein berührte. »Da haben Sie recht«, hauchte sie. »Deshalb möchte ich auch geschieden werden. Die Ehe ist nichts für mich; ich bin keine Frau nur für einen Mann.«

Ihre Forschheit mochte zwar ihrem Naturell entsprechen, dennoch dämmerte mir langsam die Erkenntnis, dass sie mich kaum aus eigenem Antrieb aufgesucht haben konnte, und mich beschlich der Gedanke, dass sie ein Lockvogel der ›Brüder und Schwestern‹ war, gekommen, um mir irgendein Angebot zu unterbreiten.

»Dann wollen wir uns mit dem Scheidungsantrag befassen«, sagte ich. »Dazu benötige ich von Ihnen verschiedene Angaben, meine liebe …«, ich blickte hinunter auf die Heiratsurkunde, »meine liebe Frau Möller.«

»Bitte, nennen Sie mich nicht Frau Möller!« Sie schüttelte den knabenhaft frisierten Kopf. »Für solche Förmlichkeiten kennen wir uns bereits viel zu gut! Hartmann hat mir berichtet, dass Sie neulich auch auf der Versammlung waren. Bestimmt haben Sie mich nicht vergessen! Wir sind doch sozusagen unter uns. Ich bin Veronika. Darf ich Sie nach Ihrem Vornamen fragen?«

»Mein Vorname ist Eugen.«

»Dann möchte ich Sie gern Eugen nennen – obwohl Sie fast doppelt so alt sind wie ich. Darf ich?«

»Meinetwegen. Also dann, liebe Veronika – zu den Formalien.«

Sie lächelte und nickte zufrieden, ich stellte ihr ein paar Fragen und notierte mir ihre Antworten auf ein Blatt Papier.

Sie blinzelte mich an. »Sicher sind Sie selbst verheiratet, Eugen?«

Ich schüttelte den Kopf. »Was Sie vor sich haben, das habe ich bereits hinter mir.«

Sie pfiff leise durch die Zähne. »Demnach könnten wir sogar zusammen ausgehen.«

»Ist das ein Angebot? Falls ja, komme ich gern einmal darauf zurück.«

»Oh«, lächelte sie, »ich dachte nicht an eine Verabredung für später.«

»Nicht? Schade! Da habe ich wohl etwas falsch verstanden.«

Ihre blauen Augen leuchteten unverfroren, und sie strich mit der Hand auf dem Mantel vom Ausschnitt bis in den Schoß hinab. »Sie haben mich schon richtig verstanden, aber ich dachte nicht an später, sondern an – jetzt! An heute Abend zum Beispiel – da hätte ich Zeit für Sie!«

Sie blickte auf die schmale Uhr, die ihr formvollendetes Handgelenk zierte. »Sie müssen auch einmal Feierabend machen. Es ist fast fünf. Das ist nicht zu früh, um auszugehen – vielleicht in eine Bar, um ein wenig zu feiern?«

»Was wollen wir denn feiern?«, fragte ich und dachte bei mir, dass der Trick, einen Mann mit einer schönen Frau zu ködern, doch immer funktionierte, selbst dann, wenn der Mann diesen längst durchschaute. Eine Frau wie Veronika würde nahezu jeden Mann verführen können, es war alles nur eine Frage der Zeit, bis auch der tugendhafteste meiner Geschlechtsgenossen einer solchen Verführung erlag. Warum nicht gleich nachgeben?

»Sie haben recht«, sagte ich daher, ohne auf eine Antwort zu warten, während die Erinnerung an die Liebesszene in dem geheimen Haus meinen Pulsschlag erhöhte. »Lassen Sie uns irgendwo etwas trinken gehen.«

Sie strahlte mich an. »Sind Sie mit der Prinzenbar einverstanden? Die haben bereits geöffnet. Ich bin dort bekannt. Möchten Sie uns nicht ein Taxi rufen?«

»Wir werden draußen schon eines finden! Gut, wir brechen gleich auf!«

Das Taxi, das wir bestiegen, fuhr uns durch den Berliner Abend nach Westen, während wir nebeneinander im Fond des Wagens saßen. »Es ist kalt«, flüsterte sie und schmiegte sich eng an meine Seite. Vorsichtig legte ich meinen Arm um ihre Schulter.

»Sie sind viel zu dünn angezogen«, murmelte ich und ertastete durch den Mantel ihren schlanken Rücken. »Sie haben ja nichts auf den Rippen. Sie werden sich noch eine Lungenentzündung holen.«

»Ich nicht!«, erwiderte sie. »Ich bin gesund. Sie wissen doch: Wer schön sein will, muss leiden.«

Die Wände des Lokals, das Veronika für uns ausgesucht hatte, waren aus blauem Glas, die mit blauen Steinen verzierte Decke wurde von Säulen aus Kupfer getragen und die dekorativen Wasserbecken mit den fein gezeichneten Wasserlilien sorgten für ein modernes und attraktives Ambiente; in der Prinzenbar in der Hardenbergstraße traf sich die elegante Welt von Berlin.

Sie öffnete ihren Pelz und gab den Mantel an der Garderobe ab. In ihrem dürftigen Trägerkleidchen sah sie wie das junge unschuldige Sterntalermädchen aus dem Märchen aus, zu arm, um sich etwas zum Anziehen zu kaufen, das sie vor der Kälte schützte. Das Lokal selbst war aber gut geheizt.

Sie führte mich in eine Nische in der Nähe der noch wenig bevölkerten Tanzfläche und winkte mit der Hand den Musikern der kleinen Kapelle zu, worauf zwei oder drei Mitglieder der Kapelle ihre Instrumente hoben und einen kleinen Tusch ertönen ließen, um sie zu begrüßen.

»Wenn die Maske beruflicher Seriosität von Ihnen abfällt, wirken Sie wie ein gleichaltriger Junge auf mich«, flirtete Veronika mit mir, nachdem ein Ober uns den bestellten Sekt an den Tisch gebracht und wir angestoßen hatten. »Gerade jetzt ist es wieder so, wo ich Sie lächeln sehe.«

Sie stellte das Glas ab, stützte die nackten Ellenbogen auf die Tischplatte und das aparte Kinn in die Handflächen. Ihr Blick war so offen und frei und ohne Berechnung, dass es mir schwer fiel, irgendeine Arglist dahinter zu vermuten, obwohl ich es besser wusste.

»Ich muss Sie einfach gern haben, wenn Sie mir ein solches Kompliment machen«, sagte ich und legte ohne zu zögern meine Hand auf ihren Arm.

Sie ließ es sich gefallen und gab zurück: »Haben Sie mich denn wirklich gern? Oder wollen Sie mich nur gern haben?«

»Was ist der Unterschied? Welcher Mann würde Sie nicht gernhaben und oder außerdem gern haben wollen, Veronika? Ich denke, ich sollte Ihnen die Frage zurückgeben.

Haben Sie mich denn gern oder wollen Sie mich nur aus einem bestimmten Grund gern haben?«

Sie blickte mich eine Weile schweigend an und ihre Augen umschatteten sich. »Was soll diese Frage?«, sagte sie ernst. »Gut! Vielleicht ist es so, dass ich Sie aus einem bestimmten Grund gern haben will; aber glauben Sie wirklich, ich würde mich Ihnen in der Weise, wie ich es gerade tue, andienen, wenn ich Sie nicht wirklich ein klein wenig gernhätte?«

»Mehr hatte ich mir doch gar nicht erhofft«, lenkte ich ein, da ich mir meine Chancen bei ihr auf keinen Fall verderben wollte. »Ich freue mich, dass Sie das sagen! Es ist eben nur, weil ich mich viel wohler in Ihrer Gesellschaft fühle, wenn ich weiß, dass Sie mich wirklich mögen.«

Ihr Gesicht entspannte sich, und sie lächelte wieder. »Dann ist ja alles gut.«

Süße Sinnlichkeit strömte von ihren Lippen, strahlte aus ihrem zart glühenden Gesicht und auch von ihren dünnen, schön gezeichneten Armen, über die ich mit meinen heißen Händen strich.

»Ich will etwas aus Ihnen machen, Eugen«, fuhr sie leiser fort, »Ihnen etwas geben, das ich selbst empfangen habe; denn ich fühle eine innere Verpflichtung, das Glück, das mir zuteil wurde, mit Menschen, die es wert sind, zu teilen. Ich hoffe und glaube, dass Sie dieses Glück verdienen. Um es zu erhalten, müssen Sie sich lediglich gefallen lassen, dass ich Ihnen die Spielregeln für unsere Begegnungen diktiere. Vielleicht werden wir nicht nur einmal zusammenkommen. Wenn Sie mögen, können wir in unserer heutigen Begegnung einen Anfang sehen.«

Sie lenkte die Augen in Richtung des Tanzparketts und lächelte dem Klavierspieler zu, einem gut aussehenden jungen Mann, der ihr Lächeln mit einer knappen Geste des Kopfes und einem vergnügten Zwinkern erwiderte.

»Spielregeln?«, fragte ich. »Was für Spielregeln?«

Ein entzückendes Lächeln trat auf ihre Lippen, während ihre Augen wie gebannt in die seinen sahen. »Die erste Spielregel würde sein: Wir sind nicht nur zu zweit.«

Ich rückte ein Stück von ihr ab. »Wer noch?«

Sie lächelte zart und wie um Verzeihung bittend. »Unser Lehrer! Sie kennen ihn bereits!«

»Sprechen Sie etwa – von diesem Zauberpriester, der neulich an Ihrem Liebeslager erschien?«

»Um Gottes willen, nein! Ich spreche von Roland Olden.«

Ich wich erneut ein Stück weiter zurück. »Auf keinen Fall, Veronika. Wir brauchen keinen weiteren Lehrer – Sie allein, Veronika, sollen meine Lehrerin sein! Und ich verspreche Ihnen, ein fleißiger Schüler zu werden.«

Sie seufzte. »Nun ja, schade, aber selbst wenn ich es wollte, es geht nicht.«

»Warum denn nicht?«

Ihre Augen schimmerten feucht. »Ich darf es nicht«, flüsterte sie und richtete den Blick von mir fort, als hätte sie Angst, ich könnte sie doch noch überzeugen.

»Wer sollte Ihnen verbieten wollen, mit mir ein wenig zusammen zu sein?«

»Nun, diese Leute natürlich; die Leute, die mich bezahlen.«

Eine Zeit lang blieb ich still. »Wie sind Sie zu diesen Leuten gekommen?«, wollte ich wissen. »Zu Arnheim, Santor und wie sie sonst heißen mögen?«

»Ich kenne nur Arnheim und Hartmann, ja, und diesen Santor, er hat sich mir neulich vorgestellt. Hartmann gab mir Geld und ich musste ein paar Dokumente unterschreiben – natürlich auch, dass ich mich verpflichte zu schweigen –, wahrscheinlich rede ich jetzt schon wieder viel zu viel.«

»Wofür werden Sie bezahlt? Ich verspreche Ihnen, dass ich nichts verrate, ich schweige über alles. Schließlich bin ich Ihr Anwalt!«

»Wofür? Ach nun«, wich sie mir aus, »Sie haben es doch selbst gesehen – für derlei Sachen eben.«

»Für sexuelle Darbietungen?«

»So kann man sagen.«

»Diese Veranstaltung, bei der ich zugegen war: Was ist da passiert?«

Sie zuckte die reizenden Schultern. »Es war wirklich nicht schlecht«, sagte sie und lächelte zart. »Außerdem war es Teil meiner Ausbildung.«

»Was für eine Ausbildung?«

»Meiner Ausbildung zur Priesterin.«

»Priesterin? Aha, ich verstehe!« Aber eigentlich verstand ich nichts.

Sie weidete sich eine Weile an meiner Ratlosigkeit und setzte hinzu: »Im alten Ägypten kamen die Männer auf der Suche nach spiritueller Ganzheit zu den Priesterinnen des Tempels, die mit ihnen den Liebesakt vollzogen und den Männern durch die körperliche Vereinigung zur Erfahrung des Göttlichen verhalfen.«

»Hat man Ihnen das erzählt?«

»Es wird schon stimmen.«

»Manche bezeichneten diese Frauen als Priesterinnen, andere haben sie – verzeihen Sie das derbe Wort – Tempelhuren genannt.«

Falls ich befürchtet hatte, sie würde mir meine Bemerkung übel nehmen, hatte ich mich getäuscht. »Das ist das Gleiche«, sagte sie ruhig. »Ich empfinde das Wort Hure nicht als Schimpfwort, wenn auch manche Leute, die nichts davon wissen, es so verstehen. Damit ich Männern diese Erfahrung verschaffen kann, muss ich sie zunächst selbst erleben. Genau darum ging es an jenem Abend. Und wenn mir ein Mann nicht gefällt, dann muss ich es mit ihm nicht tun. Das ist so vereinbart.«

Ich raufte mir im Geiste die Haare. Was für ein himmelschreiender Unfug! Doch was kümmerte es mich! Hure oder Priesterin! Ich wollte nur die Chance nutzen, die der gegenwärtige Moment mir bot.

»Veronika, mit Ihnen zusammen zu sein«, flüsterte ich, da ich die Hoffnung noch nicht aufgegeben hatte, sie umzustimmen, »auf die ganz normale Art, das wäre mir Göttlichkeit genug. Veronika, was, wenn wir nun ohne diesen Lehrer beginnen? Was später kommt, das werden wir ja sehen, es muss niemand erfahren, wenn wir vorher – ein wenig Spaß miteinander hatten.«

Sie senkte den Blick und betrachtete nachdenklich ihr Champagnerglas. Ich spürte, dass ich sie fast auf meiner Seite hatte, umarmte sie und legte meine Hand auf ihre reizende nackte Schulter.

Das Lokal war etwas voller geworden; dennoch waren die meisten Tische unbesetzt, kaum jemand tanzte. Ich beobachtete einen Zeitungsjungen, der vor Kurzem das Lokal betreten hatte und der ungewöhnlich viele Exemplare seines Abendblattes an die Gäste absetzen konnte. Als er an unseren Tisch kam, wollte ich ihn eigentlich fortschicken, kaufte aber aus einer plötzlichen Laune heraus doch ein Exemplar.

›Hitler Reichskanzler!‹, lautete die Schlagzeile, die mir auf dem Titel entgegensprang. Zwei Worte, die wie feurige Signale waren. Ich blieb stumm, starrte auf die Schlagzeile und dachte an nichts.

»Haben Sie es noch nicht gehört?«, hörte ich etwas später Veronikas Stimme neben mir.

Schließlich blickte ich zu ihr auf. »Nein, was denn?«

»Na, was da steht – dass Hitler das Oberhaupt der neuen Regierung ist. Deshalb feiern wir doch!«

»Ach so? Dann stimmt es also wirklich?«

»Glauben Sie etwa, die Zeitung lügt?«

Etwas Gespenstisches, das schon lange am Rande meines Begreifens gelauert hatte, brach sich machtvoll in mir Bahn und hinterließ einen Zustand grenzenloser, chaotischer Verwirrung.

»Es ist kaum zu glauben!«, kam es über meine Lippen.

Ich erinnerte mich, dass während der vergangenen Woche eine merkwürdige Stimmung in der Luft gelegen hatte, eine Mischung aus Ernst und hektischer Lustigkeit, in die etwas Unheimliches eingewoben war. Am Vortag war die Regierung Schleicher zurückgetreten; eine Umbildung war im Gange gewesen, mehr hatte man nicht gewusst. Zwar war bekannt, dass der frühere Reichskanzler von Papen gegen seinen Nachfolger im Amt opponierte, und auch, dass dieser vor keiner Intrige zurückschrecken würde, die seinen Zielen dienlich war, doch dass er es selbst um den Preis tun würde, dass er hierdurch dem Führer der Nationalsozialisten zur Reichskanzlerschaft verhalf, damit hatte ich nicht gerechnet.

»Hier steht, dass heute Nacht ein großer Fackelzug die Wilhelmstraße hinunterführen soll«, sagte Veronika, die ein Stück näher an mich herangerückt war und sich weiter über die Zeitung gebeugt hatte. »Oh, den möchte ich mir gern ansehen!« Sie schaute mich strahlend an und bewegte den Kopf so weit an den meinen heran, dass ihre Lippen beinahe meine Ohren berührten. »Gehen Sie mit mir, Eugen? Wir sehen uns den Fackelzug an – und dann«, ich spürte ihren heißen süßen Atem, »weil es ein besondere Tag ist, der mir wohl diese Ausnahme erlaubt, gehen wir zu Ihnen! Nur wir beide.«

Ich fühlte mich gleich wieder besser. »Ja, Veronika, genau das wollen wir tun.« Ich hätte zwar lieber auf den ersten Teil des Abendprogramms verzichtet und mir den Fackelzug erspart, aber im Hinblick auf Veronikas Versprechen war ich zu diesem Kompromiss gern bereit.

Ich faltete die Zeitung zusammen und legte sie fort, winkte dem Kellner und bezahlte die Rechnung.

Draußen stiegen wir in den Autobus und fuhren ein paar Stationen nach Osten.

»Dieses Haus«, wollte ich wissen, nachdem wir den Bus wieder verlassen hatten und ich neben Veronika, die sich bei mir untergehakt hatte, durch den kalten Berliner Abend ging, »nicht wahr, es liegt doch irgendwo in Mitte, nicht wahr? Gar nicht so weit entfernt von meiner Kanzlei?«

»Was für ein Haus?«

»Das, in dem diese Zeremonie stattgefunden hat.«

»Liegt das Haus in dieser Gegend? Ich war bisher nur dieses einzige Mal dort. Es war dunkel, als man mich dorthin brachte. Man hat mir sogar die Augen verbunden.«

»Sie würden es nicht wiederfinden?«

»Ganz sicher nicht! Warum fragen Sie?«

»Weil ich auch nicht weiß, wo es sich befindet. Es erging mir wie Ihnen!«

Sie seufzte. »Diese Leute geben nichts preis. Das erste, was man von mir verlangte, war absolute Verschwiegenheit.«

Je näher wir dem Brandenburger Tor kamen, umso mehr Menschen waren auf den Straßen, alle auf dem Weg zum Fackelzug, dessen unruhiges Licht das Gelände um das Brandenburger Tor erhellte und den Himmel über uns rötlich färbte. Und dann sahen wir, wie sich eine Parade uniformierter Gestalten einem feurigen Drachen gleich durch das Tor wälzte; junge Männer mit zusammenstehenden, tief liegenden Augen, darunter markante, entschlossene Gesichter, andere noch mit einer gewissen Weichheit um Kinn und Wangen, oft sogar Zartheit, die durch einen krampfhaft gespannten Ausdruck überdeckt wurde. Das Kinn entschlossen vorgestreckt, marschierten sie in ihren braunen Uniformen und mit ihren Fackeln zur Musik von Kapellen, ein pathetisches Feuerband, das unruhige Schatten auf Gesichter und Häuserwände warf.

Mir war plötzlich klar, dass von nun an kein Tag mehr so wie früher sein würde. Gleichwohl fühlte ich im Augenblick weder Angst noch Zuversicht, sondern nur eine seltsame Leichtigkeit, als ob mir eine Last, die ich seit Langem mit mir herumtrug, von den Schultern genommen worden war; es war jene Art von Erleichterung, die sich einstellen konnte, wenn das lange befürchtete, aber unvermeidliche Ereignis endgültig eintrat.

»Wir müssen zur Reichskanzlei«, sagte Veronika und zog mich weiter durch die Menge der Schaulustigen, die sich aufgeregt und lärmend auf den Bürgersteigen staute. Hand in Hand gerieten wir beinahe ins Zentrum dieser bizarren nächtlichen Veranstaltung und standen schließlich fast an derselben Stelle, von wo ich erst vor ein paar Tagen den unheimlichen Santor zusammen mit dem Reichspräsidentensohn beobachtet hatte, schräg gegenüber der Reichskanzlei.

Da war er in einem der erleuchteten Fenster zu sehen, der neue Reichskanzler, nervös tänzelnd und umgeben von seinen Getreuen. Von Zeit zu Zeit schnellte sein Oberkörper mit erhobenem Arm über die Brüstung. Einige Fenster weiter starrte der Reichspräsident von Hindenburg nachdenklich auf den düsteren Pomp der blutroten und nachtschwarzen Banner, auf das flackernde Licht, das sich in den derben und zu allem entschlossenen Gesichtern der Fackelträger widerspiegelte, und ich fragte mich, ob nun nicht auch ihn, wie sicher manch anderen unter den Schaulustigen, allmählich ein mulmiges Gefühl beschlich.

Veronikas Augen aber leuchteten. »Sehen Sie!«, raunte sie mir zu. »Unsere Zeit ist gekommen, die Zeit der neuen

Menschen! Viele dieser Leute sind natürlich Dummköpfe. Und ich kann verstehen, dass manche Angst vor Herrn Hitler haben. Man muss doch das Wesentliche sehen, das Besondere, das Eigentliche, das vorerst noch den Wenigen vorbehalten ist.« Ihre Lippen kamen direkt an mein Ohr. »Zögern Sie nicht länger, Eugen; kommen Sie zu uns! Verspielen Sie nicht Ihr Glück!«

»Ach, Veronika«, flüsterte ich. »Lassen Sie uns den neuen Menschen für ein paar süße Stunden vergessen. Ich habe Sie unheimlich gern, und zwar nur deshalb, weil Sie die verführerische, kleine Veronika sind – aus überhaupt keinem anderen Grund. Kommen Sie, wir wollen in meine Wohnung gehen!«

»Oh, Eugen«, lächelte sie zart und drückte fest und warm meine Hand. »Ja, das wollen wir, auch mir ist danach. Nur noch ein Weilchen möchte ich zusehen, dann brechen wir auf!«

Hätte ich sie nur gleich mit mir fortgezogen – sie hätte es sich gewiss gefallen lassen! So aber standen wir ein paar Minuten an der Straße und sahen dem lärmenden Treiben zu, den Gunstbezeugungen, die der düstere Mann hinter dem Fenster, auf den sich die Scheinwerfer gerichtet hatten, mit Dankesgesten entgegennahm. Auch wenn es nur Minuten waren, die auf diese Weise vergingen: Wir blieben zu lange, denn auf einmal war es, als streifte uns der Schatten des düsteren Mannes, als greife er nach uns, um sich unseres Schicksals zu bemächtigen.

Eine Gestalt aus dem weitläufigen Dunstkreis seiner Anhänger tauchte überraschend neben uns auf: Es war Theodor Hartmann, mein Anwaltskollege. Dieser Mann, der auch meiner schönen Begleiterin kein Unbekannter war, stand zu meinem ahnungsvollen Erschrecken plötzlich an ihrer Seite.

»Veronika!«, sprach er sie augenblicklich an. »Ich hatte

es mir fast gedacht, Sie hier zu finden; die meisten unserer Freunde sind heute hierher gekommen.« Er warf mir einen auftrumpfenden Blick zu. »Schön, dass Sie gleichfalls die Gelegenheit genutzt haben, Herr Kollege. Ich denke, dass Sie angesichts des heutigen Ereignisses auch bald an unseren Versammlungen werden teilnehmen wollen?«

Er drängte sich dichter an Veronika, als ob er ihr etwas zuflüstern wollte, und schien dann einen Augenblick zu stutzen, wahrscheinlich, weil er bemerkte, dass ich ihre Hand fest in der meinen hielt. Offenbar gefiel ihm das nicht.

»Sie müssen sofort mit mir gehen, Veronika!«, hörte ich ihn sagen. »Herr Santor lässt schon seit ein paar Stunden nach Ihnen suchen. Das freudige Ereignis macht eine außerordentliche Versammlung unserer Gruppe notwendig, die noch heute Abend stattfinden soll. Kommen Sie, wir müssen sofort aufbrechen!«

»Moment mal, Herr Kollege«, schaltete ich mich ein. »Heute Abend hat Veronika keine Zeit. Sie müssen dieses eine Mal ohne sie auskommen.«

Veronika warf mir einen schnellen Blick zu, als wollte sie mir bedeuten, ich täte besser daran zu schweigen. Daraufhin erinnerte ich mich wieder an das Versprechen, das ich ihr gegeben hatte.

»Nein, Herr Kollege«, sagte Hartmann bestimmt. »Sie irren sich! Wir wollen nicht ohne sie auskommen! Veronika wird mit mir gehen.«

»Das entscheiden nicht Sie!« Ich starrte meinem Gegenüber wütend ins Gesicht, aber er nahm meine Wut mit einem höhnischen Lächeln entgegen.

Nie zuvor in meinem Leben hatte ich jemanden so zum Teufel gewünscht wie in diesem Moment meinen Berufsgenossen, was dazu führte, dass ich mich gewaltig zusammenreißen musste, um nicht zu tun, was ich am liebsten getan hätte: dem Kerl ins Gesicht zu schlagen und ihn auf der Stelle davonzujagen. Stattdessen suchte ich verzweifelt nach einer Redewendung, um das, was sich ankündigte, zu verhindern, ohne etwas Unüberlegtes zu sagen, das Veronika schaden könnte. Doch ich fand die passende Formulierung nicht.

Veronikas Miene drückte weder Ärger noch irgendein anderes Gefühl aus, allenfalls so etwas wie eine grenzenlose Gleichgültigkeit, die man bei genauerem Hinsehen auch für den Ausdruck von Verachtung hätte halten können. Schließlich ließ sie Hartmann aus den Augen, und indem sie mich anblickte, weitete sich ihr Blick.

»Sie haben es gehört, Eugen! Leider klappt es heute nicht mit uns beiden – die Politik ist uns dazwischengekommen, es ruft mich die Pflicht!« Sie rang sich ein Lächeln ab. »Leider«, sie trat dicht an mich heran und gab mir einen Kuss, »ist der rechte Zeitpunkt für unseren ersten Schritt noch nicht gekommen. Es scheint, wir müssen uns ein wenig gedulden.«

Sie entzog mir ihre Hand und drehte sich fort. Hartmann hob den Hut und zwinkerte mir mit einem triumphierenden Grinsen zu, dann folgte er Veronika, die sich bereits zum Gehen gewandt hatte. Mit einer Mischung aus schmerzlicher Ohnmacht und grenzenloser Wut sah ich dem reizenden Mädchen und dem Widerling, der es entführte, hinterher.

21

Wenn man es genau nahm, hatte dieser letzte Montag im Januar lediglich einen Regierungswechsel gebracht, trotzdem war der Eindruck weit verbreitet, dass das Ereignis mit den Kabinettsneubildungen früherer Jahre nicht zu vergleichen war.

»Der Narr von Papen hat allen Ernstes geglaubt, er hätte sich unseren Hitler eingekauft, damit dieser ihm den Weg zur Rückkehr an die Macht ebnen würde«, sagte mein Kollege Haller mit einem vergnügten Kopfschütteln, als er sich mit mir über die neue Regierung unterhielt. »Dieser Herrenreiter ist wirklich ein seltenes Abbild von Doofheit. Es wird nicht lange dauern, bis dieser Vizekanzler von der politischen Bühne verschwunden ist.«

»Mich wundert, dass General Schleicher so schnell bereit war, sein Amt zur Verfügung zu stellen«, äußerte ich. »Ich war in dem Glauben, Schleicher hätte eher einen Militärputsch riskiert, als einen Kanzler von Papens Gnaden zuzulassen.«

»Papen und Schleicher hassen sich so sehr, dass sie eher Hitler als dem jeweils anderen die Kanzlerschaft gegönnt hätten«, meinte Haller. »Die alte Geschichte: Wenn zwei sich streiten, freut sich der Dritte.«

»Und der Reichspräsident? Was hat ihn bewogen, Hitlers Kanzlerschaft entgegen allen früheren Bekundungen nun zu akzeptieren?«

»Was blieb ihm denn übrig, wenn er es weder Papen noch Schleicher recht machen konnte? Es gab ja das Gerücht, die Potsdamer Garnison marschiere, von Schleicher und den Generälen alarmiert, auf die Hauptstadt los, und rasches

Handeln tue not, wenn man einen Staatsstreich verhindern wolle. Wahrscheinlich ist an dieser Geschichte nichts Wahres dran, aber sie hat ihre Wirkung auf den Präsidenten offenbar nicht verfehlt. Außerdem soll Oskar von Hindenburg umgeschwenkt sein. Er teilt ja Papens Hass auf Schleicher wie kein zweiter und steht dem Reichspräsidenten nun einmal so nahe wie keiner sonst in seiner Umgebung, Papen eingeschlossen. Es wird gemunkelt, er habe sich für Hitler ausgesprochen, nur um Schleicher zu stürzen. Das soll schließlich beim Alten den Ausschlag gegeben haben.«

Gestreute Gerüchte, geflüsterte Kontakte, schlimme Ratgeber unterschiedlichster Couleur – was auch immer den letzten Ausschlag gab, ich hatte den Einfluss Santors und die Gefährlichkeit der Gesellschaft der ›Brüder und Schwestern‹ sicherlich unterschätzt.

Eine Woche nach dem Regierungswechsel begegnete mir Theodor Hartmann im Anschluss an einen Verhandlungstermin auf dem Flur des Berliner Landgerichts. »Die neue Regierung wird die deutsche Anwaltschaft darin unterstützen, das übermächtig gewordene jüdische Element in unseren Reihen zurückzudrängen«, redete Hartmann gut gelaunt auf mich ein, »damit endlich alle deutschen Anwälte wieder genug Arbeit haben, um ihre Familien ernähren zu können. Na, wie finden Sie das, Herr Kollege?«

»Ich hoffe sehr, dass die wirtschaftliche Not vieler Kollegen ein Ende findet«, antwortete ich vage.

»Wird sie, wird sie. Zumindest für diejenigen, die die Zeichen der Zeit richtig verstehen. Die anderen werden sich noch wundern, und glauben Sie mir, einige Leute werden eine böse Überraschung erleben. Am besten Sie sorgen dafür, dass Sie zu den Ersteren gehören.«

Er kam etwas näher und fügte mit gesenkter Stimme hinzu: »Herr Goltz, ich spreche zu Ihnen nicht wie zu irgendeinem arischen Kollegen, sondern wie zu einem

Gleichgesinnten und Vertrauten, der Sie doch spätestens in ein paar Wochen – auch offiziell – sein werden. Kann ich nun auf Sie zählen?«

»Es wird sich alles finden«, sagte ich ausweichend, »immerhin habe ich inzwischen eine Reihe angenehmer Kontakte knüpfen können, nicht nur zu Ihnen oder Herrn Santor, sondern auch zur Damenwelt.«

»Ich habe es bereits bemerkt«, unterbrach mich Hartmann. »Wo Sie das Thema gerade anschneiden: Ich sprach jüngst mit der kleinen Veronika. Sie bat mich, Ihnen auszurichten, das Scheidungsverfahren einstweilen ruhen zu lassen. Sie wird sich bei Ihnen melden, wenn es weitergehen soll!«

Ich fühlte mächtigen Ärger in mir aufsteigen. »Warum sagt sie mir das nicht selbst? Sie muss es mir persönlich mitteilen – oder mir schriftlich geben. Das brauche ich Ihnen nicht zu erklären!«

Hartmann lächelte. »Sie können es gern schriftlich von Veronika bekommen, mein lieber Herr Goltz. Aber, und ich sage Ihnen das nur ein einziges Mal, damit wir uns nicht missverstehen: Veronika ist gewissermaßen unsere Kreation. Sie gehört uns und sie tut, was wir ihr sagen. Arnheim, der ständig auf der Suche nach schönen Mädchen ist, hat sie in einer schlimmen Kneipe im Wedding aufgegabelt. Erst wir haben aus ihr gemacht, was sie heute ist. Wenn wir also zu ihr sagen, das Scheidungsverfahren ruht, dann ruht das Scheidungsverfahren so lange, wie wir es für richtig halten. Sie sollten übrigens nicht versuchen, mit Veronika in Kontakt zu treten. Es ist ihr untersagt, Sie ohne unsere Einwilligung aufzusuchen oder auch nur mit Ihnen zu telefonieren.« Seine Stimme wurde leiser. »Und es könnte nicht nur für Sie selbst, sondern gleichermaßen für das arme Mädchen von Nachteil sein, wenn unseren Anweisungen zuwidergehandelt wird. Das wollen Sie doch nicht, oder?«

Er legte mir in einer scheinbar jovialen Geste die Hand auf die Schulter. »Ich will unserer bildhübschen Freundin aber gern einen Gruß von Ihnen ausrichten. Veronika wird sich sicherlich darüber freuen!«

Ich erwiderte nichts. Daraufhin hob Hartmann die Hand zu einer militärisch anmutenden Geste, wandte sich kurz darauf ab und schritt davon.

Leute wie Hartmann, die früher nicht viel zu melden hatten, verspürten nun Rückenwind, hatten Oberwasser bekommen und anstatt sich in Bescheidenheit zu üben, stellten sie ihre neue Bedeutung, die sie unter den aktuellen Gegebenheiten mit Sicherheit überschätzten, auch noch ostentativ heraus. Es ärgerte mich, gleichwohl dämmerte es mir auch, dass ich gut daran täte, einige Gewichtungen zu verändern oder sie am besten gleich miteinander zu vertauschen.

Zügig, wenn auch ohne Eile, begann in diesen Februartagen etwas Neues und schwand das Altbekannte dahin. Eine Verordnung ›Zum Schutze des deutschen Volkes‹ erteilte der Regierung das Recht, politische Veranstaltungen sowie Zeitungen und Druck-Erzeugnisse der konkurrierenden Parteien mit den unbestimmtesten Begründungen zu verbieten. Als Argument zerrte Hitler eine kritische Berichterstattung über Richard Wagner hervor und drohte all jenen, die ›Deutschland bewusst schädigen wollten‹ mit drakonischen Maßnahmen. Ein Kongress linker Intellektueller und Künstler in der Krolloper wurde kurz nach Beginn wegen angeblicher atheistischer Äußerungen abgebrochen. Zwei Tage später wurde durch eine weitere Notverordnung die Auflösung des preußischen Landtags verfügt, nachdem ein entsprechender Versuch auf parlamentarischem Wege gescheitert war.

Mitte Februar hatte Judith Singer Geburtstag. An diesem Tag bekam ich eine Kostprobe der Überraschungen, die dem deutschen Volk noch bevorstehen mochten. Judith hatte zu einer Dinnerparty geladen und ihre Gäste im sogenannten Musikzimmer ihrer kleinen Dahlemer Villa versammelt. Es war ein Zimmer, das fast das ganze Erdgeschoss einnahm. Überall in dem von Tageslicht durchfluteten Raum standen die Leute in kleinen Gruppen beisammen, plaudernd, Cocktailgläser und Teller mit Kuchen balancierend, das ganze Bild in ständiger Bewegung.

Mehrere von Judiths Gästen waren Diplomaten, darunter ein ägyptischer Gesandter, der seinen Diener mitgebracht hatte. Dieser Diener hatte sich an der Tür zur Straße postiert, möglicherweise weil dies der Punkt der Wohnung war, von dem aus er den besten Überblick hatte.

Der Empfang hatte seit dem Eintreffen des letzten Gastes keine ganze Stunde gedauert, als ich aus nächster Nähe mitbekam, wie der Diener des Diplomaten, der unter seiner dunklen Hautfarbe erblasste, auf Judith zutrat und ihr leise sagte: »Gnädige Frau müssen herauskommen, großes Unglück!«

Judith blickte auf und folgte dem Ägypter hinaus. Die anderen in der Runde, von denen nur die Wenigsten die Worte des Dieners richtig mitbekommen hatten, blieben zurück; allerdings trat in der Unterhaltung eine Pause ein, das Wortgeplänkel flaute ab.

Zwei, drei Minuten passierte nichts, dann hatte ich eine Idee. Mit einer schnell hingemurmelten Entschuldigung stahl ich mich aus dem Zimmer in die angrenzende kleine Halle, von der aus eine Treppe in das Obergeschoss führte. Ich stieg ein paar Stufen nach oben, hielt aber noch auf der Treppe inne, da vernahm ich von unten im Foyer Judiths Stimme. »Was wollen Sie? Was geht hier vor?«

Ich beugte mich über das Geländer und sah, wie Judith aus dem Foyer zurück in die Halle trat. Ein Mann, von dem ich nur den Anflug eines braunen Hemdes oder seiner braunen Jacke sah, folgte ihr. Nach einigen Momenten hartnäckigen Schweigens hörte ich, wie der Braune ihr antwortete: »Passanten haben uns geholt, weil der Verdacht besteht …« Es folgte unverständliches Gemurmel. Ich ging weiter und trat oben an das Fenster, das über dem Foyer lag.

Draußen vor der Pforte war es zu einem bedrohlichen Auflauf von Braunhemden gekommen. In beunruhigender Weise beobachteten sie den Eingang des Hauses und die am Straßenrand parkenden Wagen. Mitten auf der ruhigen Villenstraße standen zwei Mannschaftswagen mit geöffneten Türen. Hinter ihnen war eine Mercedes-Limousine quer auf der Straße geparkt. Es war klar, dass keiner der anwesenden Gäste die Feier unbemerkt würde verlassen können.

Ich ging wieder nach unten, wo Judith mit einem Polizeihauptmann sprach, der zu ihr und dem braunen Schatten getreten war. Um sie herum hatten sich andere Gestalten in Uniform postiert, und ich war direkt erleichtert, mehrere ganz gewöhnliche Polizisten darunter zu sehen.

»Uns ist gemeldet worden, dass hier eine Zusammenkunft von politischen Aufwieglern stattfindet«, hörte ich den Mann in der braunen SA-Uniform sagen. »Ich habe Befehl, das Haus zu durchsuchen.«

»Warum gehen Sie nicht zur nächsten Polizeidienststelle?«, sagte Judith ruhig. »Dort werden Sie erfahren, wer die Eigentümer der vor dem Haus geparkten Autos sind. Nochmals: Das hier ist eine Geburtstagsfeier und keine politische Versammlung!« Sie sah den Polizeihauptmann an. »Bitte sagen Sie diesen Leuten, dass sie gehen sollen.«

Der Polizeihauptmann blieb unbeeindruckt. »Ich habe Befehl, mich nicht in Untersuchungen der SS oder der SA einzumischen«, entgegnete er.

Gern hätte ich etwas getan, was dazu beitragen würde, die Situation zu entspannen – immerhin war ich Anwalt und wusste, was in Situationen wie dieser normalerweise zu unternehmen war. Doch das Land war nicht mehr dasselbe wie noch vor ein paar Wochen. Ich wusste, dass ich bestenfalls Gelächter ernten würde, wollte ich mich auf Recht und Ordnung und die Verbindlichkeit geschriebener Gesetze berufen. Einen Monat früher hätte ich den Polizeihauptmann nach seinem Durchsuchungsbefehl gefragt, inzwischen wäre dies eine sinnlose Frage, denn es war klar, dass er gar keinen hatte, weil es völlig gleichgültig geworden war, ob es einen solchen gab oder nicht. Die Polizei hatte nichts mehr zu melden; die Männer in Braun hatten die Macht ihrer Funktion übernommen, und die waren nicht an Gesetze gebunden.

Der braune Mann, der das Kommando führte, gab einem seiner Leute den Befehl, das Haus umstellen zu lassen. Die Situation wurde wirklich gefährlich.

»Ich werde telefonieren gehen«, verkündete Judith plötzlich und verschwand.

»Tun Sie das!«, rief der Hauptmann ihr hinterher und drehte sich zu seinen Männern herum.

Mehrere Minuten vergingen. Aus dem Musikzimmer war Gelächter zu hören; offenbar hatten die meisten Gäste von der bedrohlichen Lage noch nichts bemerkt. Der Diener stand ruhig und mit gesenkten Augen neben mir. Er blinzelte mir kurz zu, nur ganz kurz und dennoch vielsagend, weshalb ich spürte, dass auch er wusste, dass uns der Abtransport in einen Polizeikerker bevorstehen würde, wenn kein Wunder geschah.

Judith kehrte in die Halle zurück. Sie hatte Haltung angenommen. »Ich habe soeben mit dem Auswärtigen Amt telefoniert«, sagte sie. »Der Staatssekretär wird uns Hilfe schicken. Eine Schutzstaffel ist auf dem Weg zu uns.«

Der Polizeihauptmann zog die Brauen hoch, schien aber unsicher zu werden, denn er blickte auf seine Armbanduhr und erwiderte: »Das werden wir ja gleich sehen. Ich gebe Ihrer Schutzstaffel zehn Minuten. So lange bleiben Ihre Gäste dort in dem Zimmer! Meine Männer werden aufpassen, dass niemand den Raum verlässt – und dass niemand von der SA hineingeht. Ich warte draußen und schlage vor, dass Sie mich begleiten.« Mit diesen Worten wandte er sich ab und verließ die Halle durch die Tür.

Judith blickte mich an, zuckte die Achseln. Wir folgten beide dem Polizeihauptmann nach draußen und kamen gerade recht, um zu sehen, wie ein SA-Mann die Standarten von den ausländischen Diplomatenwagen, die vor dem Hause standen, abschraubte und sie in seiner Tasche verschwinden ließ. Die beiden ausländischen Chauffeure stürzten sich auf den SA-Mann, und einen Augenblick später wälzten sie sich mit ihm auf der Straße. Schon bildete sich ein Kreis uniformierter Zuschauer um die drei Streithähne herum, doch auf einmal ging alles sehr schnell; viel schneller, als ich es erwartet hatte.

Es ertönte plötzlich das Martinshorn und lautes Hupen. Drei glänzende Wagen fuhren vor, aus jedem sprangen fünf Leute heraus. Ein uniformierter SA-Mann aus dem ersten Wagen kam auf uns zu.

»Obergruppenführer Müller«, rief ihm Judith laut entgegen, »wie gut, dass Sie da sind!«

Der Obergruppenführer in brauner Uniform blieb vor der Treppe stehen und fragte, was los sei.

»Dort stehen eine Menge Ihrer Parteigenossen«, erwiderte Judith, »aber ich kann mir wohl schlecht anmaßen, gegen SA-Leute auszusagen.«

Der Obergruppenführer Müller ging auf die Leute zu und packte den erstbesten SA-Burschen an der Gurgel. Der Mann lief rot an und brachte stotternd die allseits bekannte Geschichte von den Waffen, den Spionen und dem nichtarischen Haus vor.

Müller geriet in Wut. Er wusste natürlich, was die niedrigen Zulassungsnummern der Autos bedeuteten, und sobald die ausländischen Chauffeure hinzugekommen waren und sich in gebrochenem Deutsch über die gestohlenen Wimpel beschwert hatten, fasste Müller den SA-Mann noch einmal an der Gurgel. Zufällig war es derselbe, der die Flaggen gestohlen hatte. Widerstrebend zog dieser die Wimpel aus seiner Tasche hervor und gab sie zurück.

Der Polizeihauptmann und der Obergruppenführer sprachen nun laut miteinander, doch Judith zog mich am Ärmel von den Leuten fort. Wir gingen wieder ins Haus. »Es ist besser, wenn wir nicht hören, was sie reden, und sie nicht dabei stören. Ich glaube, wir können zu den Gästen zurückgehen. Die Gefahr ist vorbei.«

Erregte Stimmen wurden lauter, als wir in das Musikzimmer zurückgekehrt waren. Der Teil der Gäste, der etwas von den Vorgängen mitbekommen hatte, bat um Aufklärung. Einige Damen wurden blass, nachdem Judith ihnen einen ausführlichen Bericht über das gegeben hatte, was sich während der vergangenen halben Stunde außerhalb des Zimmers abgespielt hatte. Die Scherze, die von dem einen oder anderen zu hören waren, kamen nicht richtig an, sie wirkten hohl und gequält.

Ich sah aus dem Fenster. Die Braunhemden, die den Aufruhr verursacht hatten, waren verschwunden. Kurz darauf fuhr auch die Schutzstaffel ab, die uns zu Hilfe gekommen war.

Allmählich legte sich die Aufregung und die Feier ging in nachdenklicher Stimmung weiter. Allerdings stellte sich die vormals so gelöste Atmosphäre nicht wieder ein, weshalb knappe zwei Stunden später der letzte Gast verschwunden war. Auch ich machte mich zum Aufbruch bereit, jedoch bat mich Judith, noch ein wenig zu bleiben.

Es war ein vergleichsweise milder Abend, weswegen wir in den Garten gingen.

»Komm näher zu mir, Eugen«, forderte sie mich auf, »ich möchte nicht so laut reden.« Sie gab mir ihre Hand und wir schlenderten im einsetzenden Dämmerlicht um das Haus herum.

»Ich habe etwas geplant«, sagte Judith leise. »Es war nicht leicht, aber nun ist alles erledigt.«

»Was ist erledigt?«

»Alles! Papiere, persönliche Angelegenheiten, der Verkauf des Grundstücks.«

Ich blieb stehen und starrte meine vertraute Freundin an. »Du hast diesen Besitz verkauft?«

»Vorgestern! Ein Kaufangebot für das Grundstück hatte ich schon lange – ganz spontan habe ich das Angebot angenommen. Ich gehe fort!«

»Du gehst fort? Wohin – und warum? Du hast nie etwas gesagt!«

»Na, warum ich das tue, brauchst du nach dem vorherigen Vorfall wohl nicht mehr zu fragen. Es hat sich alles innerhalb der letzten zwei Wochen abgespielt. Ach, wenn ich auf die letzten Wochen und Tage zurückblicke, bin ich selbst überrascht, nein, schockiert darüber, welch drastische Schritte ich unternommen habe. Und doch habe ich nur reagiert! Die Machtübernahme der Nationalsozialisten hat meinen endgültigen Entschluss ausgelöst; allerdings habe ich mich bereits zuvor in Deutschland nicht mehr wohl gefühlt. Hätte ich eines weiteren Beweises bedurft, dass meine Entscheidung richtig war – heute hätte ich ihn erhalten. Zunächst fahre ich zu Freunden nach Frankreich. Mal sehen, wie es dann weitergeht. Langfristig denke ich an Amerika. Ich glaube, dass ich dort am ehesten wieder beruflich Fuß fassen kann.«

»Ist dein Entschluss endgültig?«, fragte ich. »Sicher,

wir haben heute Nachmittag etwas äußerst Unerfreuliches erlebt; doch auf der anderen Seite hat der Ausgang dieser Geschichte bewiesen, dass selbst die SA letzten Endes an die Gesetze und die seit ehedem geltenden Spielregeln gebunden bleibt.«

Judith blieb stehen und schüttelte im Dunkeln den Kopf. »Eugen! Was redest du da? Diese Sache hätte auch ganz anders ausgehen können, das weißt du genau! Wir haben großes Glück gehabt. Was wäre wohl geschehen, wenn ich keine Verbindungen hätte, die ich nutzen könnte? Was wäre geschehen, wenn Obergruppenführer Müller, der Einzige in dieser Organisation, auf dessen Hilfe ich rechnen konnte, zufällig gerade nicht erreichbar gewesen wäre? Diese Regierung steht erst am Anfang! Sie ist noch keine drei Wochen an der Macht, und bereits jetzt sind Dinge möglich, an die man vor einigen Monaten nicht im Traum gedacht hätte. Mir ist, als ob sich in meiner unmittelbaren Nähe ein nicht zu kontrollierender Vulkan bemerkbar gemacht hat, der jeden Tag ausbrechen kann! Man weiß nicht mehr, was die nächste Stunde bringt! Ich habe von einer Reihe von Leuten gehört, dass sie still und heimlich das Land verlassen haben. Noch kann man es! Noch! Vielleicht ist es bald schon zu spät.«

»Du hast Wolfraths Worte nicht vergessen, nicht wahr?«

»Wie könnte ich sie vergessen? Es ist genau das eingetroffen, was er vorausgesehen hat! Nur ein paar Wochen ist es her, da wir mit ihm sprachen – nun zeigt sich, dass alles schlimmer ist, als man es je für möglich gehalten hatte.«

»Wann willst du denn fahren?«

»In knapp zehn Tagen. Am Abend des 27. besteige ich am Anhalter Bahnhof den Nachtzug über Frankfurt nach Paris.«

»Wird es denn ein Abschied für immer sein? Hm. Dumme Frage! Wenn du erst einmal in Amerika Fuß gefasst hast, führt kein Weg mehr nach Berlin zurück.«

»Wer weiß das schon?«, sagte sie leise und schluchzte laut auf. »Ach, Eugen! Was glaubst du denn, wie ich mich fühle? Ich lasse lange glückliche Jahre und eine Unzahl von Freunden zurück! Und einer davon bist du!«

Ihre Augen hatten sich mit Tränen gefüllt. »Einer der Liebsten!« Und schluchzend drängte sie sich in meine Arme.

Mir war ganz elend zumute. Alles war auf einmal so verkehrt. Die bei all den Höhen und Tiefen doch beruhigende Gleichförmigkeit der letzten 12, 13 Jahre war dahin – und ich ahnte, dass sie niemals wiederkommen würde. Das, was gerade erst begonnen hatte, würde alles verändern. Lange hatte man es nicht ernst genommen, nicht wirklich daran geglaubt – und nun plötzlich war es da! Wann hatte es angefangen und womit? An einem besseren Tag würde ich darüber nachdenken müssen – falls einmal Zeit dafür war. Im Augenblick war ich nur verzweifelt.

Judith beruhigte sich und sah zu mir auf. »Wie steht es mit dir, Eugen? Hast du diese Frau gefunden?«

»Irene Varo? Nein! Aber ich habe eine Spur und weiß, wo ich nach ihr suchen muss. Ich bin nahe an ihr dran, manches andere habe ich bereits entdeckt. Eigentlich hatte ich gehofft, dass wir Gelegenheit finden würden, darüber zu sprechen – allerdings scheint es, dass heute gar die allerletzte Gelegenheit dafür wäre.«

Judith löste sich aus meinen Armen und wir gingen langsam weiter. Während wir das Grundstück mehrere Male umrundeten, hörte sie bei fortschreitender Dunkelheit meiner Schilderung zu, was ich in den vergangenen Wochen und Monaten erlebt hatte und worüber ich bei unserem letzten Zusammentreffen anlässlich des Besuchs von Martin Wolfrath noch geschwiegen hatte. Auch den Grund für mein gestörtes Verhältnis zu meiner Schwester Doris ließ ich nicht unerwähnt.

»Mein Gott, das hört sich nicht gut an«, sagte sie, als ich fertig war, »du hast dich auf ein gefährliches Terrain begeben, Eugen. Was willst du denn jetzt tun? Du kannst dich dem Einfluss dieser Leute kaum mehr entziehen! Bist du noch Herr deiner Entscheidungen?«

»Ich denke – ja.«

»Für mich hört sich das nicht so an! Du stehst inzwischen nur noch vor der Wahl, entweder auf die Forderungen dieser Leute einzugehen – mit allen Konsequenzen, die das haben wird – oder du bist, wenn du dich dagegen sträubst, ihrer Willkür in ganz anderer Weise ausgeliefert, als du es bisher erlebt hast. Es mag irgendwann der Zeitpunkt kommen, wo du an keinem Abend mehr mit der Sicherheit zu Bett gehen kannst, dass nicht in der Nacht gegen deine Tür geschlagen wird und man kommt, um dich zu holen. Das grässliche Lebensgefühl, das daraus erwächst, mag dich dann endlich dazu zwingen, freiwillig auf diese Leute zuzugehen oder allen einflussreichen Stellen deine Loyalität zu versichern, in der trügerischen Hoffnung, dass man dich weiterhin in Ruhe lässt. Es scheint mir, das ist das Schicksal, das dir – ebenso wie vielen anderen Menschen – hier in Deutschland blüht.«

»Falls ich tatsächlich vor dieser Wahl stehe, muss ich eben das Beste daraus machen«, verkündete ich trotzig, während ich doch fühlte, dass Judiths Beurteilung richtig war: Ich stand zwischen zwei völlig unmöglichen Alternativen.

»Es gibt natürlich noch eine dritte Möglichkeit«, sagte Judith leise.

»Und die wäre?«

»Du begleitest mich nach Paris!«

Ich starrte sie an, als hätte sie den Verstand verloren. »Meinst du das im Ernst?«

Judiths Blick war ganz fest. »Ja, ganz ohne Einschränkungen.«

»Was soll ich in Paris denn tun? Ich bin ein deutscher Jurist! Französisch spreche ich nicht – oder kaum – und die französische Juristensprache ist mir vollständig fremd!«

»Was du in Paris tun kannst, wird sich finden, wenn du dort bist. Das Leben geht weiter. Außerdem bin ich, wie du weißt, nicht ganz unvermögend; der Hausverkauf hat natürlich dazu beigetragen, dass ich recht gut dastehe. Ich würde dich fürs Erste schon nicht verhungern lassen.«

Ein, zwei Sekunden lang spürte ich einen Schwindel, wie er einen packt, wenn man nach langem Suchen im Dunkeln endlich einen Ausweg gefunden hat. Doch die Zweifel, die den Schwindel begleiteten, versuchten sofort, Oberhand zu gewinnen und mich zurück ins Dunkel zu ziehen.

»Das ist nett von dir, aber ich begebe mich nicht gern in Abhängigkeit.«

»Und das sagst du, obwohl du weißt, welche Abhängigkeiten dich hier erwarten, Eugen? Als ob du in Deutschland noch lange dein eigener Herr sein könntest!«

Wir setzten unsere Wanderung durch den Garten fort. »Ich gebe ja zu, dass die Vorstellung, außer Landes zu gehen, etwas Reizvolles hat«, sagte ich. »Doch es geht nicht, denn ich muss …«

»Du musst gar nichts!«, unterbrach sie mich. »Und es geht immer – manchmal ist das Leben so, dass es eine mutige Entscheidung verlangt. Dann bleibt einem nichts anderes übrig und man muss die anderen Optionen fallen lassen. Was hast du hier in deinem Vaterland denn zu verlieren? Etwa diese Frau? Sie ist nur ein böser, wenn auch verführerischer Traum! Selbst wenn du sie irgendwann finden solltest – was erwartest du dir von ihr? Also verlier keine Zeit und lass von dieser Obsession ab! Es kann schnell zu spät sein. Am 5. März finden die Reichstagswahlen statt, von denen sich die Nationalsozialisten eine überzeugende Mehrheit erwarten. Bis dahin werden diese Leute wohl eine gewisse Zurückhaltung üben. Aber was kommt danach? Alle guten Freunde, die etwas davon verstehen, haben mir geraten, die Wochen bis zum Wahltag zu nutzen – und es ist nur noch wenig mehr als zwei Wochen bis dorthin. Ich habe mich entschieden. Ich warte nicht bis zum letzten Tag. Bereits Ende dieses Monats werde ich aus Deutschland verschwunden sein. Tu einen Schritt, Eugen! Lass das alles hinter dir und schließ dich mir an!«

Es würde vielleicht nicht einmal mehr bis zum 5. März dauern, dass die ›Brüder und Schwestern vom Licht‹ eine Entscheidung von mir verlangten, ging es mir durch den Kopf. Schon jetzt konnten sie jeden Tag zu mir kommen. Ich versuchte, es zu verhindern, allerdings dachte ich an Irene, an Veronika, an das Bild ihres entzückenden Körpers, ein Bild, an das sich die vage Hoffnung knüpfte, die Konsequenzen eines Arrangements mit der neuen Macht würde mir auf gewisse Weise versüßt werden. Doch es konnte kein Zweifel bestehen, dass ich dann, wenn ich der Verführung nachgäbe, erst recht in der Hand dieser Leute war. Das würde das schönste erotische Vergnügen nicht aufwiegen können, wenn ich die eigene Seele an den Teufel verriet. Diese Organisation war um vieles mächtiger als ich. Erst in diesem Moment begriff ich wirklich, dass es eine nur zu durchsichtige Illusion war, ich könne auch als einer von ihnen ein freier und persönlich integrer Mensch bleiben. Judith hatte recht – mir selbst blieb, wie ihr, kaum mehr Zeit, eine freie Entscheidung zu treffen. War nicht ihr Vorschlag – bei allen Konsequenzen, die er hätte – tatsächlich der Ausweg aus meinem Dilemma?

Ich dachte an den Drahtigen und seinen kräftigen Kumpan. Bislang hatte ich die Schläger nie mehr wiedergesehen, und dennoch hatte ich das Gefühl, dass sie nicht aus meinem Leben verschwunden waren, dass es nur eines kleinen Winks von berufener Seite bedurfte, damit sie sich erneut auf der Bildfläche meines Daseins breitmachten. Was sie in diesem Fall mit mir tun würden, hing allein von dem Befehl ab, den ihnen jemand gab: Wen kümmerte schon eine Leiche mehr oder weniger im Landwehrkanal oder in der Spree? Ein Menschenleben war derzeit in Deutschland nicht mehr viel wert.

Meine Gedanken wanderten wieder zu Judiths Vorschlag zurück. Warum eigentlich nicht? Warum sollte ich sie nicht begleiten? Ich war doch im Reisen geübt! Wie schnell hatte ich vor ein paar Monaten dem Angebot zugestimmt, nach Amerika zu fahren. War es mir bestimmt, eine zweite Reise zu unternehmen? Eine Reise, die möglicherweise die Umkehrung oder Wiedergutmachung der ersten Reise sein konnte? Was hielt mich denn hier? Vielleicht war der ganze Spuk in Deutschland ja in ein paar Monaten vorüber; und wenn ich dann zurückkäme, hätte ich zwar einige wirtschaftliche Einbußen erlitten, aber ich wäre mir immerhin treu geblieben und frei für einen Neuanfang. Eine gemeinsame berufliche Zukunft mit Haller war im Grunde gerade jetzt für mich nicht mehr denkbar; die notwendige Basis für eine Zusammenarbeit war durch die bloße Existenz der ›Brüder und Schwestern vom Licht‹ zerstört.

»Gut«, sagte ich.

»Was heißt gut?«

»Gut heißt ja! Ich werde dich begleiten, Judith.«

Sobald ich das ausgesprochen hatte, spürte ich ein schweres Gewicht von mir genommen. Es war so schwer, dass ein tiefer Seufzer mir entrann.

»Ich sage das erst einmal so«, setzte ich hinzu. »Es gibt natürlich Dinge, die mich zurückhalten, die gewissermaßen an mir zerren. Und ich werde in den kommenden Tagen so manches Mal mit dem Entschluss, den ich eben schnell gefasst habe, hadern. Dennoch hast du recht. Es ist nicht unbedingt mein Beruf, der mich hält. Vielmehr sind es die ganz persönlichen Dinge, meine Vergangenheit, meine Kindheit und …«

»Es sind zehn Tage bis zum Abreisetag«, unterbrach sie mich, als hätte sie Angst, mein Mut zur Flucht könne mich schneller wieder verlassen, als der Entschluss dazu gefasst worden war. »Vielleicht kannst du das eine oder andere in der bis dahin verbleibenden Zeit noch erledigen. Ganz gewiss wird dir diese Frist reichen.«

Mittlerweile war Judith noch einen Schritt näher gekommen und sah mir tief in die Augen. Für einen Moment dachte ich sogar, sie würde mich küssen, aber sie schien sich im letzten Moment zu besinnen.

Dunkelheit hatte sich über den Garten gelegt. Es war ein milder Winterabend und der Februarmond strahlte in aller Herrlichkeit. Die Stadt lag fern. Nur ein paar Lichter von Fenstern und Laternen schimmerten durch das Dunkel hinter den Bäumen. Mit einigen Momenten der Verzögerung wurde mir klar, dass ich mich plötzlich freier fühlte. Eine erdrückende Last war von mir abgefallen.

»Hör mir zu«, flüsterte Judith. »Du musst vorsichtig sein, damit du alles richtig machst. Lass alles zurück! Pack lediglich einen Koffer und erzähle niemandem von deinen Plänen. Wir werden vor der Abreise höchstens einmal zusammenkommen oder auch nur noch telefonieren. Am Abend des 27. musst du spätestens um elf Uhr am Anhalter Bahnhof sein. Die Fahrkarte für den Nachtzug nach Paris besorge ich dir.«

»In Ordnung«, sagte ich und sehnte mich plötzlich

danach, allein zu sein. »Ich werde jetzt gehen! Ich habe vieles zu überdenken. Es wird das Beste sein, wenn ich schnellstens mit den Vorbereitungen beginne.«

Das Licht der Straßenlaterne drang zu uns herüber. Noch bevor wir die Pforte erreichten, blieb Judith stehen und wandte sich zu mir herum. Ich nahm ihren Kopf zwischen meine Hände und küsste ihren Mund.

»Danke, Eugen«, flüsterte sie, indem sie sich von mir löste. »Danke, dass du diese Entscheidung getroffen hast. Sie ist richtig. Bleibe dabei! Schwache Momente werden kommen, doch sie gehen vorüber.«

Ich schritt durch die Pforte. Ein paar Schritte weiter drehte ich mich ein letztes Mal um und schaute zurück. Judith stand noch an der Straße. Sie sah mir nach wie die treu sorgende Ehefrau, die ich nie hatte, dabei hob sich sanft ihre Silhouette vor dem weichen weißen Mondlicht ab.

22

Mein ganzes Tun war zunächst von der Notwendigkeit bestimmt, alle beruflichen Aufgaben, die ich übernommen hatte, bis zu meiner geplanten Abreise so gut wie möglich zu erledigen. Ich hatte das Bedürfnis, mein Büro an jenem Tag in der Gewissheit zu verlassen, die Dinge so geordnet zu haben, dass Haller oder ein Nachfolger keine Schwierigkeit hätten, in der Bearbeitung der unerledigten Fälle fortzufahren. Mit noch größerem Einsatz als gewöhnlich widmete ich mich der Bewältigung meiner Arbeit. Das verschaffte mir zugleich die Möglichkeit, nicht allzu oft an mein Vorhaben denken zu müssen; denn ich fürchtete von Tag zu Tag aufs Neue, ich könnte meinen Entschluss womöglich wieder umstoßen, wenn ich zu viel Zeit hatte, über meine Zukunft zu grübeln.

Nebenher erledigte ich in aller Heimlichkeit die notwendigen Reise- und Bankformalitäten und verschaffte mir so viel Geld wie möglich, ohne dass es an der falschen Stelle Argwohn erregte. Was meine privaten Belange betraf, war ich schnell zu der Überzeugung gelangt, dass der radikale Bruch mit meinem bisherigen Leben die Erledigung meiner ungelösten Probleme und Schwierigkeiten war. Nachdem ich den Entschluss gefasst hatte, Deutschland bei Nacht und Nebel den Rücken zu kehren, sehnte ich mich nicht mehr nach persönlichen Begegnungen, auch nicht danach, meine Schwester vor meiner Abreise noch einmal zu sehen.

Am Freitag vor der geplanten Abfahrt traf ich mich um die Mittagszeit mit Judith in einem Café, um die letzten Formalitäten zu besprechen. Bei dieser Gelegenheit gab sie mir auch die Anschrift ihrer französischen Freunde in Paris bekannt.

»Fast hätte ich es vergessen!«, rief sie dann, griff nach ihrer Handtasche und nahm einen Umschlag heraus. »Der versprochene Abzug von Wolfraths Foto! Möchtest du das noch haben?«

Auch ich hatte gar nicht mehr an das merkwürdige Foto gedacht. »Doch, ja, auf jeden Fall«, sagte ich, während ich mich an meine damalige Reaktion beim Betrachten des Bildes erinnerte. Vorsichtig zog ich das Foto aus dem Umschlag, starrte darauf und verspürte erneut ein Erschrecken beim Anblick der unheimlichen Szene und des seltsamen Ausdrucks auf dem Gesicht des jetzigen Kanzlers. Das eigentümliche Gefühl eines Wiedererkennens stellte sich erneut ein, eine Art Déjà-vu, fast so, als hätte ich selbst der unheimlichen Szene beigewohnt, sie aber gleich darauf wieder vergessen.

»Pass auf, dass du es gut versteckst«, warnte Judith, als ich das Foto in den Umschlag zurücklegte und diesen in die Innentasche meines Mantels stopfte. »Man weiß nicht, wie ein Kontrolleur an der Grenze reagiert, wenn er durch einen dummen Zufall auf ein solches Foto stößt.«

»Ja, mal sehen, ob ich es überhaupt mitnehme. Vorerst behalte ich ja meine Wohnung. Bislang habe ich die Hoffnung nicht aufgegeben, dass sich die Dinge in absehbarer Zeit wieder zum Besseren entwickeln.«

Judith erwiderte nichts. Und nachdem wir vereinbart hatten, uns am Montagabend um elf Uhr auf dem Bahnsteig wiederzusehen, gingen wir auseinander.

Auf ihren Ratschlag hin packte ich noch am selben Abend meinen Reisekoffer, legte das meiste Geld und die wichtigsten Dokumente hinein und brachte ihn im Schutz der Dunkelheit zum Anhalter Bahnhof, um mein praktisch einziges Gepäckstück bis zur Abfahrt in einem Schließfach zu deponieren. Den Schlüssel dazu befestigte ich an einer Halskette, die ich unter dem Hemd an meinem Körper trug.

Die Zeit, die folgte, verbrachte ich allein; in meinem Büro, um ein paar restliche Arbeiten zu erledigen, überwiegend aber in meiner Wohnung, wo ich meinen Restbestand an Rotwein leerte und in alten Büchern stöberte, die ich nicht auf die Reise würde mitnehmen können. Bei dieser Gelegenheit stieß ich in meiner Bibliothek auf eine Sammlung moderner Lyrik, die auch das Gedicht von Stefan George enthielt, das Doris mir bei meinem Besuch in ihrer Wohnung vorgetragen hatte.

Ich stellte fest, dass Rudolf, ihr Ehemann, damals richtig angemerkt hatte, dass die letzten beiden Strophen des Gedichts nicht Teil ihres Vortrags gewesen war.

›Ihr jauchzet.. entzückt von dem teuflischen schein..
Verprasset was blieb von dem früheren seim
Und fühlt erst die not vor dem ende.

Dann hängt ihr die zunge am trocknenden trog..
Irrt ratlos wie vieh durch den brennenden hof..
Und schrecklich erschallt die posaune.‹

Kein Zweifel! Das Gedicht war in all seinen Teilen die unmissverständliche Warnung vor einem falschen Propheten, und die Tatsache, dass Doris und Rudolf, meine nächsten Verwandten, diese Warnung nicht nur in den Wind schlugen, sondern die Bestrebungen, mit denen der vermeintlich richtige Mann auf der Bühne der Geschichte erschien, guthießen und unterstützen, besaß etwas Unheimliches und Verstörendes für mich. Das Böse tun, weil es das Böse ist – diese Maxime beflügelte neuerdings eine ganze Reihe unterschiedlichster Leute.

In der Nacht vor der Abreise ging ich ein wenig beunruhigt zu Bett, sagte mir allerdings, dass alles zu meinem Besten vorbereitet war und ich mir keine Sorgen zu machen brauchte. Als der Morgen anbrach, merkte ich, dass eine Art Ruhe über mich gekommen war und dass ich den Ereignissen des Tages, was auch immer sie mir brächten, mit einer gewissen Gelassenheit entgegensah.

Der Tag meiner Abreise aus Deutschland fiel auf den Rosenmontag, aber von Faschingsstimmung war in ganz Berlin nichts zu bemerken. Es war kalt, mit Temperaturen am Gefrierpunkt und einem unangenehmen Wind, der von Osten ging. Vom Frühling war nicht einmal ein erster zarter Hauch zu spüren. In meiner Kanzlei herrschte strenge Sachlichkeit, und ich konnte den Tag wie jeden anderen Arbeitstag beginnen.

Ich diktierte Frau Schmitz mehrere Schreiben und Schriftsätze an Mandanten, Gerichte und Behörden, empfing etwas später einen älteren Herrn, der sich nach 40 Ehejahren von seiner jüdischen Gattin scheiden lassen wollte. In den folgenden Stunden war ich so in meine Arbeit eingebunden, dass ich überhaupt keinen Gedanken daran verschwendete, dass dieser Tag mein letzter in diesem Büro sein sollte.

Ich würde eine Art längeren Urlaub antreten, hatte ich mir in den vergangenen Tagen erfolgreich einzureden versucht, und an dieser Anschauung hielt ich auch in den letzten Stunden in meiner Heimatstadt fest. Tatsächlich kam die Überzeugung von einer Reise, auf die eine Rückkehr erfolgen würde, meiner Vorstellung und Erwartung ziemlich nahe.

Erst als ich mir zu später Mittagsstunde eine kleine Pause gönnte, ein Butterbrot aß und eine Tasse Kaffee trank, kam ich nicht länger umhin, wieder an das Besondere dieses Tages zu denken und daran, dass eine Rückkehr nicht vorgesehen war. So begann mir nun doch das Herz ein wenig schwer zu werden, sodass ich mir ob der vor mir liegenden neuen und unbekannten Herausforderungen Mut zusprechen musste.

In meinem Büro war es ruhig geworden. Vor mir auf dem Tisch lag zwar noch eine aufgeschlagene Akte, aber ich arbeitete nicht mehr, sondern hing untätig meinen Gedanken nach. Alle Arbeit, die ich hatte erledigen wollen, war nun getan.

Kurz vor vier Uhr wurde mir ein Telefonanruf durchgestellt.

»Vergangene Nacht ist mir etwas eingefallen«, ließ sich Pfarrer Grüttner aus dem Internat des Heiligen Vinzenz von Paul am anderen Ende der Leitung vernehmen, »möglicherweise ist es nicht von Bedeutung, jedoch wollte ich nicht versäumen, Sie zu unterrichten. Also –«, er machte eine Pause und fuhr dann leiser im Ton, dafür umso nachdrücklicher fort, »sie haben einmal von einem Hotel gesprochen, Irene und Roland Olden, einem Hotel irgendwo in Mitte, in der Gegend um den Spittelmarkt. Leider weiß ich den genauen Namen nicht; allerdings meine ich mich zu erinnern, dass er mit einem ›A‹ begann und am Ende ›Hof‹ stand. Ich habe selbst im Telefonverzeichnis geblättert. Es gibt in Mitte den Adlerhof und den Aranerhof. Hilft Ihnen das weiter?«

»Ja«, sagte ich mechanisch, »das wird mir wahrscheinlich helfen. Auf jeden Fall ist es eine Spur. Ich werde mich darum kümmern. Vielen Dank für den Hinweis, Herr Pfarrer! Gibt es sonst noch irgendetwas?«

»Nein, das war alles, was ich Ihnen mitteilen wollte.«

»Ich danke Ihnen vielmals für den Anruf!« Ich legte den Hörer auf und lehnte mich zurück.

Grüttners Anruf kam mindestens einen Tag zu spät und konnte mir demzufolge nicht mehr helfen, denn das war nun alles vorbei! Trotzdem kam ich ins Grübeln. Aranerhof? Hatte ich diesen Namen nicht schon einmal gelesen oder gehört? Ob ich auf einem meiner Spaziergänge daran vorbeigegangen war und den Namen, ohne es recht zu bemerken, registriert und gespeichert hatte? Nein, dachte ich dann, das Letztere war es nicht: Ich kannte diesen Namen bereits länger.

Es war zwar nicht mehr wichtig, aber ich nahm trotzdem das Telefonbuch zur Hand, um einmal nachzusehen, wo genau sich das Hotel befand. Sowohl der Aranerhof als auch der Adlerhof waren darin verzeichnet. Beide Hotels lagen in der Nähe des Spittelmarkts am östlichen Rande von Friedrichstadt und waren zu Fuß bequem für mich zu erreichen. Ich stand auf und trat zum Fenster.

Am Himmel waren Wolken aufgezogen, die Sonne war vollständig verschwunden. Es war erst halb fünf; genügend Zeit, um einen Abstecher zum Spittelmarkt zu machen. Ja, dachte ich, es wurde Zeit, dass ich ging!

Ich würde gleich das Büro verlassen, sagte ich mir, und einfach noch einen kleinen Spaziergang durch Berlin Mitte unternehmen, bevor ich ein letztes Mal in meine Wohnung zurückkehrte, mich reisefertig machte und mein restliches Geld einsteckte, um mich auf den Weg zum Anhalter Bahnhof zu begeben.

Ich trat zum Schreibtisch zurück und klappte die Akte zu. Es war vorbei! Von einem Augenblick zum anderen hatte die Welt, für die diese Akte stand, ihre Bedeutung verloren; ein kurzes Telefongespräch hatte dieses Kapitel meines Lebens endgültig abgeschlossen und ein anderes eröffnet. Eines, das ich noch nicht kannte, und wenn ich mir bis eben noch vorgestellt hatte, meine Fahrt nach Paris mochte nicht mehr als ein längerer Ausflug sein, so begriff ich in diesem Moment, dass es eine Abreise für immer war.

Ich würde nicht wieder zurückkehren; jedenfalls nicht in diese Räume, nicht in dieses Haus – auf Jahre nicht – oder womöglich nie! Ich wusste es, wenn ich auch nicht zuordnen konnte, woher diese Gewissheit kam.

Plötzlich wurde ich von einem Gefühl tiefer Beunruhigung erfasst. Die Gelassenheit, die mich seit dem Aufstehen am frühen Morgen begleitet hatte, war wie weggewischt. Mit einem Mal war mir klar, dass ich überhaupt keine Zeit mehr hatte, sondern dass ich fliehen musste, so schnell wie möglich. Was mich nun ganz unerwartet überkam, war nahe an einer Panik.

Woher kam auf einmal diese Furcht? Es gab dafür keinen Grund, der sich an irgendeinem Faktum festmachen ließ, es war lediglich eine tief greifende Ahnung von etwas Bösem, das kommen würde, wenn ich keine Schritte dagegen unternahm. Ich wusste, dass es diesmal keine Täuschung war. Das Gefühl trog nicht, ich musste schnell fort.

Ich nahm meinen Schlüssel, schaute mich ein letztes Mal in meinem Arbeitszimmer um und ging hinaus.

»Ich muss zu einem alten Mandanten, der nicht mehr laufen kann«, sagte ich zu Frau Schmitz, die im Vorzimmer saß, »er hat ein dringendes Problem. Wahrscheinlich komme ich heute nicht mehr herein.«

Frau Schmitz sah nur kurz auf und nickte. »Ja, gut! Ich weiß Bescheid. Bis morgen!«

Ich nahm meinen Mantel von der Garderobe, zog ihn an und ging durch die Tür.

Das war's!

Draußen auf der Straße hielt ich noch einmal inne und ließ den Blick über die prächtigen Fassaden der Häuser wandern.

Berlin war wirklich eine schöne Stadt, dachte ich, sogar zu dieser trüben Jahreszeit, und auch das unwirtliche Wetter änderte daran nichts. Geschäfte, Reklamen, Busse, Straßenbahnen, Taxis, die Menschen auf den Bürgersteigen; eigentlich hätte ich ganz gern drüben im Lokal ein Glas Martini getrunken. Selten hatte ich es getan; es war normalerweise keine Zeit dafür da, und nun – es war doch immer das Gleiche! – da der Augenblick kam, in dem man es gern gewollt hätte, war es ganz unerwartet bereits zu spät, um es auch nur ein einziges Mal noch zu tun.

Ich verließ die Friedrichstraße und ging über den Hausvogteiplatz in Richtung des Spreekanals. Der Aranerhof lag von den beiden Hotels am nächsten, kaum mehr als 500 Meter von meiner Kanzlei entfernt.

Ganz so nahe war es nicht, sagte ich mir im Weitergehen; 500 Meter war stark untertrieben; sicherlich waren es 1.000 Meter oder noch mehr – aber wie auch immer –, weit zu gehen war es nicht.

Aranerhof – woher kannte ich nur diesen Namen? Ich hielt inne und blieb einen Augenblick stehen. 500 Meter? Wo hatte ich diese Zahl eigentlich her? Es war klar, dass ich mir keine genaue Entfernung vorgestellt hatte, sondern mir selbst mittels einer großzügig abgerundeten Zahl nur hatte vermitteln wollen, dass mein Ziel schnell zu erreichen war – trotzdem empfand ich, dass an der Entfernungsangabe etwas seltsam Unstimmiges, um nicht zu sagen Fremdes war.

Am Spreekanal angekommen marschierte ich am westlichen Ufer entlang nach Süden und betrat dann die steinerne Brücke, die den kleinen Wasserarm der Spree überquerte und auf deren Brüstung, in Bronze gegossen, die heilige Gertraude, die Schutzgöttin der Reisenden, stand. Auf dem Denkmal erquickte sie einen fahrenden Gesellen mit Wasser aus einem Krug. Von der Brücke hatte man einen weiten Blick auf die Läden und die vielstöckigen Geschäftshäuser der Gertraudenstraße. In der Ferne war der schmale gotische Turm der Petrikirche zu sehen.

Auf einmal blieb ich stehen und stand wie erstarrt.

»Kaum mehr als 500 Meter …«!

Etwas blinkte über dem schwarzen Wasser der Spree. Ich legte die Hand an die Brüstung neben dem Denkmal und schaute auf die Wasseroberfläche, konnte aber nicht erkennen, was das Blinken verursacht hatte.

»Kaum mehr als 500 Meter von Ihrer Kanzlei entfernt …«!

Das dunkle Wasser wirkte eiskalt und war dennoch nichts gegen die Eiseskälte, die mir den Rücken heraufgekrochen kam und mir dann seicht und höhnisch die Haare in die Höhe strich. Säuselnd klang es in meinem Ohr: »Kaum mehr als 500 Meter von Ihrer Kanzlei entfernt, … da liegt das Hotel, in dem ich übernachte, wenn ich in der Hauptstadt bin! Es heißt Aranerhof!«

Ich löste mich aus der Erstarrung, nahm den Blick vom schwarzen Wasser und verließ die Brücke. Der Boden unter meinen Füßen schien zu schwanken. Ich wusste jetzt, wer den kleinen Professor Wolfrath auf dem Gewissen hatte.

Von der nächsten Straßenecke aus konnte ich das Gebäude sehen, in dem sich das Hotel befand. Es erhob sich schräg gegenüber in den grauen Spätnachmittag und war wie die anderen Häuser der Reihe ein vielstöckiger, klassizistischer Bau. Ein sich würdevoll und monumental gebender alter Kasten, der hinter seiner beeindruckenden Fassade dennoch etwas so Böses ausstrahlte, dass sich mir für ein paar Momente die Kehle zuschnürte.

In diesem Moment kam mir ein Gedanke, ein unheimlicher Verdacht. Konnte es sein, stieg es in mir auf, dass es sich bei dem Hotel um das Haus handelte, nach dem ich seit Wochen suchte, um dasselbe Gebäude? Ich erinnerte mich an den Saal, in dem die makabre Einweihungszeremonie stattgefunden hatte, und an die Bibliothek, in der ich Santor begegnet war. Konnten sich denn solche Räume nicht auch in einem Hotel befinden?

Die Hotelhalle war nahezu leer, was in einem merkwürdigen Gegensatz zu dem Eindruck zur äußeren Fassade des Hauses stand; die Bar an der Seite war verwaist. Ich sah weißen Marmor, auf dem dicke, bunte Teppiche lagen, auf den Tischen an der Seite standen Blumen. Es war ein kleines Hotel, aber eines der gehobenen Klasse. Ein Bote, der Zeitungen ablieferte, ging durch die Halle.

Der Portier an der Rezeption war mittleren Alters und grüßte, sowie er mich erblickte, mit der freundlichen Selbstverständlichkeit, die seiner Zunft angeboren schien.

»Der Herr«, fragte er mit stoisch freundlichem Augenaufschlag, »benötigen ein Zimmer?« Unter seinen Augen zeichneten sich kaum sichtbare kleine Schatten ab, so als wäre er schon seit der vergangenen Nacht im Dienst.

»Nein, vielen Dank«, erwiderte ich. »Ich bin mit einem Ihrer Gäste verabredet – einer Frau von Tryska.«

»Sehr wohl, der Herr!«, sagte er und begann, in einem vor ihm auf dem Tresen aufgeschlagen liegenden Belegbuch zu blättern.

Ohne eine Miene zu verziehen, stieß er auf einen Eintrag, nahm den Telefonhörer zur Hand, wählte eine Nummer und hatte kurz darauf eine Verbindung hergestellt. Er lauschte eine Weile, nachdem er meine Worte weitergegeben hatte, und indem er den Hörer wieder auflegte, wies er mit der Hand in die Richtung, wo sich das Treppenhaus und ein kleiner Fahrstuhlschacht befanden.

»Die Dame erwartet Sie. Zimmer 28 im zweiten Stock.«

Ich hätte überrascht sein sollen, war es aber nicht.

»Ach, sagen Sie«, erkundigte ich mich bei dem Portier, »wie viele Etagen hat das Hotel?«

»Etagen? Drei – ja!« Er nickte und hatte wohl in Gedanken noch einmal nachgezählt.

»Und was befindet sich darüber, im vierten und fünften Stock?«

Der Portier sah mich eine Weile stumm an. »Das dürfen Sie mich nicht fragen.«

»Wissen Sie es denn nicht?«

Er zuckte die Schultern. »Ich war noch nie dort oben. Die oberen Etagen gehören nicht zum Hotel.«

In diesem Moment wurde es mir zur Gewissheit, dass die oberen Etagen der Gesellschaft der ›Brüder und Schwestern vom Licht‹ gehörten.

Ich benutzte nicht den Fahrstuhl, sondern ging zu Fuß in den zweiten Stock hinauf.

Der Gang war breit, tief und leer und mit einem roten Teppich ausgelegt. Zwei goldene Lettern auf weißem Hintergrund bildeten die Zahl 28, goldfarben war auch die Klinke, die ich niederdrückte, als ich auf mein Klopfen von innen laut und deutlich den Ruf »Herein!« vernahm.

Die Frau war allein in ihrem Zimmer und stand mitten im Licht, das von einer Deckenlampe auf sie herabfiel. Sie trug ein dunkelblaues Kostüm und wirkte jünger und weniger korpulent als bei unserer letzten Begegnung vor einem guten Vierteljahr auf dem Schiff. Mit einem Lächeln, die Hände ineinander verschränkt, schaute sie mich an. Ihr Blick war glänzend und zugleich prüfend, und so, dass man spürte, dass ihr nichts entging.

»Was für eine angenehme Überraschung, Herr Goltz!«, sagte Frau von Tryska. »Ich hatte selbst des Öfteren daran gedacht, Sie zu besuchen. So treten Sie doch näher!«

Sie löste die Hände aus der Verschränkung und hielt mir in einer hoheitsvollen Geste die Rechte hin, ein dickes goldenes Armband umspannte das kräftige Handgelenk. Sie wirkte nicht verunsichert, jedoch konnte ich sehen, dass tief in ihrem Lächeln etwas Falsches war.

»Ein wenig wundert es mich, Sie schon wieder in Deutschland zu sehen«, forderte ich sie heraus. »Hatten Sie nicht vorgehabt, mehrere Monate in den Vereinigten Staaten zu bleiben? In Cleveland, Ohio?«

»Unerwartete Umstände haben meine Planung durcheinandergebracht«, lächelte Frau von Tryska süffisant und drückte meine Hand. »Tatsächlich hielt ich mich nicht einmal einen Monat in den Vereinigten Staaten auf. Kommen Sie, wir wollen uns setzen. Möchten Sie auch ein Glas Wein?«

Die Einrichtung des Zimmers bestand aus massiven dunklen Möbeln, schweren bodenlangen Vorhängen und dunkelroten Teppichen, sodass ich den Eindruck bekam, mich in einem britischen Klub des 19. Jahrhunderts zu befinden.

»Verzeihen Sie die Frage, haben Sie wirklich eine Tochter in Cleveland, Ohio?«

Sie nahm die Weingläser von einer Anrichte und stellte sie zusammen mit einer geöffneten Flasche auf den Tisch.

»Natürlich. Ich habe sie auch wirklich besucht«, sagte sie, während sie den Wein in die Gläser einschenkte. »Allerdings blieb ich nur eine Woche.«

Sie wählte einen der Sessel, ich setzte mich in den anderen auf der gegenüberliegenden Tischseite.

»Stoßen wir auf unser Wiedersehen an!«, flötete sie mir zu und hob das Glas. »Wie schön, dass wir ein paar Reiseerinnerungen austauschen können.«

Unsere Gläser klirrten aneinander.

Ich fragte: »Sie denken gern an diese Reise zurück?«

»Sie war ein voller Erfolg«, antwortete sie. »Ich habe sie in guter Erinnerung behalten.«

»Erfolg? Sie sind also nicht nur wegen Ihrer Tochter nach Amerika gefahren?«

»Ich dachte eben nicht an meinen Aufenthalt in Ohio, der nett gewesen ist, sondern an den Teil meiner Reise, der endete, als ich in New York in den Zug nach Cleveland stieg. Sie werden inzwischen wissen, dass ich zudem aus einem anderen Grund nach Amerika fuhr – ebenso wie alle anderen, die zu unserer Reisegruppe gehörten.«

»Erinnern Sie sich an Professor Wolfrath? Ich meine den kleinen Herrn, der nach dem letzten Abendessen an Bord an unseren Tisch kam?«

Ihre Augen wurden schmale Schlitze. »War er nicht ein Jude? An Juden verschwende ich für gewöhnlich keine Gedanken.«

»In diesem besonderen Fall vielleicht doch! Er hat die Reise nicht überlebt.«

Sie schüttelte gemächlich den Kopf, als gebiete sie sich selbst, mit mir in dieser Frage nachsichtig zu sein.

»Mich wundert, dass Sie wegen eines Juden so viel Aufhebens machen«, sagte sie. »Für ein zukünftiges Mitglied der ›Brüder und Schwestern‹ ziemt sich das nicht.«

Es war mein letzter Abend in Berlin. Noch in dieser Nacht würde ich aus der Stadt verschwinden, und das zwang mich nicht nur, die mir verbleibende Zeit nach Möglichkeit zu nutzen, sondern erlaubte mir gleichermaßen, weniger rücksichtsvoll zu sein.

»Verlange ich zu viel, wenn ich frage, weshalb er sterben musste?«

Sie blinzelte mich an. »Wissen Sie es denn nicht? Er hat seine Nase in Angelegenheiten gesteckt, die ihn nichts angingen. Vor allem war er drauf und dran, großes Unheil anzurichten. Wenn wir ihn nicht gestoppt hätten, wäre das Ziel unserer Reise gefährdet gewesen, ja, vermutlich gar vereitelt worden.«

»Wer hat zu Ihrer Reisegruppe gehört?«

»Roland und Irene Olden und meine Wenigkeit. Wir

konnten uns natürlich nicht zusammen zeigen, sonst hätte unser Plan zu leicht durchschaut werden können.«

»Und Gustav Helmholtz?«

»Helmholtz wusste von unserem Auftrag nichts. Er ist tatsächlich zu Filmaufnahmen nach Hollywood gereist und nur am Rande mit uns verbunden.«

»Dann wusste er immerhin, dass er eine kleine Nebenrolle spielte! Ich wusste es nicht! Was war meine?«

»Das können Sie sich doch denken. Sie waren unser Zugang zu Florence Arnheim. Ich bitte um Entschuldigung, dass ich Sie damals ein wenig zum Narren hielt; aber ich wusste noch nicht, ob Sie ein Mitspieler oder ein Spielverderber sein würden.«

Sie seufzte. »Trotz aller Mühen, die wir uns gegeben haben, hat sich unsere Tarnung als nicht ausreichend erwiesen. Wolfrath, den man auf Sie ansetzte, um Sie zu warnen, hat Irene gesehen und Verdacht geschöpft. Sie ist eben einfach viel zu schön. Auf der anderen Seite ist ihre Schönheit natürlich einer ihrer größten Vorzüge. Selbstverständlich verfügt sie auch über weitere Fähigkeiten – vor allem über einen großen Mut. Auf Irene konnten wir am allerwenigsten verzichten.«

»Warum ließ man Florence Arnheim nicht ihres Weges gehen? Wenn Sie jedem Abtrünnigen in der Weise nachsetzen wollten, wie Sie es mit Florence taten, würden die ›Brüder und Schwestern‹ schnell ein finanzielles Problem bekommen – von allen anderen denkbaren Problemen ganz zu schweigen.«

Frau von Tryska blickte mich eine Weile nachdenklich an. »Wäre Florence Arnheim nur ein einfaches Mitglied gewesen, hätten Sie recht«, sagte sie. »Mein Gott, Reisende soll man bekanntlich nicht aufhalten! Wir sind nicht rachsüchtig. Doch Florence war ein Mensch, der wie nur wenige über uns und unsere Ziele Bescheid wusste! Sie gehörte zu dem inneren Kreis unserer Organisation – und hat dennoch die Seiten gewechselt. Sie besaß Verbindungen zu einflussreichen politischen Kreisen in den Vereinigten Staaten, zu Leuten, die auf sie hörten; das war uns bekannt. Mit ihren Kontakten war sie ernsthaft in der Lage, uns zu schaden. Es blieb uns keine andere Wahl, als etwas dagegen zu tun. Was nichts anderes hieß, als sie an die Verpflichtungen zu erinnern, die sie uns gegenüber eingegangen ist.«

»Das haben Sie nett ausgedrückt. Florence hat sich demnach von Irene überzeugen lassen, Selbstmord zu begehen?«

Sie lächelte. »Auch nicht schlecht gesagt. Ja! Ich widerspreche Ihnen nicht. Irene hat ihre Aufgabe gemeinsam mit ihrem Bruder in vorbildlicher Weise erfüllt.«

»Florence konnten Sie ihr Ende schmackhaft machen; Professor Wolfrath hatte dagegen einen weniger angenehmen Tod. Mit Überzeugungsarbeit war bei ihm sicher nichts auszurichten. Wer hat seinen Selbstmord bewerkstelligt? Waren das auch Irene und Roland? Oder haben Sie selbst mit Hand angelegt?«

Sie machte eine abwinkende Bewegung. »Ich möchte über diese Details nicht mit Ihnen sprechen! Was tut das überhaupt zur Sache! Es ist schon lange her und passierte in einer anderen Zeit.«

Obwohl ich geahnt hatte, dass mit den beiden Selbstmorden etwas nicht stimmte, war ich doch insgeheim entsetzt, diese Vermutung so ungeschminkt aus dem Munde dieser Frau, der ich früher ganz unbefangen vertraut hatte, bestätigt zu bekommen. Ich musste große Mühe darauf verwenden, mir meine Erschütterung nicht anmerken zu lassen.

»Der Mann, den die Vorsehung auserkoren hat, unsere Ziele in die Tat umzusetzen, ist vor wenigen Wochen deutscher Reichskanzler geworden«, sagte Frau von Tryska. »Dass er es wurde, stand lange Zeit nicht fest. Und bisher ist nicht mehr als der erste Schritt getan. Um die vor uns liegende Arbeit zu bewältigen, müssen unsere Reihen geschlossen sein; sonst werden wir scheitern. Wer sich gegen uns stellt, den werden wir bekämpfen. Aber wer zu uns gehören will, der kann in einer Zeit wie der unsrigen nicht die Freiheit für sich in Anspruch nehmen, zu tun und zu lassen, was er will.«

Während sie sprach, hatten ihre Augen einen leuchtenden Glanz bekommen. In ihrem sonst so harmlos wie gewöhnlich anmutenden Gesicht wurde plötzlich etwas von dem sichtbar, das sie im Geheimen antreiben und inspirieren mochte; etwas, das stark genug war, um sie nicht davor zurückschrecken zu lassen, Mitglied einer Mörderbande zu sein.

»Freiheit ist etwas anderes, als die Unwissenden glauben«, fügte Frau von Tryska hinzu. »Was die Leute Freiheit nennen, ist ohnehin lediglich Haltlosigkeit. An nichts und niemanden gebunden zu sein, beinhaltet bloß eine armselig leere und sinnlose Existenz.«

Draußen war es dämmrig, fast dunkel geworden. Hinten am Horizont waren trügerische Lichter zu erkennen. Würde ich jemals wieder die Sonne über Berlin aufgehen sehen?

»Sie selbst, Herr Goltz, haben die Zeichen der Zeit ganz richtig erkannt«, hörte ich sie sagen. »Ich freue mich, dass Sie zu uns stoßen wollen. Der Mensch benötigt einen persönlichen Mythos, den er leben kann; nur dadurch gewinnt er seine Freiheit – seine wirkliche Freiheit.«

Mir schien, dass es Zeit war, das Thema zu wechseln, bevor ich jedoch dazu kam, tat sie es selbst.

»Wie kommt es eigentlich«, fragte sie, »dass Sie mich hier gefunden haben?«

»Erinnern Sie sich nicht, dass Sie mir auf unserer Reise einmal von diesem Hotel erzählten?«

»Tatsächlich? Habe ich das getan? Zuweilen bin ich einfach zu gesprächig. Es ist mein rheinisches Temperament. Allerdings konnten Sie nicht wissen, dass ich in Berlin sein würde!«

»Wohl aber ahnen. In Zeiten wie diesen mussten Sie doch in der Hauptstadt sein.«

»Sie haben recht. Ich hoffe sogar darauf, an einem der nächsten Tage vom Führer persönlich empfangen zu werden. Ich habe der Partei gelegentlich mit etwas Geld ausgeholfen, wenn es knapp wurde, und er ließ mir mitteilen, dass er sich für diese Unterstützung herzlich bedanken wolle.«

Sie erhob sich aus ihrem Sessel, trat zum Fenster und blickte in die Dunkelheit hinaus. Ein hoffnungsfroher Glücksschimmer hatte sich über ihre Züge gelegt, so als sei sie von der bevorstehenden Begegnung bereits tief ergriffen. Es war nicht zu übersehen, wer der Lichtbringer ihres Lebens war.

»Was ist das für ein Haus?«, fragte ich sie. »Gewiss ist es kein Zufall, dass sich Ihr Berliner Hotelquartier unter diesem Dach befindet.«

Sie schaute zu mir her. »Warum sagen Sie das?«

Ich zeigte mit dem Finger zur Decke. »Man hat mich eines Nachts mit verbundenen Augen in eine der oberen Etagen geführt, als könnte ich etwas ganz Schreckliches entdecken. Gewiss hätten Sie die Möglichkeit, mir den oberen Teil des Gebäudes zu zeigen.«

Ihr Blick konzentrierte sich und ihre Augen begannen mich wie Röntgenstrahlen zu durchdringen.

»Was erwarten Sie dort oben zu sehen?«

Falls ich noch einen kleinen Zweifel daran gehegt hatte, ob der Pfarrer Grüttner sich nicht in der Adresse geirrt haben könnte, so war dieser Zweifel jetzt ausgeräumt.

»Man wird einfach neugierig, wenn man auf ein Geheimnis trifft. Habe ich nicht ein Anrecht darauf, als zukünftiger ›Bruder vom Licht‹ die Räumlichkeiten unserer Gesellschaft zu kennen?«

»Möchten Sie damit nicht lieber warten, bis Sie auch ganz offiziell ein ›Bruder‹ sind?«

»Es liegt an meinem Beruf, dass ich immer genau wissen muss, worauf ich mich einlasse.«

Sie kniff die Augen zusammen und ein unerbittlicher Zug zeigte sich in ihrem Gesicht. »Haben Sie bedacht, dass Sie mehr sehen könnten, als Ihnen lieb sein mag?«

»Seien Sie ganz unbesorgt«, sagte ich und zwang mich, sie freimütig anzusehen, »damit werde ich schon fertig.«

Sie nickte. »Wenn die Warnung überflüssig war, umso besser. Ich rechne fest mit Ihnen!«

Ich stand aus meinem Sessel auf. »Sie erfüllen mir demnach meinen Wunsch?«

»Sie sehen mich an, als könnten Sie keinen Augenblick länger warten, nach oben zu kommen. Wenn Sie es sich so sehr wünschen, gehen wir eben hinauf!«

Mit diesen Worten drehte sie sich weg und trat zu einer Garderobe neben dem Kleiderschrank, um einen Mantel vom Bügel zu nehmen.

Ich half ihr in den Mantel, danach verließen wir gemeinsam das Zimmer.

Die Verbindung zum oberen Teil des Gebäudes existierte in Form einer unscheinbaren kleinen Tür, die sich ganz am Ende des Flures befand und die wie der Eingang zu einer Besenkammer wirkte.

Frau von Tryska öffnete die Tür mit einem Schlüssel, den sie aus ihrer Manteltasche nahm. Nachdem wir beide hindurchgeschlüpft waren, befanden wir uns in einem Hintertreppenhaus, das aus einer sich schmal nach oben wie nach unten windenden Wendeltreppe bestand und dessen architektonische Gestaltung mich fatal an das unheimliche New Yorker Apartmenthaus erinnerte.

Meine Begleiterin verschloss die Tür zum Hotelflur von innen, und für ein paar Augenblicke befiel mich wieder das unangenehme Gefühl, gefangen zu sein. Einige Momente lang quälte mich die Vorstellung, an diesem Ort könnten Geschehnisse warten, die nicht minder unangenehm waren als meine Erlebnisse in Amerika.

Fürs Erste war ich erleichtert, als Frau von Tryska die Wendeltreppe hinaufging, auf einer Stufe Halt machte, sich der Wand zudrehte und mit ihrem Schlüssel eine unscheinbare Tür aufschloss, durch die wir in einen Gang gelangten, der in Größe und Gestalt demjenigen ähnelte, den wir weiter unten verlassen hatten. Das Ambiente der Räumlichkeit, in die wir durch den Hintereingang eingedrungen waren, unterschied sich aber auf eindrucksvolle Weise gänzlich von der langweiligen Eleganz des Hotels. Der Gang war vom Anfang bis zum Ende mit einem dunkelroten Teppich ausgelegt und die Wände selbst waren mit schwarzem Holz getäfelt, wobei in regelmäßigen Abständen Kehlungen in das Holz eingelassen waren, aus denen eine schwache Beleuchtung hervordrang, sodass das gesamte Geschoss in einem eigenartig traumhaften Dämmerlicht lag.

Vom Flur gingen mehrere Türen ab, doch erst durch den Ritter mit der Lanze kehrte bei mir die Erinnerung an meinen früheren Aufenthalt in diesen Räumen zurück. Kurz darauf schob meine Führerin eine Flügeltür auf, und da sah ich, dass wir uns bereits in dem Saal befanden, in dem vor einigen Wochen die Einweihungszeremonie Veronikas stattgefunden hatte.

Frau von Tryska schaltete eine Lampe an, die neben der Tür auf einer Kommode stand. Der Lichtschein war schwach und reichte nicht hin, das düstere Zwielicht, das rundherum herrschte, zu vertreiben.

»Ich erkenne den Raum wieder«, sagte ich, nachdem ich

eine Weile die düsteren Schatten in den Nischen betrachtet hatte. »Hier finden die Treffen der Gesellschaft statt?«

Frau von Tryska, die im Eingangsbereich stehen geblieben war, traf keine Anstalten, nach einem weiteren Lichtschalter zu suchen.

»Wir kommen hier nur zu den besonderen Anlässen zusammen«, erwiderte sie. »Für die weniger spektakulären Treffen haben wir einen Raum in einer Gaststätte nahe dem Alexanderplatz gemietet. Ich selbst nehme zwei oder dreimal im Jahr an unseren Zusammenkünften teil. Meine Zeit erlaubt es mir nicht, öfter nach Berlin zu reisen.«

Sie wartete noch ein Weilchen, dann wandte sie sich zum Weitergehen, und wir verließen den Zeremoniensaal. Meine Führerin geleitete mich den Flur entlang und wir umrundeten die Ecke am Ende des Ganges aus der entgegengesetzten Richtung, im Vergleich zu damals, bevor sie an einer Tür zu einem linkerhand gelegenen Zimmer erneut stehen blieb.

Die Tür zu diesem Raum war nur angelehnt, als wäre eben erst jemand hindurchgegangen. Sowie wir ihn betraten, befanden wir uns in der Bibliothek, in der ich Santor zum ersten Mal begegnet war.

»Das alles hier ist groß und geräumig«, stellte ich fest. »Gehören die Stockwerke weiter oben auch zu den Gesellschaftsräumen?«

»Nein. Dort befinden sich – Wohnungen.«

»Wer wohnt denn dort?«

»Wohnungen ist nicht ganz richtig. Es sind Zimmer, ja – so ein bisschen wie unten im Hotel. Gästezimmer – und außerdem leben dort ein paar Kinder mit ihrer Erzieherin.«

»Kinder?«

»Ja. Kinder, für deren Unterhalt und Bildung wir sorgen. Wir fördern diese Kinder in jeder nur erdenklichen

Weise. Man könnte dieses Haus als ein kleines Internat bezeichnen.«

»Sind es Waisenkinder?«

»Die meisten Kinder wurden uns auch von den Eltern anvertraut. Es sind besondere Kinder – wertvolle Kinder.«

»Gibt es wertvolle und weniger wertvolle Kinder?«

»Die Menschen sind nicht gleich. Es gibt rassisch wertvolle und rassisch minderwertige Kinder.«

Natürlich. Ich hatte für einen Moment vergessen, dass ich mit einer strammen Nationalsozialistin sprach. »Ich verstehe, deutsche Kinder haben einen besonders hohen Wert.«

»Die Jungen und Mädchen, die hier im Hause leben, sind nicht einfach nur deutsche Kinder, sie weisen ganz besondere Rassemerkmale auf, durch die sie als in der menschlichen Entwicklung besonders hochstehende Kreaturen gekennzeichnet sind.«

Sie schien das Befremdliche ihrer Worte, das Sektiererische ihrer Sprache nicht mehr zu bemerken.

»Und was hebt diese Kreaturen, wie Sie sagen, aus der gewöhnlichen Masse der Menschen hervor?«

Ein Geräusch, das von der Tür kam, ließ mich zusammenfahren, und sowie ich mich umdrehte, erblickte ich einen Jungen von acht oder neun Jahren, der eben das Zimmer betreten hatte.

»Da ist ja einer unserer Jungen«, sagte Frau von Tryska.

Er trat zögernd näher.

»Wie heißt du?«, fragte sie und lächelte dem Knaben aufmunternd zu.

»Harald«, antwortete der Junge. »Harald Franken.«

Er war schlank, die Gestalt in ziemlich gefälligen Verhältnissen gebaut, die Haare blond und die Gesichtszüge fein und angenehm geschnitten. Ich hatte das merkwürdige Gefühl, eine jüngere Ausgabe meiner selbst zu sehen, wie sie vor langer, langer Zeit einmal existiert hatte.

Frau von Tryska war zu dem Jungen getreten und strich ihm mit der Hand über das seidige Haar und den Schädel.

Harald zog schnell den Kopf zurück. »Ich wollte nur etwas holen, das ich vergessen habe«, sagte er mit einer hellen Stimme.

»So hole es dir, Harald«, entgegnete Frau von Tryska und der Knabe entfernte sich in die Tiefe des Raums und blieb vor einer der Bücherwände stehen.

Von draußen drang der Schein einer Straßenlaterne herauf. Ich blickte auf meine Armbanduhr. Es war sechs Uhr vorüber und ging auf halb sieben. Bis zur Abfahrt meines Zuges war es eine lange Zeit.

Der Junge stand von uns abgewandt an einem Regal, studierte aufmerksam die Buchreihen und einige der Aufschriften auf den Rücken verschiedener Bände.

»Brauchst du Hilfe, Harald?«, wollte Frau von Tryska wissen.

Der Junge antwortete nicht, sondern stellte sich auf die Zehenspitzen und nahm eins von den Büchern aus dem Regal.

»Hast du gefunden, wonach du suchtest, mein Lieber?«, fragte sie zu allem Überfluss.

Harald drehte sich um. »Ich habe es«, sagte er und ging mit dem Buch, das er vor den Bauch gedrückt hielt, mit zügigen Schritten an uns vorbei, wobei er einen großen Bogen um uns machte, als hätte er Angst, dass Frau von Tryska nach ihm greifen würde, um ihn zu betatschen. Schnell und ohne uns mit einem weiteren Blick zu bedenken, eilte er aus dem Zimmer.

»Ein hübscher Junge – dieser Harald«, merkte Frau von Tryska an. »Aber diese Kinder sind ja alle sehr hübsch.«

Ich blickte mich um. Neben einem Spiegel mit einem vergoldeten Rahmen, von Bücherreihen umschlossen, hing ein Gemälde, das wertvoll wirkte und aussah, als ob es aus dem 18. Jahrhundert stammte. Es war darauf ein Uroboros zu sehen, der aus dem Kopf eines Mannes gebildet war, in den sich Vogelkrallen klammerten. Der Kopf des Vogels stellte die Haare des Mannes dar, der Kreis schloss sich, indem der Schnabel dem Mann in die Nase biss. Ein merkwürdiges Bild, das mich gleichwohl auf eine seltsame Weise berührte, es wirkte wie ein Vorzeichen, wie das Symbol des Lebenskreises, der sich schloss und wieder neu begann. Das Gesicht des Mannes war zu einem Grinsen verzogen, und auch der Vogel, der ihm in die Nase biss, schien zu lachen. Seltsam. Weder an den Spiegel noch an das Gemälde konnte ich mich von meinem früheren Besuch her erinnern.

»Wie lange gibt es dieses – Internat denn schon?«, fragte ich.

»Es wurde wohl kurz nach Beginn des Krieges eröffnet«, antwortete Frau von Tryska,

Harald Franken? Ich überlegte; der Name klang nicht unvertraut. Woher kannte ich ihn?

»Kennen Sie auch die Namen der anderen Kinder, die hier leben?«

»Oh! Fast jedes Mal, wenn ich hier bin, lerne ich eines von ihnen kennen – diesmal also den Harald Franken. Wen kenne ich denn noch? Wolfgang Pauls, Verena Olden – nein, die weitere Namen kenne ich nicht oder sie fallen mir im Moment nicht ein.«

Ein dumpfes, unheimliches Gefühl arbeitete in mir.

»Verena Olden?«, hakte ich nach. »Ist dieses Mädchen mit Irene Olden alias Varo verwandt?«

»Die Kleine ist ihre Tochter. Sie ist ein süßes, ganz reizendes Geschöpf.«

Ich starrte sie an. »Und die Mutter – lebt sie hier auch? Bewohnt sie eines der Gästezimmer?«

»Mag sein. Doch die Eltern der hier lebenden Kinder sind in aller Regel nur Besucher, nicht aber Dauermieter.«

»Sie sagten, die Kinder, die hier leben, seien nicht nur deutsch, sondern rassisch besonders wertvoll – warum sind sie so wertvoll? Was ist das Besondere an ihnen?«

Frau von Tryska sah mich an. Ihre Gestalt war von Schatten umlagert, ihre Augen jedoch waren klar und ruhig, wenngleich wie bohrend. »Ja, wissen Sie das denn nicht?«, fragte sie. »Können Sie es sich nicht denken?«

»Ich habe so eine Ahnung«, murmelte ich.

»Die wird Sie nicht trügen.«

Ich nickte. »Es sind nicht die Kinder, sondern die Eltern, nicht wahr? Die Eltern dieser Kinder sind Geschwister. Der Vater von Verena Olden ist Roland Olden – so ist das, oder?«

Sie lächelte. »Sehen Sie – manche Fragen beantworten sich ganz von selbst.«

Die Nacht hinter dem Fenster war schwarz oder kam mir jedenfalls so vor. Ich dachte an Doris, meine Schwester. Meine Gedanken wanderten in unsere gemeinsame Vergangenheit zurück, ohne sich an einer bestimmten Erinnerung festmachen zu wollen, plötzlich überkam mich ein schwacher Anflug von Übelkeit.

»Manche Antworten liegen sogar in mir selbst«, nickte ich leise.

»Sie beginnen langsam zu verstehen«, sagte Frau von Tryska und lächelte leicht. »Sie haben sich zu lange gegen die Wahrheit gewehrt. Sie brauchen nur zuzulassen, dass die eigene Erinnerung zu Ihnen spricht.«

Mein Herz schlug hörbar, während ich in der Innentasche meines Mantels meine Brieftasche ergriff. Ich holte den Zettel mit den Namen hervor und hielt ihn gegen das Licht. Der Name Harald Franken stand nicht auf dem Zettel, lediglich zwei ganz ähnliche Namen, Helmut Franken und Isabella Franken.

Zweimal Franken – zweimal Olden – zweimal Goltz.

»Ist Ihnen nicht gut?«, vernahm ich die Stimme Frau von Tryskas. Ihre Gestalt schien mir mit den sie umlagernden Schatten immer mehr zu verschwimmen.

»Ich muss an die frische Luft«, murmelte ich rau, »ja, ich werde Sie jetzt verlassen. Ich bin nun im Bilde. Es war interessant, mit Ihnen zusammengetroffen zu sein. Alles Weitere mag in Kürze besprochen werden. Schon in einigen wenigen Tagen, denke ich mir«, ich unterbrach mich und blickte zur Tür, »wird meine Entscheidung fallen.«

»Die Stockwerke über uns müssen Sie also nicht mehr sehen, damit all Ihre Fragen beantwortet werden?«

Ich schüttelte den Kopf. »Das ist nicht nötig.«

Frau von Tryska sagte: »Wie Sie wünschen, Herr Goltz.«

Ich schob den Zettel in die Innentasche meines Mantels. Dabei berührten meine Finger einen Umschlag, der sich ebenfalls darin befand, da fiel mir das Foto wieder ein, das mir Judith vor ein paar Tagen gegeben hatte und auf dem der Reichskanzler mit zwei Unbekannten in einem Gartenlokal zu sehen war.

Ich erschrak; an alles hatte ich gedacht, nicht aber daran, das Foto an einem sicheren Ort zu verstecken. Nun, egal, das konnte ich auch nachher erledigen – mein Problem war damit nicht gelöst.

Doch nicht die Tatsache, dass ich das Bild bei mir führte, hatte mich erschreckt, sondern etwas anderes. In mir kam der dringende Wunsch auf, das Foto noch einmal zu betrachten. Es war mir, als ob ich über alles, was mich betraf, größere Klarheit gewann, die Zeit dafür schien gekommen zu sein. Ein Geheimnis nach dem anderen enthüllte sich mir, ausgerechnet hier, an diesem unheimlichen Ort, und dennoch entdeckte ich nur die Kontexte, die ich ganz tief in mir drin bereits kannte.

Ich warf einen Blick zurück über die Schulter. Frau von

Tryska stand abseits und hing wohl eigenen Gedanken nach. Vorsichtig nahm ich das Foto aus dem Umschlag und warf einen kleinen Blick darauf, nur auf den Mann im Trenchcoat, von dem man den Rücken und den Nacken mit den silbernen Haaren sah. Zudem den rechten Arm und die rechte Hand.

Meine Lippen begannen zu zittern – und ich erschauderte so fürchterlich, dass ich zusammenzuckte.

Mein Herz schlug wie verrückt. Benommen und wie unter Strom schob ich das Foto in den Mantel zurück. Ich stand eine Weile wie betäubt da, bis ich meine Fassung einigermaßen zurückgewann, während vor meinem inneren Auge eine große schreckliche Klarheit Gestalt annahm.

Frau von Tryska stand noch still und unbewegt, sie ließ sich nicht anmerken, ob sie mein Erschüttern wahrgenommen hatte.

»Wenn Sie so weit sind«, sagte ich mit belegter Stimme, »können wir gern gehen.«

Sie nickte. Wir verließen die Etage auf demselben Weg, den wir gekommen waren, und standen kurz darauf wieder in dem schmalen, unheimlichen Hintertreppenhaus. Diesmal stieg ich zuerst die Treppen hinunter und Frau von Tryska ging hinter mir her.

»Führt diese Treppe bis auf die Straße?«, fragte ich sie, als wir die nächsttiefere Ebene erreicht hatten, auf der sich die oberste Etage des Hotels befand.

»Um auf die Straße zu kommen, müssen Sie durch das Hotel hindurch«, gab Frau von Tryska zur Antwort.

Ich blickte nach unten. Es war nichts außer das sich wiederholende Muster der Stufen zu sehen.

»Aber wir sind doch auf der Höhe des Hotels? Wohin führt dann die Treppe? Gibt es im Erdgeschoss noch einen Zugang zum Hotel?«

Frau von Tryska antwortete nicht, und als ich zu ihr

hochsah, hatte ihr Gesicht einen wachsamen Ausdruck angenommen.

»Es gibt keinen weiteren Zugang«, betonte sie streng und machte eine schwache Kopfbewegung hin zu der kleinen Tür. »Dies ist die einzige Verbindung.« Sie blickte mich an. »Da unten gibt es nur einen Keller.«

»Einen Keller? Was für eine eigenartige Gebäudekonstruktion! Ein Treppenhaus, das nur in einen Keller führt und keinen Zugang zur Straße hat?«

»Das Haus ist alt«, sagte sie. »Nicht in seiner heutigen Gestalt – es ist immer wieder erneuert worden –, doch schon vor 100 Jahren gab es an dieser Stelle eine Treppe. Ich weiß nicht, vielleicht hat es früher einmal einen Ausgang zur Straße gegeben, der später verschlossen wurde.«

Eine dunkle Erinnerung durchbrach meine Gedanken. »Ist es ein großer Keller, ein unterirdisches Gewölbe?«

»Ich war noch nicht dort«, sagte sie leise. »Irgendwann stößt man an eine Mauer, ab da kommt man ohne fremde Hilfe nicht weiter. Es existiert da unten so etwas wie ein geheimer Zugang in ein unterirdisches Tunnelsystem. Aber ich kann Sie nur warnen, sich jemals ohne Erlaubnis hinunter zu begeben. Man kann sich verirren und findet nicht wieder hinaus.«

Ein Zugang zur hohlen Erde, der geheime Weg in die unterirdische Welt der Vril-ya? Wohin führte der Tunnel? Unterquerte er gar den Atlantik, sodass man in New York wieder an einen Ausgang gelangte, der an die Oberfläche führte und in ein Treppenhaus mündete, wie dem von Shannons Apartmenthaus? Langsam hatte ich keinen Zweifel mehr daran, über diese Angelegenheit meinen Verstand verloren zu haben.

»Erlaubnis? Wer erteilt die Erlaubnis?«, fragte ich.

»Der Pharao«, antwortete sie knapp.

Da unten könnte es demzufolge sein, das Reich der Toten,

der geheime Zugang in die Anderwelt – gelegen im märkischen Schwemmsand unweit der Spree! Unsinn, kompletter Unsinn! Kaum gedacht, verbot ich mir bereits wieder solcherlei Hirngespinste. Irgendetwas allerdings musste es unten geben, das schien mir gewiss. Etwas Schlimmeres gar als eine hohle Erde, etwas, von dem ich lieber nichts wissen wollte, eine Folterkammer, ein Kerker, etwas in dieser Art. Nein, um keinen Preis der Welt würde ich mich dorthin begeben. Sobald ich aus Deutschland fort wäre, würde ich mit Judith besprechen müssen, was man dagegen unternehmen könnte, wem man einen Hinweis geben sollte, damit, falls auch nur irgendeine Aussicht auf Erfolg bestand, der Schrecken ein Ende nahm.

Der Röntgenblick der Frau, die ein paar Treppenstufen über mir stand, war deutlich zu spüren. Mir wurde wieder bewusst, dass ich von ihr und ihrem Schlüssel abhängig war, um aus diesem unheimlichen Treppenhaus zu entkommen. Wahrscheinlich würde mich niemand hören, falls sie mich hier einsperrte und ich gegen die Mauern schlug. Lediglich die beiden Verbindungstüren bewahrten in mir eine vage Hoffnung, dass jemand meine Hilferufe hören könnte, aber auch dessen war ich mir nicht sicher.

Hinaus, dachte ich, fort aus diesem Haus. Noch ein einziger Besuch, eine private Abrechnung – und dann fort, weit fort! Judith hatte recht, ich hatte schon viel zu lange gewartet.

»Ich muss diesen Keller nicht sehen«, sagte ich in gleichmütigem Ton, »gehen wir zurück ins Hotel.«

Sie senkte den Blick und machte ein paar Schritte, schließlich ging sie an mir vorbei und öffnete die Tür ins Diesseits.

23

Straßenbahnen zogen wie gelbe Bänder durch die Stadt. Leuchtreklamen ließen den Himmel verschwinden. Feine Restaurants warteten auch an diesem Abend auf elegante Berliner, und im Apollo-Theater, vor dessen Kinokasse sich eine Menschentraube gebildet hatte, gab es einen Film über einen englischen Abenteurer zu sehen. Ein letztes Mal zog die grell rauschende Szenerie der Friedrichstraße an mir vorüber; eigentlich war es wie immer, dennoch kamen mir selbst die bunten Szenen, an denen ich entlangeilte, so fantastisch und unwirklich wie eine Filmkulisse vor.

Die Kulisse mit ihrem Glamour verschwand, als ich das Oranienburger Tor erreichte. Hier herrschten die Schatten vor, hier begann sich das wahre Gesicht der Metropole zu zeigen: eine Welt aus dunklen Nischen und düsteren Fassaden, durchsetzt mit Ritzen und Löchern aus trübem Licht, alles wie aus der unheimlichen Atmosphäre finsterer Träume gewebt.

Mehr als ich gehofft hatte, Doris zu Hause anzutreffen, hatte ich mich davor gefürchtet, wusste ich doch, dass dieser Abschiedsbesuch mir keine Freude machen würde. Sowie ich um die Straßenecke bog, erblickte ich Licht hinter den Fenstern ihrer Wohnung. Schweren Herzens betrat ich das hohe Gebäude, das unter einem unruhigen, Unheil verkündenden Himmel lag. Ich stieg in den Fahrstuhl, der in ein schmiedeeisernes Gitterkleid eingefasst war, fuhr hinauf in den dritten Stock und drückte auf die Klingel neben der Tür.

Ich hörte Geräusche, dann wurde die Tür geöffnet. Die grünen Katzenaugen meiner Schwester starrten mich an.

»Komm herein!«, bat sie mich, nachdem sie ihre Überraschung, mich zu sehen, überwunden hatte. »Ich habe mit deinem Erscheinen gerechnet. Nicht heute Abend – aber ich wusste, irgendwann würdest du kommen!«

Im Wohnzimmer war die Schiebetür zum angrenzenden Nebenraum geschlossen, was mir den Eindruck vermittelte, dass Rudolf nicht zu Hause war.

»Er wird bald da sein«, entgegnete sie, da sie meinen fragenden Blick wahrgenommen hatte.

»Ich komme gerade aus dem Aranerhof«, erklärte ich, »wo ich Frau von Tryska traf – ich nehme an, dass du sie kennst.«

Doris zeigte keine Überraschung. »Natürlich kenne ich sie«, lächelte sie. »Sie hat jede Menge Geld und ist das wichtigste Mitglied unserer Gesellschaft. Worüber habt ihr euch denn unterhalten?«

»Wir haben ein paar Reiseerinnerungen ausgetauscht. Und Frau von Tryska hat mir die Räumlichkeiten über dem Hotel gezeigt.«

Ihr Lächeln erstarb und ihre Lider senkten sich zur Hälfte über ihre Augen herab. »Du scheinst einen guten Eindruck auf sie gemacht zu haben«, sagte sie mit leiserer Stimme als zuvor, »sonst hätte sie dir kaum diese Gunst erwiesen. Ich hoffe, sie hat sich nicht in dir getäuscht.«

»Es wird ihr egal gewesen sein, wie ich über sie und die ›Gesellschaft der Brüder und Schwestern‹ denke, jetzt, da wir in neuen Zeiten leben.«

»Das ist wahr, endlich brauchen wir keine Rücksicht mehr auf unsere Feinde zu nehmen – weder im Wort noch in der Tat. Seit ein paar Wochen atme ich freie Luft.«

»Das kann ich für mich leider nicht behaupten. Das Atmen fällt mir zunehmend schwerer.«

»Hast du dich bisher nicht auf die neuen klimatischen Bedingungen eingestellt?«, fragte sie, während sie mir ein

Glas Rotwein einschenkte. »Du solltest schnell etwas für deine Gesundheit tun. Wenn du zu lange zögerst, ist es für eine Umstellung bald zu spät.«

»Die Umstellung kann nur gelingen, wenn ich weiß, worauf ich mich einlasse«, sagte ich. »Da sind aber noch ein paar Unklarheiten, besonders gibt es da diese eine Sache, die uns beide betrifft.«

»Ich hoffe, es ist nichts Unangenehmes?« Sie richtete aufmerksam den Blick auf mich. »Was ist es? Rede nicht um den heißen Brei herum! Ich werde ebenfalls offen zu dir sein.«

»Das ist in meinem Sinne. Die Sache, die mir am Herzen liegt, ist – dein Kind! Ich möchte mit dir über dein Kind sprechen.«

Sie ließ mich aus den Augen, griff nach ihrem Glas und starrte eine Weile in die schimmernde Flüssigkeit, als versuche sie, deren Strukturen zu ergründen.

»Eigenartig«, bemerkte sie.

»Was ist eigenartig?«

»Du sprichst von diesem Kind, als hättest du noch nie von ihm gehört.«

»Es hat mir auch bislang niemand von dem Kind erzählt.«

»Rede keinen Unsinn!«

»Irgendwie bist auf dem Holzweg, Doris! Es stimmt, was ich sage.«

»Woher weißt du dann überhaupt davon?«

»Ich habe Nachforschungen angestellt und stieß dabei auf eine Liste.«

»Was für eine Liste?«

»Eine Liste mit den Namen von arischen Geschwisterpaaren, die Kinder gezeugt haben.«

Ihre Augen bekamen einen trügerischen Glanz. »Eine solche Liste gibt es? Wer hat sie angefertigt?«

»Sie könnte von einer Frau stammen, die Irene Varo heißt.«

Doris zog betroffen den Kopf zurück.

»Irene?«, flüsterte sie. »Das kann ich kaum glauben.« Sie rieb sich die Stirn. »Wenngleich natürlich kaum jemand anderes in Betracht käme, eine solche Liste zu erstellen. Wenn sie denn so verrückt wäre, diese Dinge preiszugeben; ein Verrat wäre ihr Todesurteil.«

Na, das war ja heiter!

»Irene Varo hat kein Schweigegelübde verletzt, falls du das meinst«, versuchte ich meine unbedachte Bemerkung zu entkräften. »Ich habe alles heimlich und ohne ihre Mitwirkung in Erfahrung gebracht. Deshalb vergiss das mit Irene wieder schnell!«

Sie ließ den Blick für einige Momente frei schweifen. »Du hast demzufolge deinen Namen in der Liste gefunden?«

»Exakt, und da habe ich mich an etwas erinnert.«

Wir sahen uns eine Weile stumm an.

»Muss man dir alles aus der Nase ziehen?«, beschwerte sie sich. »Woran hast du dich denn erinnert?«

»Kurz vor Weihnachten habe ich an einer Veranstaltung in den Räumen der Gesellschaft teilgenommen – und was ich dort sah, ließ mich an uns beide denken, und an das, was wir vor langer Zeit miteinander taten.«

»Drück dich ruhig deutlicher aus!«

»Während ich Roland Olden und seiner Partnerin zuschaute, brauchte ich nur die Augen zusammenzukneifen und schon erstand vor meinem inneren Auge das Bild von dir und mir. Weißt du noch? Damals war es Oskar Behrend, der uns zusammenführte. Der merkwürdige Zeremonienmeister neulich hatte eine gewisse Ähnlichkeit mit ihm.«

Ein feines Lächeln umspielte im Augenblick ihre markanten Züge.

»Sieh an, und ich dachte, du hättest das alles vergessen. Ich habe dich wohl unterschätzt. Darf ich erfahren, wie du heute über das denkst, was einmal geschah?«

»Es war nicht richtig – es hätte nicht geschehen dürfen.«

Sie sah mich mit hochgezogenen Brauen an. »Warum nicht? Hat es dir etwa keinen Spaß gemacht? Dass wir Geschwister sind, war dir zu jener Zeit ebenso bekannt. Warum hast du es denn getan, wenn du es nicht in Ordnung fandest?«

»Ich war jung – ein junger Mann voller Sehnsüchte – und – du weißt.«

»Ach ja – du Armer, ich weiß«, sagte sie leise, »obwohl wir Bruder und Schwester sind, hat dich deine fleischliche Begierde übermannt! Du konntest mir einfach nicht widerstehen.«

»Da war die Maske«, verteidigte ich mich, »dein Haar über der Maske kastanienbraun – ich sehe dich wieder vor mir – deine Augen tiefgrün und voller Verlangen, die Haut seidenweich, wunderschöne Schultern wie honigfarbener Marmor – so warst du seinerzeit, Doris – welcher junge Mann hätte dir widerstehen können? Vielleicht lag es an den Masken, dass ich die letzten Hemmungen fallen ließ. Die Zeremonie hatte durchaus etwas vom Charakter einer Karnevalsveranstaltung, wo unter dem Schutz von Masken die Unzüchtigkeiten, die sonst nicht geduldet werden, ausnahmsweise erlaubt sind.«

»Karnevalsveranstaltung?«, sagte sie leise, fast drohend. »Kommst du darauf, weil wir heute Rosenmontag haben? Sprich nur weiter – ich höre dir zu!«

»Außerdem war da natürlich Behrend mit seinen merkwürdigen Theorien. Und nachdem ich bereits durch ihn seelisch darauf vorbereitet war, mich vor den Augen der anderen Mitglieder des Kreises mit einem Mädchen, das er auswählen würde, zu vereinigen, besaß ich einfach nicht die Kraft, deiner Verführung Widerstand zu leisten, vor allem während ich dich – ich gebe zu: nicht nur entsetzt, sondern auch entzückt – in deiner herrlichen Nacktheit erblickte.«

Doris nickte. »Man hat dich quasi gezwungen, das willst du doch sagen! Und eigentlich hast du mich wegen der Maske gar nicht richtig erkannt, nicht wahr? Und sowieso war Karneval. Und irgendeine lüsterne Hure, die zufällig deine Schwester war, hat dich armen, jungen Mann verführt. Du wurdest überrumpelt. Nicht ich bin das Opfer, sondern du!« Sie nickte wieder. »Genau so habe ich es mir gedacht.«

»Dreh mir nicht die Worte im Munde um, Doris! Ich habe nicht gesagt, dass ich unschuldig bin.«

»Aber nur ein bisschen schuldig, nicht wahr? Schließlich bist du ja ein Mann – ein Mann mit einem Speer!«

Sie lachte, allerdings las ich etwas in ihrem Gesicht, das mir nicht gefiel. Mir wurde dabei bewusst, wie schön sie immer noch war.

»Du hast mir von deinen Erinnerungen erzählt«, begann sie nach einer Weile, »nun will ich einmal deine Erinnerungen etwas auffrischen. Diese reichen etwas weiter zurück als bis zu dieser ›Karnevalsveranstaltung‹. Ich erinnere mich an einen Sommerabend, der sehr viel weiter zurücklag, weißt du noch?«

Ich schwieg.

»Erinnerst du dich daran?«, wiederholte sie.

»Es ist lange her«, flüsterte ich.

»Ich war 13, du 15.«

»Wenn du es sagst.«

»Wir sprachen von Verführung! Von Behrend, der dich verführte, von meiner herrlichen Nacktheit, der du nicht widerstehen konntest; nun frage ich dich: Wie war es denn damals, als du 15 warst und ich 13?«

»Wir waren auch zu jener Zeit den Einflüsterungen von Behrend ausgesetzt.«

»Du warst mein großer Bruder«, entgegnete sie hart, »mein über alles geliebter großer Bruder, dem ich wie niemandem sonst auf der Welt vertraute! Alles, was dieser Bruder zu mir sagte, war für mich eine unumstößliche Wahrheit, und das wusste dieser Bruder auch. Nun hör gut zu: Dieser Bruder sprach zu mir, seiner kleinen Schwester, dass wir Gefährten seien, die keine Geheimnisse voreinander haben bräuchten und keinerlei Scham voreinander empfinden müssten. Deshalb war es ganz normal für uns, nackt beieinander zu sein. Auch, dass du mir deinen Speer zeigtest und zu mir sagtest: Fass ihn ruhig an, es ist schön, wenn du das tust! Ich weiß nicht mehr genau, wann es begann, aber an jene Sommernacht im Internatsgarten erinnere ich mich sehr gut – in jener Nacht waren wir das erste Mal richtig miteinander vereint, so nanntest du das. Erinnerst du dich? Es war im Sommer und lange vor diesem sogenannten Karneval.«

Mir war ganz heiß geworden. Es war natürlich nicht das, worüber ich mit ihr hatte sprechen wollen. »Das tut doch nun nichts mehr zur Sache. Behrend und seine Theorien standen in jenem Sommer schon Pate.«

»Und ob das was zur Sache tut! Es bedeutet nämlich, dass du Behrends Auftritt in meinem Leben vorbereitet hast, ihn erst ermöglicht hast, sodass ich ihm sofort glaubte, als auch er erkannte, dass wir nicht nur Geschwister im landläufigen, sondern Bruder und Schwester im metaphysischen Sinne waren! Sowie er uns sah und sagte, wir müssten ein chemisches Brautpaar werden, wir wären von Anfang an dazu bestimmt, miteinander das große Werk zu vollbringen, da glaubte ich ihm. Das große Werk – hörst du! Die Vereinigung des männlichen mit dem weiblichen Prinzip, um dadurch Erlösung zu finden!«

»Es gibt kein großes Werk! Das alles ist und war Unsinn!«

»Erlösung, Freiheit, Unsterblichkeit«, fuhr sie unbeirrt fort, »um nichts weniger ging es uns damals, und die körperliche Vereinigung in der rechten Weise war der Weg, der das große Werk zustande bringen sollte.«

Sie schluchzte laut auf. »Es war der Weg, der das große Werk auch zustande gebracht hätte – wenn du unser gemeinsames Ziel und mich nicht verraten hättest. Du, der du es überhaupt erst auf den Weg gebracht hast, du Verräter!«

Die Knöchel ihrer langen Finger waren weiß geworden, sodass ich befürchtete, das Weinglas, das sie ergriffen hatte, würde gleich zerspringen.

»Du lenkst vom Thema ab, Doris! Sag mir lieber, was mit dem Kind geschehen ist? Wann wurde es geboren? Wie alt ist es jetzt? Was ist aus ihm geworden?«

Sie starrte mich mit schmalen, bösen Augen an, zudem lag ein Anflug unverhohlenen Spotts auf ihrem Gesicht.

»Meinetwegen! Reden wir also über das Kind! Du willst wissen, wann es geboren wurde? Hier die Antwort: Ungefähr ein halbes Jahr, nachdem du mich verlassen hast, kam es zur Welt.«

»Wo ist dein Kind jetzt?«

»Dein Kind, dein Kind«, echote sie. »Es war auch deines!«

Einige dumpfe Augenblicke lang blieb ich still.

»War es das wirklich? Ist ein Irrtum ausgeschlossen?«

Sie atmete tief ein und aus. Dann schloss sie die Augen. Ihr Brustkorb hob und senkte sich. Sobald sie mich wieder ansah, bildeten ihre Augen einen schmalen Schlitz.

»Du bist wirklich das letzte Stück Dreck«, flüsterte sie. »Hast du vergessen, wie du mich bedrängt hast, dass ich es wegmachen lasse?«

»Ganz so war es nicht, Doris! Ich habe lediglich gesagt, für den Fall einer Schwangerschaft müsste man sich nach Möglichkeiten umsehen, diese abzubrechen. Du hattest außerdem Kontakt zu einem anderen Jungen; ich weiß nicht mehr, wie er hieß. Dass du wirklich schwanger warst, habe ich nie erfahren, geschweige denn davon, dass ich der Vater des Kindes bin.«

Ihr Gesicht rötete sich vor Zorn. »Wann hätte ich es dir denn erzählen sollen?«, rief sie laut. »Bevor ich das konnte, hast du dich ja bereits aus dem Staub gemacht und mich sitzen lassen! Ich war ganz auf mich allein gestellt, furchtbar allein. Natürlich bist du der Vater! Für wie dämlich hältst du mich! Zum Zeitpunkt der Zeugung gab es für mich nur dich.«

»Ich habe das etwas anders in Erinnerung, Doris.«

»Auf deine Erinnerung war noch nie Verlass!«, fauchte sie mich an. »Du erinnerst dich nur, woran du dich erinnern willst. Immer wieder habe ich mich um dich bemüht – bis zum heutigen Tag. Und was muss ich erleben? Gleichgültigkeit, Ignoranz! Du verdienst es wirklich nicht, dass man dir hilft. Verdammt! Geh doch zum Teufel, du Schwachkopf, du Narr!«

»Reg dich nicht so auf, Doris«, erwiderte ich, bemüht, der eigenen Erregung Herr zu werden. »Es bleibt eine Tatsache, dass ich bis zum heutigen Tage von diesem Kind nichts wusste. Nie hast du es auch nur mit einem Wort erwähnt! Nie!«

Sie lachte gequält. »In der Zeit, in der ich dich brauchte, als ich die schweren Entscheidungen treffen musste, da warst du nicht für mich da. Ich habe dich verzweifelt gesucht. Was sollte ich dir denn erzählen, als alles längst vorüber war. Da brauchte ich dich nicht mehr!«

Was sie sagte, war nicht falsch. Tatsächlich hatte ich zu dieser Zeit um Doris einen weiten Bogen gemacht. Sowie der Krieg ausbrach, war ich fast erleichtert gewesen, in eine neue Existenz fliehen zu können, welche mit der ihrigen nichts zu tun hatte. In dieser Hinsicht lag sie richtig.

»Welche Entscheidungen? Was heißt das: als alles längst vorüber war? Was ist aus unserem Kind geworden? Hast du es zur Adoption freigegeben?«

Sie schien mich kaum mehr zu beachten, sann wohl gerade auf irgendeine Heimtücke, denn noch immer bildeten ihre Augen eine starre, undurchdringliche Linie.

»Doris, bitte!«, wiederholte ich. »Nun sag es mir doch!«

Sie rührte sich nicht. »Natürlich ist es tot«, sagte sie dumpf.

»Tot?«, fragte ich, und es klang bestürzt, doch insgeheim fühlte ich so etwas wie Erleichterung. »Woran ist es denn gestorben – und wann?«

Sie richtete den schmalen Blick auf mich. »Es starb gleich nach der Geburt.«

»So war es nicht lebensfähig?«

Nun hob sie die Lider. »Warum sollte es nicht lebensfähig gewesen sein?«

»Nun, natürlich wegen des Inzests.«

»Aha! Natürlich, wegen des Inzests!«

Sie wurde plötzlich ganz ruhig, aber ihre Augen funkelten mich böse an. »Ja, es stimmt! Unser Kind hat Pech gehabt. Es hatte die falschen Eltern.« Ihre Stimme war ganz kalt und stumpf geworden. »Man weiß ja nicht genau, welche versteckten Erbanteile unserer Vorfahren in uns schlummern – auch wenn sie bei uns selbst nicht in Erscheinung getreten sind. Das passiert eben, wenn man das Kranke und Minderwertige am Leben lässt: Es setzt sich immer wieder in der Nachkommenschaft durch. Zum Glück ist endlich eine Zeit angebrochen, wo sich das ändern und die fortschreitende Degeneration der menschlichen Rassen ein Ende finden wird.«

Ein Detail hatte ich noch nicht verstanden. »War es nun lebensfähig – oder war es nicht lebensfähig?«, wollte ich erneut wissen. »Was für eine Krankheit hat es denn gehabt?«

Sie sah eine Weile stumm vor sich hin. »Ganz einfach! Es hatte nicht die Rassemerkmale, wie wir sie uns in unserer Gesellschaft wünschen. Es sah aus wie ein Judenbalg, ob es krank war, das weiß ich nicht. Der Arzt fragte mich, was mit dem Kind geschehen solle. Und da dachte ich an dich, der du das Kind und seine Mutter verlassen hattest. An den, der das große Werk verraten hatte, indem er mich vergewaltigte und mir ein Kind machte, das ich überhaupt nicht haben wollte. Und ich dachte, wenn er das Balg nicht haben will, so will ich es auch nicht haben, und da«, ihre Stimme wurde lauter, als wollte sie sich selbst Mut zusprechen, »sagte ich zu dem Arzt: Schmeißt es in den Ofen!«

Ich prallte zurück. »In den Ofen? Ihr habt es umgebracht?«

»Reg dich nicht auf! Werd jetzt bloß nicht scheinheilig! Du wolltest selbst, dass es weggemacht wird! Nichts anderes haben wir getan!«

»Aber was ist denn das für ein Ofen?«

Sie sah mich nicht mehr an. »Im Keller«, ließ sie mich teilnahmslos wissen, »da gibt es einen großen Ofen – in dem werden die Leichen verbrannt.«

»Meinst du den Keller unter dem Hotel?«

»Keine Sorge! Alle Spuren sind beseitigt. Ein Uneingeweihter findet den Zugang zu diesen Gewölben nicht. Davon abgesehen: Nun spielt es keine Rolle mehr. Früher hatte ich gelegentlich einmal Angst, es könnte etwas bekannt werden. Seit ein paar Wochen habe ich diese Angst nicht mehr! Jetzt sind wir an der Macht! Wie ich dir schon sagte: Ich atme endlich eine freie Luft!«

Für einen Augenblick war ich sprachlos vor Entsetzen.

»Warum habt ihr das getan, Doris? Warum denn bloß?«

»Starr mich nicht so entgeistert an!«, antwortete sie. »Wir sind keine Unmenschen – im Gegenteil! Bereits unsere Vorfahren, die Germanen, haben ganz selbstverständlich eine natürliche Auslese gepflegt. Kranke Kinder wurden einfach ausgesetzt, man ließ sie verhungern und verdursten. Das war brutal, nicht wahr? Aber so waren sie halt, die alten Germanen. Unsere Methoden sind dagegen menschlich. Die Körper werden auf eine humane Weise getötet und dann verbrannt. Es geht alles sehr schnell. Natürlich – bei den alten Germanen kam es viel seltener zu Eliminierungen, denn ihre Rasse war nicht 2.000 Jahre lang verseucht worden, wie es mit der unsrigen geschehen ist. Allerdings ist es so. Unsere heutige Generation ist dazu berufen, das wieder zu ändern! Man muss eben über ein paar Generationen lang eine konsequente Rassenhygiene betreiben. Wir müssen es auf uns nehmen, das Problem zu lösen. Es wird uns gelingen, endlich ist es gewiss! Was wir bisher heimlich tun mussten, wird bald ein Gesetz in Deutschland sein! In den Etagen über dem Hotel entsteht der neue Mensch, unter dem Hotel – in jenem furchtbaren Keller –, da wurde der alte, da wurde der, den man nicht mehr haben wollte, na, sagen wir mal: entsorgt. Eine Medaille, zwei Seiten, ganz einfach.«

»Du bist ja wahnsinnig!«, schrie ich sie an. »Was ist das für eine Welt, die du dir da erträumst? Eine Welt, in der alle Menschen wie Irene und ihr Bruder sind? Irgendwann ist der Lack ab, Doris! Egal, wie schön und perfekt jemand ist – es geht vorbei. Wir sind nur Staub!«

»Du und andere – ihr könnt diese Welt überhaupt nicht verstehen!«, erwiderte sie scharf. »Unser Ziel sind nicht bestimmte physische Eigenschaften, die sowieso die Folge einer inneren Beschaffenheit sind. Unser Ziel sind unsterbliche Menschenwesen; die Rückkehr in ein goldenes Zeitalter.«

Ein Ausdruck unsäglicher Wut und Trauer legte sich über ihre Züge. »Irene und Roland – Geschwister, Liebende, Gefährten: Das hätte auch unser Schicksal sein können, hättest du dich dem uns bestimmten Geschick nicht widersetzt und unser gemeinsames Glück einfach zerstört!«

Langsam wurde ich böse. »Verdammter Unfug! Fauler Zauber, zu dem Behrend uns angestiftet hat! Die Befriedigung fleischlicher Lüste, wie er es wohl genannt hätte, ist für mich gesünder als dieses verquere sexualmagische Zeug! Ich habe miterlebt, wie es der kleinen Veronika mit Roland Olden erging. Ich kann nicht sagen, was sie seelisch erlebte, nur eines weiß ich ganz genau: nämlich dass sie es rein körperlich einfach genossen hat! Und das ist gut so, alles andere kann mir gestohlen bleiben!«

Doris lehnte sich zurück. »Falls ich bis jetzt den leisesten Zweifel daran hatte, dass ich mich in dir getäuscht habe, so hast du mich nun eines Besseren belehrt. Das große Werk ist nur den Auserwählten bestimmt. Du gehörst nicht zu ihnen! Leider habe ich Zeit meines Lebens auf den falschen Mann gesetzt. Aber von heute an ist das vorbei! Du bist nicht mein Gefährte, du bist nicht mein Geliebter – und von nun an bist du auch nicht mehr mein Bruder! Du bist einfach nur ein ganz normaler, primitiver, geiler Mann, der durch die Welt rennt, Frauen schändet und sich dafür auch noch stolz auf die Schulter klopft. Geh hin zu den deinen, du bist meiner Gesellschaft nicht wert. Verschwinde! Lass mich allein!«

Was war nur aus meiner Schwester geworden? Ich fühlte mich plötzlich ganz elend.

»Doris – bei allem, was geschehen ist –, wir standen unter einem bösen Einfluss. Natürlich trage ich Schuld, du hast recht! Wären uns die Eltern nicht gestorben, wären wir diesem Behrend niemals begegnet! Doris, bitte, lass uns da wieder beginnen, wo wir als Kinder aufgehört haben! Ja, ich habe dich geliebt; ja, ich habe mich an dir versündigt – und ich bereue es zutiefst. Lass uns endlich einander verzeihen und einen Neuanfang wagen. Noch ist es nicht zu spät!«

»Schluss! Schluss damit! Du redest wirres Zeug!«, fauchte sie mich an. »Verschwinde! Ich will dich nicht mehr sehen. Du bist mein Bruder nicht mehr!«

»Ach Doris, was geschehen ist, schaffst du nicht dadurch aus der Welt, dass du mir die Verwandtschaft aufkündigst!«

»Du wirst bald erleben, was das Ende unserer Verwandtschaft für dich bedeutet! Wenn wir keine Geschwister mehr sind, wird vieles für mich leichter. Falsche Rücksichtnahmen hören in diesem Fall nämlich auf.«

»Das hört sich an wie eine Drohung.«

Sie lachte. »Das ist keine Drohung, das ist ein Urteil!«

»Doris, versündige dich nicht an mir. Denk an die Eltern – denk an die Zeit, in der wir Kinder waren. Wenn du mich nicht mehr zum Bruder willst, so lass uns in Frieden scheiden – aber lass diesen Pharao und seine Schergen aus dem Spiel!«

Sie lachte auf. »Den Pharao? Ihn fürchtest du? Oh ja! Stimmt! Deiner Bitte, ihn herauszuhalten, könnte ich nämlich selbst dann nicht nachkommen, wenn ich es wollte. Er weiß längst Bescheid.«

»Es geht nicht darum, was er weiß; es geht darum, wie du dich zu ihm verhältst. Du hast es schließlich in der Hand. Er wird tun, was du von ihm verlangst.«

Sie antwortete nicht, und eine Zeit lang trat Schweigen ein. Falls noch der Hauch einer Chance bestand, dass Doris zur Besinnung kam, so wurde diese jedoch wenige Sekunden später durch ein Geräusch zunichte gemacht, das ich unerwartet hinter mir wahrnahm und das die Stille unbarmherzig zerschnitt.

»Der Pharao wird tun, was er selbst für richtig hält«, sagte hinter mir eine männliche Stimme, und noch bevor ich den Kopf in die Richtung wenden konnte, aus der diese kam, fuhr sie fort: »Gewiss kann es geschehen, dass Doris und ich nicht einer Meinung sind. Aber in deinem Fall sind wir uns in unserem Urteil so einig, wie es selten der Fall ist.«

Plötzlich stand er in der Mitte des Raumes: so schlagartig, dass es mir vorkam, als sei er nicht durch die Tür gekommen, sondern aus dem Unsichtbaren über uns hereingebrochen.

Er war mit einem hellbraunen Trenchcoat bekleidet – und vielleicht war es gar derselbe Mantel, den er auf dem Foto trug, das seinerzeit im Gartenlokal aufgenommen wurde. Der breitkrempige Hut, den er nicht abgenommen hatte, warf tiefe Schatten über seine Gesichtszüge, dennoch konnte ich das Funkeln seiner eisblauen Augen sehen.

Nicht, dass er sich wirklich verändert hätte – es war nur eine kleine Nuance, die ich jedoch sofort bemerkte. Das Blau seiner Augen hatte etwas Metallisches bekommen, die markanten, ausgeprägten Züge wiesen weitaus härtere Konturen als früher auf, das Lächeln erfasste beinahe die schrecklichen Augen, ohne sich dort festsetzen zu können. Ein Wolf, wie er es immer gewesen war, dieses Mal hingegen betrat er die Bühne ungeniert ohne sein Schafsfell.

Ich rang um Fassung und versuchte, mir meine Erregung nicht anmerken zu lassen.

»Es ist mir gleichgültig, welche Meinung du hast«, sagte ich zu ihm. »Ich unternehme nicht den Versuch, dich zu bekehren. Bei einem Menschen in deiner Funktion dürfte das ohnehin zwecklos sein.«

Er hatte uns wahrscheinlich seit Längerem belauscht, ging es mir durch den Sinn. Ich hatte mit seinem Erscheinen irgendwann gerechnet und hatte es in Kauf genommen, dass er unser Gespräch mitbekam. Trotzdem war mir nun so, als hätte ich ohne sein Erscheinen noch eine winzige Chance gehabt, mit Doris ins Reine zu kommen; eine Chance, die es von diesem Moment an nicht mehr gab.

Rudolf Mantiss trat an den Tisch. »Gut, dass du endlich weißt, wer ich bin«, begrüßte er mich, »es hat ja lange genug gedauert, bis du es herausgefunden hast.«

Er nahm den Hut ab und zog den Mantel aus, legte beides über einen Stuhl, setzte sich dann in den Sessel seitlich von mir – wieder dorthin, wo er auch bei meinem letzten Besuch gesessen hatte.

»Es war ein Zufall«, entgegnete ich, »es hat nur so lange gedauert, weil es mich gar nicht besonders interessiert hat. Deutschland hat ein reiches Vereinsleben – ob du nun der Vorsitzende eines Gesangsvereins oder eines Okkultistenverbandes bist, hat für mich ungefähr dieselbe Bedeutung.«

Mantiss verzog keine Miene. »Vielleicht liegt der Tag nicht mehr fern, an dem du verstehen wirst, worin der Unterschied zwischen dem Vorsitzenden eines Gesangsvereins und mir besteht«, erwiderte er. »Wenn er nicht bereits gekommen ist.«

»Du willst mir drohen? Mir, dem Bruder deiner Frau?« Ein Bluff, eine Art Flucht nach vorn. Mein Versuch, die Angst zu überspielen, beflügelte das Bewusstsein, noch in dieser Nacht aus Berlin und meiner angestammten Umgebung zu verschwinden. Dennoch war mir klar, dass Rudolf Mantiss ein gefährlicher Gegner war, und dass er noch weniger als meine Schwester Rücksicht auf verwandtschaftliche Bande nehmen würde. Aber ich hatte keine andere Wahl, denn einen kleinlauten Rückzug hätten sie mir nicht abgenommen. Mir blieb nur eine Möglichkeit. Wenn ich irgendetwas bewegen wollte, musste ich in die Offensive gehen.

»Du kannst dir sicher sein, dass ich deinen Fall nicht anders beurteile als mein Mann«, erklärte Doris mit einem kalten Lächeln. »Ich lege bestimmt nicht mein Wort für dich ein. Dir ist nicht zu helfen, für Leute wie dich ist kein Platz mehr in diesem Land.«

Der Pharao und seine Pythia! Das böse Pärchen, das der Loge der ›Brüder und Schwestern‹ vorstand, in dessen Händen die Führung dieser fürchterlichen Gesellschaft und die Geschicke seiner Mitglieder lagen, die verantwortlich dafür waren, was mit Florence und dem kleinen Professor geschehen war.

»Es war alles eure Idee«, sagte ich, während ich fühlte, dass ich blass geworden war. »Ihr wart es, die mich auf die Reise nach New York befohlen und mir vorher die beiden Schläger auf den Hals gehetzt habt, damit alles von Anfang an in eurem Sinne verlief. Ihr habt das alles befohlen!«

»Du hattest mehr Chancen als jeder andere, Eugen«, höhnte Rudolf Mantiss, »und hast sie alle in den Wind geschlagen. Dein Pech! Ich habe dich für klüger gehalten, doch egal, du bist es jetzt, der die Konsequenzen tragen muss.«

Mein Blick wanderte zu seinen Händen, zur rechten Hand, an der nach einer Kriegsverletzung der Mittelfinger fehlte: Wenn es noch irgendeinen Zweifel daran gegeben hatte, dass Mantiss der Mann auf der Fotografie aus dem Berliner Gartenlokal war, so war dieser nun ausgeräumt.

»Du hältst dich wohl für besonders klug und wähnst dich auf der richtigen Seite«, erwiderte ich. »Doch die Leute, denen du dein Ohr geschenkt hast, könnten sich am Ende als die falschen Ratgeber erweisen.«

»Du bist ein Narr!«, erwiderte er ruhig. »Es gibt keine Ratgeber um mich herum, es gibt nur Gleichgesinnte und

Freunde. Ich schenke niemandem mein Ohr, manch andere schenken mir indes das ihre. Als Pharao im Hintergrund die Fäden zu ziehen, ist eine Rolle, die mir auf den Leib geschneidert ist und die auch meiner Eigenschaft als ehemaligem Angehörigen der Reichswehr und als Reserveoffizier geziemt! Eigentlich hänge ich nicht an Posten – ich stelle mich nur der Verantwortung und gebe alles, damit das goldene Zeitalter wieder Wirklichkeit werden kann. Ich bin ein Eingeweihter der schwarzen Sonne.«

»Du hast zu viele Romane über Atlantis geschrieben und dich in deinen eigenen Sujets verfangen – du solltest dich einmal moderneren Themen zuwenden.«

»Modern?«, lachte er. »Du verstehst wirklich gar nichts. Unser Streben ist notwendigerweise rückwärtsgewandt. Wir sind gefallene Wesen, die ihren göttlichen Ursprung verloren haben und alles tun müssen, um ihn wiederzugewinnen. Ich weiß, wer ich bin!«

»Ich leider auch: Du bist Anhänger eines verqueren und bösen Weltbildes, ein Berufszyniker, der das goldene Zeitalter für die Angehörigen seiner Rasse sucht und dabei das Leid Millionen anderer Menschen finden wird.«

»Es ist mir egal, ob du mein Weltbild böse nennst. Wir unternehmen den Versuch, den Sonnenmenschen zu schaffen, ein göttliches, ein unsterbliches Wesen. Eine solche Umwandlung kann ohne die Umwertung aller Werte im Nietzsche'schen Sinne nicht vollbracht werden. Wir haben Feinde, die unseren Erfolg zu verhindern suchen und die wir deshalb bekämpfen müssen. Nenn das von mir aus böse! Für mich ist es gut!«

Er stand auf und trat zur Seite, um nach einer Kognakflasche zu greifen, die dort auf einer Anrichte stand, und sich ein Glas einzuschenken.

»Möchtest du auch einen?«, bot er mir an.

»Nein, danke.«

Ich blickte zu Doris und fragte an sie gewandt: »Warst du denn nicht überrascht, dass ich wohlbehalten aus New York zurückgekehrt bin?«

»Etwas geht ja meistens schief!«, sagte sie mit kaltem Lächeln. »Immerhin hat mit Florence alles geklappt. In einem Punkt irrst du dich! Ich habe Irene nicht gebeten, dich zu töten, sondern dein Schicksal in ihre Hände gelegt.«

»Wie soll ich das verstehen?«

»Sie selbst hat beschlossen, dich zu eliminieren, weil ihr bewusst war, dass du ihr nach dem Tod Florence' und des Professors Probleme machen würdest – sei es in New York oder hier in Berlin. Sie hat bekanntlich ihre speziellen Methoden, doch irgendwie hat sie es in deinem Fall verpatzt. Abgesehen davon hat sie ihre Sache natürlich perfekt gemacht! Du selbst hättest gegen sie nicht den Hauch einer Chance gehabt, wenn dieser New Yorker Gangster nicht gewesen wäre … Trotzdem: Falls sie uns verraten hat, wird sie so enden, wie der amerikanische Gangster es für sie vorgesehen hatte!«

»Ich sagte bereits, dass du dich irrst! Sie hat mir nicht geholfen!«

»Das wird sich erweisen«, brachte mich der Pharao neben mir in scharfem Ton zum Schweigen, »darüber legen wir dir bestimmt keine Rechenschaft ab.«

Ein finsteres Leuchten lag in seinen dunkelblauen Augen.

»Und du«, fügte er hinzu, »nun, wir werden darüber nachdenken und dann einen Entschluss fassen, was mit dir geschehen soll. Der fällt schneller, als dir lieb sein kann!«

Es war Zeit, dass ich mich in Sicherheit brachte – mir blieben bestenfalls ein paar wenige Stunden, um aus Berlin zu verschwinden. Im Moment war ich in dieser Stadt vor den Schergen der ›Gesellschaft‹ nicht mehr sicher.

»Es ist schade, wie alles gekommen ist, Doris«, sagte ich in einem letzten, verzweifelten Versuch, sie zur Besinnung zu bringen. »Wir hatten gute Eltern, eine glückliche Kindheit. Was würden die Eltern sagen, wenn sie uns heute sehen könnten! Mein Gott, es gibt doch überhaupt nichts zu machen. Wir sind schon gemacht, wir brauchen nicht zu Übermenschen zu werden. Wir sind bereits erlöst. Und das Einzige, was wir in diesem Leben zu vollbringen haben, ist es, diese Tatsache zu erkennen! Doris, lass ab von diesem unheilvollen Weg, er führt dich nicht zum Licht, er endet in der Hölle!«

Meine Schwester war aus ihrem Sessel aufgestanden und hatte den rechten Arm erhoben, die zarte Hand zu einer Faust geballt.

»Geh hinaus!«, rief sie mir zu. »Hinaus! Hinaus!« Ihre Augen waren dunkelgrün und funkelten hasserfüllt. »Hinaus!«

Die Gesichtszüge des Pharaos glichen denen seiner Gattin.

Ich wandte mich um und lief in den Flur. Mantiss folgte mir nach.

»Was passiert nun?«, fragte ich ihn, während er mich aus der Wohnung dirigierte.

»Du kannst sicher sein, dass die Reaktion nicht lange auf sich warten lassen wird!«, antwortete er. »Ich möchte nicht in deiner Haut stecken. Noch in dieser Nacht wird ein Fanal gesetzt. Alles Weitere wird sich finden. Und nun verschwinde!«

24

Ich verlor keine Zeit. Durch den von Osten kommenden eisigen Wind eilte ich über die Spreebrücke und erreichte über die Hindersinstraße am östlichen Rande des Tiergartens den Platz der Republik, wo sich linkerhand das Reichstagsgebäude erhob.

Das Gebäude war mäßig beleuchtet, da nur wenige Laternen auf dem großen Platz brannten. An der Nordwestecke des Reichstagsgebäudes vorbei schritt ich auf die große Auffahrt zu; aber kaum hatte ich die Seitenfront erreicht, wurde mir bewusst, dass ich irgendetwas gesehen hatte, das ungewöhnlich war oder jedenfalls anders als sonst.

Ich hielt inne und blickte zu den Fenstern des Reichstags hinauf.

Hinter einem der Fenster vor der Freitreppe bemerkte ich einen starken Feuerschein – ein Schein, wie von zur Decke emporzüngelnden Flammen. Nachdem ich genauer hingesehen hatte, erkannte ich, dass dieser bereits den Bereich vor dem Hauptportal erhellte. Mittendrin, direkt auf der großen Auffahrt, erblickte ich den Schatten einer Gestalt.

Beim Nähertreten glaubte ich, diese leicht schwanken zu sehen. Sie drehte sich in meine Richtung um, als hätte sie soeben meine Anwesenheit gespürt, ging mit langsamen und unsicheren Schritten die Auffahrt herunter und kam direkt auf mich zu. Am unteren Ende der Auffahrt blieb die Gestalt wieder stehen. Nun erkannte ich, dass es ein Mann war, der eine blaue Pförtneruniform trug.

»Da drinnen brennt es!«, rief ich dem Mann zu. »Haben Sie das nicht bemerkt?«

Der Pförtner starrte mich an. »Ich habe nichts damit zu tun«, stammelte er. »Die Polizisten haben mich betrunken gemacht.«

»Wichtiger als die Polizei ist jetzt die Feuerwehr! Sie müssen die Feuerwehr rufen – und zwar schnell!«

Ich hatte es kaum gesagt, da vernahm ich aus der Ferne Sirenengeheul.

Der Pförtner war ein etwas älterer Mann, der sicherlich kurz vor der Pensionierung stand. Sein Gesicht war kreidebleich, schreckhaft und seltsam verstört. Ich dachte, dass er sich nicht der Situation angemessen verhielt; nicht wie jemand, der den Ausbruch eines Feuers bemerkt hatte, sondern eher wie jemand mit einem furchtbaren Schuldgefühl. Wie einer, der hätte aufpassen müssen, aber unachtsam gewesen war und ein Unglück nicht verhindert hatte.

»Ich konnte nicht wissen, dass jemand Feuer legen würde«, sagte der Pförtner, aus dessen Uniformmanteltasche eine Kognakflasche ragte.

Ich horchte auf. »Wer hat das Feuer gelegt?«

Der alte Pförtner richtete seinen flackernden Blick auf mich. »Die Polizisten?«, stotterte er und sah mich ängstlich fragend an, als könnte ich selbst ihm die Antwort geben. »Oder nein, ich weiß es nicht.«

Vom Hauptportal her kamen Stimmen.

»Wo ist der Kerl?«, schrie jemand. Ich erkannte uniformierte Männer, die bis zu der Brüstung vor dem Hauptportal gelaufen waren. Das aber waren keine Feuerwehrmänner, sondern sie sahen tatsächlich aus wie Polizisten.

Sofort beschlich mich ein Unbehagen und ich sagte mir, dass es das Beste wäre, mich schnellstens von diesem Ort zu entfernen. Allerdings war es zu spät, denn einer der Polizisten, oder was immer sie waren, hatte den Pförtner und mich gerade entdeckt.

»Da unten!«, hörte ich ihn rufen. Schon starrten auch seine Kumpane allesamt in unsere Richtung.

Ich hätte mich trotzdem umdrehen und weglaufen sollen; weil ich es nicht tat, waren der Pförtner und ich einige Augenblicke später von vier Polizisten umzingelt. Zwei von ihnen ergriffen ihn sogleich an den Armen und nahmen ihn in ihre Mitte.

»Betrunkenes Schwein!«, entrüstete sich der eine. »Wir bringen dich nach Hause.«

Da sah ich in die Gesichter und ein Schreck fuhr mir in alle Glieder. Zwei dieser Visagen kannte ich. Es waren diejenigen, die sich nicht um den Pförtner kümmerten, sondern vielmehr grinsend und wie in Erwartung fetter Beute in meine Richtung stierten; der eine war Rattengesicht, der Drahtige, der andere sein tumber kräftiger Freund!

»Ach nee, der Herr Rechtsanwalt«, hörte ich Rattengesichts säuselnde Stimme, die ich nicht mehr vergessen würde. »Was hast du denn hier zu suchen?«

Wie konnte das sein? Wie kamen der Drahtige und sein Freund an diese Uniformen? Waren die Männer etwa keine Ganoven, sondern Polizisten?

Im nächsten Moment fiel es mir wie Schuppen von den Augen: Die beiden waren Hilfspolizisten! Hatte ich nicht davon gelesen, dass seit ein paar Tagen die SA die Polizei verstärkte? Es war zwar kaum zu glauben, aber es stimmte. Ähnliches hatte ich ja bereits bei Judiths Geburtstagsfeier erlebt: Die deutsche Regierung hatte den Bock zum Gärtner gemacht!

»Ich habe ihm nichts erzählt«, ließ sich zu allem Überfluss der Pförtner hören.

Der Drahtige machte mit dem Kopf ein mir bekanntes Zeichen, daraufhin setzten sich die beiden Uniformierten, die den Pförtner in ihre Mitte genommen hatten, in Bewegung und schleppten ihn mit sich fort. Das letzte, das ich von ihm sah, war sein tief verängstigtes Gesicht.

Der Drahtige und der Kräftige blieben bei mir zurück.

»Was machst du hier?«, schnüffelte der Drahtige mich an.

»Ich bin nur zufällig hier vorbeigekommen«, entgegnete ich und bemühte mich, Ruhe zu bewahren. »Ich nehme an, die Feuerwehr wird gleich eintreffen. Sie sollten sich um das Feuer kümmern.«

»Schnauze! Das wird die Feuerwehr gleich machen!«, sagte der Mann und fasste mich am Mantelkragen. »Wir kümmern uns lieber um dich!«

»Nimm deine Finger da weg und zeig mir zuerst einmal deinen Polizeiausweis!«

Natürlich war mein Spruch ein Fehler, allerdings konnte ich es einfach nicht lassen, wenigstens einen Versuch von Gegenwehr zu starten. Die Antwort des Drahtigen ließ nicht lange auf sich warten. Er nahm die Hand weg und trat beiseite, um seinem Kumpan Platz zu machen, der mich daraufhin so, wie ich es schon von ihm kannte, mit beiden Händen an den Schultern fasste. Bevor ich etwas dagegen unternehmen konnte, hob er sein rechtes Knie, um es mir mitten in den Bauch zu rammen.

Die Luft blieb mir weg. Ich sackte zusammen, doch mein Gegner hielt mich mit seinen dicken Händen wieder fest und verhinderte so, dass ich auf das Pflaster fiel. Ich roch den alkoholisierten Atem des Mannes, dessen Gesicht mir ganz nahe gekommen war, und hörte, wie er, nachdem er bei unserer ersten Begegnung die ganze Zeit geschwiegen hatte, mit einer merkwürdig hellen und zu seiner sonstigen Erscheinung nicht passenden Stimme, zischte: »Reicht das? Oder sollen wir weitermachen? Und jetzt – schnell, schnell – deinen Namen!«

Als ob du den nicht wüsstest!, dachte ich. Aber derlei Fragen gehörten wohl mit zu dem bösen Spiel. »Eugen Goltz«, brachte ich mühsam hervor.

»Adresse?«

Ich nannte sie ihm.

»Was hat der Pförtner dir erzählt?«, fragte der Drahtige.

Ich antwortete nicht. Postwendend bekam ich wieder keine Luft mehr, denn aufs Neue und noch heftiger bohrte sich das Knie meines Gegenübers in meine Magengrube.

Mir war, als ob ich gleich ohnmächtig würde, doch dann bemerkte ich, dass mich die Kerle links und rechts unterm Arm gefasst hatten und mich von der Frontseite des Gebäudes wegzerrten, nach derselben Richtung hin, in die vor ein paar Minuten ihre Kollegen mit dem Pförtner entschwunden waren.

Sowie ich wieder Luft bekam, registrierte ich, dass ein Feuerwehrwagen an uns vorbei die Auffahrt hinaufraste, diesem folgte gleich darauf ein weiteres Fahrzeug nach.

Auch ein Polizeiauto war jetzt zu sehen; weitere Uniformierte irrten im flackernden Licht herum; ebenso Zivilisten, Passanten und Neugierige, die das Feuer anzog.

Wir kamen ans Reichstagsgebäude, wo die Polizisten mich zu einem Seiteneingang schleppten.

»Lasst mich los«, versuchte ich es erneut, allerdings entrang sich meinem Mund lediglich ein Krächzen. »Ich habe nichts und niemandem etwas getan. Das wisst ihr genau!«

»Was solltest du denn auch getan haben?«, höhnte der Drahtige. In einem lichten Moment kam es mir, dass ich besser daran täte, den Mund zu halten.

Einige Augenblicke später vernahm ich die Stimme meines Peinigers dicht an meinem Ohr. »Pass einmal auf!«, sagte er. »Wenn wir gleich drinnen sind, halte besser keine dummen Reden mehr; jedenfalls nicht, wenn du heute mit heilen Knochen nach Hause kommen willst.«

Gleich darauf befanden wir uns innerhalb des Gebäudes und gelangten über eine Treppe in den Wandelgang, der den großen Plenarsaal umgab.

Inzwischen war ein Trupp Feuerwehrmänner im Haus und damit beschäftigt, durch ein Einstiegsfenster eine Schlauchleitung zu verlegen. Ich hörte eine Stimme rufen: »Verdammt, es hat einen Luftzug gegeben, eine Stichflamme. Der Plenarsaal bis rauf zur Kuppel brennt!«

Meine Begleiter kümmerten sich nicht um das Feuer und die Feuerwehr, sondern gingen mit mir weiter in einen abseits gelegenen Teil der Halle, wo keine Feuerwehrleute zu sehen waren, dafür hatte sich dort eine Gruppe von Männern in ziviler Kleidung postiert. Darunter befanden sich zwei Polizeibeamte, die einen nur mit Hose und Schuhen bekleideten jungen Mann fest an den Armen hielten.

Als wir uns der Gruppe näherten, warf mir der junge Mann mit dem unbekleideten Oberkörper einen verzagten Blick zu. Auch von den Männern wandten sich ein paar Gesichter zu uns herum. Während ich geflissentlich versuchte, die kalten Blicke, die mich streiften, zu ignorieren, löste der Anblick dieser Leute doch ein Gefühl der Verwirrung in mir aus, und ich fragte mich, was die Männer zu dieser Stunde hier taten.

Konnten es Reichstagsabgeordnete sein? Nein, gewiss nicht! Der Reichstag war nach der Ernennung des neuen Kanzlers aufgelöst worden, hier hatte sich in den letzten Wochen gar nichts mehr abgespielt.

»Wir bringen den Kerl rüber zum Revier am Brandenburger Tor«, hörte ich einen der Polizisten sagen. Er hatte von irgendwoher eine Decke erhalten, die er nun dem jungen Mann um die nackten Schultern legte. Dann setzte sich der ganze Trupp in Bewegung.

»Wir haben noch einen geschnappt!«, rief der Drahtige den anderen hinterher. Bevor ich protestieren konnte, schoben er und sein Kumpan mich durch eine Tür, die sie zur rechten Seite öffneten. Sie stießen mich mit einer solchen Heftigkeit in den angrenzenden Raum hinein, dass ich das Gleichgewicht verlor und auf den Boden stürzte.

»Ich bin kein Brandstifter!«, rief ich, während ich mich aufraffte, und sowie ich wieder gerade stand, sah ich, dass einer der Männer in Zivilkleidung aus der kleinen Gruppe zurückgeblieben und uns in das Zimmer gefolgt war. Er schloss hinter sich die Tür. So waren wir nun zu viert.

Der Raum war eine Art Schreibbüro, in dem mich die Polizisten auf einen Stuhl in der Mitte des Zimmers setzten. Der vierte Mann im Raum, der Zivilist, hatte einen Schreibblock in die Hand genommen und baute sich sogleich vor mir auf. Er war groß und hager und hatte ein blasses, bärtiges Gesicht. Es war mir, als hätte ich auch ihn schon einmal irgendwo gesehen.

»Sie heißen?«, fragte er, nachdem er mich eine Zeit lang schweigend gemustert hatte.

Da ich nicht sofort antwortete, versetzte mir mein kräftiger Begleiter einen schmerzhaften Schlag gegen den Oberarm.

»Eugen Goltz.«

»Anschrift! Alter! Beruf!«

Der Kommissar in Zivil notierte sich alles. »Ein Rechtsanwalt! Na, da wird sich der Führer freuen. Durchsucht seine Taschen.«

Mir wurde schlecht. Der Umschlag mit dem Foto vom Reichskanzler und dem Pharao befand sich noch immer in meinem Mantel!

»Ich bin nur ein friedlicher Passant«, unternahm ich einen neuen Versuch. »Ihre Leute haben mich von der Straße weggefangen …«

»Maul halten!«, schrie einer meiner gewalttätigen Begleiter und schlug mir ins Gesicht. »Du redest nur, wenn du gefragt wirst!«

Sie hatten bereits begonnen, mich abzutasten und mich am ganzen Körper zu durchsuchen. Zusammen mit dem weiteren Inhalt meiner Hosen – und Jackentaschen landeten meine Brieftasche mit der Namensliste und der Umschlag mit dem Foto des Reichskanzlers vor dem hageren Kommissar auf dem Tisch.

Dieser ließ die Gegenstände zunächst unberührt.

»Warum sind Sie zum Reichstag gekommen?«, wollte er wissen.

»Ich bin nicht zum Reichstag gekommen, sondern ich war auf Besuch bei meiner Schwester, die in der Nähe wohnt, und ich befand mich auf dem Nachhauseweg.«

»Wie heißt diese Schwester und wo wohnt sie?«

Ich nannte ihm die Adresse von Doris. Unterdessen blickte der Kommissar auf seine Notizen. »Hm«, überlegte er, »der Reichstag liegt nicht auf Ihrem Nachhauseweg!«

Was er sagte, war nicht ganz falsch, aber ich hatte mich bewusst für einen kleinen Umweg entschieden, um die größeren Straßen zu meiden. »Ich habe einen kleinen Spaziergang gemacht hier entlang; mir war danach; das ist doch normal.«

»Na klar! Bei diesem herrlichen Wetter geht man gern mal beim Reichstag spazieren – überhaupt, wo es hier so schön warm geworden ist!«

Die Hilfspolizisten, die links und rechts neben ihm standen, lachten.

»Dann fragen Sie bitte meine Schwester«, entgegnete ich, da mir nichts Besseres einfiel. »Sie kann Ihnen bestätigen, dass ich bis neun Uhr bei ihr war und gar keine Zeit hatte, im Reichstag ein Feuer zu legen.«

Erneut hatte ich etwas Falsches gesagt. Ich war förmlich dabei, mich um Kopf und Kragen zu reden.

»Wie viel Zeit braucht man denn, um den Reichstag in Brand zu stecken?«, fragte der Kommissar denn auch prompt. »10 Minuten, 20 Minuten, eine Stunde, wie viel?«

»Ich habe keine Ahnung!«

»Dann strengen Sie mal Ihre grauen Zellen an!«

»Meine Schwester ist Mitglied der nationalsozialistischen Partei«, verkündete ich in der Hoffnung, dem Gespräch eine andere Wendung zu geben, obwohl ich gar nicht sicher wusste, ob diese Behauptung stimmte.

»Sind Sie etwa schwerhörig?«, sagte der Kommissar. »Ich habe gefragt, wie viel Zeit man braucht, um den Reichstag anzustecken? 10 Minuten, 20 Minuten, wie viel?«

»Sicherlich eine Stunde.«

»So! Sicherlich eine Stunde!« Er schrieb meine Antwort auf seinen Block. »Die Brandexperten werden uns bald sagen, wie lange es gedauert hat.« Er sah mich scharf an. »Wo Sie gerade die Partei erwähnten – welcher Partei gehören Sie selbst denn an?«

»Ich bin in keiner Partei.«

»Irgendeine andere Zugehörigkeit? Vereine? Organisationen?«

»Ich bin – oder soll – Mitglied in einer Gesellschaft werden, einer Loge, die …«

»Freimaurer?«, unterbrach er mich.

»Nein.«

»Loge oder keine Loge?«

»Es ist eine Gesellschaft, der auch führende Nationalsozialisten angehören. Das kann Ihnen meine Schwester ebenfalls bestätigen. Ihr Ehemann ist der Pharao – so wird der Leiter –«

»Der Pharao? Habe ich richtig gehört?« Der Kommissar feixte. »Was für ein Glückstag für uns! Wissen Sie, wer ich bin?«

Die beiden Schläger begannen zu kichern. Einer stieß mich ins Kreuz. »Antworten!«

»Sie haben sich mir noch nicht vorgestellt.«

»Dann will ich es jetzt tun: Ich bin der Kaiser von China.«

Die Männer in seinem Hintergrund brüllten vor Lachen, als sei das ein ganz neuer Witz.

»Ich habe mich ungeschickt ausgedrückt«, sagte ich. »Aber wenn ich ständig geschlagen werde, kann ich nicht richtig antworten.« In Erwartung des nächsten Schlages zuckte ich unwillkürlich zusammen, doch er blieb aus.

»Ein holländischer Kommunist und ein verrückter Rechtsanwalt«, spottete der Drahtige, »wenn das nichts ist.«

»Mund halten!«, sagte der hagere Kommissar in Zivil, der schnell wieder ernst geworden war. »Also: Wie viel Zeit haben Sie gebraucht, um den Reichstag in Brand zu stecken? Eine Stunde – oder mehr?«

Wieder erhielt ich einen Schlag ins Kreuz. »Sind Sie plötzlich taub? Der Herr Kommissar hat Sie etwas gefragt!«

»Ich bin sicher, dass es unmöglich ist, in der knappen halben Stunde, seit ich die Wohnung meiner Schwester verließ, den Reichstag in Brand zu setzen.«

Einige Augenblicke lang herrschte Schweigen; aus Gründen, die ich nicht durchschaute. Offenbar hatte ich eine Antwort gegeben, die nach der verqueren Logik, der diese seltsamen Polizisten anhingen, günstig für mich war.

»Darf ich ihm eine Frage stellen?«, wollte der Drahtige wissen, woraufhin der Kommissar nickte.

Rattengesicht baute sich vor mir auf. »Was hast du vorhin mit dem Pförtner besprochen?«

»Ich habe ihn darauf aufmerksam gemacht, dass es brennt.«

»Was hat er geantwortet?«

Ich wollte schon der richtigen Antwort ausweichen, besann mich im letzten Moment anders. »Es war wohl etwas in der Art, jemand habe Feuer gelegt.«

Der Kommissar in Zivil mischte sich wieder ein. »Und wer, meinte er, habe das Feuer gelegt?«, erkundigte er sich.

»Das hat er nicht gesagt.«

»So. Hat er nicht. Wir werden ihn dazu befragen, Herr Rechtsanwalt; da können Sie ganz sicher sein. Und er wird uns die richtige Antwort geben – darauf können Sie Gift nehmen!«

Der Kommissar wandte sich an den kräftigen Schläger. »Sehen Sie nach, wie weit die mit dem Löschen des Feuers sind. Nicht dass wir hier noch anschmoren.«

Der Kräftige verließ für ein paar Augenblicke den Raum und sowie er zurückkam, sagte er: »Überall Feuerwehr! Keine Gefahr für uns!«

Der Kommissar betrachtete mich schweigend. Dann trat er zur Seite und nahm den Umschlag mit dem Foto zur Hand. Er öffnete ihn und nahm die Aufnahme heraus, um sie zu betrachten.

Ich hätte am liebsten die Augen zugemacht.

»Sie haben doch den Brandstifter schon verhaftet«, brachte ich in meiner Verzweiflung ein. »Den jungen Mann dort draußen, den Sie zum Revier bringen ließen.«

Der Kommissar antwortete nicht, sondern stand stumm da und blickte auf das Bild. Sein Gesicht war todernst, aber er zeigte keine Reaktion, ließ sich in keiner Weise anmerken, was er empfand.

Verzweifelt dachte ich darüber nach, was ich als Erklärung vorbringen könnte, und auch darüber, was ich sonst noch sagen könnte, damit er den Entschluss fasste, mich laufen zu lassen – eine Hoffnung, an der ich trotz allem festhielt, sei es nur, um mir das Leben nicht selbst durch böse Erwartungen schwer zu machen. Sollte ich die Namen Theodor Hartmann oder Wilhelm Santor ins Spiel bringen, um mich ihrer als meine Fürsprecher zu versichern?

»Woher sollen wir wissen, ob der Mann, den wir verhaftet haben, ein Einzeltäter war«, sagte der Kommissar und starrte weiter auf das Bild, »auch wenn er das behauptet? Ein Gebäude wie dieses in Brand zu stecken ist keine Kleinigkeit.«

Er griff nach dem Briefumschlag neben sich und schob das Foto langsam wieder in den Umschlag hinein.

»Wir werden Ihre Schwester fragen, ob Sie heute Besuch von Ihnen hatte, Herr Goltz«, fügte er hinzu und sah mich noch immer nicht an. »Sollten Sie uns in irgendeinem Punkt belogen haben, wird das unangenehme Folgen für Sie haben; sehr unangenehme Folgen, seien Sie ganz sicher! Ihr Name steht auf unserer Liste Ich würde mir an Ihrer Stelle wünschen, mich nicht auf einer solchen Liste wiederzufinden. Also: Falls Sie uns noch etwas zu sagen haben, dann tun Sie es jetzt!«

Er legte den Umschlag mit dem Foto auf den Tisch zurück.

»Darf ich auch einen Blick auf seine Hübsche werfen?«, fragte der Drahtige und nickte mit dem Kopf hinüber zu dem Tisch.

Der Kommissar sah ihm eine Weile direkt ins Gesicht. »Lassen Sie uns allein. Von dem Mann geht keine Gefahr aus. Ich melde mich, wenn ich jemanden brauche.«

Der Drahtige brummte etwas, das nicht zu verstehen war. Es war ihm anzumerken, dass er den Befehl seines Vorgesetzten ungern befolgte. Dennoch ließen sein Kumpan und er mich nun stehen und schlenderten zur Tür.

»Keine Sorge, mein Freund«, sagte das Rattengesicht spöttisch in meine Richtung, als er die Tür aufmachte. »Wir sind noch lange nicht mit dir fertig!« Er lachte und warf mir einen vernichtenden Blick zu, dann gingen sie hinaus.

Sobald sich die Tür hinter ihnen geschlossen hatte, sah mich der hagere Kommissar eine Zeit lang nachdenklich an. »Stecken Sie Ihre Sachen wieder ein!«, ordnete er an und deutete auf den Tisch. »Und dieses Foto – ich will gar nicht wissen, woher Sie es haben – sollten Sie schnell verschwinden lassen! Am besten, Sie vernichten es bei der ersten sich bietenden Gelegenheit! Versprechen Sie mir das?«

»Auf jeden Fall.«

Sprachlos und erstaunt über seine Reaktion, lauschte ich der Erklärung.

»Sie müssen verstehen«, erläuterte er, »dass ich so zu Ihnen sprechen musste, wie ich es gerade tat. Die beiden, die Sie hereinbrachten, sind sehr gefährlich. Ich musste den normalen Anschein wahren. Einen Fehler kann man sich heutzutage nicht mehr leisten. Hätte ich Sie nicht verhört, wie es inzwischen Vorschrift ist, so hätten sie mich an vorgesetzter Stelle angezeigt. Wir kennen uns, nicht wahr?«

»Ja, ich glaube«, sagte ich.

»Vor zwei Jahren ging es mir ziemlich schlecht«, fuhr er fort. »Ich hatte das Gefühl, ganz unten angekommen zu sein, und so war es wohl auch. In solchen Situationen ist man dankbar, wenn einem jemand hilft.«

»Ja«, murmelte ich. »Das verstehe ich gut.«

»Damals brauchte ich einen Anwalt, der dafür sorgte, dass ich meine Wohnung nicht verlor. Dieser Anwalt waren Sie. Ich sagte Ihnen, dass ich kein Geld hätte, um Sie zu bezahlen. Sie haben mir geantwortet, ich solle sie bezahlen, wenn ich dazu in der Lage sei. Heute kann ich meine Schuld begleichen. Sie können gehen!«

Ich atmete tief durch und erhob mich langsam vom Stuhl.

»Vielen Dank! Ich werde es Ihnen nicht vergessen – auch wenn es zurzeit nicht so aussehen mag, dass Sie meine Hilfe nötig hätten.«

»Ich bin nicht so dumm, mir nicht vorstellen zu können, dass der kalte Gegenwind die Richtung einmal wieder ändern wird«, erwiderte er und blickte mich an, als rechnete er fest damit, dass es eines Tages anders kommen würde.

»Rufen Sie die beiden Schläger bitte nicht wieder herein!«, bat ich ihn. »Die Kerle sind mir übel gesinnt. Sie würden nicht von mir ablassen, ganz egal, was Sie ihnen befehlen.«

Der Kommissar nickte. »Ich gebe Ihnen zwei andere Leute, die Sie hinausbegleiten. Und noch etwas: Ich kann Ihren Namen nicht aus meinen Unterlagen entfernen, werde aber vermerken, dass ich Sie für unverdächtig halte. Wenn Sie Freunde haben, die über Einfluss verfügen, wäre gleichwohl der Zeitpunkt gekommen, sich einmal an diese zu wenden, um Weiteres zu verhindern. Leben Sie wohl!«

Er machte die Tür auf und rief zwei Uniformierte, die kurz darauf das Zimmer betraten. »Bringt ihn hinaus! Er kann nach Hause gehen.«

Die beiden nahmen mich in die Mitte und schoben mich in den Flur.

Der Drahtige und der Kräftige, mit denen ich schon gerechnet hatte, waren nicht zu sehen.

Überall lagen Feuerwehrschläuche. Ich sah, dass weiter hinten der Plenarsaal des Reichstags bis zur Decke hinauf in Flammen stand.

Wir gingen zügig durch die Wandelhalle, in der es nun von Feuerwehrleuten und anderen Menschen wimmelte, vor allem von Zivilisten, von denen sicherlich einige, wenn nicht gar die meisten der neuen ›Geheimen Staatspolizei‹

angehörten, von deren bevorstehender Gründung in den letzten Tagen zu hören gewesen war.

Wir hatten die Treppe noch nicht erreicht, als es plötzlich Unruhe und Bewegung unter den Leuten gab.

»Der Führer!«, rief einer der Uniformierten, daraufhin blieben wir auf der Stelle stehen.

Der erste, den ich erblickte, war der dicke Göring, Innenminister von Preußen und zugleich amtierender Reichstagspräsident.

»Das ist der Beginn des kommunistischen Aufstands«, übertönte die schnarrende Stimme des Reichsmarschalls alle anderen Geräusche, »sie werden jetzt losschlagen. Es darf keine Minute versäumt werden.«

Er hatte es zu dem Mann in Trenchcoat und Schlapphut gesagt, der in diesem Augenblick einen Schritt vortrat und dadurch in ganzer Person sichtbar wurde. Es war der Mann, der sich seit ein paar Wochen Kanzler des deutschen Reiches nennen durfte.

Hitler stieg über ein paar Feuerwehrschläuche hinweg, wandte sich dann an die Leute, die ihn umstanden, während sein Gesicht flammend rot geworden war.

»Es gibt jetzt kein Erbarmen mehr!«, schrie er in dieser scheinbar unbeherrschten Weise, von der man nicht wusste, ob sie echte Entrüstung oder lediglich Schauspielerei war, »wer sich uns in den Weg stellt, der wird jetzt niedergemacht! Das deutsche Volk wird für Milde kein Verständnis mehr haben! Jeder kommunistische Funktionär wird erschossen, wo er angetroffen wird. Die kommunistischen Abgeordneten müssen noch in dieser Nacht aufgehängt werden. Alles ist festzusetzen, was mit den Kommunisten in Verbindung steht. Auch für Sozialdemokraten und Reichsbanner gibt es jetzt keine Schonung mehr!«

»Ich habe bereits Anweisung gegeben, die Listen noch in dieser Nacht abzuarbeiten«, sagte der dicke Reichsmarschall, »die Leute sind in Marsch gesetzt. Auch die Bahnhöfe und die Grenzen werden kontrolliert. Alle Fluchtmöglichkeiten sind abgeschnitten.«

»Besser, wir verschwinden«, raunte mein Nachbar zur Linken leise seinem Kollegen zu. Nun ging es schnellen Schrittes die Treppe hinunter, der eine Polizist zog die Seitentür auf und der andere schubste mich auf die Straße hinaus.

Mehrere Feuerwehrzüge waren inzwischen vor dem Gebäude eingetroffen, und mittendrin sah ich die schwere schwarze Mercedes-Limousine, die wohl die neue Politprominenz herbefördert hatte. Der Fahrer des Reichskanzlers stand neben dem Wagen. Er trug eine Schirmmütze und hatte etwas von einem der Gangster, die man neuerdings in den amerikanischen Kinofilmen sah. Einige der New Yorker Freunde von Mr. Shannon hatten so ausgesehen. Dabei dachte ich mir, dass ich einen Mann wie Shannon jetzt gern an meiner Seite gehabt hätte.

Doch ich war allein und das Einzige, das mich antrieb, war der Gedanke an meine Flucht.

25

Obwohl es ein Wettlauf mit der Zeit werden würde, hatte ich es nicht sonderlich eilig, zum Anhalter Bahnhof zu kommen. Ich hatte Angst. Angst davor, zu fliehen – und Angst davor, zu bleiben. Mein Vorhaben erschien inzwischen in einem wenig günstigen Licht, ahnte ich doch, dass ich meine Flucht aus Berlin genau einen Tag zu spät antrat, und dass das, was noch am gestrigen Abend eine Leichtigkeit gewesen wäre, aufgrund der Geschehnisse der vergangenen Stunden ein extrem riskantes Unterfangen werden konnte. In einer Nacht, in der die SA auf Menschenjagd ging, um mit Gegnern des Regimes kurzen Prozess zu machen, konnte ein Bahnhof, von dem die wichtigsten Züge aus der Stadt abgingen, kein sicherer Aufenthaltsort sein. Je näher ich meinem Ziel kam, umso stärker verfolgte mich das dumpfe Gefühl, dass der Weg, den ich eingeschlagen hatte, der falsche war. Höchstwahrscheinlich lief ich meinen Gegnern direkt in die Arme.

So sehr ich geneigt war, meinen Plan zu überdenken und eine andere Fluchtroute zu wählen, so dringlich verfolgte mich das Problem mit meinem Koffer, der sich in dem Schließfach auf dem Anhalter Bahnhof befand, und der alle meine persönlichen Dokumente einschließlich der Reisepapiere und fast mein gesamtes Geld enthielt. Ohne diesen Koffer war an eine Flucht, egal auf welche Weise, nicht zu denken.

Ich schaute nach Norden. Der Himmel über der Innenstadt war gerötet; es war anzunehmen, dass der Reichstag inzwischen in hellen Flammen stand. Bleischwere Müdigkeit lastete auf mir, eine Erschöpfung hatte mich eingeholt, die wohl die Folge dieses ereignisreichen Tages war. Für einen kurzen Moment blickte ich mich nach einer Bank um, trotz der Kälte, fand aber keine und setzte meinen Weg fort.

Als der Askanische Platz in Sichtweite kam und ich die Lichter des großen Bahnhofsgebäudes vor mir auftauchen sah, war ich noch immer unschlüssig, wie es weitergehen sollte. Im Schutz einer kleinen Baumgruppe blieb ich stehen und betrachtete die Szenerie vor meinen Augen. Das Bild, das sich mir bot, wurde geprägt von hin und her eilenden Menschen, die im Licht der Laternen wie flackernde Schatten wirkten, und von schwarz glitzernden schweren Limousinen, die im Vorüberrollen die Muskeln ihrer Motoren spielen ließen. Die Insassen der Fahrzeuge mochten wahrscheinlich völlig harmlose Leute sein, aber ich hatte gehört, dass auch die Menschenfänger in Zivil, von denen neuerdings so viel gemunkelt wurde, gern solche Karossen fuhren.

Die meisten Fahrzeuge, die vom Askanischen Platz in die Stresemannstraße einbogen, kamen vom Excelsior, das dem Bahnhof gegenüber lag, ein Hotel, das palastartig und hell erleuchtet in den düsteren Himmel emporragte, das mehr als 600 Zimmer besaß und vorzugsweise vom Landadel der deutschen Provinz frequentiert wurde. Nachdenklich betrachtete ich die Fassade mit den erleuchteten Fenstern, und da fiel mir ein, dass das Gebäude durch einen Tunnel unterhalb der Stresemannstraße, früher einmal Königgrätzer Straße, mit der Halle des Anhalter Bahnhofs verbunden war.

Ob ich verfolgt oder beobachtet wurde, wusste ich nicht, allerdings hatte ich allen Anlass, mich so zu verhalten, als befänden sich der Drahtige und sein Kumpan auf meiner Spur. Erst nachdem ich gesehen hatte, dass die Straße frei war, löste ich mich aus dem Schatten der Bäume, sprintete über die Fahrbahn und betrat etwas später die Empfangshalle des Hotels. Ich wandte mich nach links und eilte am Eingang einer der beliebtesten Berliner Kneipen vorüber, in der ich vor Jahren einmal einen durchzechten Abend mit Kollegen erlebt hatte – kurz darauf entdeckte ich den Lift, aus dem eben eine kleine Gruppe Reisender mit Koffern in den Händen die Hotelhalle betrat und mit dem ich zu dem Durchgang unter der Straße gelangte.

Vorbei an Reklametafeln, die Werbung für Sinalco, Schaumpon und die neueste Damenmode machten, durchquerte ich zügigen Schritts die Unterführung und erreichte die Halle, unter deren hoher Kuppel auch an diesem Abend hektische Eile und Geschäftigkeit herrschten.

Ein Blick auf die Anzeigetafel mit den Abfahrtszeiten verriet mir, dass der Zug über Halle und Bebra in Richtung Frankfurt am Main die Hauptstadt in kaum zehn Minuten planmäßig verlassen sollte. Ich eilte weiter zum Bahnsteig, auf dem es von Menschen wimmelte und ein ziemliches Durcheinander herrschte. Mittendrin forderten die uniformierten Herren in den roten Mützen bereits die Reisenden zum Einsteigen auf; sie winkten mit den Händen, studierten Platznummern und bedeuteten einzelnen Fahrgästen, wo sich das gesuchte Abteil befand. Es schien, als hätten es auch die Schaffner an diesem Abend besonders eilig, die Stadt zu verlassen; sie spürten wohl, dass Unheil im Anmarsch war oder sich längst unter der hohen Kuppel der Bahnhofshalle eingenistet hatte.

Judith war in dem Gewühl nicht zu entdecken. Ich machte kehrt und ging in die Vorhalle zurück, nahm meinen ganzen Mut zusammen und durchquerte zügig die Halle in Richtung des Ganges, wo sich die Schließfächer befanden. Dabei versuchte ich, nicht einmal an den Koffer zu denken.

Ich hatte mein Ziel nicht ganz erreicht, da sah ich mich

unversehens einem fliegenden Händler gegenüber, einem kleinen Jungen, der meinen Weg kreuzte und mich ansprach, um mir etwas zu verkaufen. Schon wollte ich ihn zur Seite schubsen, da besann ich mich anders und blieb stehen. Ich nahm ihm eine Packung Virginia ab, und während er dabei war, den erhaltenen Geldschein zu wechseln, öffnete ich die Schachtel und steckte mir eine Zigarette zwischen die Lippen. Dann ließ ich mir von ihm Feuer geben.

Der Junge ging weiter, ich stand da und zog an meiner Zigarette – mit einem Mal ganz entspannt und in dem Bewusstsein, dass nur ein Raucher sich nicht allein dadurch verdächtig machte, dass er untätig in einer Halle herumstand.

Ich würde meinen Zug nicht mehr erreichen, jedenfalls nicht mit Koffer, wozu also die ganze Eile? Das war nicht mein Zug, das war nicht meine Route; da dämmerte mir plötzlich, dass das Schicksal ja vielleicht einen anderen Weg für mich vorgesehen hatte, dass es ein Fehler sein könnte, mit dem Kopf durch die Wand zu wollen. Rauch deine Zigarette, hol deinen Koffer und dann hau schnell von hier ab, raunte ich mir in Gedanken selbst zu.

Doch wohin? Erst jetzt, wo ich ruhig und halbwegs gelassen dastand und rauchte, nahm ich meine Umgebung einigermaßen deutlich wahr. Da waren die Leute mit den Koffern, aber auch die anderen Gestalten waren unterwegs, denen man auf Bahnhöfen seltsamerweise so oft begegnete: Leute, die gar nicht aussahen, als ob sie verreisen wollten, bei denen nicht zu erkennen war, was sie hier verloren hatten. Sie warteten auf niemanden, stiegen in keinen Zug, kamen weder an noch fuhren sie ab. Sie waren einfach nur da, wie eine Armee von Statisten, die der Bahnhof selbst zu seinem Betrieb produzierte. So gesehen schien alles ganz normal zu sein, wenngleich mir klar war, dass der Anschein äußerer Normalität gehörig täuschte.

Ich warf die Zigarette auf den Boden, zertrat die Glut. Ich richtete den Blick hinüber zu den Schließfächern und sah einen älteren Mann, der gerade seinen Koffer aufnahm, nachdem er ihn offenbar eben einem der Schließfächer entnommen hatte. Er setzte sich in Bewegung, und eilte auf eine der Ausgangstüren in zehn Metern Entfernung zu. Fast hatte ich den Blick wieder abgewandt, da registrierte ich blitzartig, wie im selben Moment, da der Mann eine der Türen aufschob, aus dem Nichts zwei Gestalten auf ihn zugeschossen kamen, um ihn sogleich in ihre Mitte zu nehmen. Nie würde ich die schreckliche Blässe vergessen, die die Gesichtszüge des armen Alten von einem Augenblick zum anderen entstellten, so als wüsste er in diesem Moment bereits, was ihm von seinen Häschern blühte.

Noch immer starrte ich auf die Türen, hinter denen die Männer mit ihrem Opfer verschwunden waren. Türen, die sich öffneten und wieder schlossen, Menschen, die hereinströmten, und Menschen, die diesen unwirklichen Ort verließen. Beim Gedanken daran, mir meinen Koffer holen zu müssen, drohten meine Knie den Dienst zu versagen.

Ich betrachtete eine Weile das Spiel der Türen und stockte, als ich plötzlich zwei Uniformierte die Halle betreten sah – der eine war der Drahtige, der andere sein Schatten, der Kräftige.

Ich senkte den Blick und bewegte mich nicht. Sie waren mir also doch gefolgt, hatten mich aber auf meinem Umweg über das Excelsior aus den Augen verloren – die beiden waren nicht so clever, wie sie taten! Du bist nicht mehr da, flüsterte ich mir im Stillen zu und nahm mir vor, mich unsichtbar zu machen. Dieses Mal, beschloss ich, würde ich ihnen nicht in die Fänge gehen! Ich hörte das Geräusch einfahrender Züge, Stahl, kreischendes Metall. Langsam, ohne einen letzten Blick zu riskieren, der ihre Aufmerksamkeit hätte auf mich lenken können, drehte ich mich zur Seite und reihte mich in einen Strom von Menschen ein, die dem Hauptausgang entgegengingen. Ohne darauf zu achten, was hinter mir geschah, stellte ich mich getreu meinem Vorsatz, mich in keiner Weise auffällig zu verhalten, an einem Zeitschriftenstand an, um eine Abendzeitung zu kaufen.

Mit der Zeitung in Händen wandte ich mich erneut in die angestrebte Richtung und sah die beiden wieder.

Zu meinem Erschrecken standen sie jetzt nahe dem Haupteingang. Der Drahtige war gerade dabei, sich eine Zigarette anzuzünden. Entweder waren sie in meinem Rücken gewesen, während ich für die Zeitung anstand, oder sie hatten etwas getrickst und waren von außen erneut durch den Haupteingang in das Gebäude gelangt. Auf dem geplanten Weg konnte ich das Gebäude nicht mehr verlassen.

Ich schob die Zeitung in die Manteltasche und ging in die Richtung, aus der ich gekommen war. Die Anzeigetafel für die Abfahrt der Züge geriet in mein Blickfeld, dahinter sah ich den Zugang zu den Gleisen.

Im Nu schossen mir ein paar Gedanken durch den Kopf. Wo sollte ich in Berlin eigentlich bleiben? Die Stadt bot inzwischen keinen sicheren Platz mehr für mich. In meine Wohnung konnte ich nicht mehr, dort war ich dem Zugriff meiner Häscher am leichtesten ausgeliefert! Gab es jemanden, bei dem ich mich für eine Weile verstecken konnte? Nun, es gab ein paar Namen – aber war ich dort wirklich sicher? Wir lebten in neuen Zeiten, die Leute waren vorsichtig geworden, die meisten Menschen hatten Angst. War es nicht die Hauptsache, dass ich aus diesem gottverdammten Berlin herauskam – mit oder ohne meinen Koffer? Judith hatte meine Fahrkarte; den Zug konnte ich demnach nehmen! Notfalls würde ich eben irgendwo aussteigen, oder vielleicht konnten wir auch gemeinsam die Fahrt unterbrechen. Vielleicht konnte Judith mir ja helfen, meinen Koffer wiederzubeschaffen, bevor die Reise nach Frankreich morgen oder übermorgen weiterging. Warum hatte ich nicht längst an diese Möglichkeit gedacht?

Der Nachtzug nach Paris wurde auf der Tafel noch angezeigt. Kurz entschlossen machte ich mich auf den Weg zum Abfahrtsgleis, beschleunigte meine Schritte, nachdem ich zehn Meter gegangen war, und begann schließlich zu laufen.

Sowie ich den Bahnsteig erreichte, sah ich zahllose Menschen, die den Reisenden an den geöffneten Waggonfenstern zum Abschied winkten; die Abfahrt des Zuges stand unmittelbar bevor. Es herrschte ein ziemliches Gedränge und die Türen der Waggons waren bereits geschlossen! Es war allerhöchste Zeit – denn einige Augenblicke später kam der schrille Pfeifton, den zu hören ich mich so gefürchtet hatte: Das Signal, das unmissverständlich kundtat, dass der Zug sich im nächsten Moment in Bewegung setzen würde.

»Eugen, Eugen!«

Irritiert blickte ich auf. Dann sah ich sie. Judith, die aufgeregt winkend an einem der zahlreichen geöffneten Zugfenster stand.

Keuchend erreichte ich das Fenster. »Ich komme, Judith!«, rief ich ihr zu und lief weiter, so schnell ich nur konnte. Nur noch ein paar Meter, dann hätte ich die Tür!

»Zurücktreten! Bleiben Sie stehen! Der Zug fährt an!«

Mit diesen Worten trat mir ein uniformierter Reichsbahnbeamter unvermittelt in den Weg, sodass ich um ein Haar mit ihm zusammenprallte. Wütend stieß ich ihn zur Seite, doch die Tür, die ich im Auge gehabt hatte, wanderte unerbittlich weiter. Ein letzter Sprung, den ich riskierte – vergeblich! Kurz bevor ich die Stufen des anrollenden Zuges erreichte, war die Tür bereits wieder weg. Gleich darauf sah ich das Fenster mit Judiths flehendem Gesicht an mir vorüberrollen; sie rief mir irgendetwas zu, das ich jedoch im allgemeinen Getöse nicht verstand.

Verzweifelt lief ich dem davoneilenden Fenster mit Judiths Gesicht ein Stück hinterher, versuchte dabei eindringlich ihren Blick zu erwidern, so als ob ich mich dafür entschuldigen wollte, dass ich mit meinem Zögern alles verdorben hatte. Und erst in dieser Sekunde begriff ich wirklich, welche liebe und attraktive Freundin ich in ihr besessen hatte und welch ein wertvoller Mensch gerade aus meinem Dasein entschwand.

Ich lief noch, bis Judiths Gesicht mit der Bewegung anderer Gesichter in anderen Fenstern verschwamm. Nachdem ich endlich stehen geblieben war, sah der Bahnsteig um mich herum ziemlich leer aus. Ohnmächtig stand ich da und starrte den allmählich verblassenden Lichtern des in die Nacht fahrenden Zuges hinterher – zwei, drei oder auch fünf Minuten lang, so lange, bis gähnende Schwärze den Horizont beherrschte.

»Ich habe Sie erwartet«, hörte ich da eine weibliche Stimme hinter mir. Sie flüsterte leise, leise – und unfassbar zart.

Langsam, ganz langsam drehte ich mich herum. Es war Panik, die mich am ganzen Körper erfasste.

Die hohe, schlanke Gestalt mir gegenüber war in einen festen schwarzen Mantel mit pelzbesetztem Kragen gekleidet. Über dem langen und trotz der kalten Witterung unverhüllt nackten Hals sah ich ein Gesicht von engelhaft schönen Zügen.

»Sie haben mir ausrichten lassen, dass Sie sich freuen würden, mich wiederzusehen«, raunte die rauchige Stimme Irenes mir mit einem verführerischen Lächeln zu. »Nun! Da bin ich! Sie brauchen nicht mehr weiterzulaufen, Sie sind am Ziel.«

Irene. Sie strahlte etwas Unverwüstliches aus und es machte den Eindruck, dass sie von allen äußeren Einflüssen irgendwie unberührt blieb, wie jemand, der sich darauf verstand, nicht nur der Unbill der kalten Witterung mit Erfolg zu trotzen.

Wie sehr hatte ich mir bis zum heutigen Tage gewünscht, diese Frau wiederzusehen! Doch nun, da es so weit war, spürte ich ein Entsetzen, das weder durch ihre blühende Schönheit noch durch ihren unbeschreiblich süßen Duft gemildert wurde.

»Sind Sie allein gekommen?«, fragte ich sie, erfüllt von einer jähen Angst, die weit mehr als eine dunkle Ahnung war.

Für ein paar Momente verlor sich ihr Lächeln.

»Für diese Art von Wiedersehen ist es zu spät«, konterte sie. »Ein zweites New York kann ich mir nicht leisten. Deshalb habe ich mir heute ein paar Herren zur Unterstützung mitgebracht. Einige von ihnen sind schon hier auf dem Bahnsteig, die anderen warten vor dem Gebäude auf mich.«

»Haben Sie denn vergessen, dass ich es war, der Ihnen in New York das Leben gerettet hat?«

»Nein«, sagte sie. Ihr Gesicht nahm ernste Züge an. »Aber es bedeutet mir heute nichts mehr. Sie haben eben das Pech, dass ausgerechnet in der Nacht, in der Sie Deutschland verlassen wollen, der Reichstag brennt! Zwei unserer Leute haben Sie dort erkannt und telefonisch Ihre Schwester verständigt, als man Sie nach einem Verhör wieder laufen ließ. Doris hat mich unverzüglich unterrichtet und Anweisungen gegeben. Nun, wie ich sehe, bin ich ja gerade noch rechtzeitig gekommen.«

Ich musste schlucken. Meine Kehle wurde trocken. Meine Stimme klang ziemlich verzweifelt, während ich sie ohne große Hoffnung fragte: »Gibt es denn überhaupt keine andere Möglichkeit für mich?«

»Keine!«

»Was geschieht denn nun mit mir?«

»Sie werden in den Keller unterm Hotel gebracht!«

»Und dann?«

Sie sah mich offen an und ein fast zärtliches Lächeln trat auf ihr wunderschönes Gesicht.

In diesem Augenblick sah ich ihre grotesk uniformierten Schergen, wie sie sich uns langsam näherten, wie sie ohne Eile und mit den Händen in den Hosentaschen auf uns zuschlenderten, bevor sie sich breitbeinig links und rechts zu den Seiten ihrer schönen Anführerin aufbauten. Mit einem höhnischem Lächeln und dem zur Schau getragenen Bewusstsein, dass sie gewonnen hatten, starrten der Drahtige und sein Totschlägerkumpel mich an.

Mir wurde schwarz vor Augen und ein Abgrund tat sich vor mir auf. Ein Abgrund zur Hölle, an dessen Eingang man jede Hoffnung fahren ließ. Es war zu spät.

Weitere Krimis finden Sie auf den folgenden Seiten und im Internet: www.gmeiner-verlag.de

HORST BOSETZKY

Promijagd

276 Seiten, Paperback.
ISBN 978-3-8392-1085-7.

BERLINER JAGDSAISON Berlin-Schöneberg. Bernhard Jöllenbeck, 39 Jahre, Politiker der NeoLPD, wird am U-Bahnhof Bayerischer Platz von einem Zug überrollt. Die Umstände sind unklar. Sicher ist nur: Ein Mann ist geflüchtet. Kurze Zeit später wird der bekannte Promipsychiater Dr. Hagen Narsdorf erpresst. Der tote Politiker war einer seiner Patienten gewesen.

Narsdorf bittet Ex-Kommissar Hans-Jürgen Mannhardt um Hilfe. Schnell wird dem erfahrenen Ermittler klar, dass ein skrupelloser Soziopath Jagd auf Berlins Prominente macht …

FRANZISKA STEINHAUER

Gurkensaat

420 Seiten, Paperback.
ISBN 978-3-8392-1100-7.

UNTER WÖLFEN Ein nebliger Novemberabend in der Lausitz. Kommissar Peter Nachtigall wird in das Herrenhaus der Unternehmerfamilie Gieselke gerufen. Maurice, der sechsjährige Enkel des Spreewälder »Gurkenkönig« und Hobbyjägers Olaf Gieselke, liegt tot im Arbeitszimmer – erschossen mit einem Gewehr aus dem Arsenal des Großvaters.

Am nächsten Tag wird eine weitere Leiche entdeckt. Es handelt sich um den Naturschutzaktivisten Wolfgang Maul, der sich für die Wiederansiedlung von Wölfen in der Lausitz eingesetzt hatte.

Nachtigall beginnt sich durch ein Gestrüpp aus Hass, Neid und dunklen Geheimnissen zu kämpfen …

GMEINER

Wir machen's spannend

Das neue KrimiJournal ist da!

2 x jährlich das Neueste aus der Gmeiner-Krimi-Bibliothek

KRIMIJournal

Gestohlene Kindheit

Bloody Cover

Krimi-Spiele

Pharaonenkinder

In jeder Ausgabe:

- Vorstellung der Neuerscheinungen
- Hintergrundinfos zu den Themen der Krimis
- Interviews mit den Autoren und Porträts
- Allgemeine Krimi-Infos
- Großes Gewinnspiel mit ›spannenden‹ Buchpreisen

ISBN 978-3-89977-950-9

kostenlos erhältlich in jeder Buchhandlung

KrimiNewsletter

Neues aus der Welt des Krimis

Haben Sie schon unseren KrimiNewsletter abonniert?
Alle zwei Monate erhalten Sie per E-Mail aktuelle Informationen aus der Welt des Krimis: Buchtipps, Berichte über Krimiautoren und ihre Arbeit, Veranstaltungshinweise, neue Krimiseiten im Internet, interessante Neuigkeiten zum Krimi im Allgemeinen.
Die Anmeldung zum KrimiNewsletter ist ganz einfach. Direkt auf der Homepage des Gmeiner-Verlags (www.gmeiner-verlag.de) finden Sie das entsprechende Anmeldeformular.

Ihre Meinung ist gefragt!

Mitmachen und gewinnen

Wir möchten Ihnen mit unseren Romanen immer beste Unterhaltung bieten. Sie können uns dabei unterstützen, indem Sie uns Ihre Meinung zu den Gmeiner-Romanen sagen! Senden Sie eine E-Mail an gewinnspiel@gmeiner-verlag.de und teilen Sie uns mit, welches Buch Sie gelesen haben und wie es Ihnen gefallen hat. Alle Einsendungen nehmen automatisch am großen Jahresgewinnspiel mit ›spannenden‹ Buchpreisen teil.

GMEINER

Wir machen's spannend

Alle Gmeiner-Autoren und ihre Romane auf einen Blick

ANTHOLOGIEN: Tatort Starnberger See • Mords-Sachsen 4 • Sterbenslust • Tödliche Wasser • Gefährliche Nachbarn • Mords-Sachsen 3 • Tatort Ammersee • Campusmord • Mords-Sachsen 2 • Tod am Bodensee • Mords-Sachsen 1 • Grenzfälle • Spekulatius **ARTMEIER, HILDEGUND**: Feuerross • Drachenfrau **BAUER, HERMANN**: Verschwörungsmelange • Karambolage • Fernwehträume **BAUM, BEATE**: Weltverloren • Ruchlos • Häuserkampf **BAUMANN, MANNFRED**: Jedermanntod **BECK, SINJE**: Totenklang • Duftspur • Einzelkämpfer **BECKER, OLIVER**: Das Geheimnis der Krähentochter **BECKMANN, HERBERT**: Mark Twain unter den Linden • Die indiskreten Briefe des Giacomo Casanova **BEINSSEN, JAN**: Goldfrauen • Feuerfrauen **BLATTER, ULRIKE**: Vogelfrau **BODE-HOFFMANN, GRIT / HOFFMANN, MATTHIAS**: Infantizid **BOMM, MANFRED**: Kurzschluss • Glasklar • Notbremse • Schattennetz • Beweislast • Schusslinie • Mordloch • Trugschluss • Irrflug • Himmelsfelsen **BONN, SUSANNE**: Die Schule der Spielleute • Der Jahrmarkt zu Jakobi **BODENMANN, MONA**: Mondmilchgubel **BOSETZKY, HORST (-KY)**: Promijagd • Unterm Kirschbaum **BOENKE, MICHAEL**: Gott'sacker **BÖCKER, BÄRBEL**: Henkersmahl **BUEHRIG, DIETER**: Schattengold **BUTTLER, MONIKA**: Dunkelzeit • Abendfrieden • Herzraub **BÜRKL, ANNI**: Ausgetanzt • Schwarztee **CLAUSEN, ANKE**: Dinnerparty • Ostseegrab **DANZ, ELLA**: Schatz, schmeckt's dir nicht • Rosenwahn • Kochwut • Nebelschleier • Steilufer • Osterfeuer **DETERING, MONIKA**: Puppenmann • Herzfrauen **DIECHLER, GABRIELE**: Glaub mir, es muss Liebe sein • Engpass **DÜNSCHEDE, SANDRA**: Todeswatt • Friesenrache • Solomord • Nordmord • Deichgrab **EMME, PIERRE**: Diamantenschmaus • Pizza Letale • Pasta Mortale • Schneenockerleklat • Florentinerpakt • Ballsaison • Tortenkomplott • Killerspiele • Würstelmassaker • Heurigenpassion • Schnitzelfarce • Pastetenlust **ENDERLE, MANFRED**: Nachtwanderer **ERFMEYER, KLAUS**: Endstadium • Tribunal • Geldmarie • Todeserklärung • Karrieresprung **ERWIN, BIRGIT / BUCHHORN, ULRICH**: Die Gauklerin von Buchhorn • Die Herren von Buchhorn **FOHL, DAGMAR**: Die Insel der Witwen • Das Mädchen und sein Henker **FRANZINGER, BERND**: Zehnkampf • Leidenstour • Kindspech • Jammerhalde • Bombenstimmung • Wolfsfalle • Dinotod • Ohnmacht • Goldrausch • Pilzsaison **GARDEIN, UWE**: Das Mysterium des Himmels • Die Stunde des Königs • Die letzte Hexe – Maria Anna Schwegelin **GARDENER, EVA B.**: Lebenshunger **GEISLER, KURT**: Bädersterben **GIBERT, MATTHIAS P.**: Schmuddelkinder • Bullenhitze • Eiszeit • Zirkusluft • Kammerflimmern • Nervenflattern **GRAF, EDI**: Bombenspiel • Leopardenjagd • Elefantengold • Löwenriss • Nashornfieber **GUDE, CHRISTIAN**: Kontrollverlust • Homunculus • Binärcode • Mosquito **HAENNI, STEFAN**: Brahmsrösi • Narrentod **HAUG, GUNTER**: Gössenjagd • Hüttenzauber • Tauberschwarz • Höllenfahrt • Sturmwarnung • Riffhaie • Tiefenrausch **HEIM, UTA-MARIA**: Totenkuss • Wespennest • Das Rattenprinzip • Totschweigen • Dreckskind **HERELD, PETER**: Das Geheimnis des Goldmachers **HUNOLD-REIME, SIGRID**: Schattenmorellen • Frühstückspension **IMBSWEILER, MARCUS**: Butenschön • Altstadtfest • Schlussakt • Bergfriedhof **KARNANI, FRITJOF**: Notlandung • Turnaround • Takeover **KAST-RIEDLINGER, ANNETTE**: Liebling, ich kann auch anders **KEISER, GABRIELE**: Gartenschläfer • Apollofalter

GMEINER

Wir machen's spannend

Alle Gmeiner-Autoren und ihre Romane auf einen Blick

KEISER, GABRIELE / POLIFKA, WOLFGANG: Puppenjäger **KELLER, STEFAN**: Kölner Kreuzigung **KLAUSNER, UWE**: Die Bräute des Satans • Odessa-Komplott • Pilger des Zorns • Walhalla-Code • Die Kiliansverschwörung • Die Pforten der Hölle **KLEWE, SABINE**: Die schwarzseidene Dame • Blutsonne • Wintermärchen • Kinderspiel • Schattenriss **KLÖSEL, MATTHIAS**: Tourneekoller **KLUGMANN, NORBERT**: Die Adler von Lübeck • Die Nacht des Narren • Die Tochter des Salzhändlers • Kabinettstück • Schlüsselgewalt • Rebenblut **KOHL, ERWIN**: Flatline • Grabtanz • Zugzwang **KOPPITZ, RAINER C.**: Machtrausch **KÖHLER, MANFRED**: Tiefpunkt • Schreckensgletscher **KÖSTERING, BERND**: Goetheruh **KRAMER, VERONIKA**: Todesgeheimnis • Rachesommer **KRONENBERG, SUSANNE**: Kunstgriff • Rheingrund • Weinrache • Kultopfer • Flammenpferd **KRUG, MICHAEL**: Bahnhofsmission **KURELLA, FRANK**: Der Kodex des Bösen • Das Pergament des Todes **LASCAUX, PAUL**: Gnadenbrot • Feuerwasser • Wursthimmel • Salztränen **LEBEK, HANS**: Karteileichen • Todesschläger **LEHMKUHL, KURT**: Dreiländermord • Nürburghölle • Raffgier **LEIX, BERND**: Fächertraum • Waldstadt • Hackschnitzel • Zuckerblut • Bucheckern **LIFKA, RICHARD**: Sonnenkönig **LOIBELSBERGER, GERHARD**: Reigen des Todes • Die Naschmarkt-Morde **MADER, RAIMUND A.**: Schindlerjüdin • Glasberg **MAINKA, MARTINA**: Satanszeichen **MISKO, MONA**: Winzertochter • Kindsblut **MORF, ISABEL**: Schrottreif **MOTHWURF, ONO**: Werbevoodoo • Taubendreck **MUCHA, MARTIN**: Papierkrieg **NEEB, URSULA**: Madame empfängt **OTT, PAUL**: Bodensee-Blues **PELTE, REINHARD**: Kielwasser • Inselkoller **PUHLFÜRST, CLAUDIA**: Rachegöttin • Dunkelhaft • Eiseskälte • Leichenstarre **PUNDT, HARDY**: Friesenwut • Deichbruch **PUSCHMANN, DOROTHEA**: Zwickmühle **RUSCH, HANS-JÜRGEN**: Gegenwende **SCHAEWEN, OLIVER VON**: Räuberblut • Schillerhöhe **SCHMITZ, INGRID**: Mordsdeal • Sündenfälle **SCHMÖE, FRIEDERIKE**: Wieweitdugehst • Bisduvergisst • Fliehganzleis • Schweigfeinstill • Spinnefeind • Pfeilgift • Januskopf • Schockstarre • Käfersterben • Fratzenmond • Kirchweihmord • Maskenspiel **SCHNEIDER, BERNWARD**: Spittelmarkt **SCHNEIDER, HARALD**: Wassergeld • Erfindergeist • Schwarzkittel • Ernteopfer **SCHNYDER, MARIJKE**: Matrjoschka-Jagd **SCHRÖDER, ANGELIKA**: Mordsgier • Mordswut • Mordsliebe **SCHUKER, KLAUS**: Brudernacht **SCHULZE, GINA**: Sintflut **SCHÜTZ, ERICH**: Judengold **SCHWAB, ELKE**: Angstfalle • Großeinsatz **SCHWARZ, MAREN**: Zwiespalt • Maienfrost • Dämonenspiel • Grabeskälte **SENF, JOCHEN**: Kindswut • Knochenspiel • Nichtwisser **SEYERLE, GUIDO**: Schweinekrieg **SPATZ, WILLIBALD**: Alpenlust • Alpendöner **STEINHAUER, FRANZISKA**: Gurkensaat • Wortlos • Menschenfänger • Narrenspiel • Seelenqual • Racheakt **SZRAMA, BETTINA**: Die Konkubine des Mörders • Die Giftmischerin **THIEL, SEBASTIAN**: Die Hexe vom Niederrhein **THÖMMES, GÜNTHER**: Der Fluch des Bierzauberers • Das Erbe des Bierzauberers • Der Bierzauberer **THADEWALDT, ASTRID / BAUER, CARSTEN**: Blutblume • Kreuzkönig **ULLRICH, SONJA**: Teppichporsche **VALDORF, LEO**: Großstadtsumpf **VERTACNIK, HANS-PETER**: Ultimo • Abfangjäger **WARK, PETER**: Epizentrum • Ballonglühen • Albtraum **WICKENHÄUSER, RUBEN PHILLIP**: Die Seele des Wolfes **WILKENLOH, WIMMER**: Poppenspäl • Feuermal • Hätschelkind **WYSS, VERENA**: Blutrunen • Todesformel **ZANDER, WOLFGANG**: Hundeleben

GMEINER

Wir machen's spannend